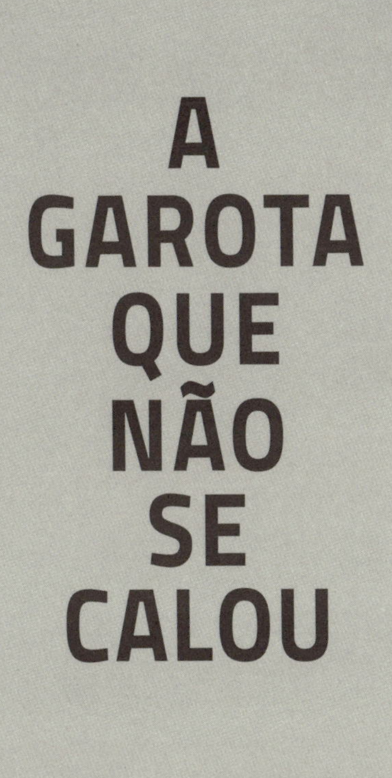

A GAROTA QUE NÃO SE CALOU

A GAROTA QUE NÃO SE CALOU

ABI DARÉ

TRADUÇÃO
Nina Rizzi

1ª edição

Rio de Janeiro-RJ / Campinas-SP, 2021

VERUS
EDITORA

EDITORA
Raïssa Castro

COORDENADORA EDITORIAL
Ana Paula Gomes

COPIDESQUE
Lígia Alves

REVISÃO
Rayana Faria

DIAGRAMAÇÃO
Beatriz Carvalho
Beatriz Araujo

TÍTULO ORIGINAL
The Girl with the Louding Voice

ISBN: 978-65-5924-010-4

Verus Editora Ltda.
Rua Benedicto Aristides Ribeiro, 41,
Jd. Santa Genebra II, Campinas/SP, 13084-753
Fone/Fax: (19) 3249-0001
www.veruseditora.com.br

CIP-BRASIL. CATALOGAÇÃO NA PUBLICAÇÃO
SINDICATO NACIONAL DOS EDITORES DE LIVROS, RJ

D23g

Daré, Abi
A garota que não se calou / Abi Daré ; tradução Nina Rizzi. - 1. ed. - Campinas [SP] : Verus, 2021.
352 p.

Tradução de: The girl with the louding voice
ISBN 978-65-5924-010-4

1. Ficção nigeriana. I. Rizzi, Nina. II. Título.

21-68768 CDD: 896.3323
CDU: 82-3(669.1)

Meri Gleice Rodrigues de Souza - Bibliotecária - CRB-7/6439

Revisado conforme o novo acordo ortográfico.

PARA MINHA MÃE,

professora Teju Somorin, não apenas porque você é inteligente e linda e se tornou a primeira professora de tributação da Nigéria em 2019, mas também porque me fez ver a importância da educação e se sacrificou muito para que eu pudesse conquistar o melhor dela.

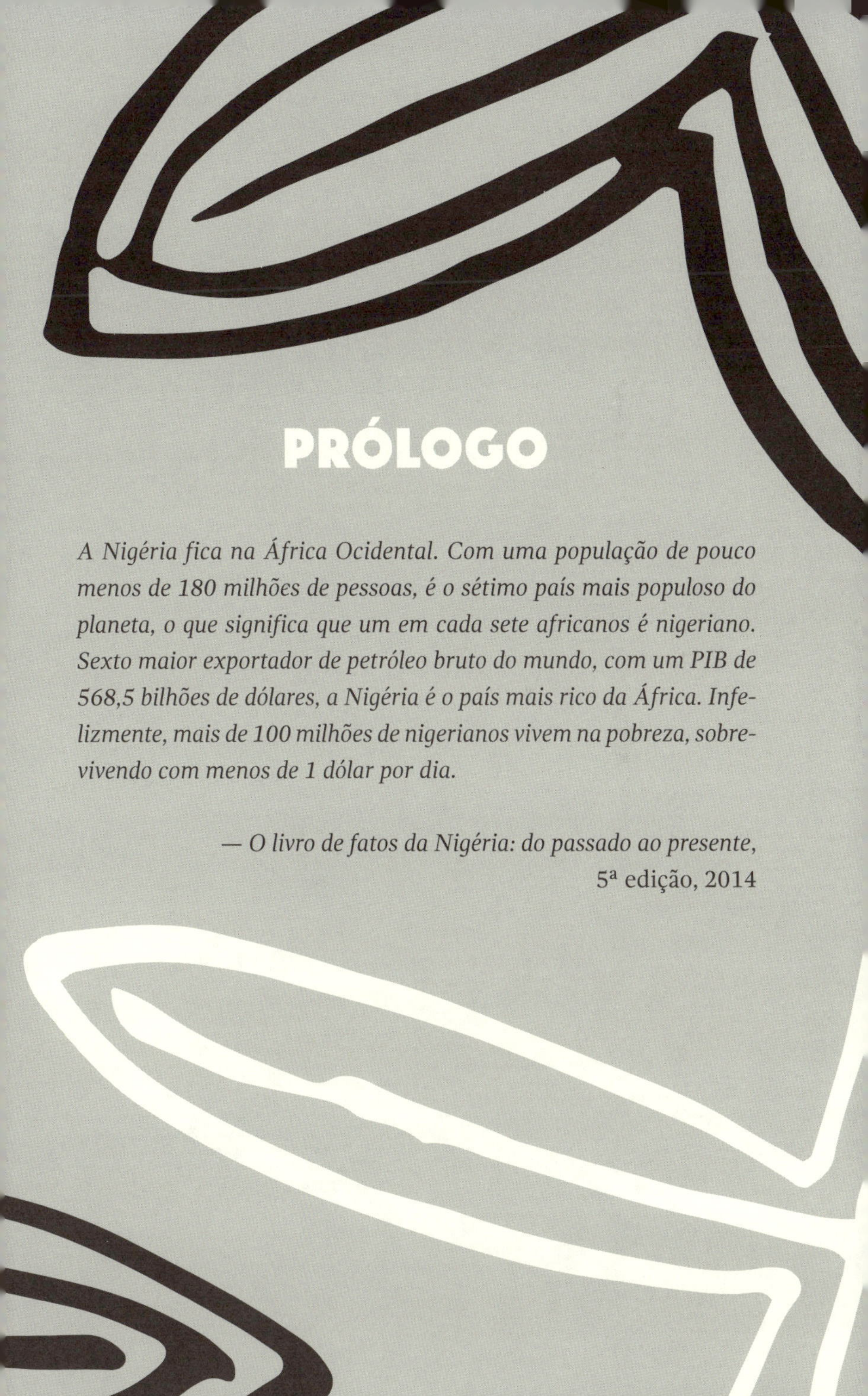

PRÓLOGO

A Nigéria fica na África Ocidental. Com uma população de pouco menos de 180 milhões de pessoas, é o sétimo país mais populoso do planeta, o que significa que um em cada sete africanos é nigeriano. Sexto maior exportador de petróleo bruto do mundo, com um PIB de 568,5 bilhões de dólares, a Nigéria é o país mais rico da África. Infelizmente, mais de 100 milhões de nigerianos vivem na pobreza, sobrevivendo com menos de 1 dólar por dia.

— *O livro de fatos da Nigéria: do passado ao presente,*
5ª edição, 2014

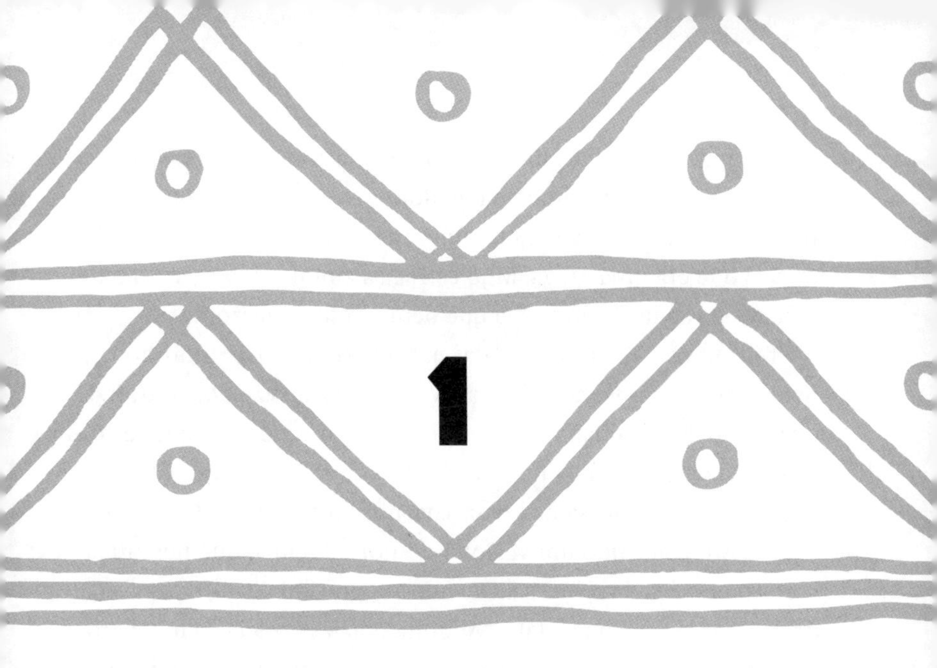

1

Hoje de manhã, o papai me chamou lá pra sala.

Tava sentado no sofá sem almofada e olhano pra mim. O papai tem esse jeito de olhar pra mim. Pareceno que quer me açoitar sem motivo, pareceno que eu tô guardano merda nas bochecha e quando abro a boca pra falar, todo o lugar fica fedido.

— *Sah*? — digo, ajoelhano e colocano minha mão pra trás. — Tava chamano?

— Vem cá — o papai diz.

Sei que ele quer falar uma coisa ruim. Tô veno dentro do olho dele; as bola do olho parece uma pedra marrom que ficou muito tempo debaixo do sol quente. Igual quando me falou, três ano atrás, pra parar com os estudo. Naquela época, eu era a mais velha da classe e todas criança sempre chamava eu de "Tia". Pra dizer a verdade, o dia que eu parei de ir pra escola e o dia que minha mamãe morreu são os pior da minha vida.

Quando o papai pede pra mim chegar mais perto, não respondo porque nossa sala é pequena igual um carro Mazda. Ele quer que eu chego perto e ajoelho dentro da sua boca? Então eu ajoelho onde eu tô mesmo e espero ele falar o que tá pensano.

O papai faz um barulho com a garganta e apoia no encosto de madeira do sofá sem almofada. A almofada estragou porque nosso irmão caçula, o Kayus, mijou muito nela. Desde que era nenê, ele mijava que era uma praga. Mijo estraga a almofada, por isso a mamãe fez o Kayus dormir nela que nem um travesseiro.

Tem uma TV na nossa sala, não funciona. O Minino-home, nosso irmão mais velho, achou a TV numa lata de lixo dois ano atrás quando tava trabalhano com a coleta de lixo na aldeia aqui perto. A gente colocamo lá só pra fazer uma graça. Fica bonita, sentada que nem uma princesa na nossa sala, no canto do lado da porta da frente. Até colocamo um vasinho de flor em cima, que nem uma coroa na cabeça da princesa. Quando a gente tem visita, o papai faz de conta que funciona e fala: "Adunni, bota as notícia da noite pro sr. Bada assistir". E aí eu respondo: "Papai, o controle remoto sumiu". Aí o papai balança a cabeça fazeno um não e diz pro sr. Bada: "Essas criança inútil, perdeu o controle remoto de novo. Vem, vamo sentar lá fora, beber e esquecer as tristeza da Nigéria".

O sr. Bada deve ser um grande tonto se não percebe que é tudo mentira.

Tamém tem um ventilador de pé, falta duas pá do ventilador, por isso tá sempre soprano ar que deixa a sala toda quente. O papai gosta de ficar sentado na frente do ventilador de noite, com os pé cruzado e bebeno da garrafa, que virou sua esposa desde que a mamãe morreu.

— Adunni, sua mãe morreu — o papai diz depois dum tempo. Dá pra sentir o cheiro da bebida no corpo dele enquanto fala. Mesmo quando o papai não bebia, a pele e o suor dele ainda tinha um cheiro ruim.

— Sim, papai. Eu sei — respondo. Por que que ele tá repetino uma coisa que eu já sei? Uma coisa que abriu um buraco no meu coração e encheu com um bloco de dor que eu arrasto comigo pra onde eu vou? Como que eu posso esquecer o jeito que a minha mamãe tossia um sangue vermelho e grosso com bolhas de saliva na minha mão todo dia três mês sem parar? Quando fecho o olho pra dormir de noite, ainda vejo o sangue, às vez sinto aquele gosto salgado.

— Eu sei, papai — digo de novo. — Tem mais alguma coisa ruim aconteceno?

Papai suspira.

— Dissero pra nós ir embora.

— Embora pra onde? — Às vez me preocupo com o papai. Desde que a mamãe morreu, fica dizeno umas coisa que não faz sentido e às vez fala sozinho, e tamém chora sozinho quando acha que ninguém tá ouvino.

— Quer que eu busco água pro seu banho? — pergunto. — Tamém tem comida pro café da manhã, pão fresco com amendoim doce.

— O aluguel comunitário é trinta mil naira — o papai diz. — Se a gente não paga, precisa encontrar outro lugar pra morar.

Trinta mil naira é muito dinheiro. Sei que o papai não consegue achar esse dinheiro, nem se vasculhar toda a Nigéria, porque mesmo o dinheiro das minha taxa escolar, que é sete mil, o papai não tinha. Era a mamãe que tava pagano as taxa escolar e o aluguel e a comida e tudo antes dela morrer.

— Onde vamo encontrar esse dinheiro? — pergunto.

— Morufu — o papai diz. — Sabe? Ele veio aqui ontem. Pra me ver.

— Morufu, o motorista de táxi?

O Morufu é um velho com cara de bode que é motorista de táxi aqui na nossa aldeia. Além das duas esposa, o Morufu tem quatro filha que não vai pra escola. Elas fica só correno em volta do riacho da aldeia com as calça suja, puxano umas caixa de açúcar com barbante, brincano de *suwe** e bateno palma até a pele ficar quase descascano. Por que que o Morufu tava visitano a nossa casa? O que que ele tava procurano?

---

* Jogo tradicional da Nigéria parecido com a amarelinha: os participantes jogam pedrinhas e, pulando numa perna só, devem conquistar territórios desenhados em forma de quadrados no chão. Ganha quem conquistar mais territórios/quadrados. (N. da T.)

— Sim — o papai diz, dano um sorriso nervoso. — É um bom homem, esse Morufu. Ele me deixou surpreso ontem quando disse que vai pagar o aluguel comunitário pra gente. Todos trinta mil.

— Isso é bom?

Tô perguntano porque não tem sentido. Eu sei que nenhum homem vai pagar o aluguel da outra pessoa, só se ele tem um interesse. Por que o Morufu vai pagar o nosso aluguel comunitário? O que que ele tá quereno? Ou tá deveno dinheiro pro papai de outro tempo? Olho pro meu papai, meus olho se encheno de esperança que não é o que eu tô pensano.

— Papai?

— Sim. — O papai espera, engole o cuspe e enxuga o suor da cabeça. — O dinheiro do aluguel é... tá nos seu *owo-ori.*

— Nos meu *owo-ori*? Meu dote de noiva?

Meu coração começa partir porque eu tenho só catorze ano, chegano nos quinze, e não quero casar com nenhum velho idiota e estúpido, porque quero voltar pra escola e aprender ser professora e virar uma mulher adulta e ter dinheiro pra dirigir carro e morar numa casa bonita de sofá com almofada e ajudar meu papai e meus dois irmão. Não quero casar com nenhum homem, nem com nenhum menino, ou qualquer outra pessoa pra sempre, por isso pergunto de novo pro papai, falano bem devagar pra ele entender cada palavra que eu tô dizeno e não me enganar na resposta.

— Papai, esse dote de noiva é pra mim ou pra outra pessoa?

E meu papai, ele balança a cabeça devagar, sem importar com as lágrima no meu olho ou com a minha boca aberta, e diz:

— O dote de noiva é pra você, Adunni. Cê vai casar com o Morufu na semana que vem.

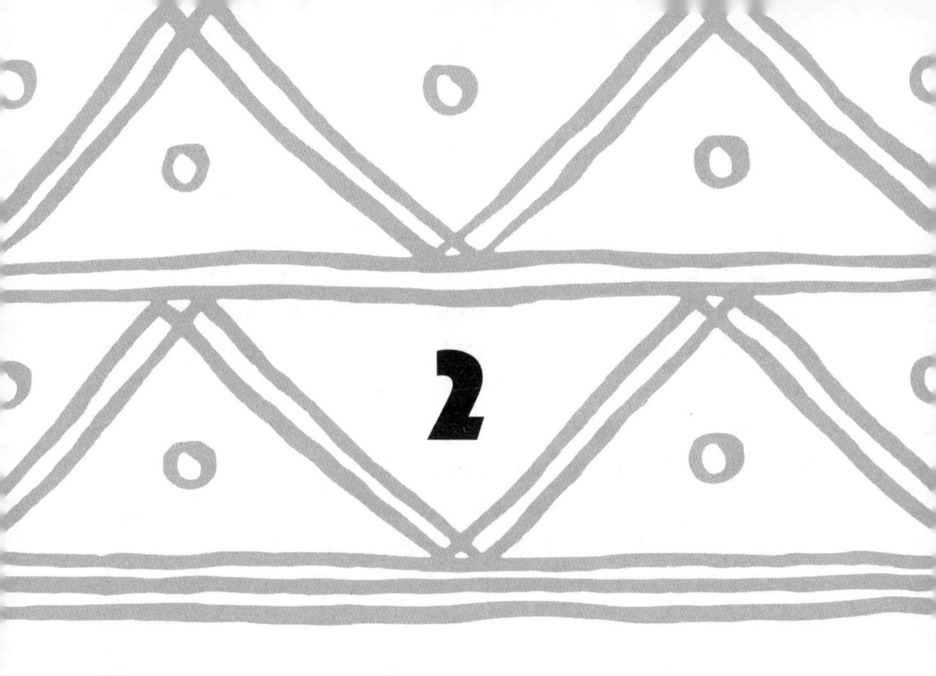

2

Quando o sol desce do céu e se esconde bem no meio da noite, sento na minha esteira de ráfia, empurro a perna do Kayus pra longe do meu pé e descanso minhas costa na parede do nosso quarto.

Minha cabeça tá apedrejano minha mente com um monte de pergunta desde hoje cedo, pergunta que não tem resposta. Qual o sentido de ser a esposa dum homem com duas esposa e quatro filha? O que que tá fazeno o Morufu querer outra esposa mais as outra duas? E o papai, por que que ele quer me vender prum velho sem pensar em como tô me sentino? Por que que ele não cumpre a promessa que fez pra mamãe antes dela morrer?

Fico esfregano meu peito, onde tantas pergunta tão fazeno uma ferida, subo na ponta do pé dano um suspiro e caminho pra janela. Lá fora, a lua tá vermelha, muito baixa no céu, que nem se Deus arrancou seu olho furioso e jogou no nosso complexo.*

---

* As habitações nigerianas chamadas de *compounds* (complexos) podem ter apenas uma cerca, uma sebe ou ser formadas por choças ou casas. São construções em torno de uma área aberta, unidas por cercados concentrando a vida doméstica e social, como uma pequena comunidade familiar. Cada complexo abriga um homem, sua família imediata, com esposas e filhos, e alguns parentes,

Tem vaga-lumes no ar essa noite, seus corpinho tão piscano uma luz de tudo que é cor: verde, azul e amarela, cada um deles dançano e piscano no escuro. Faz muito tempo, a mamãe falou que os vaga-lume sempre traz boas mensagem pras pessoa de noite. "Um vaga-lume é a bola do olho dum anjo", ela falou. "Olha aquele ali, aquele empoleirado na folha daquela árvore, Adunni. Aquele tá trazeno uma mensagem de dinheiro pra gente." Não sei qual mensagem que aquele vaga-lume tava quereno trazer, lá naquele tempo, mas sei que não trouxe dinheiro nenhum.

Quando a mamãe morreu, uma luz apagou dentro de mim. Fiquei naquela escuridão por muitos mês até que um dia o Kayus encontrou eu na sala onde eu tava triste e chorano e com os olho arregalado cheio de medo, ele me implorou pra parar de chorar porque meu choro dava uma dor no coração dele.

Naquele dia, peguei minha tristeza e tranquei no meu coração pra ser forte e cuidar do Kayus e do papai. Mas às vez, que nem hoje, a tristeza sai do meu coração e enfia a língua na minha cara.

Tem dia que, quando fecho o olho, vejo minha mamãe que nem uma flor, uma rosa: amarela, vermelha e roxa com folhas brilhante. E se cheirar bem fundo posso sentir o cheiro dela tamém. Aquele cheiro doce de roseira em volta dum pé de hortelã, do sabão de coco no seu cabelo depois de lavar roupa nas cachoeira de Agan.

Minha mamãe tinha o cabelo comprido, trançava com uns fio preto e enrolava com uma corda grossa, pareceno dois ou três pneuzinho em volta da cabeça. Às vez ela tirava os fio, deixano o cabelo descer pelas costa pra mim escovar com a sua escova de madeira. Às vez ela tirava a escova da minha mão, fazia eu sentar

---

geralmente famílias extensas. Uma série de complexos constitui a aldeia, na maior parte das vezes habitada por pessoas que têm um ancestral comum — normalmente o fundador da aldeia, quando na zona rural; nas cidades, muitas pessoas tendem a chamar as propriedades de complexos por costume. No Reino Unido e nos Estados Unidos, o termo *compound*, se usado para designar um lugar, é mais como um complexo militar fortificado. (N. da T.)

num banco perto do rio e enrolava o meu cabelo com tanto óleo de coco que eu andava pela aldeia cherano fritura.

Ela não envelheceu, minha mamãe, tinha só quarenta e poucos ano antes de morrer, e todo dia sinto uma dor na minha alma por causa da sua risada e da sua voz silenciosa, do seus braço macio, dos olho que diz mais coisa que a sua boca nunca diz.

Ela não ficou doente muito tempo, graças a Deus. Só seis mês e meio tossino e tossino até a tosse devorar toda a sua carne e fazer seus ombro parecer o puxador da porta da nossa sala.

Antes daquela doença do demônio, a mamãe tava sempre ocupada. Sempre fazeno isso e aquilo pra todo mundo na aldeia. Fritava cem bolinho *puff-puff** todo dia pra vender no mercado de Ikati, às vez tirava cinquenta, os mais bonito, do óleo quente e dizia pra eu levar pra Iya, uma velha que mora na aldeia Agan.

Eu não sabia muito bem como Iya e a mamãe se conhecia, ou qual o nome de verdade dela, porque Iya em iorubá quer dizer velha. Só sabia que minha mamãe sempre me mandava dar comida pra Iya e pra todas mulher mais velha que tava doente na aldeia perto de Ikati: *amala*** quente e sopa de quiabo com lagostim ou feijão e *dodo*, a banana-da-terra macia, oleosa.

Uma vez levei *puff-puff* pra Iya, depois que a mamãe tava muito doente pra viajar pra longe, e quando cheguei em casa de noite e perguntei por que que ela continua mandano comida pras pessoa quando tá muito mal pra viajar pra longe, a mamãe disse: "Adunni, cê deve fazer o bem pros outro, mesmo quando cê não tá bem, mesmo quando o mundo inteiro no seu redor não tá bem".

Foi a mamãe que mostrou pra mim como orar pra Deus, como colocar fio e trançar meu cabelo, como lavar minha roupa sem sabão e como trocar a roupa de baixo quando minha visita mensal veio a primeira vez.

---

* Petisco de massa frita doce, tradicional da Nigéria e de outros países africanos. (N. da T.)

** Comida típica iorubá, espécie de pirão cuja base de preparo é inhame seco ou farinha de mandioca. (N. da T.)

Sinto a garganta apertada quando ouço a voz dela na minha cabeça, cansada e fraca, implorano pro papai não me dar pra nenhum homem em casamento se morrer dessa doença. Ouço a voz do papai tamém, tremeno de medo, mas lutano pra ser forte enquanto responde pra ela: "Para com essa conversa doida de morrer. Ninguém tá morreno nada. Adunni não vai casar com nenhum homem, tá me ouvino? Ela vai pra escola e vai fazer o que cê quer, eu juro! Pensa só em você agora e melhora logo!"

Mas a mamãe não melhorou, muito menos logo. Morreu dois dia depois que o papai fez essa promessa e agora eu vou casar com um velho porque o papai tá esqueceno todas coisa que prometeu pra mamãe. Vou casar com o Morufu porque o papai tá precisano de dinheiro pra comida, pro aluguel comunitário e pras besteira.

Sinto o sal das minhas lágrima lembrano de tudo isso e, quando volto pra minha esteira e fecho o olho, vejo a mamãe que nem uma rosa. Mas essa rosa não tem mais as cor amarela, vermelha e roxa com folha brilhante. Essa flor é castanha que nem uma folha molhada que tem a marca dos pé sujo dum homem que esquece da promessa que fez pra sua mulher morta.

3

Não consegui pregar o olho a noite inteira com tanta tristeza e lembrança.

Eu não levanto no primeiro cocoricó do galo, pra começar minha varrição de todo dia ou lavar roupa ou moer feijão pro café da manhã do papai. Deito na esteira e fico com o olho fechado e escuto todos barulho em volta. Escuto o choro dum galo lá longe, um choro de luto profundo; os melro na nossa mangueira cantano sua canção feliz, todas manhã. Escuto lá longe alguém, um lavrador talvez, dano uma machadada numa árvore; bateno, bateno, bateno. Escuto as vassoura fazeno barulho no chão dum complexo, enquanto uma mamãe noutro complexo chama seus filho pra acordar e cair no mundo, pra usar a água do pote de barro e não a do balde de ferro.

Os som é o mesmo toda manhã, mas hoje, cada som é um golpe no meu coração, uma lembrança malvada que meu casamento tá se aproximano.

Sento. Kayus ainda tá dormino na esteira. Os olho dele tá fechado, mas parece que tá pensano duas vez antes de acordar. Ele fica tremeno as pálpebra numa luta desdo dia que enterramo a mamãe, jogano a cabeça prum lado e pro outro e tremeno as pálpebra. Chego perto dele, aperto minha palma nas suas pálpebra e canto uma música suave no seu ouvido até ele ficar quieto.

Kayus tem só onze ano. Se comporta mal várias vez, mas ele mora no meu coração. Foi pra mim que Kayus veio chorar quando os menino na praça da aldeia tava rino dele e chamano ele de lutador de gato. É que o Kayus, ele ficava doente o tempo todo quando era mais pequeno, então o papai levou ele pra um lugar e as pessoa usou uma lâmina de barbear e cortou as bochecha dele três vez dum lado e do outro, fazeno uma marca pra afastar o espírito da doença. Quando cê olha o Kayus, é que nem se ele brigou com um gato grande e o gato usou as unha pra arranhar o Kayus nas bochecha.

Eu que tava ensinano o Kayus todos trabalho escolar que conheço, adição e subtração e ciências e acima de tudo o inglês, porque o papai não tá pagano as taxa escolar nem pro Kayus. Foi eu que falei pra ele que seu futuro é brilhante mas só se ele se esforçar pra aprender.

Quem vai cuidar do Kayus quando eu casar com o Morufu? O Minino-home?

Suspiro, olho meu irmão mais velho, o Minino-home, enquanto dorme na cama com uma cara irritada. O nome dele mesmo é Alao, mas ninguém nunca chama ele assim. O Minino-home é o mais velho, então o papai diz que é respeitoso pra ele dormir na única cama no quarto que nós três divide. Eu não ligo. A cama tem um colchão fino de espuma em cima, cheio de buraco que os percevejo usa como cozinha e banheiro. Às vez aquele colchão cheira que nem o sovaco dos pedreiro da praça do mercado, e, quando eles levanta a mão pra te cumprimentar, o cheiro é capaz de te matar.

Como o Minino-home pode cuidar do Kayus? Não sabe cozinhar nem limpar nem fazer qualquer trabalho, só sabe fazer o seu trabalho de mecânico. Tamém não gosta de rir ou sorrir, e com dezenove ano e meio, parece um boxeador, suas mão e perna é que nem os galho duma árvore grossa. Às vez fica trabalhano a noite toda na

Kassim Motors e, quando chega em casa bem tarde, só se joga na cama e dorme. Ele tá roncano agora, cansado, cada respiração é uma rajada de vento quente no meu rosto.

Olho o Minino-home por um momento, observano o movimento do seu peito subino e desceno numa batida sem música, antes de virar pro Kayus e dar dois tapinha suave no seu ombro.

— Kayus. Acorda.

Kayus abre um olho primeiro, depois o outro. Ele faz isso o tempo todo quando quer acordar: abre primeiro um olho e o outro só depois, pareceno que tá com medo que, abrino os dois ao mesmo tempo, alguma coisa vai acontecer.

— Adunni, cê durmiu bem? — ele pergunta.

— Durmi bem — minto. — E você?

— Não muito bem — diz, sentano do meu lado na esteira. — O Minino-home falou que cê vai casar com o Morufu semana que vem. Era mentira dele?

Pego sua mão fria e pequena na minha.

— Não é mentira — digo. — Na semana que vem.

Kayus balança a cabeça pra cima e pra baixo, puxa os lábio com os dente e morde. Não fala nada depois. Só morde os lábio e segura minha mão com força e aperta.

— Cê vai voltar depois do casamento? — ele pergunta. — Pra ficar me ensinano? E cozinhar meu arroz no óleo de palma pra mim?

Eu abaixo meu ombro.

— Arroz no óleo de palma não é difícil de cozinhar. Cê lava o arroz na água três vez e deixa numa tigela de molho. Aí pega pimenta fresca e... — Eu paro de falar porque as lágrima tá encheno minha boca e cortano minhas palavra e me fazeno chorar. — Eu não quero casar com o Morufu — digo. — Por favor, implora pro papai pra mim.

— Não chora — Kayus diz. — Senão eu tamém choro.

Eu e o Kayus, nós seguramo a mão um do outro com força e choramo sem fazer barulho.

— Corre, Adunni — o Kayus diz, enxugano as lágrima, com o olho arregalado e cheio de esperança e medo. — Corre pra longe e se esconde.

— Não — digo, balançano a cabeça. — E se o chefe da aldeia me pega enquanto tô fugino? Tá esqueceno da Asabi?

A Asabi é uma menina de Ikati que não queria casar com um homem velho porque tava apaixonada de verdade pelo Tafa, um menino que trabalhava na Kassim Motors com o Minino-home. Um dia depois do casamento, a Asabi fugiu com o Tafa, mas eles não conseguiu correr pra longe. Aí eles pegou a Asabi na frente da fronteira e espancou ela. E o Tafa? Eles enforcou o pobre que nem um passarinho na praça da aldeia e jogou o corpo dele na floresta Ikati. O chefe da aldeia falou que o Tafa tava robano a esposa de outro homem. Que ele tinha que morrer porque em Ikati todo ladrão deve sofrer e morrer. O chefe da aldeia falou pra trancar a Asabi num quarto por cento e três dia até ela aprender sentar na casa do marido e não fugir.

Mas a Asabi não aprendeu nada. Depois de cento e três dia trancada dentro do quarto, a Asabi falou que não vai sair mais. Então ela tá naquele quarto até hoje, olhano as parede, arrancano os cabelo da cabeça e comeno, beliscano os cílio e escondeno dentro do sutiã, falano com ela mesma e com o espírito do Tafa.

— Talvez cê pode ir brincar comigo na casa do Morufu — digo. — Posso ir te ver no riacho tamém, no mercado, em qualquer lugar.

— Cê acha? — Kayus pergunta. — E se o Morufu não deixar eu brincar com você?

Antes que eu penso em responder, o Minino-home vira no sono, abre as perna e bota pra fora uma sujeira barulhenta que enche o ar com o fedor dum rato morto.

Kayus funga com uma risada e coloca a mão no nariz.

— Talvez é melhor casar com o Morufu que ficar nessa casa com o Minino-home e seus barulho fedorento.

Aperto a mão dele e finjo um sorriso nos lábio.

Eu espero o Kayus dormir de novo antes de sair do quarto.

Encontro o papai do lado de fora, sentado no banco da cozinha perto do poço. A manhã tá começano clarear agora e o sol acabou de acordar; parece um meio círculo laranja espiano atrás dum pano escuro no céu. O papai não tá usano camisa, tá só de calça e sem sapato. Tá mastigano um palito com o canto da boca, o rádio preto numa das mão e, com a outra, tá bateno uma pedra no rádio pra ele acordar. Desde antes do Kayus nascer o papai faz isso de manhã pra acordar o rádio, então abaixo na areia e deixo minha mão pra trás e espero o rádio acordar.

Papai bateu a pedra três vez no lado do rádio — *pá, pá, pá* — e o rádio faz um barulho de estalo. Passa um tempo e a voz dum homem no rádio diz: "*Boooom* dia! Esta é a OGFM 89,9. A estação da nação!"

Papai cuspiu o palito na areia do meu lado e me olhou que nem se vai dar um tapa na minha cabeça porque tô abaixada na frente dele.

— Adunni, quero ouvir as notícia da seis hora. Que que cê quer?

— Bom dia, papai — eu digo. — Não tem feijão em casa. Posso pegar emprestado com a mamãe da Enitan?

Tenho feijão de molho dentro de uma lata d'água na cozinha, mas tô precisano falar com alguém sobre isso tudo de casamento que vai acontecer porque a Enitan e eu era melhor amiga desde que aprendemo ler o ABC e contar 123. A mamãe dela tamém tem um sítio pequeno e gosta de dar feijão, inhame e *egusi** pra gente e diz pra pagar quando tem dinheiro.

Papai me assustou quando riu e disse:

— Espera.

Ele coloca o rádio no banco bem devagar, mas o rádio faz um barulho de estalo duas vez e aí do nada morre. Estragou. Não tem mais voz da OGFM 89,9. Não tem mais estação pra nação. O papai

---

* Sopa ou guisado de sementes de abóbora, originária dos povos igbos e iorubás. (N. da T.)

olha pro rádio um pouco, a caixa preta silenciosa dele, aí resmunga, dá um tapa no rádio em cima do banco e espatifa ele no chão.

— Papai! — digo, colocano minhas duas mão na cabeça. — Por que cê estragou seu rádio, papai? Por quê? — A TV nunca funcionou, e agora tudo o que tá restano do rádio é um plástico quebrado com uns fio amarelo, vermelho e marrom saino dele.

Papai resmunga de novo, levanta a nádega do lado esquerdo e enfia a mão no bolso de trás da calça. Ele tira duas nota de cinquenta naira e me dá. Arregalo o olho, olho o dinheiro, sujo e macio e fedorento de *siga.** Onde o papai tá conseguino dinheiro pra me dar? Com Morufu? Meu coração tá retorceno enquanto dobro a naira dentro da bainha da minha bata.

Não digo *obrigada, sah.*

— Adunni, me escuta bem — o papai diz. — Cê deve pagar pelo feijão com esse dinheiro. Aí diz pra mãe da Enitan que, depois do seu casamento, eu, seu pai — ele dá um tapa no peito que nem se quer se matar —, vou pagar tudo que ela deu pra gente. Vou pagar tudo. Mesmo se custar milhares de naira, vou pagar tudo. Cada naira. Diz isso pra ela, tá me ouvino?

— Sim, *sah.*

Ele olha pros resto do rádio no chão e curva a boca num sorriso duro.

— Daí vou comprar um rádio novo. Um que presta. Talvez até uma TV nova. Um sofá com almofada. Novo. Adunni?

Ele escorregou o olho pra mim, seu rosto forte.

— Que que cê tá olhano? Vai! Anda!

Eu não digo uma palavra e saio da frente dele.

O caminho pra casa da Enitan é uma trilha fina de areia fria e úmida atrás do rio, com um mato alto que nem eu do lado esquerdo e do lado direito dele. O ar desse lado da aldeia é sempre frio, mesmo

---

* Cigarro em iorubá. (N. da T.)

com o sol brilhano forte no céu. Vou cantano enquanto caminho, fico com a minha cabeça e a minha voz baixa porque atrás do mato umas criança da aldeia tão rino enquanto se lava e se joga no rio. Não quero que ninguém me chama ou me pergunta sobre qualquer plano idiota pra qualquer casamento doido, então acelero, corto pra direita no fim do caminho, onde o chão tá seco de novo e onde fica o complexo da Enitan.

A casa da Enitan não é que nem a nossa. O sítio da mamãe dela tá ino bem, então no ano passado elas começou cobrir a lama vermelha da casa com cimento e começou consertar tudo, aí agora elas tem um sofá com almofada e uma cama com colchão bom e um ventilador de pé que não faz barulho quando tá girano. A TV delas funciona direito tamém. Às vez até pega os filme do estrangeiro.

Encontro a Enitan nos fundo da casa, puxano um balde do poço com uma corda forte. Espero até ela abaixar o balde antes de chamar seu nome.

— Ah! Olha quem tá na minha casa essa manhã! — ela diz, levantano a mão no ar como um oi. — Adunni, a nova esposa!

Quando ela vai abaixar a cabeça, eu bato bem no meio dela.

— Para com isso! Eu não sou esposa de ninguém. Ainda não.

— Mas logo vai ser — ela diz, levantano a bata do peito pra limpar a testa com a ponta. — Eu tava te fazeno uma saudação especial. Cê é brava hein, Adunni. Que que tá te preocupano nessa manhã?

— Cadê sua mamãe? — pergunto. Se a mamãe dela tá em casa, não posso falar com a Enitan sobre o casamento, porque a mamãe dela é a pior de todas e não entende que eu não quero casar com um velho. Da última vez que ela me ouviu falar dos meus medo com a Enitan, puxou minhas orelha e falou pra engolir minhas palavra de medo e agradecer a Deus por ter um homem pra cuidar de mim.

— Na roça. Ah, acho que sei por que cê tá triste. Vem cá. Tenho uns feijão no...

— Não vim atrás de comida — digo.

— Então por que essa cara toda preocupada?

Eu abaixo minha cabeça.

— Tive pensano em... implorar pro meu papai pra não me deixar casar com o Morufu. — Tô falano tão baixo que quase não tô me ouvino. — Cê pode ir junto comigo implorar pra ele? Se você vai junto, talvez ele muda de ideia sobre isso tudo.

— Implorar pro seu papai? — Escuto alguma coisa forte na voz dela, alguma coisa confusa, com raiva tamém. — Por quê? Por que sua vida tá mudano pra melhor?

Enfio minhas unha do pé na areia, sinto uma pedra afiada beliscar meu dedo. Será que ninguém entende por que eu não quero casar? Quando eu ainda tava na escola e era a mais velha de todo mundo, Jimoh, um moleque bobo da classe, tava sempre rino de mim. Um dia, quando eu tava caminhano pra sentar na minha mesa, Jimoh disse: "Tia Adunni, por que que cê ainda tá no ensino fundamental se todos seus amigo tão no ensino médio?" Eu sei que o Jimoh tava quereno que eu choro e me sinto mal porque não consegui começar meus estudo na hora certa que nem as outras criança, mas eu olho a criança endemoniada dentro dos seus olho e ele me olha de volta. Eu olho sua cabeça em forma de triângulo-de-cabeça-pra-baixo, e ele me olha de volta. Então mostro a língua e puxo minhas duas orelha e digo: "Por que que cê não tá numa loja de bicicleta se a sua cabeça parece um banco de bicicleta?" A classe naquele dia tava agitada com todas risada das criança, e eu tava me sentino muito esperta, até que a professora bateu três vez com a régua na mesa e disse: "Silêncio!"

Nos ano que eu tava na escola, sempre tinha uma resposta pras pessoa que ria de mim. Sempre lutava por mim, sempre erguia a cabeça porque sei que tô na escola pra aprender. Pra aprender não tem idade. Qualquer pessoa pode aprender, então eu continuei aprendeno, continuei tirano boas nota nos trabalho e foi quando eu tava melhorano na adição, na subtração e no inglês que o papai falou que eu tinha que parar porque ele tava sem dinheiro pras taxa escolar. Desde então, tento não esquecer as coisa que aprendi. Até ensino o ABC e o 123 pros menino e menina da aldeia nos dia de mercado. Não consigo ganhar muito dinheiro com ensinar, mas às vez as mamãe das criança me dá vinte naira, ou um saco de milho ou uma tigela de arroz ou algumas sardinha de lata.

Tudo que elas me dá eu junto, porque gosto de ensinar essas criança. Gosto do jeito que os olho delas tão sempre tão brilhante, as voz tão afiada, quando digo: "*A* é de quê?" E elas diz: "*A* é de A-A-ABACATE", mesmo que ninguém viu nenhum abacate com nossos dois olho a não ser na TV.

— Quem vai ensinar as criança pequena da aldeia nos dia de mercado?

— As criança tem o papai e a mamãe dela. — A Enitan cruzou os braço na frente do peito, revirou o olho. — E quando cê ter seus filho, aí vai poder ensinar eles!

Eu mordo meus lábio pra parar as lágrima. O casamento é uma coisa boa na nossa aldeia. Muitas menina quer casar, ser esposa de alguém, de qualquer pessoa; mas eu não, não Adunni. Tô quebrano a cabeça desde que o papai contou sobre esse casamento, pensano que deve ter caminhos melhor que ser esposa dum velho, mas minha cabeça não ajuda com ideia.

Tava até pensano em fugir pra longe, mas pra onde eu posso ir pro meu papai não me encontrar? Como posso ir embora e deixar meus irmão e minha aldeia assim? E agora, nem a Enitan não entende como me sinto.

Levanto minha cabeça, olho pro rosto dela. Ela queria casar desde os treze ano, mas acho que porque seu lábio de cima é dobrado e virado pra esquerda, por causa dum acidente que ela teve quando era menor, ninguém fala de casamento com seu papai. A Enitan não se preocupa com a escola ou com estudo. Ela só fica feliz de trançar o cabelo e agora tá pensano em começar um negócio de maquiage enquanto espera um marido encontrar ela.

— Cê não pode ir comigo e implorar pro meu papai? — pergunto.

— Implorar pra ele por quê? — a Enitan resmunga alto e balança a cabeça. — Adunni, cê sabe como isso é bom pra sua família. Pensa como cê tem sofrido desde que a sua mamãe... — Ela suspira.

— Eu sei que não é o que cê quer. Sei que cê gosta da escola, mas pensa bem, Adunni. Pensa como sua família vai melhorar por causa disso. E mesmo se eu imploro pro seu papai, cê sabe que ele não vai me responder. Eu juro, se eu consigo encontrar um homem como o Morufu pra casar comigo, eu fico muito alegre!

Ela cobre a boca com uma das mão e dá uma risada tímida.

— É assim que vou dançar no meu casamento. — Ela agarra a saia na altura do joelho e levanta, começa mexer os pé, colocano um na frente do outro, esquerda, direita, direita, esquerda, numa canção que só ela tá escutano. — Gostou?

Penso no papai quebrano o rádio hoje de manhã, em como ele tá planejano comprar coisas nova com o dinheiro do Morufu.

— Gostou? — a Enitan pergunta de novo.

— Cê tá dançano que nem se tem uma doença nas duas perna — digo pra Enitan com uma risada que parece muito pesada, muito cheia pra minha boca.

Ela solta a saia, aperta um dedo no queixo e olha pro céu.

— Que que eu posso dizer pra deixar essa Adunni feliz agora, hein? O que eu posso... Ah! Eu sei o que vai te deixar feliz. — Ela pegou minha mão e começou me arrastar pra frente da casa. — Vem, olha toda essas maquiage fina que tô pensano em usar no seu casamento. Sabia que tem um lápis de olho que é verde? Verde! Vem, deixa eu te mostrar. Quando cê ver tudo, vai ficar muito alegre. Aí, depois, podemos ir pro rio e...

— Hoje não — digo, puxano minha mão e virano pra esconder minhas lágrima. — Eu tenho muito serviço. Todos... preparativo pro casamento.

— Sei — ela diz. — Posso ir na sua casa de tarde pro teste da maquiage?

Eu faço que sim com a cabeça e começo me afastar.

— Espera! Adunni — ela grita. — Que cor de batom eu levo? O vermelho de uma nova esposa ou o rosa de uma jovem...

— Leva um preto — digo pra mim mesma enquanto viro a esquina. — O preto de alguém que tá de luto!

4

Dois ano antes da minha mamãe morrer, um carro entrou no nosso complexo e parou na frente da nossa mangueira.

Eu tava sentada debaixo da árvore, lavano a camiseta do meu papai, e quando o carro parou, eu parei de lavar, apertei o sabão na minha mão e fiquei olhano pro carro. É um carro de homem rico, preto e brilhante com pneu grande e a luz da frente como os olho dum peixe dormino. A porta do carro abre e o homem sai trazeno o cheiro do ar-condicionado e *siga* e perfume. Ele era mais alto que tudo que eu já vi, a pele era marrom que nem amendoim torrado, o rosto fino e o queixo comprido me faz pensar num cavalo bonito. Ele estava usano uma calça cara de renda verde, com um chapéu verde em cima da sua cabeça magra.

— Bom dia, estou procurando Idowu — ele diz, falano rápido, rápido, com voz suave. — Ela está por aí? — Idowu é o nome da minha mamãe. Ela nunca recebia visita, só das cinco mulher da Comunidade da Igreja das Esposa em Oração, três domingo no mês.

Cubro meus olho do sol da manhã.

— Bom dia, *sah* — eu digo. — Quem é você?

— Ela está aí? — ele pergunta de novo. — Meu nome é Ade.

— Ela saiu. Quer sentar e esperar?

— Sinto muito, não posso — ele responde. — Eu só vim até a aldeia Ikati pra visitar o túmulo da minha avó. Ela, ah, faleceu enquanto eu estava no exterior. Pensei em cumprimentar sua mãe no caminho de volta para o aeroporto. Vou voar de volta hoje à noite.

— Voar? Como um *aeloplano*? Pro estrangeiro?

Já ouvi falar disso de estrangeiro, da América e de Londres. Até vejo dentro da TV, as mulher e os homem com a pele amarela e o nariz de lápis e o cabelo que parece corda, mas nunca vi ninguém de lá na minha frente. Eu ouço eles no rádio tamém às vez, falano rápido, rápido, falano inglês pareceno que tá usano um poder especial pra confundir todo mundo.

Olho pra esse homem alto e elegante, pra pele dele, que tem cor de amendoim torrado, e o cabelo preto curto que nem esponja. Ele não parece com as pessoa do estrangeiro na TV.

— Da onde cê é? — pergunto pra ele.

— Do Reino Unido — ele diz, sorrino suave, mostrano os dente branco numa linha reta. — Londres.

— Então por que que cê não parece amarelo que nem eles?

Ele endureceu o rosto, e aí riu, rá-rá.

— Você deve ser a filha da Idowu. Qual é o seu nome?

— Meu nome é Adunni, *sah*.

— Você é tão bonita quanto ela era na sua idade.

— Obrigada, *sah* — eu digo. — Minha mamãe viajou pra longe pra ver Iya, sua velha amiga que mora na aldeia aqui do lado. Ela só volta amanhã. Posso dar seu recado.

— Mas que pena. Você pode dizer que Ade voltou para procurá-la? Diga que eu não a esqueci.

Depois que ele subiu no carro e começou dirigir, fiquei pensano, quem é esse homem e como ele conhece minha mamãe? Quando a mamãe voltou e eu contei pra ela que o sr. Ade, do estrangeiro do Reino Unido, veio visitar ela, ela ficou chocada.

— Sr. Ade? — ela ficou perguntano pareceno que era surda. — Sr. Ade?

Aí ela começou chorar baixinho, porque não queria que o papai escutasse. Só depois de três semana perguntei por que ela ficou chocada e chorano. Ela me contou que o sr. Ade é de uma família rica. Faz muitos ano ele morava em Lagos, mas veio pra Ikati pra ficar com a avó nas férias. Um dia, a mamãe tava vendeno *puff-puff* e o sr. Ade comprou alguns. Então ele se tomou de amor por ela. Ficou caidinho. Ela contou que ele é seu primeiro amigo homem, o único homem que ela amou. Os dois devia ter casado. Mas a minha mamãe não ia pra escola, então a família do sr. Ade disse que não tinha casamento. Quando o sr. Ade falou que ia se matar se não casasse com a mamãe, a família dele trancou ele dentro dum *aeloplano* e mandou ele pro estrangeiro. Depois que a mamãe chorou e chorou, a família dela fez ela casar com o papai, um homem que ela nunca amou. E agora ele quer fazer a mesma coisa comigo.

Naquele dia, a mamãe disse:

— Adunni, porque eu não fui pra escola, não casei com o meu amor. Eu queria sair dessa aldeia, saber contar bastante dinheiro, ler muitos livro, mas não podia. — Aí ela segurou minha mão. — Adunni, Deus sabe que vou usar meu último suor pra te mandar pra escola, porque quero que você tem uma chance na vida. Eu quero que você fala um bom inglês, porque na Nigéria todo mundo tá entendeno inglês e quanto mais cê fala inglês, melhor pra conseguir um bom emprego.

Ela tossiu um pouco, se mexeu na esteira, continuou falano.

— Nessa aldeia, se você vai pra escola, ninguém te força a casar com nenhum homem. Mas se você não vai pra escola, eles vai te casar com qualquer homem quando você faz quinze ano. A educação é a sua voz, filha. Vai falar por você mesmo se você não abrir a boca pra falar. Vai falar até o dia que Deus te chamar.

Naquele dia, eu falei pra mim que mesmo que eu não consigo nada nessa vida, vou pra escola. Vou terminar o meu ensino fundamental, o médio e a faculdade e ser professora porque eu não quero que a minha voz seja baixa...

Eu quero que a minha voz seja alta.

— Papai?

Ele tá sentado no sofá, com o olho grudado na TV, olhano pro vidro cinza que nem se fosse um negócio mágico e aí ele podia assistir as notícia da eleição.

— Papai? — Eu fico na frente dele. Já é de noite e a sala tem uma luz fraca da vela que tá no chão, o branco da cera tá derreteno e fazeno uma sujeira do lado do pé do sofá. — Sou eu, Adunni.

— Meu olho não é cego — ele diz, falano iorubá. — Se a comida tá pronta, coloca no prato e traz.

— Tô precisano falar com você, *sah*. — Eu abaixo e seguro suas duas perna. Minha mente fica assustada de ver como a perna dele tá cada vez mais fina desde que a mamãe morreu. Sinto que tô agarrano só o pano da calça. — Por favor, papai.

O papai é um homem duro, sempre fechano a cara e brigano com todo mundo aqui em casa e por isso eu queria que a Enitan vinha implorar comigo. Quando meu papai tá em casa, todo mundo deve ficar que nem morto. Sem falar. Sem rir. Sem se mexer. Mesmo quando a mamãe não tava morta, o papai tava sempre gritano com ela. Faz muito tempo, ele bateu nela. Só uma vez. Ele deu um tapa nela, inchano a bochecha dela. Ele falou que é porque ela respondeu quando ele tava gritano com ela. Que mulher não deve falar quando o homem tá falano. Ele não bateu nela de novo depois disso, mas eles não ficou muito feliz junto.

Ele me olha aqui embaixo agora, a testa dele tá brilhano de suor.

— Que que é?

— Eu não quero casar com o Morufu — digo. — Quem vai cuidar de você? O Kayus e o Minino-home são menino. Eles não sabe cozinhar. Eles não sabe lavar roupa e varrer o complexo.

— Amanhã o Morufu vai trazer quatro bode pra esse complexo. — O papai levanta quatro dedo fino e começa falar inglês. — Um, dois, terês, quatro — ele diz, enquanto a saliva voa da boca dele e cai no meu lábio de cima. — Ele tamém vai trazer ave. Galinha caipira, muito cara. Saco de arroz, dois. E dinheiro. Eu não te falei isso. Cinco mil naira, Adunni. Cinco mil. Tem uma filha importante aqui em casa. Na sua idade, cê não devia tá em casa mais. Devia ter pelo menos um ou dois filho nessa altura.

— Se eu casar com o Morufu, cê vai tá jogano meu futuro no lixo. Eu tenho uma cabeça boa, papai. Cê sabe disso, a professora sabe disso. Se eu consigo um jeito de ir pra escola, posso te ajudar quando arrumar um bom emprego. Não tô pensano em voltar pra escola e ser a mais velha da classe, eu sei que posso aprender as coisa rápido. Aí termino meu estudo, viro professora e depois junto o dinheiro do salário todo mês pra construir uma casa pra você, compro um carro bom, um Benz preto.

O papai funga, limpa o nariz.

— Não tem dinheiro pra comida, sem falar os trinta mil naira do aluguel comunitário. O que que ser professora vai te dar? Nada. Só vai te dar uma cabeça teimosa. E a língua afiada, porque a que cê tem não chega, né? Quer ser que nem a Tola?

Tola é a filha do sr. Bada. Ela tem vinte e cinco ano e parece um lagarto-agama de cabelo comprido. O sr. Bada mandou ela pra escola na cidade de Idanra e agora ela tá trabalhano no banco de lá e tem carro e dinheiro, só que não arranjou marido. As pessoa diz que ela tá procurano marido em todo lugar, mas ninguém casa com ela, talvez porque ela parece um lagarto-agama de cabelo comprido ou talvez porque tem dinheiro igual um homem.

— Ela tá ganhano muito dinheiro — digo. — Tá cuidano do sr. Bada.

— Sem marido? — O papai balança a cabeça e bate palma duas vez. — Deus me livre. Meus filho pode cuidar de mim. Minino-home tá aprendeno ser mecânico na Kassim Motors. Logo o Kayus vai seguir ele. O que que eu vou fazer com você? Nada. Catorze ano, quase quinze é uma idade muito boa pra casar.

O papai funga de novo, arranha a garganta.

— Ontem mesmo o Morufu me disse que se você consegue dar um menino pra ele, ele vai me dar dez mil naira.

Um peso é jogado no meu peito, junto com o outro peso que já tava lá desde que a mamãe morreu.

— Mas cê fez uma promessa pra mamãe. E agora tá esqueceno da promessa.

— Adunni — o papai diz, balançano a cabeça. — A gente não podemos comer promessa em vez de comida. A promessa não tá pagando o nosso aluguel. O Morufu é um bom homem. Isso é uma coisa boa. Uma coisa alegre.

Continuo implorano pro papai, continuo segurano suas perna e molhano seus pé com minhas lágrima, mas meu papai não tá me ouvino. Ele continua balançano a cabeça e dizeno:

— Isso é uma coisa boa, uma coisa alegre. Idowu vai ficar alegre. Todo mundo vai ficar alegre.

Quando Morufu vem no dia seguinte de manhã e o papai me chama pra agradecer pelas ave e os bode, eu não recebo e nem respondo eles. Digo pro Kayus falar pro papai que minha visita mensal chegou. Que tô doente com dor no estômago. Deito na minha esteira e uso o manto da minha mamãe pra cobrir minha cabeça e fico ouvino o papai e o Morufu na sala, abrino a tampa da garrafa de gim schnapps e quebrano amendoim.

Ouço o Morufu gargalhano e rino alto, falano em iorubá sobre as eleição que vai ter no ano que vem, sobre o Boko Haram* robano muitas menina dentro de uma escola no mês passado, sobre o seu serviço com o táxi.

Fico assim deitada, molhano o manto da minha mamãe com lágrima, até a noite cair e até que o céu fica preto que nem terra úmida.

---

* Organização radical de milicianos que desejam estabelecer o Estado Islâmico na Nigéria. A expressão "Boko Haram" significa "educação ocidental é pecado". (N. da T.)

5

Eu e a Enitan tamo no quintal da nossa casa atrás da cozinha.

Ela tá fazeno meu teste da maquiage pro casamento de amanhã, colocano pó branco nas minha bochecha e passano um lápis preto bem fundo nas bola dos meus olho.

Nossa cozinha não é que nem aquelas que eu vejo dentro da TV, com gás ou qualquer coisa elétrica. A nossa é só um espaço com três tora de lenha debaixo de uma panela de ferro e uma tigela de plástico branco que nós usa de pia. Tem um banco de madeira pequeno, o que tô sentada agora, é um banco muito bonito que o Kendo, o carpinteiro da nossa aldeia, fez pra mim com a madeira da mangueira do nosso complexo.

— Adunni, agora cê parece uma *olori** de verdade — Enitan me diz, enquanto aperta o lápis dentro da minha cabeça dum jeito que parece que vai me machucar. — A esposa do rei!

Eu escuto o riso na sua voz, a alegria de uma amiga que tá tão orgulhosa de tá fazeno a maquiage de casamento. Ela segura meu queixo e aperta o lápis no meio da minha testa, que nem aquelas

* No sistema de chefia dos iorubás, título que significa rainha consorte ou princesa consorte. (N. da T.)

indiana que vimo na TV no centro da cidade. Depois, ela desenha minhas sobrancelha com lápis, esquerda e direita, e pinta minha boca com batom vermelho.

— Adunni — a Enitan diz. — Vou contar um... dois... e três, vai! Abre o olho!

Eu pisco o olho, abro. Primeiro, não vejo o vidro de se vê que a Enitan tá segurano por causa das lágrima no meu olho.

— Olha — ela diz. — Ficou bom?

Toco meu rosto aqui e ali, digo "Ah, ah", pareceno que tô muito feliz com o jeito que ela maquiou meu rosto. Mas o preto dentro dos meus olho tá pareceno que alguém me deu uma cotovelada.

— Por que que cê tá triste? — a Enitan pergunta. — Ainda tá triste porque vai casar com o Morufu?

Tento dar uma resposta, mas acho que vou só chorar e chorar e não vou falar nada direito e vou estragar todas maquiage que ela botou no meu rosto.

— O Morufu é um homem rico — a Enitan diz suspirano, pareceno que tá cansada de mim e de todos meus problema. — Ele vai cuidar de você e da sua família. Que mais que cê precisa nessa vida quando tem um bom marido?

— Cê sabe que ele tem duas esposa — consigo dizer. — E quatro criança.

— E daí? Olha pra você — a Enitan diz, rino. — Cê tem sorte de casar! Fica agradecida a Deus por essa coisa boa e para com todo esse choro besta.

— O Morufu não vai me ajudar terminar a escola — digo e meu coração tá inchano tanto que sinto as lágrima escorreno pelo meu rosto. — Nem ele não foi pra escola. E se eu não vou pra escola, como vou arranjar emprego e ter dinheiro? Como vou ter uma voz alta?

— Para de se preocupar — a Enitan diz. — Escola não vale nada nessa aldeia. Não tamo em Lagos. Esquece a escola disso e daquilo, casa com o Morufu e dá uns menino bom pra ele. A casa do Morufu não é longe. Eu vou brincar com você e vou no rio com você quando não ficar muito ocupada com meu serviço de maquiage.

Ela tira o pente de madeira do bolso do vestido amarelo-sol e começa pentear meu cabelo.

— Eu quero trançar no estilo *shuku*. Daí eu coloco contas vermelha aqui, aqui e aqui. — Ela toca minha cabeça bem no meio, perto da orelha esquerda e atrás da orelha direita. — Cê quer assim? — ela pergunta.

— Faz como cê quer — respondo, sem me importar.

— Adunni, a nova esposa de Ikati — Enitan diz, fazeno com a voz que nem se tá cantano uma canção. — Dá um sorriso grande pra mim — diz, enfiano o dedo no lado da minha barriga e fica coçano até que um sorriso aparece no meu rosto, até eu tossir de rir e a tosse apertar meu peito.

Lá longe, no nosso complexo, do lado da mangueira, o Minino-home tá colocano um balde de ferro dentro do poço com uma corda grande e grossa. O poço era do meu bisavô. Ele construiu com lama, aço e suor, e minha mamãe, quando ela não tava morta, ela me contava a história de como meu bisavô se matou dentro do poço. Ele só caiu lá dentro um dia quando foi pegar água. Por três dia, ninguém sabia onde ele tava. Todo mundo tava procurano ele, olhano dentro da mata, da roça, da praça da aldeia, até na funerária da comunidade, e então o poço começou cheirar mal que nem ovo podre e sujeira de alguém. No dia que eles encontrou o corpo do meu bisavô, ele tava inchado que nem se a perna, o nariz, o estômago, os dente e as nádega dele tava grávido ao mesmo tempo. A aldeia inteira, todo mundo chorou por ele, chorou, chorou e bateu no peito por três dia. Enquanto olho o Minino-home, agora, um pedaço pequeno de mim quer que ele cai dentro do poço pro casamento ser cancelado. Mas esse é um jeito ruim de pensar no meu irmão, então mudo de ideia.

O Minino-home puxa a água, coloca o balde no chão e enxuga o suor da testa enquanto o papai empurra a bicicleta com uma das mão e segura um pano verde na outra. Ele tá até vestino sua melhor calça, a de tecido ankara azul com uns desenho de barquinho vermelho, pareceno que vai visitar um rei. O Minino-home deita no chão, toca a testa na areia pra cumprimentar o papai, antes de pegar o trapo do papai e começar lustrar a bicicleta. A Enitan coloca o pente dentro do meu cabelo, separa umas parte e começa pentear rápido e com força.

— *Ai!* — digo, sentino o apertão no meu cabelo dentro do meu cérebro. — Põe menos força na mão, *jo*.*

— Desculpa — a Enitan diz, enquanto aperta minha cabeça pra baixo e começa trançar meu cabelo. Depois da primeira linha, levanto a cabeça. O Minino-home acabou de lustrar a bicicleta. Papai cospe no chão, esfrega o cuspe na areia com o pé antes de pular na bicicleta e sair do complexo.

Quando a Enitan termina a maquiage e o cabelo e eu lavo aquela besteira da minha cara, fico no mesmo lugar do lado de fora da cozinha, sentada no mesmo banco, arrancano as folha verde de uma espiga de milho, colocano as semente num balde.

Tô assim desdo meio da tarde, e a lua agora tá tão alta no céu, a noite quente e dura. Minhas costa parece uma casca de ovo preste a quebrar e meus dedo tão amarelado e dolorido e eu quero parar de debulhar, mas fazer isso não deixa minha mente correr pra cima e pra baixo, pensar muito.

Quando o balde tá quase cheio, eu coloco ele pro lado, fico em pé e me estico até minhas costa fazer um creque, e aí eu despejo uma tigela de água fria no balde antes de cobrir com um pano.

Amanhã de manhã, tia Sisi, que sempre cozinha pras pessoa da aldeia, vem na nossa casa. Ela vai misturar o milho com batata-doce, açúcar e gengibre e moer tudo junto pra fazer a bebida *kunu* pro casamento.

Chuto o resto das dez espiga de milho prum lado, sem me importar que o chão tá cheio de areia vermelha. Se ela quiser mais milho amanhã, ela pode descascar sozinha. Eu não. Meus dedo tão

* "Por favor" em iorubá. (N. da T.)

muito dolorido e meu corpo tá cheio de pelo branco e fino do milho, pareceno umas cobrinha subino e desceno pelo meu corpo todo.

Encontro o papai na sala, roncano, o chapéu enfiado no nariz. Três caixa de cerveja preta pequena, presente pro casamento, tão apoiada perto do seus pé. Numa das caixa tá faltano uma garrafa e eu vejo ela, escura e vazia, rolano no chão do lado de uma vela acesa. Espero um pouco, pensano em falar com o papai de novo, pra tentar e talvez fazer ele entender antes de amanhã, mas penso no milho de molho lá fora, nos inhame grande na cozinha, no saco de arroz e pimentão vermelho, nas duas galinha caipira e nos quatro bode nos fundo da casa.

Penso na tia Sisi, na Enitan e em todas outra pessoa que vai vim aqui amanhã cedo, usano vestido caro, sapato e bolsa por minha causa. Eu olho a garrafa de cerveja preta perto dos pé do papai e suspiro, abaixo no chão perto da porta da sala e sopro uma brisa na vela pra apagar o fogo.

Deixo o papai sozinho no escuro e, quando chego no meu quarto, tiro meu vestido, sacudo o resto dos pelo do milho e deixo pra secar na janela.

Amarro um manto em volta do meu peito e me deito na esteira perto do Kayus. Tento colocar minha cabeça na esteira pra dormir, mas minha cabeça inteira tá respirano sozinha, sinto que nem se a Enitan tá bombeano ar quente dentro da minha cabeça quando ela tava trançano, causano uma dor forte. Sento de costa pra parede e escuto o vento assobiano baixinho lá fora. Tem dia que quero ser igual o Kayus, não ter medo de casar com um homem, não ter nenhuma preocupação nessa vida. A única coisa que o Kayus se preocupa é qual comida vai comer e onde vai chutar a bola. Ele nunca se preocupa com casamento ou dinheiro do dote da noiva. Ele nem se preocupa com a escola, porque fui eu que ensinei pra ele todo esse tempo.

A Enitan falou que o Morufu tem uma casa. Um carro de verdade que funciona. Muita comida pra comer, dinheiro pra dar pro papai e pro Kayus e até pro Minino-home. Dinheiro pro Kayus é uma coisa boa. Posso tentar, como a Enitan falou, tentar ser feliz.

Eu estico os lábio, forçano o sorriso. Mas meu peito tá cheio de pássaro bateno as asa dentro dele. Os pássaro bate os pé e bica e eu quero chorar muito alto e implorar pros pássaro parar de fazer meu coração saltar. Eu quero gritar na noite e pedir pra nunca ficar de manhã, mas o Kayus tá dormino que nem um bebê e eu não quero acordar ele, então pego a ponta da minha roupa, faço uma bola com ela e mordo forte o gosto do milho dessa tarde e o sal da minhas lágrima.

Quando meu espírito não consegue mais chorar, cuspo o pano da boca, fungo. Amanhã vai chegar. Não posso fazer nada com isso. Eu deito e fecho o olho. Abro de novo. Fecho. Abro. Tem um barulho do meu lado, uma coisa tremeno. Kayus?

Eu sento, toco nele devagar e digo:

— Kayus, tá tudo bem?

Mas meu irmão caçula, ele só bate na minha mão pareceno que eu belisquei ele com dois dedo quente. Ele levanta da esteira, chuta os chinelo no chão e corre pra fora no escuro antes que eu penso em perguntar o que que tá aconteceno.

Aí eu sento lá e escuto: o barulho do seus pé chutano a porta do lado de fora do nosso quarto.

Chute. Chute. Chute.

Eu escuto a voz dele, a tristeza e a raiva dela, enquanto ele tá gritano meu nome sem parar. E eu escuto o papai, que tá gritano e xingano do seu sono e dizeno pro Kayus escolher: ou cala a boca barulhenta ou vai na sala pra levar uma surra boa e quente. Então eu me arrasto da minha esteira e encontro o Kayus do lado de fora, sentado no chão de costa pra parede do nosso quarto. Ele tá esfregano o pé esquerdo com a mão, esfregano e chorano e chorano e esfregano.

Eu abaixo perto dele, arranco a mão dele dos pé e seguro com força. Aí eu puxo ele pra mais perto e junto, e ficamo assim, sem dizer nada, até que ele cai num sono pesado com a cabeça no meu ombro.

6

Meu casamento foi que nem um filme dentro da TV.

Meu olho tava me assistino quando eu tava ajoelhada na frente do meu papai, e ele fazia a oração pra me seguir até a casa do meu marido, e a minha boca ficava abrino, meus lábio abrino, minha voz dizeno "Amém" pras oração, mesmo que minha mente não tava entendeno o que tá aconteceno comigo.

Eu tava olhano tudo por baixo do pano de renda branca que cobria meu rosto: as mulher e os homem parado no nosso complexo debaixo da mangueira, todo mundo vestino o mesmo tipo de pano azul e sem sapato; o velho tocador segurano um tambor falante debaixo do sovaco, puxano a corda do lado do tambor e bateno com um pedaço de pau nele: *gon! gon! gon!* Minhas amiga, Enitan e Ruka, rino, dançano, cantano. Eu fiquei olhano toda comida: arroz no óleo de palma e peixe e inhame e *dodo*, Coca-Cola e *kunu* e *zobo* pras mulher, e vinho de palma e gin schnapps e cerveja preta e *ogogoro* forte pros homem; taça de choco-doces pras criança pequena.

Meu olho tava me assistino quando o Morufu colocou o dedo dentro de uma panelinha de barro com mel e levantou o pano pra bater o dedo de mel na minha testa três vez, dizeno: "Sua vida vai ser doce como esse mel a partir de hoje".

Eu continuo assistino, até quando o Morufu deita e encosta a cabeça no chão na frente do papai sete vez e o papai pega minha mão, fria e morta, e coloca ela dentro da mão do Morufu e diz: "Esta é a sua esposa agora, a partir de hoje até pra sempre ela é sua. Faça com ela o que quiser. Use ela até que ela seja inútil! Que ela nunca mais durma na casa do pai!" E todo mundo ri e diz: "*Parabénnns!* Amém! *Parabénnns!*"

Meu olho tava só me assistino, assistino como um retrato de estudante que coloquei em cima de uma mesa no meu coração e que caiu no chão e espatifou em pedaços pequeno, pequeno.

Enquanto o Morufu dirige o táxi pra longe do nosso complexo, ele coloca a mão pra fora da janela e grita "Obrigadooo! Obrigadooo!" pras pessoa que tá dos dois lado da estrada, acenano pra gente e desejano um bom lar.

Tô sentada do lado dele no carro, minha cabeça abaixada no queixo, olhano a hena que Enitan desenhou na minha mão hoje de manhã e pensano como ela parece o que a minha mente tá sentino: muitas curva e volta numa estrada estreita e escura de um jeito que parece bonita de longe, mas quando cê olha bem, aí vê as confusão toda.

— Cê tá se sentino bem? — o Morufu pergunta quando não tem mais gente na beira da estrada, quando é só árvore e mato dos dois lado; quando, lá fora, o mundo tá girano, e a escuridão é agora onde o sol costumava tá, e o céu é só um pano grande e azul com muitos buraco brilhante dentro dele.

Uma brisa sopra no meu rosto, e outra noiva, uma noiva feliz, deve tá cheia de sorriso agora, olhano as estrela e pensano como ela tem sorte de casar. Mas eu fico com a minha cabeça baixa, tentano prender as lágrima atrás das pálpebra pra elas ficar dentro do meu olho e não sair. Eu não quero chorar na frente desse homem. Eu nunca, nunca quero mostrar pra ele nenhum sentimento meu.

— Cê não vai me responder? — o Morufu diz, cortano a estrada pra esquerda, e a gente se aproximamo da área que fica perto da fronteira da aldeia. — Vamo! Olha pra mim!

Eu faço que sim com a cabeça.

— Bom, muito bom — ele diz. — Porque agora cê é uma mulher casada. Minha esposa. As outras duas esposa na casa, como elas chama mesmo? Sim, Labake e Khadija, elas vai ficar com ciúme de você. A Khadija faz pouco-caso, mas a Labake, ela vai querer fazer cê ficar triste. Cê não vai permitir, ouviu? Se a Labake fazer qualquer coisa com você, ou se ela falar dum jeito, me chama que eu vou açoitar ela muito bem.

Minha cabeça não entende por que que ele quer açoitar suas esposa. Ele vai me açoitar quando eu fizer coisa ruim?

— Sim, *sah* — eu digo. As lágrima estúpida não se comporta. Fica escorreno nas minhas bochecha.

— Ei, tô ouvino lágrima? — Ele tira da cabeça o *fila** do casamento e joga no banco de trás. — Cê tá triste? — ele pergunta e eu faço que sim com a cabeça, porque tô rezano pra ele ter pena de mim e parar o carro do outro lado da estrada e me pedir desculpa, falar que é um grande erro e ele não me quer mais como esposa, mas em vez disso ele funga e diz: — É melhor limpar essas lágrima e começar rir. Cê sabe quanto tá me custano casar com você hoje? É melhor mostrar os dente pra mim agora e começar rir. Vamo! Por que cê tá olhano pra mim? Eu matei seu pai? Cê é surda do ouvido? Eu disse MOSTRA!

Mostro os dente, sinto que nem se tô rasgano meu rosto.

— Muito bem — ele diz. — Fica rino. Fica feliz. Uma nova esposa tá sempre feliz.

Tamo dentro do carro que nem dois louco, eu mostrano meus dente e ele falano sozinho de como tava pagano milhares e milhares de naira pelo dote da noiva até passar pelo cruzamento do lado da padaria Ikati, e o cheiro de pão cresceno enche meu nariz e me

---

* Chapéu em iorubá. (N. da T.)

faz pensar na mamãe. Passamo pela mesquita da aldeia e tem gente saino do portão de ferro da mesquita: uns homem vestino *jalabiya** branco, segurano contas de oração e chaleira de plástico, e umas mulher cobrino as cabeça com hijab, todas essas pessoa andano que nem se alguém tá perseguino elas.

Depois de quase vinte minuto dirigino da nossa casa, Morufu fez uma curva na cantina Ikati e entrou num complexo que é grande que nem a metade dum campo de futebol, com uma casa de cimento no meio dele. A casa tá no escuro, sem luz nas quatro janela. Não tem porta na frente, só um portão pequeno de madeira. Na frente dela, uma cortina tá balançano com o vento forte da noite. O Morufu para o carro perto de uma goiabeira com um galho que parece a mão dum homem, as folha se espalhano pelo complexo como dedos demais na mão. Eu vejo que tem um outro carro no complexo, verde, e uma sacola de náilon azul em vez de vidro numa das janela do fundo.

— Essa é minha casa. Por vinte anos, eu mesmo construí — o Morufu diz. Ele aponta pro outro carro verde. — Esse é o meu outro carro-táxi. Quantas pessoa tem dois carro nessa aldeia?

Ele bate o ombro na porta do carro e abre.

— Desce e me espera ali — ele diz. — Vou pegar suas coisa no porta-mala.

Eu desço do carro, chuto uma ou duas goiaba podre que tão no meu caminho pelo chão. Escuto um barulho na casa, o som de uma porta abrino e fechano. Uma mulher de corpo cheio e quadril redondo, que nem se esconde um mamão dentro dos quadril debaixo do *iro*** preto que tá amarrado na cintura, sai da casa. A cara

---

* Vestimenta tradicional árabe, uma espécie de túnica, usada por homens islâmicos. A versão feminina é o *jilbab*, podendo ser adornado e incluir uma cobertura para a cabeça, o *hijab*. (N. da T.)

** Vestimenta tradicional feminina nigeriana, espécie de saia que envolve da cintura aos joelhos ou os pés. Usada geralmente com a *buba*, que é a parte de cima, e o *gele*, espécie de turbante. Os homens usam a *buba* com o *sokoto*,

dela tá branca, que nem se ela ama tanto giz branco que usa de pó. Na mão tem uma vela em cima dum prato e perto das chama dançante da vela ela parece um fantasma com rede no cabelo.

Ela carrega o prato de vela pareceno oferenda prum deus, caminha devagar, os pé parece que tá pisano em casca de ovo, aí ela para na minha frente.

— Ladrona de marido, bem-vinda — ela diz pra vela, a brisa da boca fazeno o fogo dormir. — Quando eu acabar com você nessa casa, você vai amaldiçoar o dia que a sua mãe te pariu. *Ashewo.*

— Labake! — o Morufu grita de trás do carro. — Cê já vai começar com seus problema de novo? Cê tá chamano minha nova esposa de *ashewo*? Prostituta? Eu acho que cê quer morrer essa noite. Adunni, não liga pra ela. Ela tá teno problema de cabeça. A cabeça não tá boa. Não liga pra ela!

A mulher, Labake, resmunga, fazeno eco por todo o complexo, antes de virar e ir embora com as nádega balançano.

Eu, eu só fico parada ali, sentino um frio subino pela minha cabeça até que o Morufu vem pro meu lado. Ele larga minha caixa no chão, cospe do lado dos meus pé e enxuga a boca com as costa da mão.

— Essa é a Labake, a primeira esposa — ele diz. — Não liga pra ela de jeito nenhum. Essa conversa dela é vazia. Agora, vem comigo pra dentro, vem conhecer a Khadija, a segunda esposa.

---

calça, e o *fila*, chapéu. O conjunto *buba*, *iro* e *gele* para mulheres e *buba*, *sokoto* e *fila* para os homens é o traje tradicional do povo iorubá no sudoeste da Nigéria. (N. da T.)

7

Eu conto seis pessoa na sala.

Tem um sofá encostado na parede, uma mesa de madeira no meio com uma xícara vazia em cima. A TV no canto do lado do sofá tá segurano um lampião de querosene que cospe uma luz laranja escura dentro da sala.

Eu ponho meus olho em volta das mulher primeiro. A Labake tá lá, a de rosto branco, em pé perto da TV, dano tapa na barriga que nem se tem maldade dentro dela. Do lado dela, outra menina. Ela parece ser a metade de uma adulta e tá vestino uma túnica longa, preta e verde na luz do lampião. Eu olho pra ela desdo cabelo curto na sua cabeça até o estômago inchado. Que nem se ela tá pensano que eu vou usar meu olho pra arrancar o bebê da sua barriga, ela vira de costa pra mim e fica de frente pra parede.

Eu olho pras criança sentada no chão, todas quatro menina. Elas tá piscano pra mim pareceno que eu sou um filme da TV com muita luz brilhano. A mais nova parece que tem um ano e meio. As menina não tá usano roupa direito. Só as calça. Até a que tem o seio do tamanho de uma noz-de-cola não usa sutiã. Sempre vejo ela no riacho, só de calça, botano água dentro do pote de barro. Eu e ela jogamo *ten-ten** uma vez, faz muito tempo.

---

* Brincadeira de palmas tradicional nigeriana. (N. da T.)

Só então, o nome dela entrou no meu cérebro: Kike. Ela tem catorze ano. Mesma idade que a minha. Quando ela me olha que nem se tá assustada de me ver, eu coloco meus olho no lampião da TV, na chama de fogo dançano dentro da tigela de vidro.

— Essa é a Khadija — o Morufu diz, apontano pra grávida pequenininha. — Ela parece pequena, mas é a segunda esposa mais velha. Ajoelha e cumprimenta.

Quando me ajoelho pra cumprimentar a Khadija, o Morufu espanta as crianças.

— Pra dentro, vocês, pra dentro — ele diz, chutano suas perna. — Vai, vai, mexe esses pé. Kike, Alafia, vai, vai. Cês já viu muito a nova esposa! Pra esteira. Sem barulho hoje. Sem briga, se vocês não quer ver meus olho vermelho!

As menina sai afobada uma atrás das outra, se espalhano pra longe da sala.

— Labake, Khadija, senta — o Morufu diz. — Senta, deixa eu falar com vocês.

Labake se joga em cima do sofá, cruza a mão no peito.

— A gente sabemos o que cê quer dizer, então fala logo — ela diz.

A Khadija não se mexe da onde ela tá.

O Morufu boceja e abaixa no sofá do lado da Labake.

Perto da luz do lampião, a pele dele é áspera que nem lixa e tá murcha de velha, os dente da boca são marrom e torto pra esquerda. Consigo contar todos cinco antes que ele fecha a boca. Ele deve ter mais ou menos a idade do papai, talvez cinquenta e cinco, sessenta ano, só que parece com o pai do papai.

— Adunni, essa é a sua nova casa — o Morufu diz. — E nessa casa, eu que mando. Tem que ter respeito pra mim. Eu sou o rei dessa casa. Ninguém deve responder pra mim. Nem você, nem as criança, nem ninguém. Quando eu tô falano, cê cala a boca. Adunni, isso quer dizer que você não faz pergunta na minha frente, tá me ouvino?

— Por quê? — eu pergunto. — Onde que eu tenho que fazer pergunta pra você? Nas suas costa?

A Khadija faz um barulho no canto. Que nem se ela tá segurano pra não rir.

— Adunni, cê acha que eu tô brincano aqui? Tomara que a tua boca não te coloca em apuro — o Morufu diz. Ele tá sorrino, mas aquele sorriso tá me alertano. — Cê não pode falar com seu marido de qualquer jeito. Eu tenho uma bengala especial pra açoitar boca ruim. Não quero usar essa bengala em você, viu? O que eu tô dizeno, então? Essa é a sua casa agora. Juro que eu já tinha os cabelo grisalho antes de casar com a minha primeira esposa. Por quê? Porque eu tava ocupado ganhano muito dinheiro e aprendeno meu negócio de táxi. Primeiro eu casei com a Labake, mas ela não tinha filho. Foi depois que sacrificamo duas cabra pros deus do rio Ikati que a Labake conseguiu nascer um bebê dela, uma menina.

Ele fala isso que nem se é uma coisa amarga de lembrar, pareceno que as menina é uma maldição, um presente ruim dos deus.

— Kike é o nome dela. Minha primeira filha. Ela tem a sua idade, Adunni. Desde lá, fizemo muito mais sacrifício, mas acho que os deus da água tá irritado com a Labake. Mais nenhum bebê. Aí eu casei com a segunda esposa, a Khadija. Grande erro! Grande bagunça! Por quê? Porque a Khadija teve três filha: Alafia, Kofo e eu esqueci o nome da outra filha agora. Nenhum menino. Adunni, seus olho não é cego, cê pode ver muito bem que a Khadija tá carregano um novo bebê. Eu já avisei ela que, se não é um menino dentro dessa barriga, a família dela não vai tirar comida de mim de novo. Eu juro que vou chutar ela de volta pra casa do pai esfomeado dela. Né?

— Deus não é mau — a Khadija diz virada pra parede. — Esse filho é menino homem.

— Eu quero dois filho homem — ele diz. — Se eu ter meus menino, vou mandar eles pra escola. Eles vai ser taxista que fala inglês e ganha bastante dinheiro. As menina só é boa pra casamento, pra cozinhar e trabalhar no quarto. Já achei marido pra Kike. Vou usar o dote da noiva pra consertar a janela do meu carro, talvez comprar mais galinha pro meu sítio, porque gastei muito dinheiro pra casar com a minha querida Adunni. Mas eu não me importo em gastar com a minha Adunni. Não me importo nem um pouco! Agora, as três esposa, todas vocês me ouve bem. Eu não quero cês brigano. Labake, tem cuidado. Cê tá sempre arrumano problema. Se você não me dá paz, eu vou te expulsar do meu complexo. Tô ficano velho, quero paz. Agora deixa eu ver. Como as três vai dormir comigo?

O Morufu coça a barba grisalha, puxa um fio de cabelo, coloca na boca e come.

— Já sei. Vamo fazer assim. Adunni vai dormir no meu quarto três noite na semana. Domingo, segunda, terça. Labake duas noite, quarta e quinta. Cê que tá com barriga, uma noite, na sexta-feira. Eu vou guardar a última noite pra mim, pra recuperar energia. Adunni é uma nova esposa com sangue jovem. Ela deve dá um menino homem pra mim. Né, Adunni? — Ele ri, mas ninguém tá rino junto.

Ele tá quereno dizer que vamo dormir na mesma cama que nem amante? Ele tá quereno me ver sem roupa? Pra me fazer as coisa sem sentido e as besteira que os adulto costuma fazer? Eu arrepio, coloco minha mão em volta de mim. Ninguém nunca me viu sem roupa. Ninguém, só minha mamãe. Até quando eu tomo banho no riacho Ikati, uso uma bata pra cobrir meu corpo todo dentro dela. Eu não quero que o Morufu com a sua cara de trapo me toca. Eu não quero um marido. Eu só quero a minha mamãe. Por que que a morte tirou ela de mim tão rápido? Meus olho aperta com lágrima, mas eu mordo meu lábio até rasgar a pele dele.

O Morufu abaixa até os pé pra tirar o *agbada** que tava usano pro casamento. Ele não é gordo, mas tem o estômago redondo. Parece duro tamém, que nem coco. Talvez tem uma doença dentro dele. Eu esqueci o nome disso, mas a professora contou, na aula de ciências, que essa doença faz o estômago ficar duro quando não tá grávida e quando não tá fazeno uma dieta balanceada. Acho que o Morufu tá com essa doença.

— A Khadija vai te mostrar a cozinha, o banheiro e todos lugar da casa. Nada de ter medo, viu? — ele diz. — Deixa eu me preparar pra você. Cê tem alguma pergunta?

Eu quero perguntar se ele pode me largar e devolver pro meu pai. Eu quero dizer pra ele não me tocar nessa noite, ou nunca, nunca. Mas tô balançano a cabeça, tremeno, tremeno. O frio tá me

---

* Vestimenta tradicional usada por homens em grande parte da África, um manto largo de mangas também largas usado sobre uma camisa. (N. da T.)

esfriano, mesmo que a cabeça da Labake tá brilhano de suor e a Khadija tá usano a mão pra se abanar.

— Não, *sah* — eu digo. — Obrigada, *sah*.

Quando o Morufu deixa a gente, a Labake se levanta, aperta o *iro* na cintura, que nem se tá preparano pruma luta.

— Você e a minha Kike tem a mesma idade — ela diz, os olho piscano depressa. — Sua mãe morta e eu tem a mesma idade. Deus me livre de dividir meu marido com a minha própria filha. Deus me livre de esperar que você termina com meu marido pra poder entrar no quarto. Ah, cê vai sofrer nessa casa. Pergunta pra Khadija, ela vai dizer que eu sou uma mulher malvada. Que minha louquice não tem cura.

Ela estala o dedo na minha cara e empurra meu peito dum jeito que eu caio no sofá.

— Eu vou te fazer sofrer que você vai voltar correno pra casa do seu pai.

Eu fico tão assustada que começo chorar.

— Não chora — a Khadija diz, quando tá só eu e ela na sala. Ela desencostou da parede e veio sentar do meu lado. — A Labake tá só falano. Ela tem boca grande, mas não vai fazer nada. Nenhuma mulher fica feliz de dividir o marido. Não se preocupa com a Labake, viu? Para de chorar. — Ela colocou a mão no meu ombro, com um toque suave. Ela fala inglês melhor do que eu, e acho que ia pra escola antes que foi obrigada a casar com o Morufu. — Não é tão ruim — ela diz. — Aqui tem comida pra comer e água pra beber. Sou agradecida por isso, pela comida.

Eu olho pro rosto dela. Os olho tão pra dentro da cabeça, que nem se ela tá desnutrida, e quando ela sorri, suas bochecha engole os olho dum jeito que quase desaparece. Mas vejo um espírito bom no fundo do olho dela.

— Eu só quero a minha mamãe — digo, sussurrano. — Eu não queria casar com o Morufu. Meu papai diz que eu tinha que casar com ele porque ele paga o nosso aluguel comunitário.

— O seu é até bom. Eu, o meu papai me deu pro Morufu por causa do saco de arroz. Depois de uma doença cortar a perna do meu pai. Cê conhece a doença *diabetis*?

Eu balanço minha cabeça fazeno que não.

— Doença do açúcar. A *diabetis* mordeu feio a perna dele, aí o médico mandou cortar bem aqui. — Ela coloca a mão no joelho e faz um corte em volta, que nem se tá cortano inhame. — O hospital custa caro, e o papai não pode trabalhar mais, aí ficamo sofrendo pra comer. De primeiro o Morufu tava ajudando, mas aí cansou e disse que tinha que casar comigo ou não tinha mais comida. Ele comprou cinco *derica** de arroz pra minha família, e meu pai me colocou no carro do Morufu e me deu tchau. A gente nem fez nenhuma festa de casamento como a sua. — Ela forçou uma risada seca. — Eu tava na escola antes disso, aprendendo bem. Faz cinco anos que tô aqui. Agora ele tá dizendo que não vai dar comida pra minha família se eu não dou um menino homem pra ele. Tô só cansada de tudo. Eu sei que esse aqui é um menino homem, aí vou poder descansar.

— Quantos ano cê tem? — pergunto, olhano ela enquanto tá descansano as costa e coloca a mão em cima do seu estômago.

— Tenho vinte anos. Eu casei com ele quando tinha quinze e dei três filhas pra ele, três filhas que ele não queria porque são menina mulher. Não é nada fácil ser esposa do Morufu. Se você quer paz nessa casa, Adunni, não deixa nosso marido ficar com raiva. A raiva dele é um espírito maligno. Não é bom.

Não tô gostano do jeito que ela está dizeno "nosso marido", que nem se é um título, que nem dizemo "Nosso Rei".

— Se anima — ela diz. — Dá um sorriso, fica alegre. Agora vem cá, deixa eu te mostrar toda a casa porque nosso marido tá esperando você. Essa noite cê vai virar uma mulher de verdade e se Deus sorrir pra você, em nove mês, cê vai ter um menino homem.

Ela levanta e esfrega as costa. Aí ela estende a mão pra mim.

— Acho que a chuva tá vindo. Tá escutando? Vem, deixa eu te mostrar a nossa cozinha.

O céu faz trovão e parece que me atinge bem aqui dentro do meu coração. Eu pego na mão da Khadija pareceno que tô segurano tristezas, aí sigo ela.

---

* De Rica é uma marca de extrato de tomate muito comum na Nigéria, tão comum que se tornou sinônimo do próprio produto. Sua lata é usada como unidade de medida: uma "derica" de arroz é uma lata de arroz, equivalente a três copos ou 600 mililitros. (N. da T.)

8

A chuva tá caino com raiva, que nem se o telhado da cozinha é um tambor, e a chuva é baqueta nas mão de Deus. A Khadija tá parada debaixo da sombra do telhado da cozinha, apontano pra lá e pra cá.

— Aquele é o fogão de querosene — ela diz, apontano pro fogão de ferro no canto esquerdo da cozinha, falano alto por causa do barulho da chuva. — Pra fazer comida — ela diz, será que alguém vai usar um fogão de querosene pra fazer um carro. — Tem dois fogão. Um pra mim e outro pra Labake. Cê pode usar o meu fogão, se quiser.

— Obrigada — digo, colocano minha mão em volta do meu corpo e olhano em todo canto da cozinha. Tem um resto de ensopado de peixe numa tigela no chão, a espinha do peixe pareceno um pente fino e branco dentro dela. Tem uma cadeirinha de madeira do lado da tigela e no chão tamém tem uma esponja de ráfia com um cubo de sabão preto derretido dentro dela. A cozinha não tem porta, só um espaço e dois pilar de madeira sustentano o telhado.

Longe, vejo uma porta. Metade dela é pintada, a outra só mostra madeira, que nem se alguém tava pintano e aí mudou de ideia e foi embora. Ou talvez a tinta acabou. O cheiro de urina velha tá subino junto com o cheiro da água da chuva e acertano meu nariz.

— É o banheiro? — eu pergunto.

— Sim — ela diz. — Tá vendo o poço na frente da casa? Cê busca a água lá, passa aqui pela cozinha pra ir pro banheiro ali. Todo mundo usa o banheiro quando quer. É só usar quando quer.

Ela diz isso pareceno que é uma coisa maravilhosa, usar o banheiro quando a gente quer.

— Mas tenho que dizer que o nosso marido deve ser o primeiro — ela diz. — Muito cedo de manhã, quando a mesquita chama pra oração, ou quando o galo canta, lá pelas cinco horas. Depois disso, qualquer pessoa pode usar. Nosso marido deve fazer tudo primeiro. Se ele não comeu, ninguém pode comer. Ele é o rei nessa casa. — Ela dá um sorriso tenso, manteno os olho em mim com firmeza. Sem piscar. Espero ela dizer mais alguma coisa, mas ela bate palma e diz: — Tá bom por uma noite. Vamo voltar pra dentro agora. Tá chovendo muito.

No tempo que caminhamo no complexo debaixo da chuva e voltamo pra dentro da casa, minha roupa tá molhada da chuva, meu *iro* pesado.

— Deixa eu te levar pro quarto do nosso marido — a Khadija diz.

A gente caminhamo pelo corredor, minha sombra dançano atrás da Khadija enquanto ela anda e balança o lampião; ela aponta pro quarto da Labake pra esquerda, o dela pra direita e o das criança perto do dela.

— Nunca entra no quarto da Labake — ela diz, sussurrano. — Uma vez a Alafia, minha filha, ela foi lá no quarto dela pra dar a comida. Aquela bruxa bateu na minha Alafia até ficar quase sangrando. Se você gosta de você, não chega perto do quarto dela.

Chegamo no final do corredor e paramo na frente de uma porta. Tem uma cortina na porta, que cheira que nem se precisa de uma lavagem forte com água e sabão. Atrás da porta, ouço um assobio baixo, um espirro, algo se agitano que nem papel.

— Esse é o quarto do nosso marido — a Khadija disse. — Cê vai dormir aqui três dias. Depois, eu e você divide meu quarto. Tá bom?

— Tô com medo — digo, sussurrano. Meu coração tá dentro do meu estômago e sinto vontade de vomitar ele. — Por favor, fica comigo.

Ela ri e, na escuridão daquele corredor, nem vejo os olho dela de novo. Só o brilho dos dente.

— É a sua primeira vez dormindo com homem?

— Eu nunca vi nenhum homem sem roupa — digo. — Tô com medo.

— É muito honrada — ela disse. — Se guardar pro seu marido. Quando você entrar lá, e ele tá pronto pra você, fecha os olhos porque aquela coisa vai te machucar, mas quando doer, cê deve pensar numa coisa que gosta. Do que que cê gosta?

— Da mamãe — eu digo enquanto as lágrima tão encheno meus olho e desceno no meu rosto. — Eu só quero a minha mamãe.

Ela toca meu ombro, bate na porta duas vezes e se afasta.

— Entra, entra. — O Morufu tá parado na minha frente, segurano a porta aberta.

Atrás dele, vejo dois lampião em cima dum jornal no chão do lado dum fogão de querosene. Tem um colchão no chão, a caixa com as minhas roupa apoiada na parede cinza.

— Por que cê tá parada aí, olhano?

Tem um tapete de pelo no peito dele, grosso, crespo e grisalho. Ele dá um passo pro lado e eu arrasto minha perna, uma depois da outra, e entro no quarto, meu nariz retorceno pra espirrar com o cheiro de fumaça velha de *siga*. Mesmo com os dois lampião iluminano, o quarto parece um caixão de enterro. Que nem se vai fechar em volta de mim e espremer toda a minha vida. Minha respiração tá rápida, meu coração disparano e girano, disparano e girano.

— Vem comigo pra cama — ele diz enquanto sobe no colchão, afundano com o corpo, a mola rangeno. Ele deita, esfrega o estômago e arrota o cheiro de gim. — Por que cê não dançou hoje na sala do seu pai? — ele pergunta, colocano as duas mão atrás da cabeça e me dano um sorriso. — Senta, senta. Cê não tá muito feliz de casar comigo? Eu não sou um homem mau, sabia?

— Tô com frio — digo enquanto sento no colchão. Não tem lençol por cima, nem capa pra cobrir a espuma onde o colchão tá rasgano ou tem furo. Vejo uma garrafa de plástico escuro no chão. Tem uns pedaço de uma casca de árvore e umas folha verde dentro da água suja. Tento ler as palavra na garrafa, devagar, escolheno cada palavra, uma por uma: "Elixir Rojão. Acorde a Masculinidade Adormecida".

O que que significa ter uma masculinidade adormecida? E o Morufu tá bebeno isso por minha causa? Por quê?

O medo me tranca dentro dele.

— Meu corpo tá doeno — eu digo. — Eu tava na chuva com a Khadija. Isso me deixou com frio. Por favor, vamo dormir agora. Hoje eu tô me sentino mal.

— Eu acabei de beber Elixir Rojão. — Ele ri, se mexeno pra mim no colchão. — Cê sabe como é a gasolina pro carro? É que nem o Elixir Rojão pro corpo dum homem. Tá fazeno todo meu corpo ficar em pé. Cê quer beber um pouquinho do Elixir Rojão? Vai fazer o frio passar. Deita e descansa as costa.

Eu balanço minha cabeça fazeno que não.

— Vamo, deita pra mim — ele diz, dano dois tapinha na cama.

O colchão assopra poeira, dá aquele fedor de pano que não acabou de secar antes de dobrar e guardar dentro do guarda-roupa. Quando não respondo, ele chama meu nome, a voz cortano.

— Tô ino — eu digo. O vômito vai subino na minha garganta de novo enquanto deito do lado dele. Ele chega perto e coloca a mão no meu estômago. Eu fico dura.

— Relaxa — ele diz. — Relaxa.

Ele coloca a mão no meu seio, belisca e aperta com força por cima da minha *buba*.* Aí, sua respiração fica alta, correno rápido, enquanto ele passa a mão pra cima e pra baixo no meu corpo pareceno que tá tentano encontrar uma coisa que tá faltano. Quando ele tira a calça, começo chorar chamano a mamãe. Ele sobe em cima de mim, abrino minhas perna que nem se isso irrita ele.

Um raio de luz entra no quarto, um clarão rápido na janela que enche a sala com um brilho estranho branco meio azul. É a mamãe? Enviano sua luz pra sugar toda a escuridão de dentro do Morufu?

Mamãe me ajuda.

Tento segurar a luz com o olho, pra manter ela comigo, mas é muito rápido, meia piscada e nada.

A dor é bruta, toma meu pensamento, minha respiração, e me manda pra fora do meu corpo, pro teto. Eu fico lá em cima, me olhano enquanto tô mordeno meu lábio de baixo, arranhano as costa dele, lutano contra ele com toda minha força. Mas não adianta, meu poder é não ter poder porque o Morufu tá se comportano que nem se um demônio tá dentro dele. Quanto mais eu luto, mais ele se enfia dentro de mim, derramano um calor quente dentro de mim até que ele solta um grunhido alto e desmorona em cima de mim. Aí ele rola pro lado, respirano rápido.

— Agora cê é uma mulher completa — ele diz um pouco depois. — Amanhã vamo fazer isso de novo. Continuamo fazeno isso até cê ficar grávida e nascer um bebê, um menino homem. — Ele desce do colchão, veste a calça e me deixa sozinha no quarto ardeno nas parte de baixo.

Eu fico lá com minhas lágrima escorreno pelo rosto e pelas orelha enquanto tô olhano pro teto, olhano pra lâmpada sem luz lá no meio.

---

* Palavra iorubá que significa roupa superior. Para as mulheres, a *buba* é a blusa tradicional nigeriana, usada geralmente com o *iro* e o *gele*, espécie de turbante. (N. da T.)

9

O ar da manhã parece uma corda em volta do meu corpo.

É uma corda muito apertada e grossa que ficou enrolada em volta de mim a noite inteira, me apertano da cabeça até as perna, ficano difícil andar, respirar, pensar. Eu só quero rasgar meu corpo inteiro e jogar fora enquanto me arrasto pra fora do quarto do Morufu.

Lá embaixo tá pegano fogo, pareceno que sentei em cima dum carvão em chamas por muitas hora. Não consigo lembrar muito do que aconteceu comigo ontem de noite, minha cabeça tá cheia dum pano escuro, tampano todo mal que o Morufu tava fazeno, até hoje de manhã, quando ele disse: "Adunni, vai buscar minha comida da manhã".

Lá longe, na frente da cozinha, um galo tá ciscano o chão com as unha, espalhano a terra vermelha no pescoço marrom de penas suja. Quando me viu chegano, ele parou de ciscar e me cumprimentou com um *cuu-cuu-ruu-cuu* bem alto.

Duas das filha de Khadija, o nome delas fugiu da minha cabeça agora, elas corre pra fora da cozinha, com um balde de ferro dançano nas mão. Isso me faz pensar numa época que eu corria pro riacho de Ikati de manhã, rino enquanto ia buscar água pro papai, numa época que a minha mamãe ainda não tava morta.

Eu limpo as lágrima que tão escorreno pelo meu rosto quando chego na cozinha. A Khadija tá sentada num banquinho de madeira na frente do fogão. A panela no fogão tá ferveno alguma coisa que faz a tampa estalar.

— Adunni. — A Khadija ergue a cabeça, acenano pra longe do seu rosto. — Bom dia.

— Seu marido me mandou buscar a comida da manhã — digo, procurano algo pra botar meu olho, até ver as casca de inhame no chão, a faca com cabo de madeira perto do fogão.

A faca me faz pensar em coisa ruim na hora. Me faz pensar, se pego aquela faca e boto dentro do meu vestido, aí quando o Morufu quiser me machucar essa noite, eu só puxo ela e corto suas parte masculina.

— Cê tá cozinhano? — Tiro meus olho da faca e coloco no rosto dela. — Inhame?

— Sim, inhame fresco. Cê dormiu bem? — Ela vira a cabeça, me olha de cima pra baixo, que nem se tá procurano o que tô empurrano pra dentro. — Tá sentino dor em algum lugar? Tá sangrano?

A vergonha se transforma numa mão, apertano minha garganta com força.

— Tô sangrano um pouco. Aqui embaixo.

— Eu sei como é — ela diz com voz gentil. — Pó de *ibukun** é bom pra dor. Quando nosso marido sair pro trabalho, posso ferver água quente, passar nas partes pra você e esfregar um pouco de óleo de palma. A dor vai passar. — Ela olha pra trás do ombro, que nem se tá veno se não tá vino ninguém. — Ele bebeu aquele Elixir Rojão?

Eu faço que sim com a minha cabeça.

---

* Bênção em iorubá. Possivelmente a autora se refere ao *pó de Alabukun*, mistura de ácido acetilsalicílico e cafeína criada em 1918 e extremamente popular na Nigéria, usada como remédio para tratar de tudo, desde enxaqueca até infarto do miocárdio. (N. da T.)

Ela abana pra outra mosca e balança a cabeça.

— Da primeira vez que ele usou pra mim, eu morri cinco vezes e acordei de novo. Ele precisa disso pra conseguir funcionar na cama. Cê vai comer inhame e cebola?

— Eu quero lavar meu corpo inteiro. Meu corpo tá cheirano um cheiro fedido, o cheiro do *siga* do Morufu. E a minha boca tá amargano, que nem se a semente amarga dentro de mim encheu e agora tá derramano na minha boca.

— Vai — ela diz, apontano pro banheiro atrás da sua cabeça. — As criança colocou um balde com água para mim. Pode usar. Elas busca outro para mim.

O banheiro é uma sala quadrada, com uma parede que tem um mato verde subino nela. Tem um balde de ferro cheio de água no chão, com um cheiro forte de mijo no ar.

Eu toco na água, puxo minha mão pra trás com um grito. Tá gelada, assusta minha pele. Todo meu corpo treme enquanto tiro minha roupa de casamento e penduro na porta. Mergulho a mão na água e despejo em mim, começo, devagar, a lavar o cheiro de *siga* e Elixir Rojão do meu corpo.

Quando termino de me lavar, fico nua no chão frio e molhado do banheiro. Tenho medo que, se eu sair, a manhã e a tarde passa rápido demais e já é de noite, hora do Morufu me encher com seu Elixir Rojão. Então eu deito lá e me enrolo que nem um verme e fico com meus olho bem fechado.

Não chora, Adunni, eu digo pra mim, *nunca, nunca chora por qualquer velho besta e sem sentido que nem o Morufu.*

10

Desde que tô nessa casa, faz quase quatro semana, vi coisa que nunca vou desejar pro meu pior inimigo.

Tem um demônio dentro do Morufu, uma loucura que sai quando ele bebe aquele demônio do Elixir Rojão, ou quando uma das criança deixa ele zangado.

Eu vi ele tirar o cinto da calça e açoitar a Kike e suas irmã até a pele delas arrebentar, até a Labake e a Khadija implorar pra ele não matar as filha. Tem um demônio pequeno dentro da Labake tamém, um demônio que só sai quando eu passo na frente dela. Faz só dois dia, de madrugada, depois do cocoricó do galo, eu tava no banheiro, demorano porque é a única vez que fico sozinha, a única vez que posso tá pensano com bom senso, aí a Labake bate na porta e diz pra mim sair porque ela quer ir no banheiro rápido antes de ir no mercado. Quando digo pra ela que tô quase terminano, pra ela esperar, ela faz um rosnado, um rosnado raivoso, abre a porta e me arrasta sem roupa pra fora.

Aí ela começa tirar a areia do chão e pintar meu corpo com ela. Eu nunca senti tanta vergonha assim. As filha da Khadija ficou na nossa volta rino enquanto a Labake usava areia pra esfregar meu corpo e me amaldiçoar. Tô dano respeito pra ela, então não faço nada. Quando ela terminou de me bater, virou pras duas filha da Khadija e tirou o riso das boca delas.

A Khadija diz que eu devia morder a Labake da próxima vez que ela tentar esse tipo de coisa. Que esse respeito não é resposta pra loucura da Labake. Ela diz que antes do estômago dela inchar com o bebê, ela e a Labake brigava e brigava até que uma delas tá sangrano sangue. Ela falou pra da próxima vez eu ter uma tigela de pimenta-vermelha do meu lado no banheiro, pra quando a Labake vim arranjar problema comigo, eu derramo a pimenta no rosto dela e mordo seus peito.

A Khadija me faz sentir uma pitada de conforto na casa do Morufu. Ela continua cuidano de mim ao mesmo tempo que cuida das três filha e do inchaço no estômago dela. "Adunni, cê tem que comer esse inhame", ela diz, me dano a tigela de inhame e sopa de peixe sorrino. "Come e agradece a Deus pela gente ter comida pra comer." Ou: "Vem, Adunni, deixa eu passar óleo no seu cabelo. Quer que eu lavo pra você?" Aí eu digo: "Não, não, obrigada, Khadija, eu lavo". Ou: "Como tá essa coisa agora com o Morufu? Ainda tá doeno?" E eu digo não, não tá mais doeno no meu corpo, mas no meu coração, no meu espírito e na minha mente, a dor nunca vai embora.

Eu e a Khadija dividimo o quarto agora, menos quando o Morufu me chama. Isso melhora as coisa, dividir o quarto com a Khadija. Quando os sentimento triste tão me pegano de noite, a Khadija esfrega minhas costas, sua mão girano e girano, enquanto ela me diz pra ser forte, pra lutar pra ficar com a mente boa. Tem dia que, quando o bebê dela tá chutano muito forte no estômago, eu aperto minha boca no seu estômago duro e canto uma canção pro bebê lá dentro até que ela e o bebê cai num sono profundo, e a Khadija diz que quando nascer o bebê, tenho que continuar cantano pra ele tamém, porque o bebê já conhece a minha voz.

Ainda ontem de noite, ela tava me confortano com suas palavra:

— Quando você começar a ter seus filho, não vai mais ficar muito triste de novo. Quando casei com o Morufu, não queria ter filho. Eu tava com muito medo de nascer um bebê tão rápido, com medo de ficar doente por causa disso. Então eu tomava uma coisa, um remédio, pra gravidez não vim. Mas depois de dois mês, disse pra mim mesma: “Khadija, se você não fazer nascer um bebê, o Morufu vai te mandar de volta pra casa do seu pai”. Então parei de tomar o remédio e logo tive minha primeira filha, a Alafia. Quando peguei ela pela primeira vez, meu coração encheu de muito amor. Agora, minhas filha me faz rir quando nem tô pensando em rir. As criança são uma alegria, Adunni. Uma alegria de verdade.

Mas eu não quero nenhum bebê agora. Como que uma menina que nem eu tem filho? Pra que que eu vou encher o mundo de criança triste que não tem a chance de ir pra escola? Pra que fazer do mundo um lugar grande, triste e silencioso porque todas criança não tem voz?

A noite toda, minha mente ficou ocupada pensano, pensano no remédio que a Khadija tava tomano, se podia atrapalhar minha gravidez de vim.

Hoje de manhã, encontrei a Khadija na cozinha, ela tava sentada num banco perto do fogão arrancano folha de *ewedu** numa tigela que tava nos seus pé.

— Adunni, bom dia — ela diz. — Tá se sentindo bem hoje? Parou de chorar pela sua mamãe?

— Tava pensano no que cê falou ontem de noite — digo, olhano os pé dela, as unha dos pé que parece tá precisano cortar. — Dos filho.

— Ah.

Eu espio atrás de mim pra ver se ninguém tá vino, então digo pra ela:

— Tenho muito medo mesmo de ter filho — digo, minhas palavra se atropelano, falano rápido. — Eu tava pensano no que cê falou... dos remédio pra não ter bebê. É que eu só... não quero nascer um bebê agora. Que que eu faço?

A Khadija parou de arrancar as folha e balançou a cabeça.

— Adunni, cê sabe que nosso marido quer dois menino? Um de mim e um de você. Cê sabe disso?

---

* Planta do gênero *Corchorus olitorius*, com folhas verdes grandes; uma espécie de juta com a qual se faz uma sopa muito comum na Nigéria. (N. da T.)

— Eu sei — digo. — Eu só quero esperar um pouco. — Tenho a esperança que se a gravidez não vem nunca, talvez o Morufu me manda de volta pro meu pai. Mas eu não digo isso pra Khadija.

— Cê tá com medo? — ela pergunta depois dum tempão, com pena na voz.

— Muito. Meu estômago não pode inchar todo ano porque tô tentano dar menino pro Morufu. A única coisa que quero inchar é a minha cabeça e a minha mente com livros e educação. — Mordo meus lábio. — Não sou forte que nem você, Khadija. Eu não posso fazer nascer bebê com a minha idade.

— Cê é forte, Adunni — ela diz em voz baixa. — Uma guerreira. A gente somos igual, só que cê não sabe disso. Cê quer lutar com a sua educação... Bom pra você, se conseguir fazer isso na nossa aldeia. Eu tô lutando com o que tenho dentro de mim, com minha barriga pra engravidar. Com ela, posso lutar pra ficar aqui, aí minhas filha tem um teto e minha mamãe e meu papai continua tendo pão pra comer e sopa pra tomar.

Eu fico lá, olhano pra ela, pra pequena montanha de folha na tigela que aumenta cada vez que uma folha cai da mão da Khadija, pros seus dedo que tão verde-escuro e úmido de apertar e torcer as folha dos galho.

— Cê sabe contar os dia da sua visita mensal? — ela pergunta. — Sabe quando começa todo mês?

— Sim, por quê?

— Tem uma coisa que cê pode fazer. Uma mistura de folhas forte.

— Isso vai me ajudar? — pergunto com meu coração subino de esperança. — Isso vai atrapalhar a gravidez?

— Não tô prometendo nada, Adunni, mas vou ver se consigo encontrar essas folha na lavoura de Ikati. Cê vai misturar com dez sementes de mamão e com raiz de gengibre e pimenta seca. Colocar tudo numa garrafa escura e deixar de molho na água da chuva três dias. E aí cê tem que beber cinco dias antes e cinco dias depois da sua visita mensal e toda vez que você e o Morufu fizer aquilo. — Ela levanta a cabeça e olha firme pra mim. — O Morufu não pode saber que cê tá bebendo esse remédio. Tá me entendendo, Adunni?

Meu coração tá derreteno enquanto eu olho em volta do rosto dela, pro espírito gentil nos seus olho.

— Obrigada, Khadija — digo, me curvano pra pegar um galho. — Posso debulhar esse pra você?

— Adunni — ela diz, pegano o galho da minha mão com cuidado e colocano no chão. — Sua mente tá tão preocupada que tá espalhando no seu rosto todo. Esquece o serviço da casa hoje. Puxa aquele banco, senta aqui comigo e vamo conversar.

11

Com a Khadija, os dia nessa casa passa rápido e tem vez que é doce.

A gente conversamo, rimo junta, e com o estômago dela tão inchado e às vez deixano ela doente, tô ajudano ela lavar, cozinhar, tudo. Tamém tô ajudano com suas filha pequena, dou banho na Alafia e nas irmã, dou comida e lavo os cabelo delas e as roupa suja. Elas é boa, as filha da Khadija, sempre feliz e rino e fugino dos problema da Labake.

Eu e o Morufu não conversa muito. Ele tá sempre muito ocupado com o serviço no sítio e como motorista de táxi, de manhã até de noite. Tem dia que ele me chama no quarto, me faz ficar na sua frente com a mão nas costa e me faz pergunta que nem se ele é médico. Pergunta se já tô grávida ou se minha visita mensal veio porque ele quer que eu carrego logo um bebê e que nasce um menino homem, mas na maioria das vez ele só quer me esfolar e mandar trazer comida. Continuo bebeno a bebida que a Khadija fez pra mim, da garrafa escura cheia de folha amarga e gengibre.

Quando chega a minha vez com o Morufu, bebo um pouco depressa, aí vou pro quarto dele e vejo ele engolir o Elixir Rojão, antes deu fazer meu corpo ficar que nem morto pra ele poder me esfolar. Tomara que talvez depois de seis mês ou algo assim, ele vai ver que nenhuma gravidez vai vim e aí me manda de volta pro meu papai. Talvez.

A Labake ainda fica brigano comigo. Ela bate o pé e xinga se eu demoro muito pra lavar os prato na cozinha, ou se eu varro o complexo muito rápido, ou se eu demoro muito pra moer o feijão. Ela tá sempre arrumano problema pra mim, aquela Labake, sempre procurano um jeito de brigar comigo.

Mas hoje é a segunda terça-feira do mês.

O dia das mulher fazer mercado e da reunião dos agricultor de Ikati, quer dizer que os dois, a Labake e o Morufu, não tá na casa. Por isso, tô sentino um tipo de liberdade que não sentia faz muito tempo e, enquanto tava limpano a sala essa manhã, senti um aperto no coração pra cantar. Só ser feliz. Pra não pensar em tristeza ou preocupação. Então eu começo cantar uma canção que acabei de inventar na minha cabeça:

Olá menina legal!
Se você quer ser uma grande, grande adevogada
Você tem que ir pra muitas, muitas escola
Se você quer usar um sapato, sapato alto
E caminhar de sa-pa-to, ko-ka-ko
Você tem que ir pra muitas, muitas escola

Pego o jornal grosso que tava debaixo do lampião em cima da TV, dobro prum lado e pro outro até ficar parecido com a peruca de adevogado que às vez vejo dentro da TV. Coloco no alto da minha cabeça, segurano com uma das mão. Aí fico na ponta do pé que nem se tô usano sapato muito alto. E começo andar na ponta do pé pra cima e pra baixo na sala, cantano:

Andano, ko-ka-ko
Lá no alto do seu sa-pa-to alto!

Quando digo "ko-ka-ko", paro de andar um pouquinho pra virar minhas nádega pra esquerda e pra direita com a batida, daí continuo andano na ponta do pé, balançano uma mão pra cima e pra baixo, a outra segurano o jornal na minha cabeça pra não cair.

Minha voz tá feliz e limpa que nem um pássaro de manhã cedo e eu nem vejo que a Khadija tá espiano lá da sala, me olhano com o jornal na cabeça, rino em silêncio.

— Adunni!

Me assusto, paro de cantar e dou um grande sorriso quando vejo que ela não ficou com raiva.

— Desculpa, eu tava só...

— Cê terminou seu serviço da manhã? — ela pergunta.

— Eu vou terminar tudo — digo enquanto tiro o jornal da minha cabeça, dobro e coloco de volta na TV. — Eu inventei uma música de uma menina que quer ser adevogada. Quer que eu canto pra você? *Olá menina legal...*

Ela acena com a mão pra mim parar de cantar e esfrega o estômago.

— Não, agora não. Ainda tô me sentindo um pouco doente. Talvez de noite.

— Tá bom — eu digo. — Cê viu o quiabo que eu cozinhei pra você hoje de manhã?

— Vou tomar um pouco agora. Obrigada.

Eu olho em volta da sala e depois faço que sim com a cabeça.

— Aqui tá tudo muito limpo. Agora vou começar lavar e...

— Não. Deixa a roupa no quintal, vou lavar pra você quando me sentir melhor. As chuva da semana passada deve ter enchido o rio. Cê pode ir no rio Ikati e trazer água pra mim? Meu pote de barro tá do lado do poço. Usa ele.

— Cê quer que eu vou no rio Ikati? — Eu aperto a mão no meu peito e pisco. — Eu?

O Morufu nunca me deixa ir pra nenhum lugar longe que nem o rio. Ele falou que as nova esposa não pode tá subino e desceno em todos lugar, só depois de um ano, depois que nascer um menino homem pra ele.

A Khadija faz que sim com a cabeça, depois sorri de um jeito suave.

— Adunni, eu sei que suas amiga tá sempre brincando no rio nessa hora. A casa tá livre da Labake e do Morufu. Já faz muito tempo que cê viu elas. Então vai lá rápido. Volta antes do meio-dia.

— Ai, Khadija — eu digo, pulano pra cima e pra baixo e bateno palma. — Obrigada, obrigada, obrigada!

Acho que nunca corri tão rápido desdo dia que a minha mamãe me nasceu.

Eu salto, pulano as pedra no chão, não paro pra cumprimentar umas mulher carregano lenha na cabeça quando passo por elas no caminho, nem as criança vendeno pão matinal numa bandeja em cima da cabeça. Sigo olhano pra frente, segurano o pote de barro da Khadija numa mão, meu manto apertado na outra mão até que chego perto. Lá longe, perto da cerca de folha de bananeira na beira do rio, vejo a Ruka e a Enitan.

Tem cinco ou seis menino na outra beira do rio, lutano boxe, gritano e rino, mas fico olhano a Enitan, que tá desenhano um quadrado na areia molhada com um pedaço de pau. O balde dela tá no chão do lado dela, e a Ruka tá apoiano suas nádega nas costa dos pé, veno o que que a Enitan tá desenhano.

Fico ali parada um pouco, sentino meu coração inchar enquanto penso na época que eu não tinha marido, quando eu tava livre pra brincar assim.

Agora a Enitan tá desenhano outro quadrado. Eu sei que ela vai desenhar uns seis ou sete quadrado na areia pra brincar do jogo que chamamo de *suwe*, que é o meu melhor jogo de todos. Eu jogo uma pedra dentro de um quadrado, depois pulo em todos quadrado com uma perna só, tentano não cair até pegar a pedra, enquanto a Enitan e a Ruka fica bateno palma e cantano *Suwe! Suwe! Suwe!* fora dos quadrado. Mas tudo isso tá no passado.

Coloquei o pote de barro da Khadija no chão e gritei:

— Enitan! Ruka!

A Ruka vira a cabeça pro meu lado, arregala os olho e dá um sorriso grande.

— Olha! A Adunni!

Eu, a Enitan e a Ruka corremo pra se abraçar e começamo rir e falar ao mesmo tempo.

— Nossa esposa — a Enitan diz, puxano minha mão pra sentar numa pedra na beira do rio. A Ruka senta do meu outro lado, dum jeito que eu fico no meio das duas. Sinto que nem se o meu coração vai explodir com o sorriso no rosto delas, o susto de felicidade no seu olho.

— Como é a vida de esposa? — a Enitan pergunta, os olho brilhano que nem se uma lâmpada tá dentro da cabeça dela. — Conta tudo pra gente, conta tudo!

— Olha suas bochecha! — a Ruka diz, beliscano minhas bochecha esquerda. — Adunni, cê tá comeno muito pão e leite. Cê tá viveno bem!

— Tem bastante comida lá — eu digo.

— E como são as esposa mais velha? E o Morufu? Como ele tá seno pra você? — a Enitan pergunta.

— Calma, deixa eu perguntar tamém! — a Ruka diz. — Conta, Adunni, cê fez aquela coisa com seu marido? — Ela pisca o olho pareceno que tá com as pálpebra colada. — Te machucou ou foi carinhoso?

— Cê cozinha todo dia? — a Enitan pergunta.

— Conta isso! Eu quero saber! — a Ruka diz.

— Muitas pergunta — digo, rino da Ruka, que ainda tá piscano. — A primeira esposa, a Labake, ela é só uma pessoa muito malvada. Ela sempre tá pintano o rosto com pó branco que nem um fantasma. Ela fica brigano com todo mundo tamém.

— A mamãe da Kike? — a Enitan pergunta, puxano a bata pra cobrir os joelho enquanto uma brisa fria sopra. — Eu conheço aquela mulher. Tá sempre agino que nem se uma coisa tá preocupano ela. E a segunda esposa? Como ela chama?

— Khadija. — Eu toco meu peito, olho minhas amiga dos dois lado. — Ela é que nem nós. Só tem seis ano a mais, só que ela tem três filha e mais um bebê chegano. Ela é tão gentil. Ela cozinha pra mim, me ensina muitas coisa. Eu canto pra ela tamém, de noite. Ela gosta de me ouvir cantar. Ela é que nem outra mamãe pra mim.

Meus olho fecha com lágrima enquanto penso nisso. A Khadija é que nem outra mamãe pra mim. Uma mamãe! Eu rezo muito pra Deus trazer minha mamãe de volta, mesmo eu sabeno que ela nunca mais vai voltar, mas pela primeira vez, acho que talvez a Khadija é a resposta da minha oração.

— Olha! — a Enitan diz bateno palma. — Não é tão ruim ser uma esposa!

— Não — eu falo devagar —, não é tão ruim, mas só por causa da Khadija. Sobre aquilo que cê falou... — Eu viro pra Ruka revirano o estômago. — Acho que se eu contar como é, cês não vai ter tanta pressa de casar. É muita dor, às vez fica difícil andar. Eu até sangro depois e tem vez que fico me sentino mal. Não tem pressa de casar, eu digo pra vocês!

Mas a Ruka, menina tonta, dá uma risada tímida e empurra meus joelho pro lado dizeno:

— Mentira! Mentira!

Quero perguntar pra ela por que que ela acha que tô mentino, mas a Enitan aponta pra trás e grita:

— Olha quem tá vino lá do lado dos menino no rio! O Kayus!

Eu pulo pra ficar em pé e olho. É verdade, é verdade, meu Kayus tá vino, correno rápido, gritano meu nome. É a primeira vez que vejo o Kayus desdo dia que casei com o Morufu, dois mês atrás, começo correr pra ele, deixano a Enitan e a Ruka pra trás. Se encontramo um pouco antes dele chegar do lado das menina e ele me pega, me gira e gira no ar até que o céu se transforma no chão. Tem vez que o Kayus é tão forte!

— Tava ouvino as menina gritano seu nome de longe — ele diz enquanto me coloca no chão. — Eu disse pra mim mesmo, não, não é a minha Adunni, mas quando olhei bem, vi que é você!

Eu fico firme em pé, aí seguro o rosto dele na minhas duas mão.

— Meu Kayus!

— Não falei mais com o papai desde que cê casou com aquele bode do Morufu — ele diz, lutano pra tirar a cabeça da minhas mão, mas eu seguro ela com força porque quero ver todo seu rosto com meus olho: o tamanho, os cílio grosso, as marca pequena nas bochecha, os dois dente da frente lascado na beirada de quando ele bateu a boca numa queda.

— Quando eu começar trabalhar na Kassim Motors — ele diz, com a voz dura —, eu juro, vou conseguir muito dinheiro e buscar você naquele Morufu. Vou pagar de volta todo o seu dote idiota de noiva e nós vamo fazer a nossa própria casa e viver lá pra sempre, só eu e você!

Eu puxo ele pra perto e aperto a cabeça dele no meu peito, no meu coração.

— Eu sei que cê vai. Mas até lá, eu vou me cuidar. As coisa não tá tão ruim no Morufu. Vem e senta comigo, deixa eu te contar tudo como é.

Perto do meio-dia, eu deixo o rio, dou meu tchau pro Kayus, pra Enitan e pra Ruka e começo minha caminhada de volta pra casa.

O sol é uma placa quente que brilha no céu, descansano entre bolas de algodão branco. Eu carrego o pote de água doce da Khadija na minha cabeça, meu coração pulano numa dança com o som da risada do Kayus ainda nos meus ouvido.

Quando vou chegano perto de casa, meu coração para de pular e começa sentir que nem se eu coloco pedras dentro de mim, pedras pesada que me aperta nos pé e atrasa minha caminhada. Tô com vontade de correr de volta pro Kayus, levar ele pra nossa casa e cozinhar arroz no óleo de palma e cantar pra ele dormir de noite, mas eu sei que o papai vai me dar uma surra por isso, então eu deixo o caminho da nossa casa pra trás e continuo andano pra casa do Morufu.

Alguém joga uma pedra pra fora da casa, o mato faz um barulho tão de repente que eu paro de andar.

— Quem tá aí? — digo, pensano em colocar o pote de barro no chão e espiar. — Quem?

A Labake sai do mato, um pano marrom apertado em volta do peito, os olho arregalado com uma coisa louca. Na sua mão tá uma vara fina e grande, com pregos pequeno de madeira, a mesma que ela gosta de ter no fundo da cozinha pra assustar as filha da Khadija quando ela não tá em casa.

— Boa tarde, *ma* — eu digo, tentano não mostrar meu medo da vara na mão dela. — Que que cê tá fazeno no mato?

— Esperano você — ela diz em iorubá. — Quero te pegar sozinha pra Khadija não te salvar. Me diz agora: por que tem pouca querosene no meu fogão?

Penso na sopa de quiabo que fiz pra Khadija hoje de manhã. Ela bebe uma tigela de quiabo todas manhã faz duas semana já, disse que ajuda acordar o bebê quando tá duro no seu estômago. Eu cozinho no fogão da Khadija, o fogão verde do lado da tigela de lavar.

— Eu não sei por que que sua querosene tá pouca.

— Cê cozinhou? — ela pergunta. — Na cozinha?

— Pra Khadija.

— Que fogão cê usou?

— O fogão da Khadija.

Eu confundi e usei o fogão da Labake? Eu pergunto na minha mente, procuro em todo lugar antes de balançar a minha cabeça que não. Tem dois fogão verde igual na cozinha: um do lado da pia e outro atrás do banco, e toda noite, depois de cozinhar, a Labake leva o fogão pro quarto dela. Não, balancei a cabeça de novo, não usei o fogão da Labake porque nem tava na cozinha de manhã.

— Por favor, dá licença do meu caminho — eu disse. — Eu quero levar essa água pra...

— Meu fogão é aquele do lado da tigela de lavar — ela diz, chegano mais perto, os olho se apertano de raiva. — O verde. Não levei ele pro meu quarto ontem de noite. O fogão da Khadija não tá funcionano, mas acho que a barriga de grávida dela tá pertubano a cabeça e aí ela não lembrou de falar pro Morufu levar pra arrumar. Agora, vou te perguntar de novo, cê usou meu fogão?

— O seu fogão é qual? — eu pergunto, meu coração começa pular, minhas mão dói de segurar a panela de barro com muita força.

Ela coloca a mão no meu peito e me empurra. Me empurra de leve, mas a água no pote balança prum lado e pro outro, umas gota derrama no meu rosto, dentro da minha roupa, o frio bateno no meu peito.

— Cê ainda tá me perguntano que fogão? — Ela estala o ar com a vara, e eu sinto um corte na minha pele com o barulho.

Eu lambo meus lábio, dou dois passo pra trás, o pote da água na minha cabeça como um pote de fogo e pedras e problema.

— Acho que talvez... — começo, quereno implorar pra ela não ficar com raiva, pra não me açoitar, quando ouço a voz da Kike, a filha da Labake, atrás da gente:

— Mamãe!

Kike veio correno pela trilha, respirano rápido. Eu e ela não conversa muito desde que casei com o pai dela. Ela fica sozinha na casa e eu, eu nem olho pra cara dela. Ela tá amarrano um pano em volta do peito e segurano uma colher de pau com massa branca na ponta. Parece que tava virano *fufu* numa panela e veio correno pra gente. Que que ela tá preocurano aqui? Ela tá vino se juntar com a mãe dela pra me bater?

— Mamãe — a Kike diz, enfiano os joelho na areia pra cumprimentar a Labake. — Fui eu, mamãe. Fui eu que usei seu fogão pra ferver os ovo-de-jardim hoje de manhã. Não foi a Adunni.

— Kike, foi você? — a Labake pergunta, baixano os olho pra filha e encarano que nem se não acredita nela. — Cê tem certeza?

— Eu juro, mamãe, fui eu.

A Labake resmungou, empurrano meu peito de novo. Dessa vez, o pote da água caiu da minha mão, quebrou no chão e espatifou em pedaços.

Eu fico olhano os pedaço do pote da Khadija, olhano a areia ficar vermelha enquanto a Labake tá se afastano; seus pé fazeno poeira no ar, sua voz alta, cheia de xingamento pra mim e pra Khadija.

Quando ficamo só eu e a Kike, eu viro pra ela, onde ela ainda tá ajoelhada no chão, ainda segurano a colher de pau na mão, pareceno que ela mesma não tá entendeno o que que ela tá fazeno aqui.

— Cê mentiu por mim — digo, meu coração inchano com uma mistura de agradecimento e uma surpresa triste. — Por quê?

Mas a Kike não me deu nenhuma resposta, ela só abaixou o ombro, levantou, sacudiu a areia dos joelho e saiu correno, chamano a mamãe, implorano pra esperar por ela.

Fico um tempo olhano a poeira descer pro chão, pensano que talvez a Kike volta, antes de sentar no chão, espalhar meu manto no meio dos meu joelho e começar usar minhas mão pra pegar o pote quebrado da Khadija e todos meu sentimento feliz de ver o Kayus hoje e embalar no meu manto.

Não sei quanto tempo fico ali, guardano tudo no meu manto: a areia molhada, os pedaço de osso que um cachorro comeu e cuspiu faz muito tempo, uma lata de leite que foi esmagada debaixo dos pneu dum carro, as erva daninha em volta do mato. Eu continuo embalano as coisa, continuo colocano no meu manto, sem importar com o cheiro fedorento de tudo isso ou com as minhas mão suja.

Quando não consigo mais embalar, tento ficar firme, mas não dá. Uma coisa tá me apertano pra baixo, e eu não sei se é todo o lixo dentro do meu manto, ou a dor pesano no meu coração, então eu fico assim, sentada no chão, até que alguém diz meu nome num sussurro.

— Tava esperando cê voltar para casa. — É a Khadija, sua voz tá suave, preocupada. — Olha como você tá suja.

— Foi a Labake — digo, me esforçano pra ficar em pé, enquanto tudo dentro do meu manto cai no chão pareceno uma chuva de lixo. — A Labake me empurrou e agora seu pote tá quebrado e eu tava pegano pra você, pegano tudo e pensano como consertar, consertar tudo que tá bagunçado desde que minha mamãe morreu, mas é muito difícil. Tudo é muito difícil.

— Ah, Adunni — a Khadija diz enquanto aperta uma mão quente no meu rosto e limpa as lágrima que eu nem sabia que tava lá. — Vem comigo, filha — ela chama. — Cê precisa dum banho quente, uma tigela de inhame doce e um sono profundo, profundo.

Ela me pega pela mão e me arrasta com meu coração pesado de volta pra casa do Morufu.

12

Desda semana passada, meu coração tá se sentino um pouco mole pela Kike e quando a gente se vê, às vez fala oi com o olho, mas hoje de manhã ela me encontrou onde eu tava sentada no chão moeno pimenta na frente da cozinha.

Ela fica na minha frente, a mão no quadril, e curva o pescoço:

— Adunni, bom dia.

— Bom dia — eu digo, enquanto pego a pedra de moer e jogo água nela pra limpar a sujeira, antes de começar rolar na bola de pimenta que tá em cima de outra pedra grande e cinza nas minhas perna. — Obrigada por... por aquele dia no mato — digo, continuano com meus olho na pedra de moer. — Eu fiquei com vontade de dizer obrigada, mas sua mamãe, ela continuou me olhano, olhano pra ver se eu converso com você.

— Ela tá no mercado agora. Ela só vai voltar na hora do pôr do sol.

— Por que que cê mentiu por minha causa naquele dia? — eu pergunto.

— Por... nada.

Eu olho pra cima, protejo meus olho do sol.

— Eu não queria casar com seu pai. Cê sabe.

Ela abaixa e senta na pedra do meu lado.

— Eu sei disso. Eu sei que cê quer ir pra escola. Cê tem uma cabeça boa, Adunni. Boa pra aprender na escola. Todo mundo na aldeia tá dizeno isso.

— Então por que que a sua mamãe tá brigano comigo?

— Meu pai fez uma coisa ruim quando casou com a Khadija e com você porque não tem nenhum filho homem. Ela tá usano essa dor pra lutar contra vocês duas. Você... cê tem a minha idade, isso deixa tudo muito difícil pra ela.

— Eu tô te ouvino.

— Meu pai achou um marido pra mim. Ele tá procurano desde que eu tinha dez ano. Ele me disse ontem que pegou o meu dote de noiva. Amanhã eu vou pra casa do meu marido.

— Quem é o homem? — Pego outra pimenta, rasgo em duas, coloco na pedra de moer e começo rolar a outra pedra. — Cê conhece ele?

Kike faz que não com a cabeça.

— O nome dele é Baba Ogun. Ele tá vendeno remédio pras pessoa doente na sua aldeia. Ele tinha uma esposa antes, que morreu seis mês atrás de tosse com sangue. Ele tava procurano outra, uma jovem que nem eu, pra fazer ele se sentir jovem tamém. Não vamo fazer casamento de verdade porque ele já tinha uma esposa morta antes, mas meu papai e minha mamãe vai me levar lá amanhã.

Kike não tá brava, parece que ela não se importa de ser a segunda esposa dum velho com uma primeira esposa morta.

— Cê tá feliz de casar com esse homem? — pergunto enquanto coloco a colher na pimenta, olhano. As semente branca no meio da pimenta é que nem areia na minha mão, aí coloco na pedra, continuo moeno.

— Isso deixa meu papai feliz. — Ela abaixa os ombro. — Minha mamãe quer que eu aprendo o trabalho de alfaiate. Mas o papai disse que não tinha dinheiro pra me mandar pra aprender. Ele vai usar meu dote de noiva pra consertar o outro carro-táxi.

Ela encostou, olhano enquanto minha mão rolava a pedra em cima das pimenta, na frente e atrás, na frente e atrás. Ela suspira:

— Eu queria ser homem.

Eu paro minha mão.

— Por que que cê quer isso?

— Porque eu penso nisso, Adunni. Todos homem da nossa aldeia é permitido que eles aprende na escola e trabalha, mas a gente, as menina, eles vai casar com a gente a partir dos catorze ano. Eu sei que posso ser uma boa alfaiate. Sei desenhar muito, muito bem. — Ela pega um dedo e desenha uma coisa na areia. Quando abaixo a cabeça e olho, vejo um vestido grande, no formato de cauda de peixe, as manga como dois sino tocano.

— Esse é um estilo muito bom — eu digo.

— Todo dia, quando volto do mercado com a minha mamãe — ela limpa o desenho e passa o dedo na areia, fazeno outro —, desenho um vestido de vários estilo. Quando eu fecho meu olho — ela fecha as pálpebra — eu posso ver todas mulher na aldeia usano meu estilo.

Ela abre o olho e me dá um sorriso triste.

— Eu queria ser um homem, mas não sou, então eu faço o que posso fazer. Eu caso com um homem.

Eu penso no que ela disse um pouco, no sentido das palavra.

— Tô orano pra Deus pro meu marido ser gentil, pra ele me mandar pra aprender ser alfaiate. E você, Adunni. O que cê quer ser na vida?

— Professora. Tenho vontade de ser professora desdos dois ano. Até antes da minha mamãe morrer, eu tava sempre ensinano as árvore e as folha do nosso complexo quando a mamãe tava fritano o folhado pra vender. Dava um tapinha na raiz da mangueira e dizia pra ela: “Você, manga, quanto é um mais um?” Aí eu mesma respondia: “Um mais um é dois, professora Adunni!”

Eu sorrio quando lembro disso.

— Quero continuar ensinano as crianças da aldeia. Pra dar pra elas uma vida melhor. Mas agora que casei com seu pai, isso não é possível.

Ela balança a cabeça.

— Fecha o olho e seja professora dentro da sua mente. Faz isso, fecha o olho. Pensa nisso com a mente.

Primeiro tô veno só um pano escuro, mas assim que eu mudo o pano e olho bem, bem dentro de mim, me puxo pra fora e me coloco dentro da sala de aula, aí tô segurano giz e escreveno na lousa. Atrás de mim, as criança tá vestino uniforme branco e vermelho, sentada no banco e me ouvino enquanto tô ensinano pra elas todas coisa que a professora me ensinou antes deu sair da escola.

Eu sinto uma onda de liberdade naquele momento. É tão forte que abro o olho depressa. Uma risada salta da minha boca, me assusta.

Kike me dá outro sorriso.

— Viu? Eu te disse, Adunni, mesmo que você casou com meu pai e pensa que todas esperança tá acabada, sua mente não acaba. Na sua mente, cê pode ser a professora que quer ser. — Ela fica em pé. — Cê gosta de ler livros, então alimenta sua mente com a leitura de qualquer livro que encontrar, talvez das lata de lixo da cidade de Idanra ou alguns barato do mercado. Um dia talvez cê vira essa professora, talvez não. Amanhã vou encontrar a família do meu novo marido, mas dentro da minha mente, sou Kike, a alfaiate. Me deseja o melhor.

Quando ela me deixa, fecho o olho um momento, tentano ser uma professora na minha mente, mas o pano escuro tá em toda parte da minha cabeça, e a pimenta na minha mão tá beliscano minha pele.

13

Ontem de noite, a Khadija pediu pra mim ir com ela na parteira.

A gravidez dela tá chegano nos oito mês. Desda semana passada, ela anda pareceno que tá com dois pneu no meio das perna. Ela tamém fica gemeno quando tá na cozinha, com a voz baixa, achano que ninguém vai escutar. Mas eu escuto, e quando pergunto se tá tudo bem com o bebê, ela diz que sim. Mas ontem de noite, quando ela subiu na esteira e virou perto de mim e eu comecei cantar pro bebê, ela balançou a cabeça e disse:

— Para, Adunni. Nada de cantar hoje, por favor.

Quando eu pergunto por que, pois ela nunca, nunca me pediu pra parar de cantar antes, ela responde:

— Tô com medo, Adunni. Tô preocupada que talvez esse bebê chega muito cedo.

— Por quê? — pergunto quando ela fala do bebê caino. — Tem alguma coisa errada com o bebê?

— Tem sim.

— Cê acha ou tá sabeno disso?

Ela enruga um pouco a testa, arregala o olho.

— Eu sei. Essa é a minha gravidez número quatro, Adunni. Eu sei quando um bebê quer sair e quando quer ficar quieto. Esse quer sair. Precisa mais quatro ou cinco semana pra sair um bebê forte. Agora é muito cedo. Preciso ver a parteira amanhã de manhã. Esse bebê é um menino homem. Não pode morrer.

— Como cê sabe que é menino? Alguém olhou dentro do seu estômago, olhou pra saber isso?

— Eu sei. Quando o Morufu disse que não ia dar comida pra minha família se esse não é um menino homem, eu fiz uma coisa pra ter certeza. — Ela abaixou a cabeça, que nem se tá triste de algum jeito. — O que eu fiz é uma vergonha, mas eu não tinha escolha. Não posso ter outra menina mulher, Adunni. Cê sabe. O que o meu papai e a minha mamãe vai comer se eu ter uma menina? Esse é um menino homem. Não pode morrer. Vem comigo amanhã de manhã. No primeiro raio do sol.

Não dormi bem depois disso. Eu fico pensano, que que ela faz pra ter certeza que o bebê é um menino? Eu fico com o olho aberto, pensano bem no fundo da noite, veno como tá a Khadija, verificano seu estômago porque tô com medo, e se o bebê sai e morre? Se eu chamar o Morufu, a Labake vai me bater que nem uma idiota, porque essa noite é a noite dela dormir com o Morufu.

Mas, graças a Deus, o bebê controlou e ficou acordado até hoje de manhã.

— Aonde é a casa da parteira? — pergunto pra ela depois do meu banho matinal. — Cê vai dizer pro seu marido que eu tô ino com você na parteira?

Tô falano sussurrano com ela, mesmo com a gente no quarto dela, longe do Morufu e da Labake. Já sou esposa dele tem quase três mês, mas não consigo chamar o Morufu de “nosso” marido. É uma coisa que a minha boca nunca consegue falar. Quando eu tentei da última vez, minha língua se engasgou, daí eu continuo chamano ele de “seu” marido quando tô falano com a Khadija. Ela entende, eu entendo.

Ela balança a cabeça fazeno que não.

— Vou falar pra ele que vou visitar a minha mamãe. Que cê vai comigo pra me ajudar a carregar minha bolsa.

— Por que que cê não diz pra ele que vamo na parteira? — eu pergunto, confusa. — Tem uma coisa ruim nisso?

— Cê não consegue entender — ela diz, enquanto esfrega o estômago e retorce o rosto que nem se ainda tá doeno. — Cê tá pronta pra gente irmos?

Eu uso meu sapato-sandália preta, aperto o cinto do vestido nas costa e sigo a Khadija.

O Morufu e a Labake tá dentro do complexo, parado na frente do carro-táxi. Hoje é o casamento da Kike, então eu sei que eles tá fazeno os preparativo pra levar ela pra casa do marido dela.

O Morufu tá usano o mesmo *agbada* que usou no nosso casamento, e a Labake tá usano uma coisa parecida com um saco marrom. Ela resmunga, vira as costa pra mim. Eu resmungo tamém, só pra não ter que ouvir ela.

— Aonde cês vai a essa hora? — o Morufu pergunta, enganchano a manga da *agbada* no ombro. — Cês não vai acompanhar a gente no casamento da Kike.

— Deus me livre — a Labake diz. — Elas não pode acompanhar a gente. Hoje é o meu dia de brilhar. Nenhuma bruxa pode estragar isso pra mim.

— Não vamo acompanhar vocês — a Khadija responde. Parece que o espírito dela tá saino do corpo enquanto ela seca a testa, que tá cheia de suor. — Tô ino na casa da minha mamãe. Ela tá muito doente. Preciso levar a Adunni comigo. Minha bolsa é pesada pra carregar.

Por que que o Morufu tá cego pro que a Khadija tá sentino? Eu dobro meus joelho, cumprimentano ele.

— Bom dia, *sah*.

— Adunni, minha jovem esposa. Cê quer seguir a Khadija pra ir cumprimentar a mãe dela?

Eu olho pra Khadija, ela balança um pouco os pé, faz que sim com a cabeça. Eu tamém faço que sim com a cabeça e respondo:

— Sim, *sah*.

— Cês tem que voltar essa noite. Porque eu quero passar uma noite especial com a minha Adunni.

— Pela graça de Deus — a Khadija responde —, a gente voltamo antes do pôr do sol.

— Até lá então — o Morufu diz e entra no carro.

Olhamo a Kike sair de casa. Ela tá vestino um conjunto novo de *iro* e *buba*, tem uma flor na parte do pescoço da *buba*. É bonito, será que foi ela que fez o estilo? Tem um pano de renda na cabeça dela, no *gele*, cobrino o rosto que nem uma cortina. Ela espiou por baixo do pano, seus olho se encheno de esperança debaixo do *khajal* preto em volta das pálpebra.

— Vai bem — eu digo pra ela quando ela chega na minha frente. — Vai bem, minha alfaiate.

Eu e a Khadija caminhamo os três quilômetro até a garagem do ônibus.

A garagem do ônibus não fica muito longe, mas a Khadija caminha devagarinho, gemeno e gemeno, esfregano o estômago pareceno que vai nascer o bebê ali mesmo no caminho pra garagem.

Ela fica falano, ela quer cagar, ela quer mijar, ela quer dormir.

Tenho muito medo por ela, mas escondo meu medo e digo pra ela continuar andano, pra não parar, pra não mijar nem cagar. O ônibus não tá cheio, só umas mulher do mercado segurano cesta de pão, laranja, feijão, preparano pra vender comida da manhã. Sentamos no banco da frente, eu perto do motorista que tá cheirano saliva da manhã e a Khadija perto da porta. Eu seguro a bolsa dela no colo, fico com meus olho nela, que nem se meu olho vai segurar o bebê dentro do seu estômago. Quando o motorista tá ligano o ônibus e saino da garagem, pergunto pra Khadija como ela tá se sentino agora.

— O bebê tá quieto?

— Ainda desceno — ela diz, enquanto descansa a cabeça no meu ombro, apertano minha mão. — Meus olho tá fechano. Tamo ino pra aldeia Kere. Me acorda quando chegar.

Antes que eu posso dizer pra não dormir, ela fecha o olho e começa roncar.

14

Cortamo a estrada da floresta, o ônibus passano pelas mangueira alta com os galho e as folha grossa dos dois lado dela.

Os galho tá perto, cobrino a estrada que nem um guarda-chuva, a luz do sol entrano por um buraco no guarda-chuva. A gente passamo por agricultores andano de bicicleta pra roça, os sino tocano pra afastar pessoa, galinha e cachorro do meio da estrada. Passamo pelas mulher com bandeja de lenha, pão e banana verde na cabeça, as criança dormino nos pano em volta das costa delas. Elas chegou agora da lavoura, levano lenha e comida pra casa pra cozinhar. Eu penso nisso, por que os homem da aldeia não deixa as menina ir pra escola, mas não se importa quando as mulher tá trazeno lenha e ino no mercado e cozinhano pra eles?

Passamo a divisa de Ikati e logo uma trilha de colinas vermelha rodeia a gente que nem um abraço. Umas colina tem casas de barro empoleiradas na beirada, pareceno que vai cair da colina e matar todas pessoa lá dentro a qualquer momento.

Cabras preta, umas cinquenta, tá escalano uma das rocha. Tem um homem no fundo dela, segurano uma vara comprida, açoitano as cabra pra cima, pra cima. Na minha esquerda tem outra colina que parece que tá chorano lágrima de verdade; e uma linha de água limpa, da cor azul do céu, desce em cima dela, do alto da colina em forma de ovo e liso que nem a cabeça dum homem.

Mais ou meno uma hora depois das colina, chegamo na garagem de Kere, e a Khadija, que dormiu o tempo todo e roncou fundo, tava falano bobagem enquanto dormia.

O motorista para o ônibus perto dum cacaueiro. O ar tem cheiro de nozes torrada e, quando olho em volta, vejo um homem girano nozes num carrinho de mão que tá em cima de uma chama de lenha. Tem uma ou duas pessoa na frente dele, esperano pra comprar nozes. É uma aldeia pequena esse lugar Kere, metade de Ikati pelo que parece, com uma ou duas casa redonda que eles construiu com areia vermelha aqui e ali e o resto das casa tá quase caino das colina.

Do outro lado da garagem, tem uma loja que vende choco-doce, *siga*, jornal e pão. Uma mulher tá varreno a frente da loja, a vassoura fazeno zunido, zunido enquanto vai pra frente e pra trás no chão, e cantano, sua voz subino pela estrada pra vim no nosso encontro:

De manhã
Vou levantar e louvar o Senhor

— Aqui é a aldeia Kere — o motorista diz gritano. — Vamos ficar aqui dez minutos, depois seguimos!

Meu estômago tá começano apertar quando dou uma cotovelada na Khadija.

— Abre o olho — eu digo, mas ela só vira o pescoço pro lado. Por que que ela tá dormino tanto? Eu lambo meu lábio, sinto que nem se tô lambeno fogo, e dou uma cotovelada nela de novo. — Khadija?

Por que, por que, por que eu segui ela até nesse lugar? Que que eu tava pensano na minha cabeça? E se ela continuar dormino sem parar, pra sempre?

— Khadija, acorda! — grito e o motorista do ônibus me olha. — Ela não acorda! — digo pro motorista, e o som das minha lágrima na minha voz me assusta.

— Adunni? — A Khadija abre o olho devagar, olha em volta e enxuga o cuspe da boca. — Eu tô acordano. É aqui o lugar. Vamo descer.

— Cê tá bem? — eu pergunto. O aperto no meu estômago para um pouco enquanto eu limpo o rosto dela com a minha mão. — Eu tava com medo que cê tava dormino muito fundo. Cê tá sentino bem?

— Muito bem — ela diz, pegano minha mão. — Vem comigo.

Juntas, descemo do ônibus e caminhamo, ela parano e gemeno, eu dizeno pra ela tentar continuar, até que cortamo a garagem do ônibus, passamo pela mulher cantano na frente da loja e chegamo numa estrada. Tem um pé de goiaba do lado da estrada e um bode marrom com um barbante vermelho no pescoço tá comeno a grama em volta da raiz da árvore. O bode olha pra cima, vê a gente enquanto avançamo, arranca uma erva e foge. A Khadija para, encosta na árvore, uma goiaba lá do alto da árvore cai perto da cabeça dela, pareceno amarela, madura pra colher.

— Cê quer sentar? — eu pergunto, colocano a bolsa dela no chão. — Descansa.

A Khadija abaixa até sentar na raiz da árvore.

— Vou te esperar aqui. — Ela aponta um dedo tremeno pruma casa redonda lá longe. — Atravessa essa estrada e vai naquela casa com porta vermelha. Bate três vez. Se uma mulher abrir, diz pra ela que cê tá vendeno folha, depois volta aqui. Mas se um homem abrir, diz pra ele que cê tá procurando o Bamidele. Diz pra ele que a Khadija te mandou. Traz ele aqui pra mim.

Eu enrugo meu rosto, confusa.

— Aonde fica a casa da parteira? Bamidele é nome de homem. Nunca vi um homem parteiro na minha vida. Khadija?

Tem um suor novo na testa dela agora, gotas de água manchano seu lábio de cima.

— Por favor, não faz muitas pergunta agora. Se você quer que meu bebê não morre, por favor, vai e chama o Bamidele. Diz pra ele... ai, minhas costa, Adunni. Minhas costa tá doeno.

Eu fico olhano ela, me pergunto de novo, por que que eu segui ela até aqui. Por que que me importei e não fiquei em Ikati? Mas a Khadija me ajudou com a bebida pra não ficar grávida, ela deixou minha mente despreocupada na casa do Morufu, ela brigou com a Labake por mim. E se ela morrer aqui, todo mundo vai dizer que eu matei a esposa mais velha. Eles vai dizer que o ciúme me fez carregar ela pra aldeia Kere e matar e deixar ela perto dum pé de goiaba. Eles vai me matar tamém, com certeza, porque em Ikati eles mata qualquer pessoa que mata ou qualquer pessoa que roba.

Lembro quando um lavrador, o Lamidi, matou um amigo dele por causa de uma briga de terra, e o chefe da aldeia falou pros servo açoitar o Lamidi com setenta chicotada com folha de palmeira todo dia na praça da aldeia até que ele caiu morto. Eles queimou o corpo do Lamidi depois que ele terminou de morrer. Sem enterro. Eles só jogou o corpo negro dentro da floresta; uma oferenda queimada pros deus da floresta.

Eu levo minhas perna e atravesso a estrada rápido, apressano o pé até chegar na frente da casa de barro.

Quando eu olho pra trás, a Khadija levanta a mão e me dá um tchau.

A porta é vermelho-sangue, de aparência zangada. Eu dobro meus dedo e bato uma vez. Ninguém responde. Escuto uma coisa lá dentro, alguém ouvino rádio, as notícia da manhã em iorubá.

Eu bato de novo.

A porta abre devagar. Eu encontro um homem. Ele é alto, jovem e tem boa aparência. Ele tá vestino calça comprida, sem camisa. Sem sapato no pé tamém. Rádio na mão.

— Tô procurano o Bamidele. É você?

Ele desliga o rádio no botão do lado.

— Sim, sou o Bamidele. Posso te ajudar?

Eu continuo com a minha voz baixa.

— A Khadija. Cê conhece ela?

O rosto dele muda, e ele olha pra dentro da casa pareceno que tá olhano se tem alguém vino.

— Que que aconteceu com ela? — ele pergunta.

— Ela pediu pra mim te chamar. Ela tá sentada longe. Não tá bem.

— Não tá bem? — Ele endurece o rosto. — Espera.

Ele fecha a porta.

Eu fico lá, mexeno meu pé, me sentino muito confusa. Quem é esse homem Bamidele? Que que ele e a Khadija tem? E por que que ela me disse que ia ver a parteira e disse pro Morufu que ia ver a mamãe dela? A porta abre de novo, cortano meu pensamento. O homem tá usano uma camisa agora, combinano com a calça.

— Me leva aonde ela tá.

Caminhamo um pouco, corremo um pouco, até chegar na Khadija. Tem muito suor no rosto dela agora, e ela tá virano a cabeça prum lado e pro outro. Eu fico num canto, e o homem, esse Bamidele, ele ajoelha e pega a mão da Khadija.

— Khadija. Sou eu. Que que tá aconteceno?

A Khadija abriu os olho, numa luta. Ela mexeu o lábio, pareceno que quer sorrir.

— Bamidele — ela sussurra tão baixo que desço a cabeça pra ouvir o que que ela tá dizeno. — O bebê tá me dano problema. Tô com medo de morrer.

O Bamidele enxuga o rosto dela com a mão e eu fico assustada. Olho em volta do lugar. Quem tá veno a gente? Não tem ninguém na rua, só aquele bode lá longe, dobrano as duas pata traseira, fazeno uma merda forte, as bolinha preta caino que nem gotas de chuva das nádega.

Que que esse homem tá pensano que tá fazeno, tocano o rosto da Khadija assim? Ele não sabe que a Khadija é esposa de outro homem?

— *Aya mi*. Cê não vai morrer.

Ele tá louco? Por que que ele tá chamano ela de *aya mi*, minha esposa?

— Khadija, por que que esse homem tá falano toda essas bobagem?

A Khadija não me dá resposta. Parece que ela nem tá me ouvino. Então eu fico ali, pareceno uma idiota, esperano que o que eu tô esperano me acha.

— O bebê tá forçano pra sair. Tenho medo que, se ele nasce, ele morre. Lembra da maldição que cê me falou? O ritual que a gente devemo fazer antes que o bebê faz nove mês?

Qual maldição? Qual ritual? Eu aperto o pé, me sentino cada vez mais confusa, com raiva. Por que que eles tá falano assim? Que que tá aconteceno?

O Bamidele balança a cabeça dizeno que sim.

— Podemos fazer hoje. Junto. Eu e essa menina vamo carregar você.

Ele me olha e eu me afasto. De que menina que ele tá falano? Eu não. Não vim até aqui fazer nenhum ritual estúpido.

— Tô voltano pra Ikati — eu digo.

— Por favor. Me ajuda. Minha força tá acabano agora, eu não consigo nem ficar em pé. Você e o Bamidele precisa me carregar pra fazer isso.

— Me conta o que que aconteceu primeiro. — Eu olho pro homem de cima embaixo que nem se ele tá cheirano uma coisa estragada. — Quem é esse homem pra você?

O homem fica em pé.

— E você é quem pra ela? — ele pergunta.

— Ela é minha *iya ile** — digo. — Eu casei com o Morufu depois dela.

— Ah, Adunni.

Como que ele sabe meu nome?

— A Khadija me fala de você — ele diz, dano um sorriso triste. — Ela disse que cê é uma boa pessoa. Uma boa menina. Ela disse que você...

— Fala com senso, por favor — digo. — Não tenho tempo pra ouvir da minha boa pessoa quando parece que a Khadija tá dentro dum ônibus da morte.

— A Khadija é meu primeiro amor. Ela não te contou?

— Não.

Como ela vai me contar? Esse Bamidele tem espuma na cabeça em vez de cérebro?

— Cinco ano atrás, eu e a Khadija tava apaixonado. Amor de verdade. A gente ia casar, mas o pai dela ficou doente, então ele vendeu a Khadija pro Morufu pra ajudar. Eu, eu não tinha dinheiro naquele tempo. Me doeu que carregaro meu amor e entregaro ela pro velho Morufu, mas aceitei isso como um homem. Vim embora de Ikati, aqui pra Kere pra fazer meu serviço de soldador. Depois de quatro ano casada com o Morufu, a Khadija veio me procurar. Ela disse que me ama. Eu tamém, aí começamo nosso amor de novo.

Ele abaixa a cabeça, olha pra ela enquanto ela tá contorceno de dor no chão. Quando ele me olha de volta, as lágrima tá brilhano nos olho dele.

— Aquele bebê na barriga dela é meu. É um menino homem lá dentro. Eu sei disso.

— Me ajuda — a Khadija diz, falano tão fraco agora.

---

* Primeira esposa em iorubá. (N. da T.)

— Qual ritual cê tá dizeno que ela tem que fazer? Em que lugar? — pergunto.

— Na minha família tem uma maldição — o Bamidele diz. — A gente precisamo lavar toda mulher grávida dentro do rio sete vez antes do bebê chegar nos nove mês. Se a mulher não faz isso, ela morre com o bebê enquanto ele tá nasceno. Na minha família não nasce muitas menina mulher. Todas mulher da nossa família sempre teve menino homem. Quem nem eu, que tenho seis irmão. Eu sei que ela tá carregano meu bebê dentro da barriga, que é um menino homem, meu filho.

Ele dá um suspiro triste.

— O rio Kere não fica longe daqui. Ela pode usar ele. Tenho um sabonete preto especial que ela vai usar. Tenho em casa. Mas vamo pegar ela primeiro. Me ajuda.

Eu olho pra Khadija e pergunto:

— É verdade o que que esse homem tá dizeno? O bebê não é do Morufu?

— É verdade. Esse bebê é do Bamidele. O Morufu é um homem tonto e mau. Ele quer menino homem, mas não consegue me dar uma gravidez de menino. Então eu vim pro Bamidele, e ele me ajudou com um menino. Mas por causa dessa maldição, eu não posso nascer meu bebê antes do banho... e agora o bebê tá quereno sair, então eu preciso ir rápido... me carrega com ele, por favor.

Eu fico com meus pé no chão.

— Khadija, por que que cê vai dar o bebê de outro homem pro Morufu?

A Khadija joga a cabeça prum lado e pro outro, retorceno o rosto. O Bamidele me olha, com preocupação no olho.

— A gente temos que ir rápido. Pega a mão dela e me deixa pegar aqui. Quando eu contar um, dois, três, a gente levantamo.

— Não vou fazer ritual — digo, cruzano minha mão em cima do peito, sentino bater rápido. — Vamo só carregar ela pra parteira. A parteira vai ajudar. A parteira vai.

— Ela vai morrer! — o Bamidele grita tão de repente que o bode lá de longe para sua merda e sai correno. — Por favor — ele pede com a voz baixa. — Essa coisa tá na nossa família faz muitos ano. Eu conheço pessoas que morreu porque não fez isso. Até a minha mãe, quando ela tava grávida de mim e do meus seis irmão, ela fez o banho. A gente precisamos ir rápido.

Eu não gosto dessas ideia de jeito nenhum. Não gosto que a Khadija me trouxe, que veio aqui e me colocou nessa bagunça sem sentido com ela. Mas ela parece que tá pra morrer e, se isso vai salvar ela, então devo ajudar. Eu devo. Lembro quando cheguei na casa do Morufu pela primeira vez, do jeito que a Khadija enxugava minhas lágrima toda noite e me dava sopa de pimenta pra beber. Do jeito que, mesmo quando ela tava se sentino mal, ela fez água quente pro meu banho naquele dia depois que a Labake quebrou o pote de barro dela.

Foi a Khadija que fez a vida com o Morufu não ser tão ruim. Porque a Khadija tava lá, eu pude sorrir e rir por muitos dia. Agora, devo ajudar ela sorrir e rir e ver seu bebê-menino tamém.

Eu devo.

Meu coração tá bateno forte nos meus ouvido enquanto eu me dobro e pego a mão da Khadija. Parece um bloco de gelo quando coloco na volta do pescoço.

— Aonde fica esse rio?

— Não é muito longe. Mais ou menos um quilômetro e meio andano.

— Por que que não pegamo um táxi ou motocicleta?

Ele olha em volta, balança a cabeça.

— Eu tenho uma nova esposa. Que que as pessoa vai dizer se me ver com outra mulher grávida dentro dum táxi ou motocicleta?

Eu engulo uma praga na minha boca. Então o homem tolo tem uma esposa e tamém dá gravidez pra Khadija? Que que a Khadija tava pensano quando tava fazeno tudo isso? E como que ela pode ter certeza que tá carregano um bebê-menino se as parteira ou os médico não examinou?

Na cidade de Idanra, que não fica longe de Ikati, tem um médico lá, ele vem uma vez por mês ajudar mulheres grávida. Ouvi dizer que ele tem um óculos mágico e uma TV pra ver se o bebê é menino ou menina. Tenho que pedir pro Morufu levar a Khadija no médico.

— A gente precisamos ir agora. Podemos pegar a estrada de volta pra lá. — O Bamidele abaixou do outro lado da Khadija e pegou a mão dela. — Um, dois, três... ergue!

Junto, arrastamo a Khadija pra onde o Bamidele diz que fica o rio.

15

A Khadija tá guerreano com Deus pela alma dela.

Eu e o Bamidele tá segurano ela, implorano pra ela falar. Pra não dormir. Eu tamém começo falar, converso com ela da mamãe, do Kayus e do Minino-home, do papai tamém. Conto pra ela mais coisa que quero que ela sabe e coisas que não quero que ela sabe. Quando pergunto pra ela: "Cê ainda tá aqui? Khadija? Cê ainda tá aqui?", ela solta um gemido e eu volto a falar, dizeno qualquer coisa que vem entrano na minha mente.

Eu penso na Morte, como ela veio e pegou minha mamãe e matou ela.

A Morte, ela é alta que nem uma árvore de iroko, sem corpo, sem carne, sem olho, só boca e dente. Muitos dente, fino que nem lápis e lâminas afiada pra morder e matar. A morte não tem perna. Mas tem duas asa de pregos e flechas. A morte sabe voar e matar o pássaro que morre no ar, acerta ele no céu e deixa cair no chão, espalhano o cérebro. Ela sabe nadar tamém, engolir os peixe dentro do rio.

Quando tá quereno matar alguém, ela voa em cima da cabeça da pessoa, navega que nem um barco em cima das água da alma, esperano só pra levar as pessoa da terra.

A morte pode tomar a forma de qualquer coisa. É inteligente assim. Hoje pode tomar a forma dum carro e causar um acidente, amanhã pode se transformar numa arma, numa bala, numa faca, numa doença de tosse com sangue. Pode assumir a forma de uma folha de palmeira seca e açoitar uma pessoa até ela morrer. Que nem com Lamidi, o lavrador. Ou de uma corda pra espremer toda a vida de uma pessoa, que nem com o Tafa, o amante da Asabi.

A morte tá seguino a Khadija agora? E se a Khadija morrer, ela vai começar me seguir tamém?

Pegamo o caminho que o Bamidele tá mostrano, o chão tá tão cheio de lama, sugano nosso pé pra dentro e a gente lutano pra puxar de volta, deixano a caminhada ainda mais difícil, até que vejo a beira d'água. Nunca senti tanta esperança na minha vida.

— Khadija — eu digo. — Cê tá bem, tamo quase chegano.

Ela geme, um som fraco.

— Esse é o rio Kere — o Bamidele diz enquanto cortamo o caminho e chegamo na frente do rio.

A água tá espalhada que nem um grande campo de vidro, brilhano com o sol da manhã lá no alto em cima do rio.

Tem duas menina pegano água com pote de barro na beira. Uma delas ergue a cabeça e vê a gente, faz oi com a cabeça e continua pegano água. Um pescador tá remano sua canoa no rio, jogano a rede de pescar, espalhano ela que nem uma asa de pavão na água.

Na minha mão, a Khadija fica mole. Eu escorrego meus pé, mas me seguro antes de quase cair no chão. Eu e o Bamidele fazemo ela se deitar, faço um travesseiro com a bolsa e coloco a cabeça dela em cima. Me ajoelho na frente dela, pego a ponta da minha roupa, limpo seu rosto.

— Vamo fazer o banho — digo pro Bamidele.

O Bamidele tamém tá suano. Ele balança a cabeça em volta do rio, vira o rosto pra mim.

— Eu vou buscar o sabonete especial.

Eu olho pra Khadija. Os olho dela tá fechano.

Eu belisco ela, que abre os olho, fecha de novo.

— Vai demorar muito? — pergunto pra ele. Eu não quero que ele deixa eu e a Khadija aqui, na frente dum rio, numa aldeia estranha. — Quando cê vai voltar?

— Já, já — ele fala, enxugano a mão no lado da calça. — Cinco minuto.

— Muito tempo. Volta em dois minuto. Corre rápido e volta pra cá.

— Vou pegar um atalho. Tira a roupa dela pra mim antes de eu voltar.

— Não vou tirar a roupa dela. Como vou ficar sozinha com uma grávida pelada? — Uma parte minha quer dar uma cabeçada no nariz desse Bamidele por falar que nem um idiota. — Não vou fazer nada com ela até cê voltar. Tá escutano?

— Tô ino. — Ele abaixa a cabeça e diz alguma coisa no ouvido da Khadija. Ela balança a cabeça, parece que demora uns dez minuto antes da cabeça parar.

O Bamidele levanta.

— Tô ino agora — ele diz, e antes que eu falo qualquer coisa, ele virou e começou correr de volta pro caminho de onde saímo.

Aí, um trovão espalha um estrondo que vem do céu.

É a Morte, fazeno um anúncio pra gente, dano um grande, grande aviso.

Muito minuto passou e o Bamidele não voltou.

Eu seguro a mão da Khadija, contano os segundo, os minuto e olhano o rio. As duas menina perto d'água tá se ajudano, colocano o pote de barro em cima da cabeça uma da outra. Quando elas chega na minha frente, elas para. Parece gêmeas. O rosto igual de tomate redondo, o furo igual na bochecha esquerda quando sorri, só que uma delas tem a pele cor de cacau em pó, e a outra, a pele dela é marrom-amarela de pão fresco.

— Tá tudo bem? — a negra pergunta, falano do jeito das pessoas de Kere, estalano a língua com cada palavra que fala, ficano um pouco difícil pra mim entender. — Que que aconteceu com ela? — ela pergunta. — Cê precisa de ajuda?

— Ela tá doente. Tô esperano — penso um pouco — pelo *Babalawo.** Ele vai dar a cura pra ela quando chegar aqui. Obrigada.

— Que os deus teja com ela — elas diz junto, enquanto passa pela minha frente.

O céu comeu o sol da manhã. Todo o lugar tá cinza, sombrio. A brisa assobia, o ar tá frio. Eu arrepio, aperto os dente. O pescador pegou sua canoa e foi muito, muito longe dentro do rio. Quem que eu vou chamar pra me ajudar?

Limpo o rosto da Khadija de novo, a cabeça dela tá fria.

— Como tá a dor? — pergunto. O medo virou uma parede em volta do meu coração, fica quereno tirar meu fôlego, mas por causa da Khadija, tô escalano a parede do medo e ficano forte.

— Cê tá melhor?

— Sim — ela diz, mexeno o lábio, que nem se tá pensano em sorrir. — A dor tá passano.

— Que bom. Lembra daquela música da adevogada que eu queria cantar pra você, mas não consegui porque a gente tava muito ocupada com o serviço? — Ela não responde, mas eu continuo falano. — Eu quero cantar pra você agora. Acho que cê vai gostar. É uma música muito doce, Khadija. Cê vai ouvir? *Olá menina legal.* — Minha voz falha um pouco, mas eu fico forte, continuo cantano:

Se você quer ser uma grande, grande adevogada
Você tem que ir pra muitas, muitas escola
Se você quer usar um alto, alto sapato
E caminhar, de sa-pa-to, ko-ka-ko

Minha voz tá tremeno, cheia de lágrima, mas eu continuo tentano, continuo me forçano a cantar: "Ko-ka..."

— Adunni.

---

* "Pai dos mistérios" em iorubá (na América Latina chamado babalaô). É o título espiritual de sacerdote na religião iorubá, nas culturas jeje e nagô. Reconhecido pela Unesco como patrimônio oral e imaterial da humanidade. (N. da T.)

— Sim, Khadija, tô aqui. Cantano. Cantano pra você e pro bebê. Cê tá gostano da canção? O bebê tá gostano da canção?

— Cadê o Bamidele?

— Ele ainda não voltou.

— Quando que ele vai voltar? Já faz muito tempo que ele saiu. Cadê ele?

— Ele tá... — Eu paro de falar. E se o Bamidele fugiu e não volta nunca mais e tá deixano a Khadija aqui pra morrer?

A Khadija prende a respiração.

— Será que o Bamidele vai me enganar? — ela pergunta. — Ele vai me deixar aqui assim?

Antes que eu busco na minha cabeça uma resposta certa, um grito profundo sai dela, o uivo dum cachorro numa armadilha. Eu olho pra cima, vejo a Morte navegano lá em cima, e digo pra ela pra ir encontrar outra pessoa. Eu digo pra ela pra se transformar num carro e matar aquele bode de merda. Mas quando olho pra Khadija, sei que ela tá recebeno a Morte com seus olho. Ela e a Morte tá virano uma, mãe e filha.

— Adunni, cuida da minhas filha — ela pede, sua voz tão baixa, tão fraca.

— Não — digo, segurano sua mão fria. — Não, Khadija, eu não. Você. Você vai cuidar da suas filha. Cê tamém vai cuidar do meus filho. Eu e você vamo ficar junta, vamo lutar contra a Labake junta. Rir do Morufu junta. Eu e você. Vai ser assim, Khadija, viu? Tá, pera, pera um pouco, deixa eu cantar outra música. Uma música sobre... — Eu balanço os ombro dela.

O corpo dela tá mexeno, tremeno, mas os olho, bem aberto, tá olhano pro cinza do céu, veno só o que o espírito pode ver. Coloco o rosto em cima do seio dela, que tá inchado de leite novo pro bebê morto, aí começo chorar mais forte e sacudir seu ombro.

Acorda, Khadija, eu imploro com toda a minha alma. *Acorda. Acorda. Acorda.*

Mas não adianta.

A Khadija morreu.

E o Bamidele *não* voltou.

16

Eu levanto e olho no meu redor.

O pescador tá começano voltar. Eu tô quereno esperar ele chegar e pedir ajuda pra carregar a Khadija e levar ela pro Morufu, mas na minha cabeça tá soano um aviso. Se eu esperar ele, ele vai pensar que fui eu que matei a Khadija. Ele não viu quando o Bamidele veio comigo até aqui. Ele vai me levar pro chefe da aldeia de Ikati. Penso no Lamidi, o lavrador. No jeito que ele foi açoitado por sete dia. Vou encontrar o Bamidele. Preciso. Eu encontro ele primeiro, depois a gente voltamo aqui e carregamo a Khadija pro enterro em casa. Ele conta pro chefe da aldeia, pro Morufu e pras filha da Khadija o que que aconteceu. Ele diz pra eles que fez a gravidez nela. Que a família dele tem uma maldição. Que existe um sabonete pra afastar a maldição, mas que ele não voltou pra dar o sabonete pra Khadija.

Eu limpo meu rosto e tomo essas decisão.

O Bamidele vai sofrer pela Khadija.

Eu não. *Eu não.*

Ando muitos quilômetro, passano por muitos caminho, chego em frente uma outra casa, com uma árvore magra sem folha, com mato selvagem de frutas vermelha que parece cereja, bonita de olhar mas veneno pra comer, mas não tô achano a casa do Bamidele. Cadê? Eu ando rápido, as imagem do corpo da Khadija alimentano minha mente. Deitada naquela areia, na beira do rio. O trovão tá cresceno de novo no céu e eu sei que a chuva vai começar cair.

Se a chuva levar o corpo da Khadija pro rio, ela vai ficar perdida pra sempre. O que que eu vou dizer pro Bamidele? Ou pra qualquer pessoa? Como vou dizer que a Khadija tá morta se eu não tenho o corpo?

Imploro pro céu pra se controlar, pra não chover, pra me dar mais tempo pra encontrar a casa. Quando vejo aquele bode, aquele do barbante vermelho, sentado na sombra do pé de goiaba, sei que tô perto da casa do Bamidele. Agradeço o bode e continuo procurano, até encontrar o lugar, a porta vermelha.

Pego uma pedra do chão, bato na porta. Não vem resposta lá de dentro. Eu bato de novo. Então começo gritar:

— Bamidele, vem cá! Bamidele!

A porta abre devagar.

O estômago da grávida aparece primeiro, antes do rosto da mulher. Pele clara, rosto de boneca-bebê com fome. O cabelo tá cheio de uns fio torcido, todos apontano pro céu, como espinho numa coroa de carne. O estômago redondo, mais ou menos do mesmo tamanho da Khadija, parece que se transforma em outra coisa pros meus olho; vira um punho dobrano e bateno no meu peito. É por isso que o Bamidele não vai voltar. Porque ele tem uma esposa grávida.

— Tô procurano o Bamidele — grito, respirano rápido, tentano não chorar. — Pede pra ele vim aqui. Diz pra ele que a Khadija tá morta.

— Bamidele? — Ela fica com cara de nada. — Em qual casa?

— Essa casa — digo enquanto olho em volta, vejo o bode. Ele levanta a cabeça, olha pra mim, eu sei que o bode tamém sabe disso. Essa é a casa do Bamidele. — Eu vim aqui hoje de manhã. Ele abriu essa porta, essa porta vermelha. Cê é a esposa dele?

Ela aperta o olho, que nem se tá me analisano bem, antes de fazer que sim com a cabeça.

— Mas o Bamidele tá viajano. Ele viajou faz três semana... pra aldeia da mãe dele. Que que cê quer? Quem é Khadija?

— Não, o Bamidele não viajou. Ele tá aqui. Ele abriu essa porta pra mim hoje de manhã.

Eu pulo pra frente, tentano empurrar a porta, mas ela sai da casa, fecha a porta atrás dela, segurano o puxador.

— O Bamidele não tá aqui. Segue seu caminho.

— Mas ele deixou a Khadija morrer! — Tô chorano agora, bateno o pé. — O corpo dela tá na frente do rio Kere, morto. Muito morto. A gente devemo ir e trazer ela! Bamidele, sai! Cê matou uma mulher! Sai!

A porta da outra casa abre, um homem espia, olha pra gente.

— Cê tá surda? — a mulher pergunta, com voz baixa. — O Bamidele não tá nessa casa. Por favor, vai embora antes que eu te chamo de *ole*.

Ole. Ladrona.

Essa palavra é uma ordem dentro do ouvido das pessoa. Elas ouve, começa correr, procurano o *ole*. Se ela me chamar assim, ninguém vai fazer nenhuma pergunta. Toda a aldeia vai sair e me perseguir. Eles vai jogar pneu velho na minha cabeça e colocar fogo dentro. Eles vai me queimar.

Eu olho pra cima e vejo a Morte. Ela tá navegano em cima da minha cabeça, brilhano seus dente, bateno suas asa, teno dois pensamento de que jeito vai me levar: como uma chibata ou como um fogo.

Mas eu penso na Khadija. Penso nas filha dela, Alafia e as outra. No seu papai doente.

Eu deixo minha voz forte e grito de novo:

— Bamidele, sai! Bamidele, cê matou uma mulher! Sai!

— *Ole! Ole! Ole!* — A mulher tá começano gritar agora, a voz dela cobrino a minha.

O homem da outra casa parece um lutador de aldeia com suas mão grandona e o peito largo e forte.

— *Ole?* — ele pergunta, mas não espera resposta e sai da casa dele. Meu rosto é estranho aqui. Ele sabe que sou eu. Ele tamém tá começano gritar. — *Ole! Ole!* Todo mundo sai! Tem uma ladrona na nossa aldeia!

O homem e a mulher, eles une suas voz, cobre a minha.

Logo, todo o lugar vai tá cheio de gente.

Eu olho prum lado, olho pro outro. Tem um caminho na minha direita que leva pra garagem de ônibus.

Eu olho pro rosto da mulher, e ela olha o meu. Ela diminui a voz um momento, me dano a chance de correr, pra ir e não voltar nunca mais.

Mas a Khadija. Ai, Khadija.

— Bamidele! — grito de novo. — Eu sei que cê tá dentro dessa casa. Deus vai te julgar! Cê matou uma mulher! Sai!

— *Ole! Ole!* — a mulher tá começano gritar de novo. O homem tá quase chegano do meu lado. Ele tá segurano uma coisa dura, grossa e marrom, um galho de árvore?

Eu viro e vejo outras duas pessoa saino da suas casa.

Quatro pessoa. Uma ladrona: eu.

Eu fecho minha boca; começo correr.

17

Subo numa motocicleta na garagem do ônibus e imploro pro motorista me levar pra minha casa.

Não posso voltar pra casa do Morufu, por que o que eu vou falar quando ele perguntar onde que tá a Khadija? O que que eu vou falar pras filha dela?

Então, eu peço pro motorista pra me levar pra casa do meu papai. Eu nem sei como chegamo na minha casa porque minha mente não tá pensano direito. Já passou três mês desde que saí daqui como esposa do Morufu. E agora tô voltano como o quê?

O papai tá sentado no sofá quando entro. Ele tá dormino pesado, com a cabeça encostada na madeira do sofá, o chapéu no nariz. Ele ronca alto, sacudino a sala inteira. Ele acorda num salto quando eu entro, arregala o olho que nem se tá veno um espírito maligno.

— Adunni? — Ele esfrega o olho e balança a cabeça. — É você?

— *Sah*. — Tô tremeno muito, é difícil ficar ajoelhada. — Sou eu, *sah*. Boa tarde, papai.

Lá fora, o motorista aperta a buzina da motocicleta, *biiiip*.

— O motorista quer receber o dinheiro, *sah* — digo e, antes que o papai responde, corro pro quarto que dividia com o Kayus e o Minino-home e pego o dinheiro que tava escondido dentro da minha esteira faz muito tempo, corro lá pra fora e pago vinte naira pro motorista.

— O que que cê tá fazeno aqui? — o papai pergunta quando volto pra sala. Ele tá em pé agora, as mão na cintura. — Cê fugiu da casa do seu marido?

— Não, *sah*. Eu não fugi da casa do meu marido. — Eu abaixo no chão, ajoelho e seguro a perna dele. — Papai, me ajuda.

— O que que aconteceu? — o papai pergunta, quando começo chorar. — Por que que cê tá chorano?

Enquanto vou falano, sinto sua perna ficar mole, sinto quando ele sai da minha mão e cai em cima do sofá.

— A Khadija tá morta? — ele pergunta, sussurrano. — Sua esposa mais velha tá morta?

— Foi o Bamidele. Ela tem um amigo homem, um amante. Ele chama Bamidele. Ele é soldador na aldeia Kere. Ele deu gravidez pra ela e agora deixou ela pra morrer porque não voltou com o sabonete pro banho que afasta a maldição do mal. — Enquanto vou falano, sei que parece que tô contano mentira. — Tô falano a verdade, papai. Deus vê meu coração! Deus sabe que é verdade! O Bamidele tem um sabonete e não voltou e a Khadija tá morta por causa dele. É verdade, papai!

O papai coloca a cabeça nas mão, ele não fala por muito, muito tempo. Quando ele levanta a cabeça, seus olho tá vermelho, com lágrima, parece que ele vai chorar tamém.

— Quem te viu quando isso aconteceu?

Eu balancei minha cabeça.

— Me viu? Ninguém. A esposa do Bamidele falou que ele tá viajano. Ela não vai falar a verdade.

Lembro das gêmea que pegava água. Mas eu nem sei o nome delas, ou se elas viu eu e o Bamidele com a Khadija. Elas *me* viu, isso eu sei. Todo mundo me viu. Todo mundo vai dizer que fui eu que matei a Khadija.

— Tô falano a verdade. Eu juro.

— Ah — o papai diz, bateno no peito três vez. — Ah, Adunni cê tá me matano, termina de uma vez!

— Mas eu juro que não fiz nada, papai! — Tô chorano muito e tossino minhas palavra. — Me ajuda, papai, me ajuda!

O papai tira minha mão dos joelho, dá um suspiro triste.

— Adunni, tenho que ir no chefe da aldeia. A gente precisamo contar pra ele o que que aconteceu.

— Não, papai, não! — Puxo a calça dele. — Cê sabe o que que vai acontecer. Eles não vai me dar a chance de falar por mim, eles só vai me matar. Eles não vai ouvir o que que tô dizeno do Bamidele.

— A gente não podemos deixar a Khadija sozinha. Alguém tem que ir e trazer o corpo dela. Eu não posso fazer isso, porque eles vai dizer que eu matei ela. Então vou agora no chefe da aldeia contar pra ele o que que aconteceu.

— Se eles pedir pra você me levar lá, o que que cê vai falar pra eles?

O papai me dá uma olhada, e eu nunca vi ele tão triste, tão confuso.

— Aí eu te levo lá — ele diz com a voz tão suave, tão quebrada. — A Khadija tem seu povo, eles precisa saber que ela tá morta. O chefe da aldeia precisa saber que a Khadija tá morta. O Morufu precisa saber. Deixa eu ir e encontrar toda essas pessoa. O chefe da aldeia não vai te matar enquanto eu, seu papai, tô vivo. Juro que nada de ruim vai acontecer com você. Mas primeiro para de chorar. Entra no seu quarto e me espera.

O papai olhou prum lado, olhou pro outro, bateu nos lado da calça, pareceno que tá procurano alguma coisa, mas não sabe o que que é, então enfiou o pé nos chinelo e me deixou ajoelhada sozinha na sala.

Meu coração ainda tá girano dentro do peito enquanto tô em pé no quarto que dividia com o Kayus e o Minino-home. Vou na janela, puxo o manto da mamãe que usamo como cortina pro lado, pra ver se ninguém tá vino. Lá fora, o sol tá começano descer do céu, a cor tá mudano pro vermelho dos olho do papai quando ele tá bebeno muito. O complexo tá vazio, quieto tamém, só as folha da mangueira tá dançano na brisa da noite e sussurrano pra elas mesma.

É uma coisa ruim pensar em fugir, quando a Khadija tá sozinha, morta na aldeia Kere? Tem outra opção pra mim? O papai falou que nada vai acontecer comigo, mas o papai fez uma promessa pra mamãe e não cumpriu. Como ele vai cumprir a promessa agora de me salvar desses problema?

Limpo o olho, saio de perto da janela, desenrolo minha esteira de ráfia que tá debaixo da cama, tiro a bolsa de náilon preta que tá lá dentro e coloco minhas coisa dentro dela.

Não tenho muitas coisa porque três das minhas quatro roupa tá na casa do Morufu. Pego meu vestido *ankara*, uma calça, o sutiã preto que a mamãe me deu quando comecei crescer os seio, minha pastilha de mastigar e a velha bíblia iorubá da minha mamãe. Tem uma capa preta de borracha, as palavra dentro pequena, as beirada dobrada de muitos ano, de quando a mamãe ficava leno de noite com luz de vela na cozinha. Eu aperto no meu peito agora, faço uma oração pra Deus me ajudar. Pra me salvar dos meus problema.

Eu olho em volta da sala, pra almofada que o Kayus tá usano como travesseiro na esteira verde do canto, pro lampião de querosene do lado dela, e balanço minha cabeça. Como vou deixar tudo isso? Se eu fugir agora, quando vou ver o Kayus de novo?

Levanto o lampião pareceno que ele vai parar a escuridão do meu coração e puxo pra fora as mil naira que eu guardava lá antes do meu casamento. Pego cem naira, dobro e coloco na almofada pro Kayus. Não é muito dinheiro, mas dá pra comprar dois ou três choco-doce, deixar ele feliz. Tô tentano não chorar enquanto aperto meu rosto na esteira e digo pra ela cuidar do meu Kayus pra mim.

Lá longe, dá pra ouvir o Minino-home, parece que tá entrano no complexo. Levanto, corro lá pra fora pra encontrar ele, minha bolsa de náilon dançano na minha mão.

Ele tá com dois pneu na cabeça, que nem se acabou de sair da onde trabalha de mecânico. Ele parece assustado quando me vê. Pisca.

— Adunni?

— Sou eu, irmão — digo. Arrumo meu rosto, endireitano, e empurro a Khadija bem pra trás na minha mente.

— Por que cê tá parada olhano? Tira isso de mim.

Pego os pneu e coloco no chão.

— Que que cê tá fazeno aqui? Cadê seu marido? Que é isso na sua mão?

— Ele me mandou vim dar dinheiro pro papai — digo, segurano minha bolsa de náilon com força. — Pra dizer obrigado por casar comigo.

— Ele é um bom homem, seu marido. — O Minino-home enxuga o suor da testa com o dedo e deixa voar no meu pé. — Por causa dele, a gente temos bastante comida pra comer agora. Cê viu o inhame e a banana-da-terra na cozinha? Até o aluguel comunitário o papai pagou os dois mês que tava atrasado, ele te contou? Cadê o papai? Tá lá dentro?

— O papai tá... — Engulo cuspe, tento falar de novo. — Saiu. Com o sr. Bada.

— Cê tá ino agora? Pra casa do seu marido?

— Sim, já tá ficano de noite.

— Cumprimenta ele pra mim, bom homem. — Ele me olha de cima até embaixo. — Cê quer que eu vou com você? Tá escuro lá fora.

— Não, obrigada. Tô ino agora, agora.

O Minino-home estica a mão e boceja que nem um cachorro, a boca grande fechano.

— Vai logo! — ele diz, apertano os olho. — Espera, Adunni. Tem certeza que tá tudo bem? Dá pra ver os problema correno no seu rosto. O que que aconteceu? O Morufu, ele tá bem?

Eu lambo os lábio seco e rachado.

— Sim, ele tá bem.

— E as primeira esposa? A Labake e a outra? Elas é boa pra você?

A Khadija é boa, mas agora ela está morta.

— Elas é boa — eu digo enquanto minha voz começa quebrar com lágrimas. — Deixa eu ir logo, tchau.

— Vai depressa, então. Vai bem. Cumprimenta o homem bom, o homem muito bom.

O Minino-home entra na casa e uma luz fraca do lampião ilumina a janela do quarto. Eu aperto meus passo, olhano o céu, o monte de nuvens cinza no meio dele. O vento faz um som que nem assobio, soprano uma canção triste e fria. Tamém tem no ar um cheiro de poeira que engole a água, e eu sei que as chuva tá se juntano pra começar cair.

Agora, eu penso. *Vai agora.*

Respiro fundo, olho nossa casa na minha esquerda, a estrada cheia de poeira na minha direita, aperto a bolsa de náilon com força contra o peito e começo correr.

18

No começo eu corro de cabeça baixa, o olho fixo no pé, no caminho cheio de lama que sai da aldeia.

Dos meus dois lado tem plantação de milho, com grandes folha verde. Tô agradeceno porque elas me deixa longe dos olho da aldeia que tá atrás das plantação. Uma luz pisca no céu, junto com grito de trovão. Continuo correno, meus ouvido captano o som dos cachorro latino longe, as cabra dos complexo perto fazeno *méé́é*, *méé́é*, bateno os pé no chão que nem se tá lutano com a terra. Galinhas corre por toda parte, as pena bateno sempre que o céu pisca uma luz. Continuo correno, às vez pulo quando vejo pedras ou ervas daninha, ou quando vejo pneus de carros velho que umas criança endiabrada deixa na estrada pra fazer alguém cair.

Um galo vermelho com um barbante verde no pescoço pulou do nada no meio do meu caminho, me fazeno bater a perna numa pedra. Eu paro um pouco e abaixo pra esfregar o tornozelo. Fico sem fôlego de dor no tornozelo e tento não chorar. Pelo canto do olho, vejo duas menina com balde na cabeça. Uma das menina é a Ruka. As duas tá conversano e rino, mas elas mata a risada quando me vê.

— Adunni, nossa nova esposa — a Ruka diz quando chega na minha frente. — Aonde cê tá ino?

— Vim buscar água no rio Ikati — digo, que nem se toda minha respiração vai acabar. Tô em pé agora e apontano minha mão pra trás da minha cabeça, pro rumo da minha casa. — Nosso poço tá seco, então preciso guardar água pra amanhã. — Tento forçar uma risada, mas sei que a risada se transforma em choro.

— Olha! — a menina com a Ruka diz. — Que nova esposa é essa? Buscano água sem balde na chuva?

Eu olho pra ela. Parece o galo que pulou no meu caminho, com um pescoço fino e uma boca comprida de bico de galinha. Eu nem conheço ela, por que que ela tá me fazeno pergunta?

— Ruka, por favor, vamo deixar ela sozinha — ela diz, o fogo da inveja queimano nos olho. — Ela acha que é melhor que nós só porque é uma nova esposa.

— Adunni, eu continuo dizeno que o casamento tá te fazeno bem. A Kike casou hoje de manhã? É verdade? — a Ruka pergunta.

— É — eu digo enquanto outro trovão se espalha no céu. — Obrigada. Preciso ir antes que a chuva começa.

— A gente vamo dançar pra você quando cê nascer um novo bebê! — a Ruka diz com uma piscadinha, enquanto vai ino embora com a amiga. — Tchau, tchau!

Digo "tchau", mas não me mexo, nem depois que elas tá longe, nem depois que a chuva tá começano cair. É uma chuva forte, das que sacode a terra e faz o telhado das casa parecer um louco tocano uma música louca: bateno potes, panelas e colher tudo junto. A chuva batia no meu cabelo, descia pelo rosto e entrava na boca pra mim sentir o gosto da pomada de óleo de coco do meu cabelo e o sal das minhas lágrima e da água da chuva. A água tá ensopano minha roupa, me fazeno tremer no meio do caminho. Tô pensano no que a Ruka acabou de falar, de vim dançar comigo quando eu ter um novo bebê. Meu papai e o Morufu vai ficar chocado de raiva e surpresa quando saber que tô desaparecida? Será que eles vai pensar que é porque fui eu que matei a Khadija que tô fugino? Meu papai vai ficar com dor no coração por minha causa? Eles vai colocar meu papai na prisão até me achar? Ou o papai sabe que tô fugino? E se eles me achar, vai ouvir o que tô dizeno do Bamidele?

Limpo o rosto com as costa da mão e fungo a meleca do nariz. Essa decisão é muito difícil e não sei se tô fazeno a coisa certa. Será que é melhor voltar pra casa e seguir com o papai até o chefe da aldeia? Mas se eu faço isso, eles vai me matar que nem matou o Lamidi, o lavrador, e o Tafa, o namorado da Asabi e as outras pessoa que não consigo lembrar agora.

Acho que primeiro tenho que sair daqui, aí depois, quando eles descobrir o Bamidele, posso tentar voltar. Eu pego a barra do meu vestido, torço e espremo a água da chuva, sacudo pra tentar secar, mas o vestido só gruda na minha pele e me faz espirrar.

Dou uma corrida até chegar na praça do mercado. Tem um poste de luz no meio, o amarelo-ouro da luz tá fazeno o piso de cimento molhado brilhar que nem vidro. No meio da praça tem uma estátua de pedra cinza do rei da nossa aldeia no seu trono. Os olho de pedra tá bem aberto e ele tá segurano um bastão grande, que nem se tá vigiano todo o lugar procurano os ladrão... me procurano.

A chuva parou, mas o céu tá negro que nem carvão e as banca do mercado tá vazia. Todos vendedor de lata de leite e sardinha, de *garri** e milho, e até os homem que vende eletrônico como TV e DVD já foi embora. Os *mallams*** que sempre vende *suya**** tamém já correu pros abrigo. O cheiro de carne seca, cebola frita e pimenta ainda tá no ar, fazeno a fome incomodar meu estômago.

Atravesso a praça do mercado e corto pra fronteira da aldeia. Tem uma outra estátua do rei, igual a da praça do mercado, só que

---

* Farinha de mandioca seca, alimento básico na Nigéria. (N. da T.)

** Tradicionalmente, *mallam* significa uma pessoa hauçá ou muçulmana, mas, com a popularização da *suya*, muitos dos vendedores são chamados assim. (N. da T.)

*** Espeto de carne picante, marinado com pasta de amendoim moído e vários condimentos. A receita é originária dos hauçás do norte da Nigéria, mas tornou-se um prato muito popular em toda a região, servido em restaurantes e também vendido nas ruas. (N. da T.)

nessa o rei tá segurano a placa que diz: "TCHAU, IKATI. A ALDEIA DA FELICIDADE." Se você olhar atrás da placa, de onde o trem tá virano e entrano na nossa aldeia, tá dizeno: "BEM-VINDO A IKATI. A ALDEIA DA FELICIDADE". Hoje tô na frente da parte que tá se despedino sem nenhuma alegria.

Vejo uma mulher vendeno *akara** num pote de óleo preto quente, debaixo dum guarda-chuva vermelho. Ela tá conversano com o *akara*, falano em iorubá, dizeno pro bolo de feijão pra se encantar e trazer cliente, mesmo que a chuva afastou todo mundo.

Quando ela me viu, enxugou o suor da testa no óleo, e ele fez um barulho *sssh*, fazeno subir uma fumaça preta e beliscar meus olho.

— Cê quer comprar *akara*? — ela pergunta.

A fome tá me açoitano, mas não tenho boca pra comer nada.

— Não, obrigada. Tô sem dinheiro.

Ela endurece o rosto, usano os olho pra subir dos meus pé até minha cabeça.

— Se não tem dinheiro pra pagar essa boa comida, sai daqui e deixa um cliente melhor vim.

Só aí, ouço uma voz chamano meu nome; áspera, a voz dum fumante de *siga*. Sinto uma coisa quente subino na minha cabeça. Quem me conhece tão longe da minha casa? Eu viro. É o sr. Bada. Ele tá usano um caftan azul que aperta o corpo. A cabeça redonda e gorda que não tem cabelo brilha no escuro que nem se ele usa óleo pra fazer brilhar.

— Boa noite, *sah* — digo, ajoelhano pra cumprimentar.

— Cê quer comprar *akara*? — ele pergunta, enquanto coloca a mão dentro do bolso do caftan e tira um pacote de dinheiro, puxa

---

* Palavra iorubá que significa "bola de fogo". O *akara* dos iorubás da África Ocidental (Togo, Benim, Nigéria, Camarões) corresponde ao acarajé brasileiro e foi trazido ao Brasil pelas pessoas escravizadas durante o comércio atlântico de pessoas. Na Nigéria, é uma comida de rua muito comum, servida com pimenta em pó ou molho de tomate picante. (N. da T.)

duas nota de vinte naira e dá pra mulher. — Senhora, me dá seis pra minha Adunni aqui. Ela é filha do meu amigo. Ela se casou com o Morufu, o motorista de táxi. Ela é uma nova esposa. Jovem esposa.

A mulher nem fez de conta que ouvia enquanto pegava o dinheiro e dobrava três vez antes de enfiar bem dentro do sutiã.

— Obrigada, *sah*.

— Levanta, filha. O que cê tá fazeno aqui nessa chuva?

— Eu tô ino — tusso as palavra que gruda na minha garganta — na próxima aldeia. — Menina tonta, eu penso comigo. Por que que cê tá dizeno pra ele pra onde cê tá ino?

— Pra fazer o quê? Cadê o seu marido?

— Meu marido, ele me mandou ir buscar umas peça mais barata de carro numa oficina.

— Seu marido devia mandar outra pessoa nessa chuva — o sr. Bada diz enquanto a mulher embala seis bolo de *akara* com a colher, sacode todo o óleo de volta pra dentro da panela e embrulha num jornal velho pra mim.

— Sim, *sah*. — Minha mão tá tremeno quando pego o embrulho de jornal com a minha comida. — Meu marido vai me pegar lá. Obrigada, *sah*.

— Que bom. Vai bem. Cumprimenta seu marido por mim. Viu?

Dessa vez, não paro de correr até chegar na próxima aldeia, até chegar na Iya, onde ela me falou pra ir se um dia eu precisava da sua ajuda.

19

A Iya tá morano numa casa geminada na aldeia Agan, que é a aldeia que faz fronteira com a nossa. Ela mora num quarto na frente do quarto de outra pessoa. O que fica depois do dela tá colado noutro quarto. Aí, dez quarto fica de frente um pro outro, cinco pra esquerda, cinco pra direita, com um corredor comprido e fino no meio.

Quando chego na fronteira da aldeia Agan, a noite já tá escura, a lua é uma curva de uma luz amarela brilhante no céu. As chuva tamém visita Agan, o vento ainda sopra ar frio no meu corpo e eu ainda tô espirrano. A praça do mercado na fronteira com Agan tem mais poste de luz do que em Ikati, e tá cheia de gente vendeno bebida de *zobo*,* celular ou cartão de recarga de telefone, pão e *suya*.

Homens e mulheres tá conversano, rino, comprano e vendeno que nem se o dia não tem fim pra eles. Até alguns filho dos vendedor tá brincano na água da chuva perto das barraca do mercado. Tem uma motocicleta debaixo duma goiabeira do outro lado da praça do mercado. Eu ando até lá e vejo o dono sentado no chão,

* "Hibisco" em hauçá. (N. da T.)

encostado na árvore. Tem uma corrente prendeno o tornozelo esquerdo na motocicleta, talvez pra não deixar os ladrão robar enquanto ele tá dormino; tem um cadeado de ouro pequeno na corrente que prende o tornozelo na motocicleta. Ele tá vestino uma camiseta e uma calça jeans e o ronco tá ficano mais alto que os ruído da noite.

— Boa noite, *sah* — digo, fazeno minha voz aumentar. — Tô quereno ir pra estrada Kasumu. *Sah*, eu tô falano com você. Por que que cê não tá respondeno? Com licença, *sah*?

Quando ele não me responde depois que eu chamo três vez, dou um chute na perna dele, e ele tenta dar um pulo, mas cai porque a corrente puxa ele pra trás.

— Cê tá louca? Por que tá me chutano assim, não tá veno que tô dormino? Cê não tem anciãos na sua casa?

— Desculpa, *sah*. Eu tava tentano te acordar, mas cê não me respondeu. Eu quero ir pra estrada Kasumu.

Ele coloca a mão dentro do bolso, tira uma chave pequena e abre o cadeado.

— Cinquenta naira nessa hora da noite — ele diz, enquanto puxa a motocicleta da árvore, pula em cima dela e liga o motor. — Cê vem ou não vem?

— Por favor, *sah*. Cinquenta naira é muito pra mim. Pode ser vinte naira?

— Eu juro, depois do chute que cê me deu, devia pagar era trezentas naira. Pula aí. Vou te levar por causa de Deus.

— Obrigada, *sah*. — Eu subo, sento nas costa, coloco minha bolsa de náilon no meu colo e prendo a respiração porque o corpo dele tá cheirano esterco de vaca.

Enquanto ele dirige pela aldeia, vejo fileiras de casa com telhas de ferro, uns bar com lâmpada verde e vermelha do lado de fora, homens com estômago gordo se espremeno em banquinhos de madeira pra fora do bar, bebeno, rino, tocano música bang-bang.

Quando viramo na estrada Kasumu, vejo sombras de luz nas janela da casa da Iya e espero que ela me ajuda. Que ela lembra do que me falou faz muito tempo, quando eu levava comida pra ela. Que ela tem um coração bondoso e me deixa ficar na sua casa um tempo.

Eu pago pro homem, desço da parte de trás da motocicleta e solto um grande suspiro. Entro no complexo, passano pelo corredor grande que tem uma lâmpada no teto que tá apagano e acendeno que nem se a eletricidade tá com problema.

No quarto número dois, bato na porta.

— Iya, é a Adunni bateno aqui. Adunni, a única filha da Idowu, a vendedora de *puff-puff* da aldeia Ikati.

Ninguém atende.

Eu bato de novo, apertano meu punho e bateno com mais força.

— Sou eu, a Adunni. De Ikati.

Ainda sem resposta. Agora eu sinto que quero mijar e cagar ao mesmo tempo e aperto minha mão no meio das perna.

Se a Iya não abrir essa porta, aonde eu vou dormir essa noite? Na praça do mercado? Penso naquele motorista e no cheiro do corpo dele e minha boca enche de saliva e as lágrima para no meu olho enquanto tô bateno e bateno e bateno, mas ninguém tá me respondeno. Tô chorano, um grande grito que tá apertano meu peito e tossino minha garganta. Tô pensano que cometi um grande, grande erro. Como eu tava pensano que essa é uma boa ideia? Por que que às vez eu faço coisas tola e estúpida que nem essa? Tô chorano tanto que não ouvi quando a porta na minha frente abriu.

Eu limpo o olho. A porta tá aberta, mas não tem ninguém. Eu olho pra baixo e vejo a Iya sentada no chão.

— Adunni... — ela diz, e sua voz é baixa, pareceno que tá dentro dum pote com uma tampa apertada em cima. Suas duas perna tá na frente dela, fina igual um fio de TV. Tem uma bengala no chão, perto das perna, e acho que ela não come nada desda última vez que eu trouxe comida pra ela porque o pescoço, a perna, o rosto e o peito tá fino que nem uma vara. Não tem cabelo na cabeça tamém, só um tufo de cabelo grisalho no meio dela. Ela tá com um pano amarrado no peito e quando tá respirano, o peito sobe, desce, sobe, desce, fazeno um barulho que nem se alguém tá chupano chá quente numa xícara. Ninguém precisa me dizer que a Iya tá mais doente que a mamãe ficou.

Eu ajoelho pra cumprimentar ela.

— Boa noite. Acordei você?

— Ah, Adunni. Ouvi cê bateno e levantei da cama, demorei porque tenho que carregar e trazer minhas perna morta comigo.

A pele dela tá arrastano pra trás da testa quando ela fala. Os dois olho tá aberto, mas ela não tá me olhano. O olho tá procurano outra coisa na minhas costa.

— Que que te trouxe aqui pra mim hoje? A chuva alagou sua casa?

— Tô precisano da sua ajuda, *ma*. Tô muito encrencada em casa.

— Entra. — Ela usa as nádega pra se arrastar enquanto abre a porta pra mim. — A gente tamo só com metade da energia, aí não tem luz aqui dentro. Ali na sua esquerda tem um lampião de querosene.

O cheiro da querosene tá forte no ar quando entro. Meu olho vai pra janela e eu atravesso a sala, pego o lampião do chão e acendo. Enquanto tô segurano o lampião e olhano tudo, meu coração tá caino. Antes tinha uma TV, guarda-roupa, cadeira e ventilador, mas agora só tem um colchão no chão e um fogão azul de querosene atrás dele. Duas ou três roupa tá pendurada num tipo de varal de madeira atrás do colchão e é só isso.

Os dois olho da Iya tá arregalado e duro, e quando vou sentar no chão atrás da porta, ela não me segue com os olho. Ela tá só olhano pra janela e falano.

— *Ma binu** — a Iya diz. — Não fica com raiva. Eu vendi a cadeira na semana passada. E você, que que tá aconteceno?

Enquanto conto pra ela a história do Morufu e da Khadija, tô lutano muito pra não chorar.

---

* "Sinto muito", "desculpe" em iorubá. (N. da T.)

— Eu só preciso dum lugar pra ficar por pouco tempo. Talvez só até o Bamidele aparecer e dizer que foi ele que causou a morte da Khadija.

Iya balança a cabeça.

— Esse Bamidele não vai aparecer nunca, não com uma nova esposa e um novo bebê chegano. E se pegam ele, vai ser levado pro chefe de Ikati porque a Khadija é de lá. A gente sabemo que a aldeia Ikati é a pior pra matar pessoas sem fazer pergunta. Então o Bamidele nunca vai falar a verdade sobre a Khadija. Ninguém quer morrer antes da hora. Ah, sua mamãe vai ficar muito triste por todas essas coisa que aconteceu com você. O que eu posso fazer pra você, Adunni?

— Me ajuda! Me deixa ficar aqui só um pouco, pra me esconder. Depois, talvez eu acho um trabalho noutra aldeia e uso o dinheiro pra dar um jeito.

— Cê não pode ficar aqui. Cê tá sentada aí, e eu só consigo ver sua fumaça. Tem vez que não consigo ver nada. Meus olho tá doente. Minhas perna tá doente. Meu corpo tá doente. Tudo tá doente.

— Eu posso ajudar cuidar de você. Posso cozinhar, lavar, buscar água, ir no mercado, é só falar que eu faço.

Mas enquanto tô dizeno isso, tô pensano, como vou fazer essas coisa sem as pessoa da aldeia não mandar uma mensagem pro meu papai?

A Iya balança a cabeça fazeno que não.

— O fim tá chegano pra mim, Adunni — ela diz em iorubá. — Meus ancestral, eles tá me chamano pra ir. — Ela vira a cabeça pro lado e pra cima no ar, que nem se alguém lá na janela tá chamano o nome dela. — Cê consegue ouvir? Eles tá tocano tambor e cantano as música pra me dar as boas-vinda.

Ela abre todos dente num tipo de sorriso e a luz do lampião faz parecer que ela só tem metade do rosto.

Eu não sei como como responder pra ela ou pros ancestral, então fico com as minha palavra só pra mim.

— Sua mamãe era uma mulher gentil. Que Deus a tenha. — Ela pensa um pouco. — Para de chorar, Adunni. Eu já sei como te ajudar. — Ela empurra a cabeça pra trás até deitar no colchão. — Eu tenho um irmão, Kola é o nome dele. A gente temos o mesmo pai, mas não a mesma mãe. Ele tá ajudano moças que nem você.

Ela tá olhano pro teto agora, os olho bem aberto, sem piscar. Fica sem dizer nada um pouco. Aí ela diz:

— Hoje vamo dormir. Amanhã a gente conversamos. Apaga aquele lampião pra gente não morrer dentro do fogo antes do galo cantar.

— Sim, *ma*. — Apago o lampião, me estico no chão e coloco as mão debaixo da cabeça, a bolsa de náilon com minhas coisa perto dos pé. Todo o lugar tá silencioso, mas os grilo lá fora fala *cri-cri* pela noite. Tem vez que a Iya começa tossir que nem se quer tossir o pulmão inteiro. Outras vez ela ronca que nem um motor de gerador.

Fico deitada, pensano na minha mamãe, no Kayus, na Khadija, na época que eu não tinha muitos problema que nem esse. Tô pensano em todas essas coisa até que o primeiro galo diz *coo-coo--roo-coo* na primeira luz e o sol da manhã começa entrar pela janela do quarto.

Aí, ouço um tipo de barulho, como dois animal lutano. Primeiro penso que talvez o barulho tá dentro da minha cabeça, mas quanto mais chega perto, fica mais alto. Não é animal lutano. É a voz dum homem, uma voz que conheço muito bem. Tá se aproximano com pés que faz *bam-bam* como um soldado louco marchano pra guerra.

Quando tá chegano no complexo da Iya, meu coração começa bater mais rápido porque é a voz do meu papai. Sua voz mais zangada de todas.

Ele tá gritano:

— Cadê a minha filha? E quem nessa aldeia amaldiçoada chama Iya?

20

Meu corpo inteiro entrou num colapso.

Minha cabeça tá dizeno pra mim levantar — *Adunni, levanta, levanta e corre* —, mas meus braço e perna não tá fazeno nada sozinho. Tenho vontade de ir no banheiro e, quando penso nisso, o mijo quente inunda meu vestido, cobrino todo o chão. Meu coração tá bateno nos meus ouvido *bum-bum-bum*.

O papai tá aqui. Aqui na aldeia Agan. O que que eu vou fazer? Pra onde posso ir e desaparecer e ninguém nunca mais me encontrar?

— Adunni — a Iya tá me chamano do colchão.

Respondo, mas minha voz tá grudada na garganta. Não tá saino.

— Adunni? — ela chama de novo, o sono se arrastano na voz. — É a voz do seu papai que tô ouvino?

— Sim, *ma* — digo, mas parece que ela não me ouve. Eu tamém não me ouvi. Uma coisa robou minha voz.

Ele dá umas batida na porta *pá-pá-pá*. A porta tá tremeno e o papai tá gritano, bravo:

— Abre essa porta agora!

O frio tá espalhano brotoeja no meu corpo. Eu tô acabada. Morta assassinada. O que que eu vou fazer? Pra onde eu vou?

— Adunni — a Iya tá falano com a respiração e eu não ouço direito. — Atrás do colchão tem uma porta — acho que ela tá dizeno —, ela vai pro nosso banheiro. Vai pra lá. Rápido.

Como eu demoro pra me mexer, a Iya dá um tapa no ar:

— Vai! AGORA!

Eu me levanto num pulo que nem se levei um choque nas costa. Eu vejo a porta que ela tá me mostrano, é o lugar que pendurou uma roupa. Como que eu tava cega pra isso ontem? A porta ainda tá bateno.

— Abre essa porta — o papai tá dizeno.

E a Iya respondeno:

— Tô levantano da cama. Se você quebrar a porta de uma velha doente, o trovão vai te acertar e matar.

Eu empurro a porta e caio num corredor fininho que tá cheirano a mijo. O cheiro de mijo me sufoca e me faz tossir e me traz água nos olho.

Faz um grande barulhão e aí, a voz do papai:

— Por que que cê demorou tanto pra abrir a porta?

A Iya tá dano um murmúrio sem sentido de resposta.

No fim do corredor tem outra porta. Entro segurano o vômito na garganta por causa das merda no chão, umas redonda e marrom, que nem ovo duro, outras aguada que nem mingau. Tudo isso tá fedeno. Tem umas mosca empoleirada nas merda, pulano e dançano de uma merda pra outra. Na minha esquerda, do lado do vaso sanitário quebrado sem descarga, tem uma bacia de banho com manchas de merda pra todo lado. Eu coloco o pé no único espaço limpo no chão e seguro meu vômito enquanto ouço a Iya e o papai discutino:

— Cadê a minha filha?

Murmúrio. Murmúrio.

— Alguma coisa chupou sua boca? Eu perguntei cadê a minha filha. As pessoa disse que viu ela chegar aqui ontem de noite.

Murmúrio. Murmúrio.

— Kayus, essa velha tá com a boca e o ouvido com problema. Procura ela nesse quarto. Procura em todo canto. Encontra a Adunni!

Eu ouço *bum, bam, pá* e acho que o Kayus e o papai tá jogano as coisa do quarto da Iya dum lado pro outro.

— O que que tem nessa bolsa? Não é a roupa da Adunni? Kayus, olha e me diz.

O papai pergunta e eu não ouço o que o Kayus responde. Eu fico com o olho fechado, me dobro em mim mesma.

— É uma porta aí? — o papai diz. — Abre!

Alguma coisa tá caino no corredor. O pé faz *pá-pá* de novo. O papai diz:

— Kayus, entra nesse muquifo fedorento e vê se a Adunni não tá se escondeno lá dentro. CÊ ME OUVIU?

— Sim, *sah* — o Kayus diz.

Quando a porta tá abrino, prendo a respiração e ando pra trás até minhas costa se esfregar nas merda da parede. Tô rezano pra parede abrir e engolir eu e as merda, tudo junto desse jeito.

O Kayus tá parado na minha frente. Me olhano. Sem piscar. Que nem se ele tá veno o espírito da mamãe e o da mamãe dela. Balanço a cabeça, coloco um dedo na frente da boca. Meu olho tá implorano pra ele, meu espírito tá implorano. *Por favor, não fala pro papai*, meu olho tá dizeno, *não fala pro papai.*

— Ela tá aí dentro? — o papai pergunta do lado de fora. — Kayus?

— Não, *sah* — ele responde. — Não tem nada aqui... mas a janela tá aberta, talvez ela tá correno pra praça do mercado.

— SAI! E vamo lá AGORA! — o papai diz. — Rápido. O Morufu e seu povo tá esperano. O chefe da aldeia tá esperano!

O Kayus fica assim por um momento, a boca tremeno que nem se tá lutano pra não chorar. Seu olho tá molhado de lágrima, mas tem um pedaço dum sorriso triste nos lábio. E quando ele aperta a mão no peito e faz adeus com a cabeça, eu sei que tá quereno que eu fujo e, mais ainda, que não deixo eles me pegar.

Obrigada, digo sem voz. *Obrigada, meu irmão.*

— Kayus! — o papai grita. — Vamo!

O Kayus balança a cabeça devagarzinho, nosso último tchau.

Tchau, Kayus, meu olho diz pra ele enquanto ele tá virano e correno pra fora. *Tchau, meu querido Kayus.*

Eu fico parada ali por muito, muito tempo, com a mão no meu peito, com as lágrima no meu olho.

21

Encontro a Iya sentada no chão do quarto, mexeno alguma coisa numa panela em cima do fogão de querosene com uma colher de pau grande. Tem um fogo dançano debaixo da panela, e quando eu entro no quarto, ela abaixa o fogo, apertano o lábio e o nariz.

— Cê tá toda fedeno daquele lugar — ela diz. — Vai embora. Joga fora esse vestido fedorento que cê tá usano. Cê tem outro?

Olho minhas coisa num canto do chão, a Bíblia da minha mamãe jogada em cima do vestido *ankara*.

— Eles vai voltar — digo, olhano minhas roupa. — Eles viu toda minhas coisa. Posso usar aquele lugar pra tomar banho? Tô cheia de merda.

Ela começou uma risada que terminou numa tosse. Soa como alguém dano descarga.

— Ninguém com bom senso tá usano aquele lugar pra banho. Ali é pra cagar. Cê caga e vai embora. Todo mês, a gente limpamo, um quarto depois o outro. Na próxima semana, é o quarto oito que vai limpar. Vai lá pra trás da casa, do lado do poço. O banho é lá. Tô cozinhano inhame — ela continua dizeno sorrino, que nem se eu e ela acabou de falar e rir de inhame. Que nem se meu coração quase não morreu por causa do papai.

— A fome não tá me incomodano — eu digo. — Cê tem certeza que meu papai e o Kayus já foi embora?

— Desde quando? — ela pergunta. — Eles deve tá chegano em Ikati agora. Um dos garoto que me ajuda aqui no complexo tá vigiano a divisa da aldeia pra mim. O moleque corre muito rápido. Se ele vê seu papai ou seu irmão chegano, ele vem e me conta.

A Iya tira a tampa da panela, enfia a colher dentro e mexe. Acho que ela tá cozinhano mingau de inhame. Tá cheirano pimenta, lagostim e inhame no óleo de palma, mas tá pareceno cocô cor de laranja. O vômito sobe pela minha garganta, mas eu empurro de volta.

— Eu vou mandar outro molequinho chamar o Kola pra mim e dizer pra ele vim aqui. Agora vai, Adunni. Vai se lavar dessa sujeira.

— E se o papai voltar enquanto tô tomano banho?

— Fica aí me fazeno pergunta besta — ela diz, enquanto coloca a colher do mingau de inhame na palma da mão e lambe pra provar. — Se o seu papai voltar e te encontrar parada aí, não vou fazer nada. Tem um quarto e um balde do lado do poço. Vai logo.

Pego o meu vestido *ankara*, a calça e o sutiã do chão e saio do quarto.

O poço, um círculo de parede cinza bem no fundo do chão e cheio d'água, fica atrás do prédio. Jogo o balde dentro, pego minha água e entro no banheiro: um lugar quadrado com piso de cimento frio, escorregadio que nem se alguém jogou ovo cru nele. Igual o banheiro da casa do Morufu, tem mato subino pela parede até o telhado de ferro.

Tiro minha roupa e começo despejar água na cabeça. A água fria tá me dano choque e esfrego meu corpo com a palma das mão e a água tá misturano com as minhas lágrima. Esfregano e chorano e esfregano e chorano até sentir que nem se minha pele vai descascar e derramar sangue se não parar.

Quando termino, minha pele tá respirano pra dentro e pra fora de tanto esfregar ferida. Eu visto o sutiã e a calça no corpo molhado mesmo, porque não tenho pano pra secar a água. Quando volto pra

Iya, ela tá comeno o mingau de inhame na tigela, os dedo cheio de inhame laranja, que nem se ela mergulhou a mão dentro de tinta laranja.

— Cê quer comer agora? — ela pergunta, lambeno os dedo. — É inhame novo, de colheita nova.

— Não, *ma* — eu digo. — Meu estômago tá revirano.

— Fica em paz, o Kola tá chegano. Ele tá morano na cidade de Idanra, que não é longe daqui, mas tá dirigino um carro e tem um daqueles telefone que cê leva junto. Como chama isso?

— Telefone móvel, de celular — eu digo. — O Morufu tem um. Em inglês, móvel significa deixar uma coisa ir e vim.

— É isso — a Iya diz. Os olho dela tá brilhano, que nem se ela tá orgulhosa desse irmão dela e desse telefone de celular dele.

Tô lutano pra arrancar o sono dos meus olho quando alguém começa bater de novo. Mas não é uma batida raivosa, não como a do papai.

— Abre — a Iya diz. — Deve ser o Kola. Meu irmão.

Eu abro. Tem um homem parado ali. Ele é magro, com um rosto que parece um pouco queimado. Tamém tem umas marca no rosto; duas linha reta que vai de cada olho até no queixo, pareceno que alguém ficou irritado e desenhou o número onze em cada uma das bochecha com tinta preta e grossa.

— Bom dia, *sah* — digo, me ajoelhano.

Ele virou o pescoço pra esquerda, me olhou de cima embaixo e limpou a garganta que nem se vai começar cantar uma música muito alta.

— Minha irmã tá aí dentro? — ele pergunta.

— Pode entrar. — Eu dou um passo pro lado pra ele entrar. — Bem-vindo, *sah*.

Ele cumprimenta a Iya dano um balanço rápido de cabeça, e ela abençoa ele e agradece pelos chá Milo e Lipton que ele mandou no mês passado. Ele pergunta se ela tava tomano o remédio e ela responde que sim, três vez por dia, mas eu não vi ela tomano remédio ontem de noite nem hoje de manhã.

Quando ele coça a garganta de novo, penso que talvez ele tá precisano de água.

— Cê mandou me chamar? — ele pergunta pra Iya, pareceno irritado, como se a Iya tá sempre incomodano. — Não tenho dinheiro pra você ainda.

— Eu não ligo pro seu dinheiro — ela diz —, mas cê precisa me ajudar com ela. Essa menina que abriu a porta é a Adunni. Lembra da Idowu, a mulher que vendia *puff-puff* em Ikati? A Adunni é filha dela.

— Ah. — O sr. Kola vira pro meu lado, fazeno que sim com a cabeça. — Lembro quando ela trazia comida pra você. Sinto muito pela morte da sua mãe.

— Obrigada, *sah* — eu digo.

— Ela precisa da nossa ajuda — a Iya diz. Aí ela conta toda a história da Khadija e como o meu papai tá me procurano e que ele vai voltar. — Cê consegue encontrar emprego pra ela que nem praquelas moça que cê ajuda? A Adunni é uma menina muito boa. Ela tá até conheceno livro. Ela tá falano bem, um bom inglês.

O sr. Kola funga.

— Iya, eu posso ajudar ela, mas não hoje. Está muito em cima. Eu sei que ela tá com problema, mas se ela puder esperar talvez uma semana, eu posso encontrar...

— Uma semana é muito longe — a Iya diz. — Ela precisa ir hoje. Agora de manhã. Seu papai vai voltar pra encontrar ela aqui. Eu sei disso. Não posso deixar nada ruim acontecer com a Adunni. Eu fiz uma promessa pra mamãe dela faz ano, vou cumprir essa promessa até o dia da minha morte.

Meu olho aperta de novo com lágrimas quando a Iya diz isso, e junto as mão, levo nos lábio e faço uma oração de agradecimento pra ela.

— Tô entendendo. Mas não tem ninguém que pode dar um emprego pra ela porque... — Ele para de falar, que nem se tá pensano outra coisa. — Tem uma moça que devia começar a trabalhar pra mim em Lagos hoje. Talvez eu possa colocar a Adunni no lugar dela. Ela parece ser o que a minha patroa tá procurando. A idade certa. Ela pode viajar pra um lugar longe como Lagos?

Lagos, a cidade grande e brilhante? A Lagos dos muito *aeloplano*, carro e dinheiro? A Lagos que eu e a minha amiga Enitan tava falano o tempo todo? E sonhano em ir quando tinha pouco dinheiro?

Meu coração tá girano de emoção e tristeza. Tô sentino muita tristeza porque queria ir pra Lagos ver como é e conhecer lá, não porque tô fugino. Mas o homem tá esperano minha resposta e o papai e o Morufu pode voltar qualquer hora.

— Eu posso viajar pra onde cê quiser, *sah* — eu digo. — Eu sou uma boa menina, *sah*.

— Deixa eu fazer a ligação — ele diz.

Ele colocou a mão no bolso e tirou o telefone de celular. Ele apertou um número, dois, três e colocou no ouvido. Ele tá falano, moveno a cabeça pra cima e pra baixo, prum lado e pro outro.

— Alô? Big Madam? Bom dia, *ma*. Aqui é o sr. Kola-o-Agente falando. Desculpa acordar a senhora cedo. Tenho um problema pequeno e importante. A garota que eu ia levar hoje tá com febre tifoide. Muito doente pra fazer uma viagem longa. Eu tenho outra garota. Boa. O nome dela é Adunni. Sim. Mesmo preço. Garota nova, sim. Te decepcionei alguma vez, *ma*? Sim, sim. Ela passou nos exames médicos. Obrigado. — Ele apertou o número no telefone de celular de novo e guardou no bolso. — Tudo certo — ele diz. — Arruma suas coisas. Vamos pra Lagos.

Eu não sei se tô rino ou chorano. Minha garganta tá fechano quando eu ajoelho, agradeço a Iya e coloco minhas coisa em outra bolsa de náilon que a Iya me deu.

— Kola, obrigada — a Iya diz, bateno palma. — O espírito da mamãe da Adunni tá te agradeceno.

O sr. Kola balança a cabeça, enfia a mão no bolso e tira duas nota suja de dinheiro e uma chave. Ele aperta o dinheiro e coloca na mão da Iya.

— As coisas estão difíceis. O país não tá sorrindo. Controla isso até o mês que vem. — Ele vira pra mim e faz um sinal com a chave na mão. — Vamos.

Seguro minha bolsa com força, mas não mexo o pé. Eu fico lá, piscano, olhano o homem, porque e se ele é um homem mau? E se ele me faz coisa ruim em Lagos?

— Iya? — digo, quereno perguntar se ela conhece bem esse homem, mesmo que ele é seu irmão, mas as palavra tá se escondeno em algum lugar dentro da minha cabeça e eu tô procurano elas, mas elas tá se escondeno muito longe então eu só fico lá, olhano o homem, piscano.

— Adunni — a Iya diz, pareceno que ela vai dar um tapa na minha cabeça qualquer hora se eu não mexer o pé. — É melhor cê ir com ele antes que seu povo volta.

O homem funga, vira e fala:

— Tô no carro. Se você não chegar em cinco minutos, vou embora.

— Reza por mim — peço pra Iya, abaixano aonde ela tá sentada no chão, pra ela poder tocar minha cabeça.

— Coisas boa vai te encontrar em Lagos — ela diz, passano a mão na minha cabeça. — O espírito da sua mamãe tá com você. Vai logo.

É depois que o sr. Kola liga os motor do seu carro e põe ele na estrada que a carga de tudo se junta e cai na minha cabeça, quebrano meu espírito.

Tô ino embora de Ikati.

É isso que eu quis a minha vida inteira, deixar esse lugar e ver como é o mundo lá fora, mas não assim. Não com um nome ruim me seguino. Não como uma pessoa que toda a aldeia procura porque pensa que matou uma mulher. Não com metade do meu coração com o Kayus e a outra metade com a Khadija.

Eu abaixo minha cabeça, sentino um pano grosso e pesado me cobrino. O pano grosso da vergonha, da tristeza, da dor no coração.

22

Lagos é longe que nem se tamo dirigino pro fim da Nigéria. Já passou três hora desde que saí da aldeia Agan e ainda tamo na estrada expressa.

O sono tá me pegano, mas a estrada tem buraco em cada cinco minuto de caminho e o carro Mazda azul do sr. Kola parece que dá choque toda vez que caímo no buraco. Todo esse sacolejo tá tirano o sono do meu olho. Tem hora que fico até com medo que o carro se divide em dois e o sr. Kola vai prum lado e eu pro outro.

Por isso, fico com o olho na janela e olhano pra fora. A estrada expressa tem mulheres, homens e crianças vendeno pão, Coca-Cola e Fanta e carne seca pendurada de cabeça pra baixo numa vara no mato; jornal, fruta, água num saco de náilon. Meu estômago tá revirano de fome, mas não vou pedir pro sr. Kola parar pra comprar comida porque o sr. Kola tá de cara feia e segurano o volante com as duas mão, que nem se tá com medo que o volante voa pra longe. Tem uma linha raivosa na cabeça dele, uma dobra áspera na pele.

A gente dirigimos em silêncio desde manhã e quando tô cansada de ficar calada, faço uma pergunta pra ele.

— Quando vamo chegar em Lagos? — pergunto enquanto uso a palma da mão pra cobrir os olho do sol. Ainda não é meio-dia, mas o calor tá muito forte, parece que o sol tá cuspino fogo do céu. Tá queimano em todo lugar, até a borracha da cadeira do carro tá fritano minhas nádega e às vez tô sentada nas palma da mão pra ficar fria. Como ele não me respondeu, pergunto de novo.

— Logo — ele diz, olhano pro vidro de se vê do carro e cortano pra outra pista na estrada.

— O que que vai acontecer comigo?

— Você vai trabalhar. Por falar nisso, Adunni, escuta. Tem um resultado médico na minha bota. Meu amigo médico fez ele para mim. A Big Madam quer ter certeza que você não tá carregando doença. — Ele escorrega os olho pra mim. — Cê tá carregando doença?

— Não, *sah*.

— Ótimo. Vou escrever seu nome no resultado médico e mostrar pra Big Madam. Se ela perguntar se a gente foi no médico, tem que dizer sim, que foi na clínica em Idanra, tá? Se você disser não, não tem mais trabalho pra você.

— Eu vou dizer que sim — falo, me mexeno na cadeira, sem entender por que que o sr. Kola tá mentino. Se ele tá mentino do médico, do que mais ele tá mentino? Eu achava isso certo, antes de sair correno pra deixar Ikati e seguir esse homem? Eu olho pra ele, a carne do queixo mexeno pra cima e pra baixo que nem se ele tá comeno o ar, e suspiro. Se ele tá mentino pra mim, não posso fazer nada. Não posso voltar pra Ikati nem correr pra lugar nenhum agora.

— Cê vai ficar comigo nesse trabalho? — eu pergunto.

— Não. Vou te visitar de três em três meses.

— Eu vou tá ino pra escola nesse trabalho? — pergunto.

Ele me olhou dum jeito, limpou a garganta.

— Se você se comportar e a Big Madam gostar de você, ela pode te colocar na escola.

— Se meu papai voltar pra me encontrar, a Iya vai dizer pra eles aonde nós vamo?

— A Iya morre antes de trair a sua mãe. Ela é uma mulher teimosa e não tem medo de morrer. Olha, seu pai nunca mais vai te encontrar, não pela Iya. Não por mim. Só se você voltar pra Ikati sozinha. Você quer voltar?

Balanço rápido a cabeça fazeno que não, mesmo que meu coração tá doeno de não poder nunca mais voltar pra Ikati.

— Quem é essa Big Madam? — pergunto, esfregano meu peito, a dor no meu coração. — Por que que cê tá chamano ela assim?

— Adunni — ele diz, começano diminuir a velocidade do carro porque os outro carro da frente tamém tá diminuino a velocidade.

— Sim, *sah*?

— Logo vamos chegar em Lagos. Fica quieta e me deixa dirigir.

Então eu abaixo meu ombro e fico com o olho na estrada. Passamo por uma mulher, sentada num banco pequeno, as costa curvada numa panela de óleo ferveno, a colher grande de ferro girano no óleo preto, a colher empurrano as bolas de *puff-puff* pra fritar, que nem um lavrador usano uma vara pra empurrar suas ovelha aqui e ali. Isso me faz pensar numa época muito distante, quando eu tava do lado da minha mamãe e segurano um jornal velho na mão que nem um prato. Mamãe tira os *puff-puff* marrom do óleo, de três em três, sacode a colher até o *puff-puff* ficar sem óleo, antes de jogar no meu prato de jornal pra mim comer, provar o açúcar e o sal. Eu pulo e rio e digo: "Tá quente, quente, quente", e a mamãe responde: "Quente mas doce, né, Adunni, né?"

Eu penso como ela me falava pra cantar quando a doença tava mordeno seu corpo e deixano difícil ela se mexer na esteira de dormir.

"Adunni *mi*", a mamãe falava, "minha querida, canta pra minha dor passar."

Quando o Kayus vem na minha mente, eu afasto. Não quero pensar no Kayus, no jeito que ele apertou a mão no peito hoje de manhã, na tristeza do olho dele quando tava se despedino.

Então começo cantar uma música que minha mamãe me ensinou quando eu tinha uns seis ano, uma música da esperança e do amor de Deus.

Eu aperto meu nariz na janela e começo cantar de algum lugar do fundo do meu estômago:

Enikan nbe to feran wa	*Tem um mais gentil que qualquer outro*
A! O! fe wa!	*Ah, como Ele ama!*
Ife Re ju t'iyekan lo	*Seu amor é maior que o de um irmão*
A! O! fe wa!	*Ah, como Ele ama!*
Ore aye nko wa sile	*Amigos do mundo podem falhar ou partir*
Boni dun, ola le koro	*Um dia nos acalma, outro nos ofende*
Sugbon Ore yi ki ntan ni	*Mas Este amigo nunca vai nos enganar*
A! O! fe wa!	*Ah, como Ele ama!*

Quando acabo, espio o sr. Kola. A testa dele tá soltano a carranca e os lábio tá virano pra cima, que nem se ele quer sorrir.

— Tá tudo bem, *sah*? — pergunto. — Meu canto tá fazeno muito barulho?

— Você canta bem. Alguém já te falou isso?

— Minha mamãe ficava falano tantas vez — respondo.

Ele não diz nada. Só engole alguma coisa. Depois dum momento, ele diz:

— Espero que a Big Madam seja boa pra você.

Eu tamém, sah, tô pensano, *eu tamém*.

— Bem-vinda a Lagos. Acorda, Adunni.

Eu acordo num pulo e limpo o olho e a saliva estúpida que correu do canto da minha boca pra dentro do meu vestido.

— Desculpa, *sah* — eu digo. — Chegamo?

Eu não sei quanto tempo tô dormino, mas agora, tô veno tantos carro na rua, que nem quando formigas-soldado se amontoa num monte de açúcar. Os carro tá apertano a buzina pra se comunicar:

biiip, biiip. Quando um carro atrás da gente faz barulho, o sr. Kola endurece o rosto, diz uma coisa bufano e dá um tapa no volante, *biiip*.

O cheiro de pão fresco, de abacaxi e laranja e mamão, da fumaça cinza das nádega do carro, de gasolina, de sovaco que não se lava faz muito tempo, tudo tá misturado e encheno o ar.

Respiro fundo e o ar parece muito carregado, bloqueia minha garganta, fazeno eu tossir.

Tem gente se espremeno na estrada entre os carro. Todo mundo tá vendeno tudo que tem pra vender, até telefone de celular e filme de DVD. Um homem tá segurano uma coisa parecida com leite talhado e apertano o nariz no vidro da janela no meu lado do carro.

— Compra sorvete gelado! — ele tá dizeno. — Oi, garotinha — ele diz pra mim. — Vai querer sorvete hoje?

Nós não respondemo e o homem sai da nossa frente.

Outro homem pula na frente do nosso carro. Ele tá vestino uma camiseta verde e uma calça preta, segurano uma garrafa redonda com água e espuma dentro. Antes de eu perguntar o que é, ele aperta a tampa da garrafa e despeja a água com espuma no vidro da frente do carro, tira um pano marrom do bolso e começa enxugar a água.

— Sai da frente do meu para-brisa — o sr. Kola diz, apertano a buzina, *biiip*. — Eu juro que vou atropelar você. Sai do meu caminho.

Mas o homem faz de conta que nem ouve o sr. Kola. Ele limpa o vidro rápido, rápido, pra cima e pra baixo, prum lado e pro outro. Tô tentano não rir porque o pano tá deixano mais sujeira no vidro que tinha antes, e tô pensano que talvez é óleo dentro da garrafa. Quando termina de limpar, ele sacode o pano, dobra e coloca no bolso. Ele sorri, coloca a mão na cabeça, faz uma saudação.

— Deus te abençoe, *sah* — ele diz. — A gente limpa pra você ver melhor a estrada.

— Olha esse idiota — o sr. Kola diz. — Ele quer que eu pague por manchar meu para-brisa. Deus te castigue!

Não sei se o homem tava ouvino o sr. Kola. Ele só fica parado lá, mostrano os dente com um sorriso, mexeno a cabeça em saudação e dizeno: "Deus te abençoe, *sah*", até o sr. Kola andar com o carro pra frente e o homem correr pro carro de trás.

— Estorvo — o sr. Kola diz. — Idiota. Estorvo.

O carro andou de novo pra perto dum garoto, com uns seis ano. Sua camiseta vermelha tá pendurada no pescoço comprido que nem um cabide, chinelos vermelho protege os pé. Ele tá me olhano, mas o olho parece que tá longe daqui, perdido dentro de outra cidade, outro tempo da vida. Ele põe a mão na boca, me faz oi e põe a mão na boca de novo. Tem uma placa no pescoço: FOME. AJUDA PFVR.

— O que que esse garoto tá quereno? — pergunto pro sr. Kola.

— Ele é um mendigo — o sr. Kola diz.

Em Ikati não tem crianças pedino esmola. Mesmo que a mamãe e o papai de uma criança não tem dinheiro, eles não manda os filho mendingar. Eles lava, limpa e cata das lata de lixo, e as menina vai casar e a mamãe e o papai cobra o dote da noiva e usa pra comer, mas as criança não implora por comida.

— Tô sentino um pouco de fome, *sah* — digo depois de ir um pouco pra frente com o carro de novo. Meu estômago revirou sem avisar de fome, mas tô falano com voz baixa porque sinto vergonha de tá pedino comida depois de toda ajuda que ele e a Iya tá me dano.

— Cê quer um enroladinho de salsicha? — ele pergunta, enquanto abaixa a janela do lado e usa a mão pra chamar um vendedor que tá carregano uma bandeja com pãozinho pequeno na cabeça.

— Sal o quê? — pergunto.

— É pão com carne — ele responde. — Enroladinho de salsicha.

— Tá bom, *sah*.

— Quanto é? — o sr. Kola pergunta pro homem.

— Cem nairas — o homem diz e puxa um pão pequeno da bandeja. — Cuidado que tá muito quente. Acabou de sair do forno.

— Me dá três.

O sr. Kola usa uma mão pra segurar o volante e outra pra pegar as nota de dinheiro dum pacote no bolso. Eu olho o pacote, me sentino triste com o jeito que ele espremeu o dinheiro sujo que deu pra Iya hoje de manhã e que não dá pra comprar nem duas salsicha, já que ele tá pagano pro homem com notas limpa.

— Come dois, deixa um para mim — ele diz, me dano a sacola de comida.

A carne dentro é pequena, dura, parece que tô comeno um chiclete salgado, mas tô com muita fome, então engulo antes de terminar de morder.

Tem muitas *okadas** na estrada de Lagos. Dum lado, do outro, pra lá e pra cá, aqui só tem os mototáxi em todo canto, e eles fica entrano na frente dos carro sem medo, cruzano, andano na estrada que nem riachos d'água. As pessoa sentada na parte de trás da motocicleta tá usano um tipo de chapéu de plástico que é grande demais pras cabeça e, quando pergunto pro sr. Kola o que que é, ele fala:

— É um capacete. Todo mundo que anda de *okada* em Lagos tem que usar, senão o governador manda pra prisão.

— Cê vai pra prisão se não usar chapéu de capacete? — pergunto, enquanto limpo minha boca com as costa da mão.

— Sim — ele responde.

Quero fazer mais pergunta porque o que ele tá falano não faz sentido, mas tô veno outra coisa que tá chamano minha atenção: ônibus grande. Muitos mesmo. Amarelo com linhas preta. Alguns transporta uma carga que tá amarrada no ônibus, outros transporta pessoa. O que tá do lado do nosso carro tá com a porta aberta. Algumas pessoa dentro do ônibus tá se enrolano em outras pessoa. Tem um homem segurano a porta aberta e o corpo dele tá pendurado do lado de fora. O homem tá gritano:

— Falomo,** direto! Entra com dinheiro trocado!

— Por que que ele não tá sentado dentro do ônibus? — pergunto.

— Alguns passageiros se penduram no ônibus em Lagos. Pra poder vender seu assento. Graças a Deus o trânsito tá andando.

---

* Mototáxis. (N. da T.)

** Falomo in Eti Osa, cidade nigeriana. (N. da T.)

O sr. Kola avança com o carro, e logo tamo deixano todo barulho pra trás e subino uma estrada que vai subino, subino, pra cima dum rio que se estica muito, muito lá embaixo da gente, e mesmo que você estica o pescoço e olha, não pode ver aonde o rio tá terminano. No rio tem um pescador lá longe, pareceno um pau na água. Uns barco branco, umas canoa levano gente tamém tá passano no rio.

Eu afasto meu olho e vejo uma placa verde no alto da estrada:

— Terceira Ponte Continental. Victoria Is-land. Ikoyi. — Tô leno a placa em voz alta, porque quero que o sr. Kola sabe que eu sei inglês.

— Ilha Victoria. *Ai-land.* Não *Is-land.*

Eu não entendo. Não tá escrito *ai-land*, mas fico com minhas palavra pra mim.

— É pra onde tamo ino? Esse lugar Ilha Victoria?

— A gente tá indo pra Ikoyi — ele responde, e me dá um tipo de olhar, pareceno que quer que eu pulo e danço. — Mas vou te levar na Ilha Victoria, pra você ver como é, aí damos meia-volta e vamos pra casa da Big Madam em Ikoyi. Quando chegar na casa dela, você vai entender. Big Madam tem uma mansão. Um casarão. Ela é rica, Adunni. Muito rica.

— Isso é bom? — eu pergunto.

— Dinheiro é sempre bom — ele diz, apertano os lábio que nem se tá cansado de todas minhas pergunta.

Tamo dirigino assim no silêncio, até descer de outra estrada acima e agora tamo na cidade de novo. Dessa vez, tudo tá brilhano e iluminado. Prédios alto com paredes de vidro e formato de navio, chapéu, quadrados de chocolate, círculo, triângulo, todas forma, cor e tamanhos diferente dos dois lado da estrada.

— Uau! — eu digo, o olho arregalado, olhano pra todo canto.

— Sim. É muito legal. Bom, mas abafado. Esse prédio de vidro é um banco. Aquele azul, lá longe, na beira d'água, é o Centro Cívico. Esse aqui, com umas cem janelas, é a Escola de Direito da Nigéria. Aquele hotel ali, aquele muito alto que parece cheio de estrelas brilhantes, é o melhor dos hotéis Intercontinental. Um hotel muito caro. Cinco estrelas. Olha, esse é o hotel Radisson Blu. Vamos voltar pra Ikoyi daqui.

A gente dirigimos numa rua com mais prédio e muitas loja até o sr. Kola balançar com a cabeça dizeno:

— Olha, Adunni, olha praquela loja, aquela com manequins na vitrine do lado daquele GTBank, é a loja da Big Madam. Ela é dona do prédio inteiro.

Eu olho pro prédio alto de vidro que o sr. Kola tá mostrano pra mim, leio as letra azul e verde brilhante e piscano no telhado: "TECIDOS DE KAYLA" dentro do vidro. Tem duas boneca-bebê sem mão atrás da janela tamém, a pele igual das pessoa estrangeira na TV. Eu nunca vi uma boneca-bebê tão alta que nem eu na minha vida. Uma delas tem um alfinete de renda azul que parece caro, e a outra tá nua com dois seio pequeno em cima do peito que nem uma goiaba que não ficou madura.

— Uau! — digo de novo porque só "uau" tá vino na minha cabeça.

— O nome da filha dela é Kayla — o sr. Kola diz, com os olho na estrada. — Por isso que chama Tecidos de Kayla. Ótimo, o trânsito aqui tá melhorando.

Continuamo dirigino, e o sr. Kola continua mostrano aquela loja, aquele banco comercial, aquele escritório. Tudo é muito bonito e muito barulhento pra mim acompanhar porque tá encheno minha cabeça e fazeno ela ficar muito grande. Quando o carro entra numa rua tranquila com árvores de folhas verde dos dois lado, e não tem mais barulho e vidro e banco, minha cabeça não tá mais quereno explodir.

— O que você achou? — o sr. Kola pergunta. — De Lagos?

— Muito demais, *sah* — eu digo. — Lagos é só um lugar fazedor de barulho com muita luz e vidro.

O sr. Kola joga a cabeça pra trás, tira o chapéu da cabeça e ri.

— "Lugar fazedor de barulho" é uma boa maneira de explicar — ele diz. — A Big Madam mora no fim dessa rua.

— Sim, *sah*.

— Adunni. — Ele para o carro na beira da rua, vira o corpo todo e olha pra mim. — Você tem que se comportar na casa da Big Madam. Não roube. Não fale mentiras e, por favor, não fique atrás de garotos.

Eu endureço meu rosto.

— Eu? Robar? Não é possível, *sah* — eu digo. — E eu não conto mentira. E nem gosto de garotos. Eu sou uma garota muito boa, *sah*.

— Eu preciso te avisar porque se a Big Madam me falar que não te quer mais, eu não sei pra onde te mandar. Tá entendendo?

— Sim, *sah*. Eu tamém não sei pra onde me mandar. O chefe da aldeia me mata se eu volto pra Ikati.

— Agora — o sr. Kola coça a garganta três vez, o que significa que o que ele vai falar é uma coisa séria. — A Big Madam espera que você trabalhe muito.

— Eu consigo trabalhar duro, *sah* — respondo.

— Ela vai te dar regras pra seguir. Você tem que obedecer todas.

Eu faço que sim com a cabeça.

— Come o que eles te derem. Dorme onde eles te mostrarem. Veste o que eles te derem — ele diz. — Tá me escutando? Não começa a criar asas depois de passar um tempo lá. Se você fizer isso, vão te expulsar. Você sabe que não pode voltar pra Ikati, então se comporte. Você ouviu?

Como posso tá criano asa se não sou uma ave?

— Sim, *sah* — eu respondo. — O que mais que preciso fazer?

— Todo mês, ela vai te pagar dez mil nairas.

— Dez o quê? Pra mim?

É muito dinheiro pra receber.

— Vou receber o dinheiro pra você e guardar num banco. Quando eu te visitar de três em três meses, trago todo o dinheiro. Ouviu?

— Sim, *sah* — eu digo. Talvez o sr. Kola é um homem bom. Ele não sorri toda hora e mente do exame do médico, mas talvez ele tá me ajudano. — Obrigada, *sah*.

— Agora é hora de ir.

Ele liga o motor do carro, dirige devagar e vira pruma rua. No fim dela tem um portão preto. O sr. Kola para o carro na frente do portão e aperta a buzina, *biiip, biiip*.

Nessa hora, um carro cinza grande com luz da frente que nem os olho dum gato zangado tá vino pelas nossas costa. O carro é mais grande que qualquer carro que já vi. O carro para, aperta o *biiip*, e aí o portão abre.

— Aquela no jipe é a Big Madam — ele diz. — Quando a gente entrar no complexo, cumprimenta e dá um passo pro lado pra eu falar com ela. Tá ouvindo?

— Sim, *sah* — digo, enquanto nosso carro começa andar.

Olho todo o complexo, a casa grande branca com telhado vermelho e dois poste grande cor de ouro na frente dela, que nem se um carpinteiro fino esculpiu o tronco de uma árvore, lixou e pintou com tinta de ouro. Olho pras palmeira baixa, três de cada lado da estrada, com tronco igual uns pinheiro grosso, as folha verde e comprida espalhano que nem se fala *bem-vinda a esta casa chique, muito chique*. Eu olho as flor amarela, azul, vermelha e verde sentada em uns vaso de vidro preto aqui e ali no complexo, os poste de luz de ouro com lâmpadas redonda que nem lua numa vasilha, as dez janela no alto da casa, vidros de olhar quadrado que são azul e enfiado numa moldura de ouro. A escada de pedra vermelha desceno na frente de uma porta preta grande tá me lembrano uma língua, a língua dum gigante que come muitas coisa brilhante.

Enquanto tô olhano pra tudo, absorveno todo o lugar com o olho e com o coração bateno forte, penso que talvez a Big Madam é uma rainha, que aqui é o palácio do rei.

23

O carro da Big Madam para num espaço do lado de outro carro igual.

O sr. Kola coloca seu carro atrás, desliga o motor e a gente descemos. O homem que dirige o carro da Big Madam desce tamém e corre pro outro lado do carro. Eu vejo a pele dele suave e macia, a grande túnica marrom que ele tá usano, o *fila* branco na cabeça, as três marca escura no lado da testa, as conta branca de oração na mão, que ele continua segurano enquanto abre a porta do carro, curva a cabeça e dá um passo pro lado.

— Quem é ele? — pergunto pro sr. Kola.

— É o Abu — o sr. Kola sussurra —, o motorista da Big Madam. Ele tá com ela faz muitos anos. Chega de pergunta agora.

O ar gelado dentro do carro tá escapano com cheiro forte de flor quando alguém sai. A primeira coisa que vejo são os pé. Os pé amarelo, os dedo preto. Tem uma tinta de cor diferente em cada unha dos pé: vermelha, verde, roxa, laranja, ouro. O menor dos dedo do pé tem um anel de ouro. O corpo inteiro dela quase enche todo o complexo quando ela tá saino. Agora tô entendeno por que que chamam ela de Big Madam. Quando ela sai, respira fundo e o peito, grande que nem uma lousa, sobe e desce, sobe e desce. É que nem se essa mulher tá usano as narina pra sugar todo o calor de fora e fazer a gente pegar um resfriado. Fico do lado do sr. Kola, e o corpo dele tá tremeno que nem o meu. Até as árvore do complexo, as flor amarela, rosa e azul no grande vaso de flor, tamém tá tremeno.

Ela tá usano um *boubou** de renda que vai até os pé. O *boubou* tá brilhano que nem se a renda tem olho por todo lugar, e os olho piscano abre, fecha, abre, fecha. Ela não tem pescoço, essa mulher. Só uma cabeça redonda e gorda em cima do peito grande com seios que deve chegar perto dos joelho. Tem um *gele* cor de ouro na cabeça, e parece que ela colou um ventilador de teto num chapéu e botou na cabeça.

Ela dá dois passo perto da gente, aí vejo bem o rosto. O rosto dela parece que foi pintado com os pé por uma criança-endemoniada e irritada com ela. Em cima do pó laranja no rosto, tem uma linha vermelha nas duas sobrancelha que tá desenhada até as orelha. Pó verde nas pálpebra. Os lábio com batom de ouro, as bochecha cheia de pó vermelho.

— Big Madam — o sr. Kola diz, deitano no chão pra cumprimentar ela. — Bem-vinda de volta.

Quando ela abre a boca pra falar, um dos dente da frente, dos de baixo, tá coberto de ouro.

— Agente Kola. Como você está? — ela diz, com a voz forte. — Essa é a garota?

— A melhor, *ma* — ele responde.

Ela ri. Soa como um estrondo, uma grande rocha rolano montanha abaixo.

Eu me ajoelho enquanto o sr. Kola tá se levantano do chão.

— Boa tarde, *ma*. Me chamo Adunni.

— Adunni. — Ela me olha lá de cima, o rosto forte, e aí fica fazeno uma pergunta depois da outra. — Você consegue trabalhar

---

* Vestido esvoaçante de mangas largas. (N. da T.)

duro? Não tenho tempo para desperdício. O sr. Kola te disse as minhas expectativas? Você fez seus exames de saúde? Você fala inglês? Escreve? Comunicação básica?

Eu não sei muito dessa coisa de *espeque-tativa* e *comuni-cassão*, então fico com minhas palavra pra mim.

— Ela é trabalhadeira — o sr. Kola responde. — Ela tá saudável, eu tenho os resultados do teste dela bem aqui. A senhora sabe, eu nunca trouxe uma garota doente pra cá. Essa aqui entende inglês e consegue ler frases simples. Ela é inteligente, tudo que a senhora pediu, *ma*. Ela não vai decepcionar. Adunni, se levanta.

A Big Madam segura o *boubou* que tá aberto na parte do peito e sopra ar dentro dele.

— Agente Kola. Isso é o que você sempre diz quando quer negociá-las comigo. A última garota que você trouxe, qual é o nome dela? Rebecca? Ela está desaparecida até hoje.

Qual foi a garota que o sr. Kola trouxe antes? Por que que ela tava desaparecida? Tô olhano o sr. Kola, mas sei que não posso perguntar isso pra ele agora. Eu viro pra Big Madam, pensano em perguntar quem é essa garota, mas o rosto dela é que nem um círculo de trovão silencioso, brilhano com raiva e me fazeno ter medo. Aconteceu uma coisa ruim aqui com essa Rebecca que fez ela desaparecer? E se uma coisa ruim aconteceu com a Rebecca, vai acontecer comigo aqui tamém?

— Vá para dentro e espere por mim lá — a Big Madam diz. — Deixe-me falar com seu agente.

O sr. Kola faz que sim com a cabeça.

— Vai pra dentro — ele diz. — Eu preciso falar com a Big Madam. Já vou.

Eu fico em pé e olho o complexo. As palmeira na minha esquerda e na direita, os outros carro do lugar, a porta principal lá longe, que parece a porta do céu com puxadores de madeira cor de ouro. Enquanto tô ino pra dentro, posso sentir os olho do sr. Kola e da Big Madam entrano nas minhas costa.

Quando chego na porta da frente, olho pros dois, as cabeça virada perto uma da outra, conversano e conversano.

O puxador da porta da frente é a cabeça dum leão de ouro sorrino. É uma estátua, mas eu olho de novo pra ter certeza que o leão não vai acordar antes que eu bato na porta. Quando ela abre, um homem baixo com pele muito lisa, da cor de carvão frio, tá parado na minha frente. As bochecha dele é redonda, inchada, que nem se tá guardano ar lá dentro, com os bigode curvado em volta da boca. Ele tá vestino calça e camisa branca e um grande chapéu branco na cabeça. Tem um pano azul grande pendurado no pescoço e na frente do estômago com uma palavra escrita: *Chef*.

— Boa tarde, *sah*. A Big Madam falou pra mim entrar — digo, apontano atrás da minha cabeça pra Big Madam e o sr. Kola. — Me chamo Adunni.

— Finalmente, a nova empregada chegou — ele diz.

Empregada? É esse o trabalho que vou fazer? O sr. Kola não falou antes. Tudo que ele tava perguntano é se eu consigo trabalhar duro, e eu dizeno que sim.

— Eu sou Kofi — ele diz, apontano um dedo pequeno pra escrita no seu pano. — O chef. O chef *muitíssimo estudado*. Se você está aqui para *trabalar*, venha comigo.

Por que que ele tá falano que nem se a língua dele tem um problema? Falano "trabalar" em vez de "trabalhar"?

— Por que que cê tá falano desse jeito? — pergunto, olhano ele de perto. — Cê é da Nigéria?

— Eu sou de Gana — ele diz, virano pra mim. — Moro na Nigéria há vinte anos, mas meu sotaque é teimoso.

— Cê sofreu um ataque teimoso? — pergunto enquanto sigo ele pra dentro, sentino pena. — Quando que isso aconteceu? Ele atingiu sua boca? Tomara que ninguém morreu. Morreu?

Ele para de andar, olha pra mim que nem se eu tô louca.

— Onde é que a Big Madam encontra esses seres sem noção? Eu disse que falo com sotaque. Não tem nada a ver com ataque. Está bem?

— Tá tudo bem — eu digo, mesmo que não tá tudo bem. O que ele falou só me deixa mais confusa. Talvez ele sofreu um ataque na cabeça tamém.

Eu dou uma olhada ao redor da sala, sinto um arrepio em todo meu corpo. Tem azulejos de ouro e preto no chão. As parede é vermelha pálida, com fotos da Big Madam e duas criança, um menino e uma menina sentado. O menino tem um nariz que nem a letra M grande e a menina tem os dente que fica pra fora do lábio debaixo. As duas criança veste uma túnica preta grande e um chapéu de triângulo na cabeça. A Big Madam tá parada no meio deles, as mão nos ombro deles, na esquerda e na direita. Tem duas cadeira no fundo da sala com braço de madeira e duas almofada redonda no chão, vermelha e cor de ouro e inchada que nem um balão.

Tá um cheiro de graxa de sapato, de peixe ensopado, de dinheiro novo. Tamém tá muito frio, e vejo uma caixa branca na parede daonde o ar frio tá saino. Vejo uma linha de vidros de olhar na parede dos dois lado, e um relógio com mostrador e números grande. Na minha direita tem uma tigela de água verde com pedra azul no fundo, e peixinhos nadano em volta dum poste de luz lá dentro da água verde. Os peixe tem cor diferente: vermelho, verde, preto e branco, laranja. Formas diferente tamém, e um até parece sapo. O poste de luz tá vomitano bolhas, muitas, fazeno barulho que nem água ferveno demais dentro da panela.

Kofi aponta o dedo pra tigela de peixes.

— Sente-se ali perto do aquário. Estarei na cozinha preparando o jantar. Seu trabalho é cuidar da casa. O meu é cozinhar. Você fica na sua pista, eu fico na minha.

Antes que eu pergunto por que que ele tá falano de pista que nem se eu sou um carro, ele entra numa porta de vidro e fecha na minha cara.

— *A-cu-a-ri-ú* — digo devagar, olhano pra tigela de peixe, enquanto sento na cadeira do lado dela e coloco minhas coisa no chão. O assento é macio, a borracha marrom tem cheiro de sapato novo, a parte de cima é fria nas minhas nádega. Eu olho o relógio. O tempo tá dizeno quinze pras duas hora.

Será que eles já encontrou a Khadija agora? Enterrou ela? E as suas filha, tá chorano e lamentano agora, por causa que sua mamãe tá morta? E eu, por que que tô aqui, dentro dessa Lagos barulhenta, seno empregada de uma Big Madam com um monte de cor no rosto? Por que que não tô em Ikati, na casa do Morufu, dormino do lado da Khadija e conversano baixinho de noite? Ou com a mamãe, se ela não tava morta, sentada junto dos pé dela na esteira, sentino o cheiro de farinha, açúcar e leite?

Por que que tô fazeno trabalho doméstico, se tudo que eu queria era ir pra escola? Eu não sei quando ou como meus olhos se molha de lágrima de novo, mas dessa vez eu choro rápido e limpo rápido e digo pra minha mente pra ser forte enquanto espero a Big Madam e o sr. Kola chegar.

24

A Big Madam não veio com o sr. Kola.

Ela entrou sozinha, ficou no meio da sala, colocou as duas mão na cintura e começou gritar com toda força:

— Kofi! Kofi!

E eu, eu tô sentada na cadeira, olhano pra ela. Eu abro minha boca, fecho de novo. Não sei se é pra mim falar alguma coisa ou ficar com minhas palavra pra mim.

— Kofi? — ela grita. — Ko... Onde está esse homem? KOFI! Está surdo?

O Kofi pulou de algum lugar, segurano uma colher de pau.

— Desculpe, senhora. Não a ouvi por causa do barulho do liquidificador na cozinha. Eu estava apenas... Precisa de algo?

— O que teremos para o jantar? — ela pergunta. — Você comprou as laranjas no mercado Balogun? Como está o inhame? O peixe fresco do Big Daddy está no fogo?

O Kofi tá balançano a cabeça que sim e que não ao mesmo tempo.

— O peixe está na grelha. As laranjas não estavam frescas, mas eu comprei mesmo assim. Estou cozinhando arroz branco e ensopado de peixe para o jantar. A senhora gostaria de um pouco de brócolis para acompanhar? No vapor ou refogado?

— No vapor. Pegue o uniforme para Adunni — ela diz. — E mostre o quarto dela.

Quando ela fala isso, eu fico em pé.

— Tô aqui, *ma* — digo. — Cadê o sr. Kola?

— Assim que ela se trocar, mostre a casa a ela — a Big Madam diz.

Ela não tá me olhano. Tá só conversano com o Kofi. Que nem se eu não falei nada.

— Esprema cinco laranjas para mim e leve lá em cima — ela diz. — Há uma pilha de roupas na lavanderia que precisam ser passadas. Duvido que ela saiba usar o ferro. Mostre como se faz. Se ela queimar minhas roupas, será descontado do salário do próximo mês. Está entendido?

— Perfeitamente entendido, senhora — o Kofi respondeu.

— Ótimo. Diga a Abu para trazer os três pacotes de renda francesa bordô que estão no porta-malas. Coloque-os no hall para mim. Caroline enviará o motorista para buscá-los. Não quero ser incomodada. — Ela vira, entra em outra porta de vidro e fecha.

— Tá tudo bem com ela? — pergunto pro Kofi, meus olho na porta de vidro. — Por que que ela não falou comigo?

— Você não vai querer que ela fale com você — o Kofi diz, sussurrano. — Espere aqui. Vou desligar o fogão e te mostrar tudo. Quando Big Madam descer as escadas, ela espera que você já esteja trabalhando.

Quando o Kofi sai da minha frente, olho meu rosto no vidro de se vê. Meu cabelo tá pareceno uma terra ruim: fios novo e grosso tá cresceno por cima das linha da trança que nem erva daninha teimosa num caminho de jardim. Todas conta vermelha que a Enitan colocou faz tanto tempo caiu. Meus olho tá arregalado, grande e assustado, e minha pele, que era lisa, brilhante e suave, agora tá com a cor de chá estragado sem leite.

25

A casa da Big Madam tem quartos aqui e ali, na esquerda e na direita.

O quarto pra cagar é diferente do quarto pra banho. O quarto pra pendurar roupa é diferente do quarto pra dormir na cama. Tem um quarto pra guardar sapato, pra deixar eles do lado de fora, guardar maquiage no andar de cima. Todos quarto tem parede e chão de azulejo de ouro. A gente não entramos no quarto da Big Madam, mas o Kofi fala que ela tem uma cama redonda e outro banheiro lá dentro. No andar de baixo, tem duas sala. Uma pra receber pessoas que visita e a outra é só pra Big Madam.

— Ninguém se senta aqui a menos que Big Madam peça — o Kofi diz enquanto fecha a porta da frente da segunda sala. Tem um espelho na parede de cada sala. — Big Madam é muito vaidosa. Está sempre se olhando no espelho.

Tem outra sala só pra comer com uma mesa grande e umas quinze cadeira. As cadeira é de ouro, a mesa uma ardósia grande de ouro em cima de quatro perna de vidro. Tem uma caixa de luz com umas cem lâmpada pendurada no meio do teto, uns vaso de flor de vidro cheio de rosa e vermelho e cheirano flor fresca em todo canto da sala.

— Aqui é a sala de jantar. Big Daddy e Big Madam comem aqui quando não estão brigados, o que é uma ocorrência rara hoje em dia. Me siga. Sim, esta pequena sala aqui é a biblioteca.

Ele abre outra porta e tamo dentro de uma sala com livros dentro de uma caixa de madeira marrom-escura. Muitos livro tá subino pela caixa até o teto. Tem um sofá com almofada de verdade num canto e mesa e cadeira do lado, um ventilador de pé com três pá de ouro do outro lado. O lugar inteiro tá cheirano poeira, mas não tô ligano pra isso. Meu coração tá inchano enquanto eu olho pra tudo. É que nem se eu tô dentro dum tipo de paraíso de livros e educação.

— Você gosta de livros? — o Kofi pergunta.

— Quero ler todo dia — digo, sentino uma pitada de felicidade me lembrano do que a Kike falou de alimentar minha mente com a leitura de livros. Eu viro meu pescoço, tentano ler o nome do título de alguns dos livro:

O mundo se despedaça
Collins English Dic-tio-na-ry
Bíblia africana co-men-ta-da
Uma his-tó-ri-a da Nigéria
1.000 pontos de oração para manter seu casamento
O livro de fatos da Nigéria: do passado ao presente, 5ª edição, 2014

— Quem é o dono desses livro tudo? — pergunto, enquanto meu olho corre a maravilha da sala toda.

— Big Daddy — o Kofi responde. — Há muitos anos ele adorava ler. Mas isso foi antes de perder o emprego e se entregar ao álcool. Agora, a biblioteca quase nunca é usada. Só estou mostrando porque você precisará tirar o pó com frequência.

— Quem é esse Big Daddy? — pergunto. — É o marido da Big Madam?

— Sim — o Kofi diz num sussurro. — Alcoólatra impenitente. Jogador crônico. Ele continua se endividando e fazendo a esposa pagar. Uma vergonha de homem, se você me perguntar. Uma verdadeira vergonha. Ele está viajando a negócios, deve voltar hoje, mais tarde. E quando digo negócios, quero dizer negócios de mulheres.

— O que cê quer dizer?

Kofi revirou o olho.

— Ele é um mulherengo. Ele tem namoradas. Muitas. — Ele vira a boca pra baixo, que nem se sente um gosto amargo de repente, aí pergunta: — Quantos anos você tem, Adunni?

— Catorze ano.

Por que que ele tá quereno saber minha idade?

— Sei... Venha comigo por aqui.

Enquanto saía da biblioteca e o Kofi tava abrino outra porta de vidro e entrano, ele parou um pouco, aí me olhou bem no fundo dos meus olho e fez sua voz tão sussurrada que quase não tô ouvino:

— Tenha muito cuidado com o Big Daddy. Muito cuidado mesmo.

Eu quero perguntar o que que ele quer dizer com isso, mas ele bate palma bem alto duas vez e diz:

— Certo. Aqui é a cozinha. Minha parte favorita da casa. Entre.

A cozinha é diferente de tudo que eu já vi. Tem uma máquina pra fazer todo serviço. Máquina pra misturar, pra lavar roupa, pra bombear água, pra aquecer água. A geladeira é dez vez mais grande do que aquela que eu vi vender dentro da loja que vende geladeira na praça do mercado de Ikati. A cor de cada máquina na cozinha é igual. Tudo é vermelho isso e aquilo. Tem espelho até no fogão.

— Foi a Big Madam que colocou vidro de se vê nesse fogão?

O Kofi ri.

— É assim que o fogão a gás é feito — ele conta. — A porta do forno é feita de vidro reflexivo. É como um espelho. — Ele bate duas vez no fogão, pareceno que tem orgulho dele. — Este aqui é um Smeg top de linha de seis bocas. Eu o chamo de Samantha. Sammy para abreviar. Equipamento fantástico. Ele é uma das razões pelas quais eu permaneço nesta casa.

Fecho os olho um momento e vejo a minha mamãe nessa cozinha grande, posso até ver ela cantano enquanto lambe a palma da mão pra sentir o gosto do açúcar na farinha, enquanto aperta esse e aquele botão nas máquina pra tá fritano seus *puff-puff*. Abro os olho pras janela transparente atrás da pia da cozinha, os grandes campo verde do lado de fora, e penso no Kayus. Ah, como o Kayus vai adorar chutar sua bola lá. Uma bola de futebol verdadeira, diferente da lata de leite que ele sempre chuta em casa. Eu escuto sua voz na minha cabeça agora, gritano *É goool!* enquanto ele marca um na rede. Desde pequeno, o Kayus queria ser como o sr. Mercy, um jogador de futebol do estrangeiro.

Meu papai vai gostar de afundar naquele sofá macio da sala da Big Madam e ficar assistino as notícia da noite e conversano das eleição com o sr. Bada. Como que ele, a mamãe e meus irmão ia adorar essa casa; os rico, os grande e os poderoso de tudo.

— Onde vamo buscar água pra lavar os prato e cozinhar? — pergunto, e a tremedeira da minha voz me assusta. Eu deixo minha voz forte, limpo minha garganta, decido não pensar muito numa vida que nunca pode ser. — Tem um rio ou um poço lá longe?

— Adunni, nós temos torneiras. Isso é uma torneira. — Ele mostra a pia. — A água sai daqui. Gire a manivela à esquerda para água quente e à direita para água fria. — Ele vira a manivela e a água tá pulano que nem um riacho furioso. Em Ikati tem torneira comunitária, uma torneira pra toda aldeia, mas a água fica pingano uma gota em cada hora. Muito devagar. Ele vira de novo e a água desliga. — É isso. Agora vamos para o seu quarto. Venha.

A gente saímos da cozinha pro complexo ao redor da casa. Tem muita grama, mais palmeira no caminho. Viro uma esquina e tamo na frente de outra casinha. Tamém tem telhado vermelho, com duas janela, uma porta de madeira, dois vaso cheio de flor amarela dormino.

— Este é o chamado aposento dos empregados. Todos os funcionários da Big Madam ficam aqui. Você usará um desses quartos.

— Por que que eu não vou dormir lá dentro na casa da Big Madam? — pergunto.

— Porque não — ele diz, a boca séria. — Olha, eu cozinho para aquela maldita mulher há cinco anos e ainda não consegui dormir dentro da casa dela. Certo. Aqui vamos nós.

Ele empurra a porta de madeira. Tem um corredor grande, com mais três porta nele. O Kofi mostra a primeira porta, gira o puxador pra abrir.

— Aqui é o seu quarto. Rebecca dormia aqui até... — Ele para de falar e engole uma coisa. — Entre.

— Até que o quê? — pergunto. — O que que aconteceu com essa Rebecca?

— Quem sabe? Provavelmente fugiu com o namorado — ele diz, abaixano os ombro. — Seu uniforme está na cama. Ele pertencia a Rebecca. Espero que sirva. Os sapatos dela estão embaixo da cama. Espero que também sirvam, caso contrário coloque tecido dentro deles. Entre, troque de roupa e eu voltarei para mostrar o que você precisa fazer.

Eu entro na quarto. Ele é do tamanho da sala do Morufu em Ikati. Uma lâmpada tá pendurada no teto por uma corda de plástico branco. Tem uma janela aberta na parede com um portão de ferro atrás dela. Uma cortina vermelha tá cobrino a maior parte da janela, mas sobra um buraco, do tamanho pra deixar entrar uma brisinha e um claro de luz lá de fora, que nem lábios vermelho se abrino um pouco pra mostrar dois dente branco. Em cima da cama tá um colchão de espuma amarela, mesa e cadeira num canto, um armário de madeira marrom do lado.

— Esse é o meu uniforme? — pergunto, pegano a roupa da cama e esticano. É um vestido grande até os pé, com uns quadradinho vermelho e branco em todo canto. — É pra escola, esse uniforme? — Meu coração tá inchano. Talvez foi uma boa coisa eu fugir de Ikati.

— Isso não tem nada a ver com a escola — o Kofi diz, cansado. — Big Madam espera que nós, os empregados, usemos uniforme.

Eu visto um uniforme de chef, e você vestirá um de empregada doméstica.

O vestido não faz barulho porque tá caino da minha mão e caino no chão perto do meu pé.

— Isso não é uniforme pra escola? Por que que alguém com bom senso vai querer empregada usano uniforme?

— Big Madam espera que pareçamos profissionais. Você sabe, como se estivéssemos trabalhando em um lugar adequado. E eu concordo. Não sei sobre o seu, mas o meu é um trabalho importante. Ela tem amigos importantes. Homens e mulheres ricos da sociedade. Agora, o sr. Kola lhe disse que Big Madam vai colocá-la na escola?

— Ele falou se eu me comportar — eu digo. — Aquela Big Madam vai me colocar na escola. Então, quando eu vi o uniforme, fiquei pensano que a Big Madam...

— Vai educar você? — O Kofi corta minhas palavra e balança a cabeça. — Ela nunca educou nenhuma empregada doméstica em meus anos de serviço aqui. Você está aqui para trabalar. Encare o trabalho. É isso. Troque de roupa e me encontre do lado de fora do seu quarto em dez minutos.

— Você já usou um ferro? — o Kofi pergunta.

Agora a gente tamo dentro de uma sala pequena, com uma mesa grande na forma de triângulo, uma cesta cheia de roupa limpa perto da porta, um ferro branco em cima da mesa que tá escrito *Philips* em cima.

— Vi que uma ou duas lojas em Ikati tá vendeno ferro — digo, puxano o uniforme em volta do pescoço pra caber. — Mas é muito caro. Eu nunca usei na minha vida.

O uniforme tá quase chegano nas minha canela. O espaço dos braço é muito grande e parece que tô me preparano pra voar. O sapato da Rebecca tá nos meus pé. É muito grande tamém, então coloquei papel higiênico na frente, fazeno meus dedo se enrolar dentro do sapato e me doer. Acho que essa garota Rebecca era mais velha do que eu. Grande tamém, mais do que eu.

— É simples de usar — o Kofi fala enquanto vira um botão do ferro. — Você só precisa ligá-lo na tomada lá embaixo e ajustar este botão aqui para coincidir com a etiqueta na parte de trás das roupas. Não se preocupe, vou mostrar como verificar as etiquetas. Tudo que você precisa fazer é isso.

Ele tá deslizano o ferro pra cima e pra baixo na roupa, de cara feia que nem se o ferro tá irritano ele.

— Quando terminar, lembre-se sempre de desligar o ferro lá embaixo. Para prevenir uma eclosão de incêndio. Se você não tiver certeza de alguma coisa, me pergunte.

A fala e o jeito de falar inglês do Kofi às vez é difícil, mas tô usano meu cérebro e escolheno suas palavra pra dar sentido pra elas.

— Vou olhar se tô desligano o plugue todas vez. Eu não quero que o fogo começa.

— Ótimo. Big Madam tem um horário para empregadas domésticas. Tenho certeza de que vai orientá-la, mas sei que ela espera que você comece a trabalar às cinco da manhã. Você vai limpar todo o chão da casa, incluindo os azulejos das paredes dos cinco banheiros. Limpe todas as janelas, varra o complexo e esfregue a pedra da calçada. À noite, ela espera que você regue todas as flores, limpe os espelhos e tire o pó da roupa de cama de todos os quartos.

— Tá tudo bem — eu digo, sentino uma tristeza. — É muito serviço, mas eu posso trabalhar muito. O sr. Kola falou que vai trazer meu dinheiro pra mim depois de três mês.

Talvez depois de muitos mês trabalhano aqui e economizano dinheiro, eu compro uma passagem de ônibus e vou pruma aldeia que fica perto de Ikati. Se eu fico perto de Ikati, e perto do Kayus, até do papai, meu coração não vai parecer que tá cheio de uma coisa pesada.

O Kofi levanta as sobrancelha pra cima.

— Você realmente acha que o sr. Kola trará o seu salário daqui a três meses? Você acredita nisso?

Eu faço que sim com a cabeça.

— Ele tá me ajudano. Eu não tenho uma conta de banco, então aí ele tá guardano dinheiro pra mim. Por que que cê tá endureceno o rosto?

— Estou carrancudo porque — o Kofi diz enquanto aperta um botão e a água pula do ferro pra roupa — ele disse a mesma coisa para a Rebecca. Ela acreditou, e ele recebeu todo o salário dela e não apareceu aqui novamente até esta tarde, quando trouxe você.

— Quer dizer que ele vai fugir com meu dinheiro? — pergunto, sentino meu coração começar subir e descer, subir e descer. — Porque eu juro que vou encontrar aquele homem e bater na cabeça dele com esse sapato grande demais no meu pé. Kofi, cê tem certeza do que tá falano?

— Só contei o que observei. — O Kofi abaixa os ombro. — Gentileza, Adunni. Para uma garota tão jovem, você é agressiva. Eu não me importo que você seja agressiva, mas, perto de Big Madam, você deve permanecer humilde, silenciosa. Você a respeita, certo?

— Por que que tenho que me preocupar com qualquer coisa agressiva? — eu digo. — Eu vou tá respeitano todo mundo se todo mundo me respeita tamém. Mas, me fala a verdade, eu consigo achar o sr. Kola em Lagos?

Ele suspira, mas um sorriso aparece em cima dos lábio.

— Teremos que esperar e ver o que acontece com o sr. Kola, certo? Aqui, pegue esta camisa e passe-a.

26

Agora tamo na cozinha e o Kofi tá moeno pimenta no liquidificador. Eu usava pedra pra moer pimenta na casa do meu papai e na casa do Morufu. Era uma coisa fácil de fazer, só rolar a pedra pra frente e pra trás, mas essa máquina é muito rápida, fazeno muito barulho, confundino todo mundo.

Eu quero entender como que um pequeno botão da máquina fica girano em volta da pimenta, do tomate e da cebola e desapareceno com tudo pra virar pimenta-d'água, mas minha cabeça ainda tá pensano no que escutei do sr. Kola e do meu dinheiro e no que escutei do desaparecimento da Rebecca. Sinto que nem se uma coisa quente tá mudano dentro da minha cabeça e me queimano com todas coisa que não tô entendeno sobre tudo.

— Essa garota Rebecca — eu pergunto —, quem era ela? Por que que ela fugiu? O que que expulsou ela daqui?

O Kofi endureceu o dedo no botão do liquidificador, mas não virou pra me olhar.

— Ela era a empregada da Big Madam — ele responde. — Eu já disse que ela provavelmente fugiu, o que significa que ela esteve aqui, mas não está mais. Não pergunte a Big Madam sobre ela, está me ouvindo?

— Eu te ouvi — eu digo, mudano meus pé, sentino o calor na minha cabeça subino alto. — Mas vai acontecer isso comigo tamém? Não vou tá mais aqui que nem a Rebecca?

— Não seja idiota — o Kofi diz, apertano o botão do liquidificador e o barulho tá encheno a cozinha de novo.

— Mas posso falar com a Big Madam de outra coisa? — grito, em cima do barulho. — Aonde ela tá?

Ele para de apertar o botão e me olha em cima do ombro.

— Falar com ela sobre o quê? A Big Madam não sabe onde mora o sr. Kola.

— Eu quero pedir pra ela pra não pagar meu dinheiro na conta do banco do sr. Kola. Talvez ela pode me dar e eu vou guardar debaixo do travesseiro. Que tal isso?

O Kofi usa um guardanapo pra enxugar o suor da testa.

— Olha, não se preocupe. Você não pode argumentar com a Big Madam. Ela nunca está de bom humor. Ela só vai falar com você quando quiser. Você não deve ir até ela por nada. Ela vem até você. Não há nada que você possa fazer a respeito do seu salário agora, ou sobre qualquer coisa, exceto talvez encontrar outro emprego. Você conhece Lagos? Se você saísse pelo portão da frente, viraria à esquerda ou à direita para chegar à rua principal?

— Não conheço Lagos. — Cruzo as mão na frente do peito. — Por que eu não posso falar com a Big Madam? Ela não é um ser humano que nem... — Eu paro de falar quando a porta da cozinha tá abrino e uma mulher que parece a Big Madam tá correno pra dentro que nem uma onda na beira do oceano, alta e quebrano. Eu pisco, olho pra ela de novo. *É* a Big Madam, mas todas as maquiage do rosto foi desbotada. O rosto tá pareceno uma coisa podre; que nem uma estrada ruim com buraco de lama, a pele dela tá cheia de espinha oleosa em todos espaço. Ela tá usano outro *boubou*, azul com fios de ouro no meio. O *gele* que ela tava usano antes caiu, e a cabeça tá cheia de cabelos curto e grisalho, trançado em estilo de círculo. Ela coloca as duas mão nos quadril, os olho pulano pra mim e pro Kofi, dum lado pro outro.

— O que está acontecendo aqui?

— Tô quereno falar com a senhora, *ma*. Conversa séria.

O Kofi me dá uma olhada. O olho dele tá me avisano pra ficar com minha boca fechada, mas eu faço que nem tô veno.

— O sr. Kola falou que vai guardar meu dinheiro na conta dele do banco — eu digo. — Mas o Kofi tá me dizeno...

— Estamos apenas... — O Kofi pula dentro das minhas palavra, me silenciano. — Quer dizer. Eu estava apenas mostrando a Adunni como misturar pimentas, senhora. — Sua voz tá mudano de tom e tá falano que nem se tá com medo que a Big Madam mistura ele com o liquidificador.

— Eu pedi que você mostrasse a casa a ela — a Big Madam diz. — Você mostrou? Ela fez algum trabalho desde que chegou? Ela é inteligente e ajuizada? Ou eu preciso trazer o sr. Kola aqui amanhã cedo para levá-la de volta para sua aldeia?

— Não, senhora. Ela aprende rápido. Um pouco faladeira, talvez mal-humorada, mas inteligente. Até conseguiu passar algumas camisas. Eu ensinei.

— Adunni. — A Big Madam tá me olhano de cima embaixo. Os olho tá me lembrano como o papai costumava me olhar. Que nem se eu tô com cheiro de merda.

— Sim, *ma*?

— Venha comigo.

Quando ela vira e sai da cozinha, eu sigo ela. A gente passamos da sala de jantar pra dentro da sua sala. A sala é como todas outra da casa, com sofá redondo e curvado, azulejos de ouro no chão e um vidro de se vê grande na parede. Tamém tem uma TV na parede, reta que nem um vidro de se vê. Um homem tá dentro da TV, falano alguma coisa, mas não tá saino nenhum som. A Big Madam cai no sofá, e as almofada faz um barulho *fuéémm*.

Ela pega o controle remoto e aponta pra TV, desliga ela e sopra um vento raivoso da boca. Tem uma mesa de vidro do lado dela, um copo cheio de suco de laranja com uma pedra de gelo dentro.

— Adunni? — ela diz enquanto pegava o copo e bebia a bebida.

— Sim, *ma*.

Ela engole, coloca o copo na mesa pareceno que quer quebrar, e as pedra de gelo pula, faz barulho de *trincar*.

— Adunni? — ela chama de novo.

— Sim, *ma*? — eu respondo. Ela tá teno problema de ouvido? Por que que ela tá me chamano duas vez?

— Não fique aí de pé dizendo "sim, *ma*" para mim. Quando eu falar com você, espero que fique de joelhos.

Eu ajoelho e coloco a mão nas costa.

— Sim, *ma*.

— Quantos anos você tem?

— Cê quer dizer eu, *ma*? — Eu coloco a mão no meu peito.

— Não, quero dizer seu fantasma. De quem mais eu estaria falando? Estarei perguntando a mim mesma quantos anos tenho?

— Catorze, quase quinze ano, *ma*.

— O sr. Kola disse que a sua mãe morreu e você fugiu de casa.

— Sim, *ma*.

Graças a Deus o sr. Kola não falou pra ela da Khadija.

— Quando você parou de estudar?

— No ensino fundamental — eu respondo. — Eu tava conseguino quase quatro ano no ensino fundamental antes de parar. Mas eu gosto de livro. E da escola.

— Você sabe ler e escrever? — ela pergunta.

Tô balançano a cabeça que sim.

Ela abaixa e pega uma bolsa com pena amarela, parece que alguém matou uma ave, mergulhou a coitada dentro da tinta e vendeu pra Big Madam. Ela pega uma caneta, morde a tampa, cospe no chão e me dá a caneta sem tampa. Ela pega um caderno e me dá ele tamém. Eu junto tudo.

— Agora abra os dois ouvidos que Deus lhe deu e ouça com atenção. Você vai fazer uma lista das coisas que precisamos na casa e dar para Abu, meu motorista. Ele faz as compras de casa com Kofi nas manhãs de sábado. A cada duas semanas, na sexta-feira, dê uma volta pela casa, anote o que precisamos e escreva neste caderno. Entendeu?

— Sim, *ma* — eu respondo.

— Não sei o que o sr. Kola lhe disse, mas sou uma mulher muito importante na sociedade. Tenho clientes muito importantes. Presidentes, governadores, senadores, todos usam o meu tecido. A Tecidos de Kayla é a número um na Nigéria.

— Sim, *ma*. — Por que que ela tá se preocupano em me falar toda essas coisa agora?

— Seu trabalho é manter a casa limpa e arrumada e fazer o que eu peço. Quando não estiver trabalhando, você fica nos aposentos dos empregados, no seu quarto. Sempre que eu precisar de você, mandarei buscá-la. Entendido?

— Sim, *ma*. Eu tô entendeno.

— Agora. — Ela encostou no sofá e esticou os pé. — Massageie meus pés.

— Como assim? — eu pergunto.

Ela tá virano a mão prum lado e pro outro, que nem se tá moldano barro.

— Use as mãos e esfregue meus pés e os dedos dos pés. Massageie-os.

Olho pros pé dela, a pele que nem cimento seco com rachaduras branca dos lado, e balanço a cabeça, mas só dentro de mim. Com todo o dinheiro que ela tem, seus pé é que nem se ela trabalha numa obra de manhã até de noite sem sapato. Seguro os dois pé dela, torço meu nariz pra não sentir o cheiro, enquanto uso as mão pra apertar as canela dum lado pro outro. Tô quereno perguntar pra ela do sr. Kola e do meu dinheiro, mas quando olho pra ela, ela tá fechano os olho. Logo ela tá roncano, com a garganta fazeno um barulho que nem o do liquidificador da cozinha.

Fico assim uns quinze minuto quando a porta da sala abre e um homem que acho que é o Big Daddy entra. O homem tá me lembrano quando um balão acaba de estourar, a forma dele quando o ar de dentro sai. O Big Daddy parece que tá com ar na parte de cima do corpo e nenhum ar na parte debaixo. Ele tá vestino um *agbada* branco e chapéu na cabeça. A pele dele é da cor marrom de batata nova e em volta da boca tá cheio de cabelos grisalho. Tem um óculos no nariz e, atrás dele, posso ver as bolas dos seus olho, grande e vermelha, pulano que nem se ele não consegue ver direito. Ele cambaleia pra frente, bate do lado da TV antes de chegar do meu lado.

— Quem é esta agora?

Sua voz tá arrastano, que nem a voz do papai quando bebe demais.

— Boa noite, *sah* — eu digo. — Meu nome é Adunni. Nova empregada pra Big Madam.

— Adunni, *dunni-lícia.* — Ele lambe os lábio, a língua subino nos bigode. — Belo nome para uma linda garota. — Ele coloca a mão no peito, mostrano uma mão cheia de pelo, grosso e crespo. — Eu sou o Chefe Adeoti, o único. Mas você pode me chamar de Big Daddy. Diga, deixe-me ouvir. Diga Big Daddy!

— Big Daddy — eu digo.

O homem tá me deixano sem graça. Eu viro, olho a Big Madam, mas a mulher tá dormino. Eu balanço a perna, mas ela só muda a marcha do ronco. Ficano ainda mais alto.

— Big Madam — eu belisco os pé dela. — O Big Daddy tá perguntano de você.

Big Madam não responde. Ela tá só comeno o ar e roncano. Eu te digo de verdade, se eu pegar a TV e quebrar em cima da cabeça dela, eu acho que ela não vai acordar. É que nem se tá morta.

— Essa mulher pode dormir durante um tsunami — o Big Daddy diz, enquanto cai em cima do sofá e tira o chapéu, jogano no lugar do lado dele. Ele tira o óculos, sopra dentro e enxuga o vidro com os canto do *agbada* antes de colocar de novo no nariz. — Qual é o seu nome mesmo?

— Adunni, *sah.*

— Ah, Adunni. Nome maravilhoso.

— Obrigada, *sah.*

— Quantos anos você disse que tinha?

— Eu não te disse a minha idade, *sah* — eu respondo.

Ele ri, mostrano os dente, que falta um lá no fundo.

— Língua afiada, hein? Eu gosto disso. Gosto muito disso. Certo, deixe-me perguntar direito. Quantos anos você tem?

Eu digo a ele.

— Catorze quase quinze, hein? Isso faz de você o quê? Chegando aos dezesseis, dezessete. Quase uma adulta. Não tão inocente.

— Não, *sah*. Meu nome é Adunni, não Inocente.

O Big Daddy joga a cabeça pra trás e ri de novo, esfregano a mão grande no umbigo.

— Uma ignorante da mais alta ordem. Vamos, Adunni. Me divirta um pouco mais. O que mais você tem guardado?

— Não tenho nada guardado, *sah* — eu digo e vejo que a Big Madam tá acordano de repente.

Ela tá olhano em volta da sala que nem se ela tá perdida e acabou de se achar numa floresta escura.

— Adunni? — ela diz, olhano pra mim. — Eu caí no sono?

— Sim, *ma* — eu respondo. — O Big Daddy chegou.

Ela olha pra cima, vê o Big Daddy, pisca os olho.

— Bem-vindo de volta, Chefe. Como foi a viagem? Adunni, diga ao Kofi para servir o jantar. Diga a ele para fazer um pouco mais de suco de laranja.

Os pé dela ainda tá no meu colo. Eu não sei se devo tirar ou ficar esperano que ela tira.

— O que você está olhando? — ela grita. — Levante-se.

— Seus pé, *ma* — eu digo.

Ela tira os pé e dá um pisão no chão.

Quando levanto e saio da sala, tô sentino o calor dos olho do Big Daddy me seguino pra fora da sala, até depois de fechar a porta e entrar na cozinha.

De noite, dentro do meu quarto, apago a luz e subo na cama e aperto a mão no coração, sinto bateno forte. Meu corpo tá doeno de tanto limpar e varrer, mas pela primeira vez desde que minha mamãe me nasceu, tô sozinha, dentro do meu próprio quarto, com minha própria cama, uma cama de verdade com colchão macio.

É bom ter toda essas coisa, mas sinto que nem se falta uma parte do meu corpo: um olho, uma perna, uma orelha. Não tem a Khadija aqui, nem o Morufu com seu Elixir Rojão e o colchão fedorento e o estômago de coco duro. As filha da Khadija não tá cochichano e rino baixinho entre elas na sala no fim do corredor, e quem sabe quando eu vou ver o Kayus, a Enitan e a Ruka no riacho como fazia antes?

Fecho os olho, enquanto uma lembrança entra em mim tão de repente: de uma época que eu tinha cinco ano e eu e minha mamãe visitava as cachoeira de Agan. Posso ouvir agora, o rugido e o estrondo daquelas água, um barulho que fazia a mamãe ter tanta diversão que ela jogava as mãos debaixo do aguaceiro e ria. Mas eu, enquanto tava sentada nas pedra marrom do lado da cachoeira e olhano pra ela, eu tava com medo, com medo que a água ficava zangada e engolia a mamãe e eu. Quando minha mamãe sentiu meu medo, ela desceu aonde eu tava sentada, me puxou pelos pé e apertou meu rosto no seu estômago macio e molhado. "Adunni, não tem medo. Ouve a maravilha disso, ouve a música no meio do barulho!" Então eu ouvi e ouvi até que meus ouvido capta uma música no meio do barulho — um sopro de mil trombeta se misturano com a batida de cem tambor. E aí, não tem mais medo e depois eu e minha mamãe começamo rir e dançar debaixo d'água.

Sinto um medo igual nessa casa grande essa noite: o medo de cair nas água, de engolir trovão e esmagar pedra, da Big Madam e do Big Daddy e da Desaparecida Rebecca mas não tem música no barulho dessa casa, nenhuma maravilha em nada. Não tem mamãe pra sentir meu medo e parar ele, e quando eu fecho meus olho e tento dormir, tudo que eu vejo é a Khadija, deitada tão fraca, na areia fria e molhada da aldeia Kere, chorano pra mim ajudar ela, pra não deixar ela morrer.

27

É assim que tô trabalhano na casa da Big Madam: todo dia, devo lavar todas privada e os banheiro.

Devo usar escova de dentes pra esfregar no meio dos azulejo e usar alvejante pra esfregar o chão e as parede. Devo varrer dentro de todos quarto e o lado de fora de todo o complexo. Devo tá puxano as erva daninha dos vaso de flor, mesmo que o Kofi fala que elas tem um homem pra cuidar delas e que o nome dele é "O Jardineiro".

O Kofi falou que o sr. Jardineiro vem sábado de manhã pra trabalhar com flor e grama, mas a Big Madam falou que devo fazer isso primeiro, então tô fazeno. Quando acabo, tô lavano a calça e o sutiã da Big Madam com água e sabão num balde do lado de fora. A primeira vez que vi as calça da Big Madam, eu queria morrer morta. Eu te digo de verdade, essa calça é grande que nem uma cortina. O sutiã é que nem um barco. Ela gosta de usar duas calça e dois sutiã todo dia, então tô lavano muitos numa semana. Depois de terminar de lavar o sutiã e a calça dela, devo colocar dentro da máquina de lavar na cozinha pra máquina tamém poder lavar.

Quando pergunto pro Kofi por que que eu tô lavano primeiro, antes da máquina de lavar, o Kofi abaixa os ombro e diz: "Faça e não reclame".

De noite, tô limpano janela, limpano vidro de se vê, tirano pó da mesa, da cadeira, limpano isso, esfregano aquilo. Tamém tô massageano os pé fedorento da Big Madam de noite, e às vez ela abre o lenço e me pede pra coçar seu cabelo. Só paro pra comer de tarde. Não tem comida de noite. Não tem comida de manhã.

— Big Madam disse que só pode se dar ao luxo de alimentá-la uma vez por dia — o Kofi falou, quando perguntei pra ele por que que nada de comida de manhã ou de noite.

Às vez o Kofi me chama de manhã e me dá comida pra comer antes da Big Madam acordar. Duas semanas atrás, o Kofi me deu arroz e guisado com ovo fervido. A Big Madam tava dormino no andar de cima, então agradeci ele e sentei num banquinho na cozinha. Enquanto tava mordeno o ovo, a Big Madam entrou na cozinha. Eu fiquei em choque, dura. Segurei o ovo na minha mão, pensano se o chão não vai abrir e me engolir inteira com o ovo.

Quando ela me viu, ela marchou pra minha frente, pegou o prato e despejou o arroz em cima da minha cabeça. Ela pegou o ovo ferveno e quebrou no meio da minha cabeça. Enquanto eu chorava porque a pimenta do guisado entrava nas bola do meu olho e eu tive medo de ficar cega, ela começou me dar tapas, socos, chutes por toda parte.

— Eu não disse que não quero ver você comendo dentro da minha casa sem a minha permissão? — ela tava gritano. — Você não espera que eu a vista e abrigue em troca do trabalho de baixo nível que você faz para mim, espera? Se você quer comer mais de uma vez por dia, sente-se do lado de fora e coma sua comida. Sua própria comida. Não a minha. Está entendido? — Ela virou pro Kofi. — Da próxima vez que eu vir essa garota comendo mais de uma vez por dia, vou reduzir o seu salário.

Quando ela terminou de me bater, a fome não tava me matano de novo. Essa foi a primeira vez que a Big Madam me bateu e no quase um mês que tô aqui, ela tá me bateno quase todo dia.

Ainda ontem de manhã, ela deu um tapa na minha cara porque eu tava cantano enquanto pegava a erva daninha da grama. Ela tava no seu carro, dirigino pra fora do complexo, quando pediu pro motorista pra parar o carro. Ela desceu do carro, marchou até aonde eu tava ajoelhada perto do vaso de flor debaixo da palmeira no sol quente e me deu um tapa nas costa.

Eu fiquei tonta. O sol tamém ficou escuro, cegano meu olho esquerdo um momento.

— Você está gritando — ela diz. — Você está perturbando os cidadãos de Wellington Road com esse barulho que chama de canto. Esta não é a sua aldeia. Aqui nos comportamos como pessoas sensatas. Temos classe. Temos dinheiro.

Enquanto ela grita comigo, tô pensano que seu grito deve tá perturbano mais as pessoa do que meu canto suave, mas não posso falar isso pra ela. Quando ela termina de gritar, ela solta um grande bufo, balança com a cabeça antes de virar, entra de novo no carro e vai embora. Quando pergunto pro Kofi por que que ela tá me bateno todas vez, o Kofi fala que ele tamém tá confuso.

— O seu caso é um dos piores que eu já vi. Ela te bate toda vez que põe os olhos em você. Você a irritou de alguma forma?

Eu penso de volta.

— Não. Eu não fiz nada.

— Nesse caso, vou sugerir que você encontre uma maneira de voltar para a sua aldeia — ele diz, suspirano. — Adunni, deixe-me contar algo sobre mim. Há cinco anos, pensei seriamente em voltar a Gana depois de perder meu emprego como chef pessoal do embaixador de Gana na Nigéria. Era um trabalho muito distinto, Adunni, muito importante. Eu morava no território da capital federal, em uma casa maravilhosa de dois quartos em Abuja, ao contrário do absurdo que temos aqui. Servia líderes mundiais. Eu vivia bem. Mas perdi esse emprego quando um novo embaixador foi nomeado, um idiota esquecido por Deus que disse que a minha comida não era do seu agrado. — Ele balança a cabeça que nem se lembrar disso tá causano uma dor de cabeça. — Decidi ficar e encontrar outro emprego. Quer dizer, eu tinha estudado contabilidade na universidade e aborreci toda a minha família quando decidi seguir a minha paixão e me tornar chef. Como eu poderia voltar para Gana envergonhado? Especialmente quando eu ainda não havia concluído meu projeto de construir uma casa? Depois que todos em Gana pensaram que eu tinha um trabalho importante com o embaixador? Eu só estou trabalhando aqui porque preciso concluir a minha casa antes de voltar. Mas você não tem nada que a prenda neste lugar. Nada. Volte para a sua aldeia. Vá para casa.

— Mas como que eu vou voltar? — pergunto. — O sr. Kola tá desaparecido e eu não sei como volto pra Ikati. Mesmo que eu sei o caminho, eu não posso voltar porque... — Eu aperto minha boca. — Porque eu não posso.

O Kofi olha pra mim, de braço cruzado.

— Nesse caso, pare de reclamar. Faça o seu trabalho. Foi isso que eu fiz, e é o que faço todos os dias.

— Mas a surra é muita. — Meus olho tá quente de lágrima. — Minha mamãe nunca me bateu assim, nem mesmo o meu papai. — Ou a Labake. Ou qualquer pessoa.

— Tente ficar fora do caminho dela — o Kofi diz. — Quando ela estiver em casa, ocupe-se lá fora. Quando ela estiver fora, corra para dentro e encontre trabalho para fazer. Se ela não chamar você, não mostre o rosto. Adunni, você sabe que fala demais. Você precisa ter uma resposta para cada pergunta? Aprenda a ficar de boca fechada. E, pelo amor de Deus, pare de cantar o tempo todo.

E assim, nas próxima duas noite depois da minha conversa com o Kofi, fico na cama pensano em planos correto até que, finalmente, uma ideia afiada e boa pra me esconder da Big Madam tá entrano na minha cabeça.

Hoje de manhã, eu tava limpano a janela do lado de fora da cozinha quando ouvi o carro da Big Madam entrano. Rapidinho, pego meu pano de limpeza, passo pelo lado da casa, entro na biblioteca e fecho a porta lá sozinha.

Respiro fundo e começo limpar a estante de livros. Pego cada um dos livro um por um, abro e limpo. Enquanto limpo, tô tentano ler os escrito do livro. Não posso ler em voz alta por causa da Big Madam, mas tô falano sem parar.

Muitos livro tem muito inglês, então tô leno só as primeira dez palavra ou mais antes de largar até que eu pego o *Collins*. É um livro pequeno, mas gordo, que nem a Bíblia da minha mamãe, com letras grande amarela e azul na página. Abro e vejo que tem as palavra e o significado das palavra do lado. Eu começo virar a página. O livro tem as palavra letra por letra, que nem o alfabeto ABC. Já que conheço o alfabeto, começo procurar palavras. Primeiro, tô procurano a letra "I" pra ver o significado de "inocente", porque o jeito que o Big Daddy tava rino naquele dia tá me fazeno pensar que a palavra tem outro significado que não é só um nome. O *Collins* escreve assim de "inocente":

inocente

1. adjetivo: *pessoa que não é culpada de um crime ou ofensa.*
2. substantivo: *uma pessoa pura, sincera ou ingênua.*

Por que que o Big Daddy tá perguntano se eu sou pura? E como que posso ser pura depois do jeito que o Morufu tava me deixano tão suja no espírito e no corpo quando bebeu seu Elixir Rojão? Fecho o *Collins* e pego *O livro de fatos da Nigéria.*

Por que que tem um nome tão grande, esse livro? É grande tamém, fica que nem três livro colado junto, a capa tem a figura de uma bola brilhante e clara, e o mapa da Nigéria dentro da bola, as linha verde, branca e verde da bandeira nigeriana dentro do mapa.

Eu deixo ele pra olhar o que significa "fato" no Collins:

fato

substantivo: *algo que é conhecido ou comprovado como verdadeiro.*

Esse livro tem a verdadeira resposta pra todas minhas pergunta? Abro a primeira página e dou uma olhada. Tá cheio de poeira, dá coceira na garganta, me fazeno tossir duas vez. Parece tão cheio de sabedoria, esse livro. Muitas foto, muitas explicação sobre muitas coisa da Nigéria e todo seu grande mundo. Tem datas de quando as coisa aconteceu na Nigéria desdo passado até o ano 2014:

Fato: 1º de outubro de 1960: Dia da Independência da Nigéria. A Nigéria conquistou a independência da Grã-Bretanha.

O que que é isso, a Grã-Bretanha? É um inimigo lutano? Eu sei que independente significa quando você é livre. A Nigéria deu a sua liberdade pro inimigo? E o que que a gente recebemos de volta deles? Sento no chão, fico com o olho no livro:

Fato: Lagos é a cidade mais populosa da Nigéria. Um importante centro comercial do mundo, a cidade é abençoada com muitas praias e uma vida noturna ativa, e é o lar de uma das maiores concentrações de milionários da África.

É por isso que todas pessoa rica vive em Lagos. Eu engulo a saliva, puxo o livro pra mais perto de mim. Tenho muito serviço pra fazer, mas esse livro é que nem duas mão grande, cheia de amor, me puxano pra perto, me deixano aquecida e me dano comida:

Fato: Em 2012, quatro estudantes da Universidade de Port Harcourt foram torturados e espancados até a morte na comunidade de Aluu depois de serem falsamente acusados de roubo. O ato terrível gerou um clamor global contra a justiça da selva na Nigéria.

Justiça da selva.

Se eu não fujo de Ikati, da esposa do Bamidele e de todas pessoa da aldeia Agan, talvez eles me fazia sofrer essa coisa da justiça da selva, me queimava com fogo porque pensa que eu sou uma ladrona. Esse fato me deixa muito triste, mas continuo leno, continuo aprendeno os fato que tô entendeno e os que não tô entendeno até que o livro tá pesado demais na minhas mão, então eu coloco no lugar e pego minha limpeza.

Quando acabo de limpar tudo na biblioteca, puxo o caderno do bolso, sento no sofá, e enquanto minha cabeça tá lembrano das coisa que precisa na casa, eu escrevo. Às vez, tô veno como que escreve no *Collins*:

1) *Papel higiênico.*
2) *Sabonete.*
3) *Saco de náilon. Pra colocar na lata do lixo.*
4) *Alvejante. Pro banheiro sujo.*
5) *Sabão em pó. Pra máquina de lavar.*

— Adunni? — alguém chama meu nome de longe. Big Madam.
— ADUNNI!

— Tô ino, *ma* — grito e rápido coloco meu caderno no bolso e fico em pé.

Quando abro a porta, a Big Madam tá do lado de fora da biblioteca. Seus olho tá com raiva, todo seu corpo parece que ela tá quereno explodir.

— Você é surda? — ela pergunta, com as mão nos quadril. — Por que demorou tanto para me responder?

Antes que eu posso falar a resposta correta, ela me dá um tapa quente.

Eu fico tonta, tropeço pra trás.

— Sim! — digo, esfregano minha bochecha. — Eu tava te respondeno, *ma*. Eu tava dizeno que vou, mas... — Ela deu outro tapa pra silenciar minhas palavra.

Antes que eu posso pensar nesse tapa, outro tá caino nas minhas costa. Eu caio de joelho e fecho meus olho e penso na mamãe, em Ikati, no Kayus, enquanto ela tá usano a palma da mão pra dar mais tapa nas minhas costa, *tapa, tapa, tapa*, que nem se ela é um tocador furioso bateno num tambor-falante furioso.

Mas eu não tô chorano, tô só pegano o tapa e devolveno na cabeça dela dentro da minha mente. Quando ela me dá um tapa, eu dou um tapa nas costa dela tamém, só que não toco ela. Eu não conto quantas bofetada antes de ouvir a voz do Big Daddy:

— Que diabos está acontecendo aqui?

Big Madam me dá um chute.

— Idiota inútil — ela diz, cuspino na minhas costa. — Por que não está chorando? Você está possuída? Tem um demônio dentro de você? Porque eu vou arrancá-lo daí hoje.

— Florence! Você quer matar a garota? — o Big Daddy diz. — Com a sua raiva louca você afugentou todas as outras domésticas, e agora quer fazer o mesmo com essa pobre garota? Adunni!

Eu abro meu olho, olho pra cima. Hoje é o primeiro dia que vejo ele desde aquela vez na sala da Big Madam, porque ele sempre faz viagem de negócios de mulher. Hoje ele não tá com o olho vermelho. Suas palavra não tá arrastano. Ele tá pareceno uma pessoa sensata.

— Adunni, levante-se — ele diz, me dano a mão.

Eu abaixo nos meus pé. A Big Madam não tá me dano tapa de novo, mas parece que minhas costa ainda tá recebeno tapa. A dor é que nem se alguém esfregasse pimenta na minha pele, antes de derramar querosene e acender fósforo no meu corpo. Tudo em toda parte tá respirano com dor.

— Bem-vindo, *sah* — eu digo e não ajoelho pra cumprimentar. Meu joelho não pode dobrar de novo. Nada no meu corpo tá funcionano direito.

— Adunni. Você está bem? — ele pergunta.

— Sim, *sah* — digo, mas todo mundo sabe que eu não tô bem.

— Florence — o Big Daddy vira, enfrentano sua esposa. — Você é a única possuída aqui.

A Big Madam solta um grande bufo, parece que ela acabou de terminar de comer uma comida tão doce, pareceno que me bater ia dar vida pra ela, esperança. Ela me olha de cima pra baixo e resmunga.

— Ela é uma inútil. Não serve para nada, uma perda de tempo, preguiçosa e inútil. Tive que vasculhar a casa inteira antes de encontrá-la na biblioteca, fugindo do trabalho.

— E então você a encontrou aqui e decidiu matar a filha de outra mulher? — o Big Daddy diz, sua voz ficano alta. — Eu ouvi você da garagem, Florence. Da entrada da garagem! E se você tivesse dado um golpe fatal nela? Quebrado a cabeça da menina? A deixado paralisada? Sua desculpa valeria nos tribunais de justiça?

Não entendo tudo que o Big Daddy tá dizeno, mas sei que ele tá com raiva da Big Madam.

— Agora, Florence. — O Big Daddy levanta um dedo, virano prum lado e pro outro. — Que esta seja a última vez que você encosta nesta menina dentro desta casa. Eu repito. Que esta seja a última vez que você encosta o dedo em Adunni. ESTÁ ENTENDIDO?

A Big Madam fala uma coisa murmurano de pagar todas as conta e namorada-prostituta enquanto ela tá saino embora.

O Big Daddy vira pra mim.

— Você está bem? — ele pergunta.

— Sim, *sah* — eu respondo. — Obrigada, *sah*.

— Venha aqui — ele abre as duas mão, que nem se quer pegar uma coisa. — Vamos. Não tenha medo. Venha.

Eu fico com meus pé no chão, olho pra ele. O que que ele quer que eu faço? Que dou um abraço nele? Ou o quê? Quando eu não me mexo, ele chega perto de mim e rodeia meu corpo com a mão.

Eu fico dura, afasto seu peito com a minha mão, mas ele só aperta com mais força.

— Não ligue para ela, Adunni — ele diz, apertano a boca na parte do meu pescoço. O bigode dele tá arranhano minha pele, o hálito quente cheirano manteiga e hortelã e um pouco de bebida. — Você me ouviu?

— Sim, *sah* — eu falo com meus dente bem fechado. — O serviço tá me esperano, *sah*. Por favor, deixa eu ir...

— Quero que você se sinta à vontade comigo nesta casa — ele diz, cortano minhas palavra, me segurano com mais força. — Florence não será capaz de encostar um dedo em você se me deixar protegê-la.

Eu empurro o peito dele com força, saio da sua mão e corro pro quintal. Eu tava correno tão rápido que não vi o Kofi do lado da torneira lá fora, empurrei o ombro dele, quase caino eu, ele e a bacia que ele tava segurano. O Kofi colocou a bacia no chão e agarrou a parede com uma das mão pra se segurar.

— Adunni! — ele grita, fechano a torneira. — Você está bem? Por que... Do que está correndo?

Eu aperto minha mão nos joelho pra deixar minha respiração devagar.

— O Big Daddy — eu digo. — Ele tava me segurano com muita força agora. Eu me saí dele e vim correno rápido.

— Big Daddy estava segurando você? — o Kofi diz, preocupado. — Por quê? Onde está a esposa dele?

— Eu não sei por quê — eu respondo. — A Big Madam acabou de me bater, aí o Big Daddy falou que quer que eu me sinto à vontade e que ele quer me proteger. O que que ele tá quereno de mim, Kofi?

Eu olho pro Kofi, com medo nos meus olho. Eu sei o que o Big Daddy tá quereno, mas tenho medo de pensar nisso. De falar isso.

— Esse homem está amaldiçoado ou algo assim? — o Kofi diz, falano baixo. — Ah, *chale*,* eu te avisei para ter cuidado.

— Eu tô tentano ter cuidado — digo, sentino as lágrima descer pelo meu rosto. — Eu não quero problema em Lagos e não posso voltar pra Ikati, mas o homem, o Big Daddy, ele tava me segurano com força, me deixano com medo. Da outra vez eu peguei ele olhano pra mim dum jeito. Me ajuda, Kofi, por favor.

— Não chore — o Kofi diz, balançano a cabeça e suspirano triste. — Deve haver algo... Vou pensar em algo para ajudá-la. Pare de chorar, está bem?

— Obrigada. — Tô enxugano minhas bochecha com a ponta do vestido enquanto saio da frente dele pra começar meu serviço da noite de lavar banheiro.

Quando acabo meu serviço meia-noite e subo na cama, meu corpo tá dolorido, minhas costa pegano fogo.

Meus dedo parece uma curva dura de plástico, sei que é porque tava segurano o pano de limpeza com muita força, por muito tempo. Tento dormir, mas quando fecho os olho, vejo os dente do Big Daddy, afiado que nem uma faca, sangrano com sangue, vino pra mim.

---

* Saudação usada em Gana ao se dirigir a amigos. (N. da T.)

28

Fato: Os nigerianos são conhecidos pelo gosto por festas e eventos. Só em 2012, eles gastaram mais de 59 milhões de dólares em champanhe.

A Big Madam vai dar uma grande festa domingo.

Ela ficou louca com os preparativo pra isso, gritano todo segundo.

— Adunni, lave todos os cantos do banheiro do andar de baixo — ela diz, apontano a mão gorda com carne dançano pra porta do banheiro. — Use a nova escova de dente que comprei ontem para esfregar o rejunte antes de passar alvejante nos azulejos do banheiro. Você esfregou o cercado do quintal como eu pedi? Esfregou? Faça isso novamente. Esfregue até que o cimento brilhe como a lápide da minha mãe. Não se esqueça dos espelhos na sala de jantar.

Ontem de tarde, uma grande van branca entrou no complexo. Quando corro pra ver quem tá lá dentro, tudo que vejo é uma vaca marrom sentada na parte de trás da van, lambeno a mosca que tava sentada no seu nariz. Olho o Kofi arrastar a vaca pra baixo e amarrar o pescoço dela no coqueiro do quintal com uma corda grande.

— Ela será abatida para fazermos carne grelhada e ensopado de carne no domingo — o Kofi diz, enquanto bate nas nádega da vaca e ri.

— Pra que a Big Madam tá fazeno os preparativo pra festa? — pergunto pro Kofi de manhã enquanto tô sentada do lado de fora debaixo do sol quente, lavano a toalha de mesa de renda cor de ouro. — A festa de amanhã é pro aniversário da Big Madam?

— Não — o Kofi responde. Ele tá sentado num banco do meu lado, catano feijão numa bandeja. — A festa de domingo é para a Associação de Mulheres de Wellington Road. Big Madam é a presidente do grupo.

— O que que cê disse?

— AMWR. Um bando de mulheres de meia-idade que formaram uma associação como desculpa para se arrumar e se embebedar. Elas dizem que estão tentando arrecadar fundos, dinheiro para ajudar os pobres. Um monte de mentiras! Elas se reúnem a cada três meses e são anfitriãs em turnos. Big Madam será a anfitriã da reunião de novembro.

— Ah, mas não é nem festa de aniversário — eu resmungo, esfrego o pano, enfio na água com sabão e viro o pano. — Então, é só uma reunião normal e elas tá só desperdiçano dinheiro de qualquer jeito. *O livro do fato da Nigéria* tá me contano que os nigeriano gosta de gastar milhões de dinheiro em festa e eu tava pensano que isso não era verdade até chegar em Lagos. Wellingston é o nome da nossa rua?

— Wellington, sim. Não há S em nenhuma parte da palavra. Esta rua está cheia de todo tipo de gente. Metade são ex-militares, ladrões que roubaram a riqueza da Nigéria e se divorciaram de suas esposas jovens para casar com sangue mais jovem; a outra metade é composta de empresários ricos como Big Madam, executivos e artistas de alto nível, alguns dos quais não podem bancar o estilo de vida, mas lutam para vivê-lo de qualquer maneira.

Ele pega a bandeja de feijão, balança pro feijão pular no ar e cair de novo na bandeja com barulho de chocalho. Quando faz isso, ele tá soprano a sujeira dos grão pro ar. O Kofi abaixa a bandeja.

— Há três anos, uma esposa idiota pensou que seria uma boa ideia formar uma associação só porque elas vivem em uma das ruas mais ricas de Lagos. Eu vejo isso como mais uma desculpa para dar festas. Isso é tudo que essas pessoas fazem com seu dinheiro. Dar festas e grudar dólares na testa e no peito um do outro como se fosse uma forma de medicamento. Você sabia que a taxa de câmbio agora é de cento e setenta nairas para um dólar? *Chale*, a menos que Buhari se torne presidente no ano que vem, nada pode fazer este país avançar. Nada.

Não entendo por que que o Kofi tá sempre dizeno que os nigeriano tá gastano isso e aquilo, quando ele tamém tá usano o dinheiro dos nigeriano pra construir sua casa no seu país de Gana. Vejo quando as visita da Big Madam dá dinheiro pra ele, como ele aperta bem e enfia no bolso com um grande sorriso e um grande obrigado. Por que que ele não recusa o dinheiro se é dinheiro de ladrão? Ele tamém tá nos problema da Nigéria.

O Kofi tossiu na mão, limpou na calça branca.

— Big Madam vai a festas todo fim de semana. Ela fornece tecido para metade de Lagos e ganha milhões. *Chale*, olhe os insetos rastejando nesses feijões. Os desgraçados fizeram buracos no saco! O que eu estava dizendo? Ah, sim. A AMWR. Elas têm cerca de dez a quinze membros. É sempre uma competição. A última anfitriã, uma certa Caroline Bankole, amiga mais próxima de Big Madam, dona de casa podre de rica e esposa de um empresário de petróleo e gás, ela matou três cabras para uma festa de dez pessoas, contratou um chef particular famoso, um bufão que recebe rios de dinheiro, e serviu vinho mais velho que meu bisavô.

— O Big Daddy tá trabalhano? — pergunto, olhano os dedo do Kofi enquanto ele quebra a casca do feijão. — A Big Madam tá teno emprego. Ela vai na loja dela todo dia. Mas o Big Daddy não. Por quê?

— Big Daddy é um idiota. Ele trabalava em um banco. Ele autorizou empréstimos para alguns de seus amigos. Bilhões de nairas. Obviamente, os amigos não pagaram. O banco pediu falência, quero dizer, fechou completamente uns dois anos depois. Isso foi...

— Ele endurece o rosto e pensa. — Uns quinze anos atrás, muito antes de eu vir trabalar aqui. Sempre soube que ele era um incômodo colossal, gastando o dinheiro de Big Madam com mulheres, NairaBet* e birita.

— Birita é o quê?

— Bebidas — o Kofi diz. — Cerveja. Cerveja preta. Álcool.

— Cham-pág-nei?

O Kofi riu.

— Cham-o quê?

— Vi isso no *Livro do fato da Nigéria* — digo. — Nigerianos gastano milhões pra comprar tamém. Escreve C-H-A-M-P-A-G...

— Ah! Champanhe! A pronúncia é *chãm-péim*. Ah, sim, Big Madam e seus amigos estouram garrafas dessas em eventos como se não custassem nada.

— É que nem o *ogogoro* que bebemo na aldeia? Ou o gim? Se você tá bebeno muito, faz seu olho ficar assim ó. — Eu torço meu olho, mexo minhas bola do olho da esquerda pra direita e o Kofi ri de novo.

— Você está aqui há três meses — ele diz depois dum momento. — Se bem me lembro, chegou em agosto. O que você vai fazer com o seu salário?

Eu aperto o sabão da toalha de mesa.

— Eu não sei direito ainda. Eu continuo quereno falar com a Big Madam, mas tô com medo que ela vai me bater.

— Vamos ver o que acontece em mais alguns meses. — O Kofi abaixa a bandeja, passa a mão no colo e olha pra cima do ombro, que nem se tá verificano se alguém tá vino. Aí, ele mergulha a mão no bolso da calça e tira um jornal dobrado. — Pegue isso. Leia e me diga o que você pensa.

— Eu devia ler jornal? — digo, olhano pra mão dele. — Por quê?

— Apenas leia. *Chale*, eu precisava encontrar tempo para ir ao meu antigo emprego na embaixada antes de conseguir esta edição

* Serviço de apostas. (N. da T.)

do jornal *Nation Oil* para você. Há algo aí que espero que você possa participar.

Eu sacudo o molhado da minha mão, aperto o jornal com a ponta do meu dedo e abro. É só uma página, um pedaço de uma página de jornal, com muitos escrito nela.

— Eu tenho que ler tudo?

O Kofi suspira.

— Adunni, olhe o título à esquerda, acima do obituário.

Eu olho, leio com voz alta, devagar:

**CONVITE PARA INSCRIÇÃO:
BOLSA DE ESTUDOS OCEAN OIL
PARA TRABALHADORAS DOMÉSTICAS**

A Ocean Oil, principal companhia de petróleo da Nigéria, em colaboração com a Escola Especial Diamond, convida trabalhadoras domésticas com idade entre 12 e 15 anos a se inscreverem para sua bolsa de estudos anual. Chegando a seu sétimo ano de sucesso, o programa é dedicado a garantir que garotas nigerianas brilhantes, talentosas e vulneráveis, que estejam trabalhando em atividades domésticas, possam iniciar ou concluir sua educação. O sr. Ehi Odafe, presidente da Ocean Oil, iniciou o programa em memória de sua mãe, madame Ese Odafe, que trabalhava como empregada doméstica para sustentar os filhos na escola.

O programa vai cobrir: matrícula na prestigiosa Escola Especial Diamond por até oito anos para cinco estudantes e, caso necessário, taxas de embarque e um sustento razoável por toda a duração da bolsa.

Para se qualificar, as candidatas devem ser do sexo feminino, ter idade entre 12 e 15 anos e trabalhar como empregadas domésticas, faxineiras ou em qualquer atividade doméstica.

A inscrição deve ser acompanhada por um ensaio de no máximo 1.000 palavras da candidata a estudante, declarando por que ela deve ser considerada para o programa, bem como um termo de consentimento assinado por um avalista e responsável, que deve ser um cidadão nigeriano respeitado.

A data de encerramento para todas as inscrições é 19 de dezembro de 2014.

A lista de bolsistas aprovadas será exibida em nossos escritórios em abril de 2015. Os nomes não serão impressos em nenhum meio de comunicação para proteger a identidade das participantes.

— O que que tudo isso significa? — pergunto pro Kofi enquanto seguro o jornal com meus pé, apertano pra não deixar voar no vento. — É bastante inglês, mas eu vi uma coisa de educação.

— Uma chance de ir para uma escola pela qual você não terá que pagar. Eles também vão te dar uma casa para morar, tudo de graça. O presidente da Ocean Oil era amigo do meu ex-chefe. Um homem incrível. Ele faz questão de que sua equipe envie detalhes do programa para a embaixada todos os anos, caso algum de nós tenha filhos que possam se inscrever.

Eu balanço a cabeça, sem acreditar de verdade em tudo que o Kofi tá me falano.

— E todas coisa que eles tá pedino, como posso mandar pra eles?

— Abu me levou ao escritório da Ocean Oil no caminho de volta do mercado ontem. Peguei o formulário de inscrição para você e guardei no meu quarto. Adunni, esta é sua única chance de liberdade. — A voz dele tá nervosa, quase com raiva tamém. — Se você permanecer aqui, esse... canalha pode te machucar. Continuamos dizendo que Rebecca fugiu com o namorado, mas quem sabe? Às vezes me pergunto se aquele homem teve algo a ver com isso. Adunni, tenho uma filha como você em Gana e não consigo imaginar... — Ele balança a cabeça. — Esqueça aquele canalha, pense no seu futuro. Não há futuro aqui para você e, pelo que você me disse, nenhum em Ikati também. Isso é tudo que você tem.

— Mas o tempo é muito pouco pra entrar nisso. Que tal se eu me empenhar e melhorar meu inglês até no próximo ano, e aí eu...

— Você não pode esperar — o Kofi diz, quase gritano. — Você tem catorze anos. A idade limite é quinze. Você precisa se inscrever agora. Está com medo? — o Kofi pergunta. — Porque a Adunni que eu conheço iria aproveitar essa chance sem pensar duas vezes.

Eu não respondo.

Não quero que ele sabe que tô com muito medo. Que eu quero uma coisa dessa faz tanto tempo, e agora que o Kofi tá me contano disso, tô com medo de entrar.

Com medo até de pensar como faz pra entrar.

— Ouça, eu sei que é assustador. Você precisará escrever um ensaio convincente, muito bom, para ser selecionada, mas você é brilhante. É muito competitivo e seletivo, mas de uma coisa tenho certeza: você consegue.

— Cê acha? — eu pergunto.

— Eu sei que você consegue. — Ele abaixa os ombro. — Mas eu não vou forçá-la a se inscrever. Depende de você, *chale*. Eu fiz o que pude. Assim que minha casa em Kumasi estiver concluída, estou fora daqui.

Eu pisco minhas lágrima.

— Como posso melhorar meu inglês e escrever um ensaio antes de dezembro? E... o que que é um ensaio?

— Uma história. Neste caso, sobre você — o Kofi diz. — Você chegou a fazer redação na escola?

— Eu sei redação — digo enquanto puxo o jornal dos meus pé, dobro e guardo no meu sutiã. — Eu sei disso desde quando a professora me ensinou em Ikati.

— *Chale*, você pode conseguir isso. Apenas tente. Só precisamos encontrar alguém que possa servir de referência e avalista para você, porque eu não posso. Não sou cidadão nigeriano e não tenho certeza se minha posição como chef, por mais importante que seja para a sobrevivência dos humanos, vai ajudá-la. Big Madam ou Big Daddy estão fora de questão. Tenho alguns amigos nigerianos que posso pedir para ajudar, mas eles precisariam conhecê-la primeiro. Vai ser difícil, mas não impossível. Só estou preocupado por não termos muito tempo. O prazo é de pouco mais de um mês.

Eu escuto tudo o que o Kofi tá falano e vejo como que ele tá quereno que eu entro nessa bolsa, e juro, quero entrar com toda a minha vida, mas não tenho certeza se posso entrar ou até escrever uma redação ou encontrar alguém pra ser referência pra mim antes de dezembro.

— Mas por que que cê fica me chamano de *chale* o tempo todo, Kofi? — pergunto, quereno mudar meu pensamento dessa coisa do ensaio. — Cê sempre esquece que é Adunni meu nome?

— *Chale* é uma forma de dizer “amiga” na minha língua.

— Eu sou sua amiga? — pergunto, sorrino. O Kofi às vez é gentil comigo, que nem hoje. Mas muitas vez ele tá só fazeno que não me conhece. Às vez eu vou cumprimentar de manhã, ele nem responde e outras vez ele fala comigo e me dá comida. — Eu tamém sou sua amiga — eu digo. — Muito obrigada pela bolsa de estudo.

— Vou colocar o feijão de molho. — Ele levanta, pegano a bandeja de feijão. — Você já lavou essa toalha de mesa o suficiente. Vai para a máquina de lavar, de qualquer maneira. Deixe isso e vá encontrar outra coisa para fazer.

Quando entro no meu quarto de noite, sento na beirada da cama, tiro o jornal do sutiã.

Tenho tentado empurrar a coisa pro fundo da minha mente desde que o Kofi me contou disso, mas continuo pensano, continuo pensano, e se? E se eu entrar e eles me escolher e eu vou pra escola?

Abro o jornal em cima da cama, uso a mão pra desamarrotar e afino os olho pra ler tudo com o luar da janela. A Big Madam às vez não gosta que acende a luz de noite, mas tá muito escuro pra ler, então fico em pé, vou na janela e tento puxar a cortina pra ter mais luz, mas dentro do espaço entre o portão de ferro e a janela, tem um fio de uma coisa brilhano.

Eu espio bem, estranho. Parece contas, um fio grande e elástico. Quem é o dono das conta?

Prendo a respiração e puxo, e ela faz um som *chreee* até enrolar na minha palma que nem uma cobra pequena. Eu seguro. O que que é isso? Parece muito grande pra ser uma corrente de pescoço. As cor de cada conta, amarela, verde, preta e vermelha, me faz pensar em Ikati, em algumas garota do rio que usa contas na cintura e quando tá dançano e brincano, as conta vai bateno e fazeno um som de palma.

Eu queria um colar quando era pequena, mas minha mamãe falou que não gostava, então eu nunca uso. Quem é o dono desses colar? Fico olhano, balançano na mão, e em cada balançada, vejo que pra cada quatro conta no fio, tem uma vermelha, a vermelha da vila de Agan, um tipo de vermelho que fica laranja no luar e vermelho sangue na escuridão.

Era da Rebecca? Ela era da aldeia Agan? E por que que ela tirou as conta e pendurou no portão de ferro da janela? Eu me confundo mais ainda. Todas garota que usa contas na aldeia nunca fica tirano da cintura. Nunca. Elas usa desde quando têm três ano e nunca tira.

"Rebecca", eu sussurro pro ar da noite. Se você fugiu com seu namorado que nem o Kofi falou, por que que não levou suas conta com você? Por que que você tirou?

Não tem resposta pra minha pergunta, nenhum som, só o zumbido do gerador lá fora, então viro, coloco as conta debaixo do travesseiro e subo na cama, com o jornal dobrado nas mão. Tento dormir, mas me sinto pesada, com frio. Uma coisa ruim aconteceu com a Rebecca. Eu sei isso. Eu sinto dentro de mim, enrolano em volta dos meus osso que nem as conta da cintura debaixo do meu travesseiro.

Seguro o jornal com força, esmagano nas mão.

Dezembro não tá longe.

Se eu consigo melhorar meu inglês, encontrar uma referência e entrar na bolsa, talvez eu posso ficar livre desse lugar, do mal que ele é.

Mas quem, no mal dessa casa grande, vai me ajudar?

29

Fato: Com mais de 250 grupos étnicos, a Nigéria tem uma grande variedade de alimentos. Os mais populares incluem arroz jollof, *espeto de carne grelhada e apimentada, chamada* suya, *e* akara, *bolinhos de feijão-fradinho que são uma iguaria.*

No meio da tarde de domingo, todo o complexo tá encheno de carros diferente.

Não parece nada que eu já vi. Carros com formato de *aeloplano* e *helikopta*, de barco e balde. Alguns é baixo, sem teto, outros é alto que nem o carro da Big Madam. Todos parece muito caro. Eu não vejo as mulher desceno dos carro porque a Big Madam falou que eu devia ficar arrancano erva daninha da grama do quintal.

Eu pergunto por que que ela quer que eu tiro grama domingo de tarde, e ela pega uma pedra do quintal, e usa pra me bater com força na cabeça e me chamar de idiota "por ousar me fazer perguntas".

Enquanto eu tava puxano a grama lá fora no domingo, o Kofi me chamou pra cozinha.

— Estou ficando louco aqui. Vá lavar as mãos. Preciso da sua ajuda.

Lavo as minhas mão e o Kofi me dá uma bandeja cheia de carne frita com pimenta-verde e cebolas com palito no meio das carne.

— Aqui está o espeto de carne. Leve para a sala e sirva todas as mulheres.

Olho pra bandeja, pro jeito que o Kofi arruma as carne em círculo no redor da beira do prato, com um tomatinho no meio.

— Eu tenho só que dar a carne pra elas? Uma por uma? E o tomate, que que eu faço com um só?

— Isso não é um tomate — o Kofi diz bufano. — É uma cereja. É usada para enfeitar o prato. Deixe como está. Adunni, eu imploro, não toque na comida. Não tente pegar a comida para ninguém. Se você a tocar, Big Madam despejará tudo na lixeira e me pedirá para cozinhar um novo. Se isso acontecer, *chale*, vou esfolar você. Então mantenha a boca fechada, a cabeça baixa, segure a bandeja e faça uma reverência, assim. — O Kofi dobra o joelho rápido e levanta. — Repito, não fale com ninguém. Sirva a comida e volte aqui. Entendeu? Agora, onde diabos eu coloquei aquela panela de arroz *jollof*?

Quando entro na sala com a bandeja, viro pra primeira mulher parada na minha frente. A pele dela é uma rica cor escura, brilhante, cheirano laranjas amarga e lenha, um cheiro forte e estranho que corta e coça meu nariz. Ela tá usano um vestido verde colado, curto na parte dos joelho, na parte de cima o seio liso e redondo fica espiano o pescoço. O cabelo tem corte baixo, castanho que nem a casca de uma árvore, com uma linha do lado, dividino das orelha até o meio da cabeça. Todas maquiage no rosto dela é verde, menos o vermelho cor de sangue do batom. Até as bolas dos olho dela é verde. Eu fico com meus olho no chão enquanto dou a bandeja pra ela.

— Quem é esta? — ela pergunta, falano com uma voz alta e rachada, a voz de quem fuma demais. — Florence, esta é a nova empregada de quem você me falou?

— Ela é tão inútil quanto parece — a Big Madam responde dum canto da sala enquanto alguém ri de algum lugar perto da TV.

— Onde você as encontra? — uma mulher pergunta. Meu olho vai pra ela. Ela tá usano um vestido *ankara*, azul e branco, com uma pedra brilhano-brilhano na parte do peito. Tem uma peruca no cabelo dela, grande e redonda, que nem se ela colou cabelo numa bola de futebol e colocou na cabeça. O pó no rosto é laranja que nem o sol da tarde, os lábio tem o mesmo marrom do sapato fino nos seus pé. — Com seu agente? Sr. Kola? Eu disse para você parar de usar agentes locais, você não me ouve. A agência que uso, Konsiga-A-Empregada, eles enviam as melhores. Todas estrangeiras.

— Eu já disse isso a vocês várias vezes — a Big Madam diz. — O sr. Kola é barato e confiável. Quando Rebecca saiu, ele encontrou esta rapidamente. Não preciso de uma estrangeira para limpar a minha casa. Minha filha e meu filho estão no exterior, então não preciso ter medo de que ela os machuque. Vocês, pessoas que contratam todas essas babás filipinas caras para seus filhos, me digam: elas se saem melhor do que essas? Todas são inúteis. Ter a pele branca e um sotaque estranho não as torna trabalhadoras melhores. Ouvi dizer que algumas de vocês até pagam em dólares. Por que diabos vou pagar uma empregada em dólares no meu próprio país? E com o câmbio atual? Deus me livre!

A Olhos Verde escolhe a carne, as unha dela é grande, a cor verde combina com os olho, a ponta curvano no dedo. Tô com medo de pensar como que ela usa essas unha grande pra lavar as nádega no banheiro.

— Qual é o nome dela? — ela perguntou. — Vamos, garota. Levante a cabeça. Qual é o seu nome?

Eu levanto minha cabeça. O Kofi disse que não devo tá falano, mas essa mulher tá me olhano com seus olho verde, piscano, esperano que eu dou a resposta. Ela me faz pensar num gato, um gato preto com pelo castanho e olhos verde e unhas grande.

— Eu chamo Adunni, *ma* — eu respondo.

— Bem, pelo menos esta fala inglês. Quem se lembra daquela garota que Florence teve por, tipo, uma semana? Aquela que roubou metade da comida na cozinha. Qual era o nome dela?

— Chichi — a Big Madam diz. — Filha possuída do diabo. Eu a mandei de volta para o inferno de onde veio depois que a peguei urinando na xícara que uso para o meu chá da manhã.

— Rebecca ainda é sua melhor doméstica de todas. Falava bem, garota respeitosa. Ela tinha o que, vinte anos?

Eu fico dura quando ouço o nome da Rebecca. Talvez uma dessas mulher sabe. Talvez a Big Madam fala alguma coisa.

— Quem se importa? — a Big Madam pergunta. — Alguém quer um coquetel? Também tem caracóis apimentados na grelha. Ah, e *suya*, fresca e picante.

— Florence, você descobriu o que aconteceu com a Rebecca? — pergunta a Cabeça de Futebol. — Eu sempre gostei daquela garota. Ela fugiu? Florence? Você procurou a família dela?

A Big Madam diz:

— Eu poderia jurar que alguém pediu piña colada caseira.

— Todas elas acabam fugindo, não é? — outra mulher disse. Eu tamém espio ela. O corpo inteiro é uma linha reta. Sem seio, peito reto que nem o chão. Seu cabelo é grande até as costa, liso, preto que nem carvão. Os cílio tá saino do rosto; que nem uma vassoura pequena varreno o pó vermelho nas bochecha. — Por que Florence se incomodaria em viajar para sabe-se lá onde para procurar Rebecca? Todas nós sabemos que as garotas domésticas são conhecidas por engravidar de um idiota local e desaparecer. Ei, você. Traga essa bandeja aqui.

— Sim, *ma* — digo enquanto mexo meus pé, levo a bandeja pra ela e fico com meus olho no azulejo de ouro no chão. — Aqui, *ma*.

Ela belisca dois pedaço de carne e pega, dedos que nem palito de fósforo.

— Leve para as garotas — ela diz.

Eu levanto minha cabeça.

— Que garotas? — pergunto. — Cê quer dizer as mulher?

A mulher, ela joga a cabeça fina pra trás tão rápido que eu fico com medo que ela solta, cai no chão e rola pra fora.

— Ela acabou de nos chamar de mulher? — ela diz, rino, seus olho encheno d'água. — Meu Deus. Isso é hilário. Kiki, Caroline, Sade. Ela simplesmente nos chamou de mulher.

Tem risos ao meu redor, como um tipo de refrão doido.

— Desculpa, *ma* — eu digo. — Eu pensei que não fazia sentido.

— O que há de errado com vocês? — alguém diz por cima do riso. Ela soa que nem se tá muito, muito longe de mim, a voz que nem se ela lambeu muito mel antes de falar. Eu quero espiar ela, mas não posso virar minha cabeça direito, então fico com meus ouvido na sua voz e fecho o som dela no meu coração. — Somos mulheres — ela diz. — Eu não entendo a necessidade de envergonhar a menina. Não é nem um pouco divertido. De jeito nenhum.

— Do que Tia está reclamando agora? — a Olhos Verde sussurra pra Cabeça de Futebol.

A Cabeça de Futebol torce o nariz que nem se tá cheirano sua própria boca.

— Tudo o que ela faz é reclamar da camada de ozônio. Alma perdida.

— Ela precisa transar e ter um bebê. — A Olhos Verde ri enquanto a Mulher Magra belisca outro pedaço de carne.

— Adunni, você sabe que deveria estar no quintal — ouço a Big Madam falar quando viro. O *boubou* vermelho dela tá varreno o chão, os arco amarelo na parte dos ombro pulano pra cima e pra baixo. Ela tá segurano uma taça de vinho, a bebida vermelha girano enquanto ela anda e fala. — Sirva o espeto e saia daqui. Se eu ouvir sua voz novamente, vou quebrar um copo na sua cabeça.

— Sim, *ma*.

— Ouvi dizer que o senador Abdul está apoiando a campanha de Jonathan — a Olhos Verde tá dizeno enquanto afasto da Big Madam. — Ele foi um de seus críticos mais veementes. Acho que o dinheiro mudou de mãos.

— Meu marido tem uma reunião em Aso Rock amanhã — a Mulher Magra responde enquanto pega outros dois pedaço de carne da minha bandeja e morde que nem se a reunião irrita ela.

Ela é tão magra. Pra onde vai tanta comida? — Sempre que ele é convocado para a Vila Presidencial para discutir a receita do petróleo e tudo o mais, ele sempre volta para casa com uma mala de dólares — ela diz, mastigano. — Com a eleição iminente, só posso imaginar que ele vai retornar com um caminhão de dinheiro fresco. Até lá serei uma boa garota para ele patrocinar uma viagem de um dia para a Harrods no próximo fim de semana. Aquela pele de crocodilo Gucci está me chamando.

— A de cinco mil? Com alças de bambu? — a Olhos Verde diz.

— Cinco mil o quê? Dólares? — a Cabeça de Futebol pergunta.

— Libras, queridinha — a Mulher Magra responde. — Libras do Reino Unido. Vou arrasar no quinquagésimo ano como senador de Ladun. Comprei meus sapatos na Harvey Nicks no mês passado. É um salto quinze de traseira vermelha deslumbrante. Perfeito.

Realmente, realmente, essas pessoas rica tem uma doença de cabeça. Por que, por que alguém vai usar traseira vermelha nos pé? Quem tem as nádega vermelha? Talvez essa noite eu posso verificar no *Livro do fato da Nigéria*, talvez ele me conta por que que os rico da Nigéria tá quereno usar nádegas vermelha como sapato.

— Gucci não é minha praia — a Olhos Verde diz. — Você sabe quanto tempo eu esperei pela minha Birkin? Oito malditos meses. Eu juro, ninguém em Lagos tem essa bolsa. A propósito, ouvi dizer que o marido da Lola engravidou a amante. Ela está esperando gêmeos.

— Podemos, por favor, discutir a arrecadação de fundos para o orfanato Ikoyi? — alguém pergunta, mas antes que eu posso olhar quem é, a Mulher Magra diz:

— Eu sabia que iria acontecer! Eu sabia. Eu avisei a Lola, não avisei? Eu disse a ela para arranjar uns garotos para afogar o ganso, mas ela citou a escritura, dizendo que Deus lutará suas batalhas.

Eu continuo carregano a bandeja, ouvino elas falar e falar das compra, de comprar bolsa e sapato caro com dinheiro de dólar e libras de dinheiro, e dum marido dano gravidez de ganso.

Eu chego na última mulher. Ela tá sozinha num canto, pareceno que se perdeu e se achou aqui por um acidente gentil. Ela tá vestino camiseta cor-de-rosa com calça jeans azul, sapato de lona branco nos pé. Ela parece mais jovem que as outras mulher aqui, com um rosto magro em forma de ovo e a pele da cor de castanha de caju torrano. A cabeça tá cheia de cabelo bem enroladinho e torcidinho, que nem um milhão de milhões de torcidinho, uns pendurado na frente do rosto, a ponta enrolada pulano em cima do nariz redondo, e o resto tá empacotado numa faixa no meio da cabeça. Não tem maquiage no rosto — só batom vermelho nos lábio que parece uma cereja no meio do prato. Tem um brinco no nariz, uma mancha de ouro na esquerda das narina.

Eu seguro a bandeja pra ela, e ela me dá um sorriso, mostra os dentes branco com um portão de ferro e volta.

— Nós *somos* mulheres — ela diz com sua voz de mel. Ela tá falano num sussurro, mas é alto pra mim ouvir. — Não ligue para elas.

Realmente, realmente, a voz dela tá fazeno música dentro dos meus ouvido, e tô só sentino uma coisa na minha barriga, que nem se eu quero cantar. Ficar rino. Tiro os olho do rosto dela, fico olhano o sapato de lona branco, as perna pequena e fina dentro da calça jeans. Ela escolhe a carne, dedos pequeno, unhas curta e arrumada.

— Obrigada — ela diz.

Obrigada.

Isso é uma coisa que eu nunca ouço nessa casa. Eu olho pro rosto dela, pisco. Por que que ela tá agradeceno? Só porque tô segurano a bandeja? Por nada?

— Obrigada — ela diz de novo, com aquela voz musical. — Eu certamente espero que você goste de servir a sua patroa Florence.

— Bondade sua — eu digo. — Dizer obrigada pra mim. Ninguém me dá obrigada desde que eu fui embora de Ikati.

— Está tudo bem — ela diz, tocano meu ombro gentilmente. — Vá em frente.

O toque é que nem choque no meu corpo. Eu me assusto, deixo cair a bandeja, os espeto de carne espalhano no chão perto dos meus pé.

— Você está bem? — a mulher pergunta.

Eu olho todos espeto de carne, os seis no chão, e tudo que eu quero é minha mamãe. Eu quero que ela não tá morta, só por dois ou três minuto só, pra ela poder vim aqui e dizer pra Big Madam pra não me bater, ou talvez ela poder me esconder e fazer mágica até todas carne não tá mais no chão. Ou talvez ela poder...

— Não chore — a mulher diz. — Vem cá, vou te ajudar a pegar isso. Afaste-se um pouco para eu poder...

— Não, não — digo, enxugano minhas lágrima. — Eu pego, *ma*.

Quando abaixo pra pegar a primeira carne, sinto um rápido ar frio e uma coisa pesada que tá acertano na minha cabeça enquanto a mulher com voz de mel grita:

— Florence, que inferno!

E eu quero dizer pra ela que sim, minha cabeça é um inferno porque parece que minha cabeça tá fritano dentro dum fogo, queimano, queimano, queimano e eu tô pensano que o teto desceu e bateu em cima da minha cabeça, mas quando eu olho pra cima, vejo a Big Madam. Ela tá segurano um pé do seu sapato vermelho e, antes que eu posso dizer outra palavra, ela quebra o sapato bem no meio da minha cabeça.

30

Fato: O estado de Zamfara, no norte da Nigéria, foi o primeiro a legalizar a poligamia, no ano 2000.

— Você está me ouvindo?

A voz dela tá aqueceno dentro de mim, mas minha cabeça ainda tá quente, meu cérebro tá subino e desceno dentro do meu crânio *bum, bum, bum*. Tudo na minha volta tá preto. Sinto uma coisa molhada no meu rosto, meus olho. É frio, macio, um pano?

— Abra os olhos.

Tô sentino o cheiro dela, de óleo de coco, manteiga, flor de lírio branco.

— Adunni — ela diz de novo. — Abra os olhos.

Tamo do lado de fora, no quintal. Minhas costa tá apoiada na parede perto da torneira e ela tá se curvano na minha frente, ajoelhada numa perna. Atrás dela, o sol brilha no céu, lançano raios de sol em cima dos campo de grama lá longe. Ela tá me dano um sorriso, o portão no seus dente piscano o sol. Eu quero sorrir de volta, mas quando tento, minha cabeça tá latejano de dor, tirano o sorriso dos meus lábio, esmagano.

— Deve estar doendo — ela diz.

— Muito quente — eu respondo.

Ela balança a cabeça.

— Vou ver se consigo que o cozinheiro lhe dê um paracetamol.

Um coisa molhada tá desceno no meu rosto, e antes que eu coloco a mão, ela usa um pano e enxuga. O pano é o pano de limpeza cinza da cozinha, mas quando ela limpa meu rosto, a cor tá mudano pra vermelho.

— Tô sangrano sangue? — pergunto. — A Big Madam me machucou muito?

— Parece pior do que realmente é. Como você está se sentindo?

— Que nem se o Boko Haram tá jogano uma bomba dentro da minha cabeça.

Ela ri.

— Sua patroa ficou muito brava. Ela disse que te pediu para fazer algum trabalho do lado de fora. Por que você estava servindo as convidadas?

— O Kofi me pediu ajuda — eu respondo.

Ela olhou pra trás, pra casa, onde tinha barulho e risadas e música.

— Acho que vou ficar sentada aqui com você um pouco.

Ela sentou no chão do meu lado que nem se eu e ela é as melhor amiga desde criança.

— É minha segunda vez no AMWR — ela diz, depois dum momento. — Meu marido quer que eu conheça melhor nossas vizinhas. Ele acha que sou muito tensa. Como está a cabeça? Melhor?

— Sim, *madame*. Cê é uma pessoa gentil.

— Esqueça o “madame”. Pode me chamar de Tia.

— Madame Tii-aa?

— Senhora Tia — ela diz.

— Senhora Tia. — Eu sorrio. — Eu gosto, se estiver tudo bem pra você.

— Quantos anos você tem?

— Catorze, *ma*.

— Catorze? — Ela endurece o rosto um momento, pensa. — Isso não está certo... Florence não deveria contratar uma garota menor de idade como empregada. Eu preciso falar com ela...

— Não — digo, quase gritano, e quando ela me olha, preocupada, me forço a sorrir. — Quer dizer, não fala com a Big Madam de mim, por favor. Só me deixa aqui assim.

Como posso falar pra essa mulher que tenho que ficar aqui até entrar na bolsa? Que não tenho nenhum outro lugar pra ir, sem ser esse lugar?

— Certo — ela diz, devagar, arrastano a palavra. — Eu não vou dizer nada. Diga-me, de onde você veio? Você disse algo sobre Ikati quando me serviu o espeto de carne. Onde fica isso?

Falo pra ela que não sei onde fica, mas sei que é longe porque dirigimo um tempão antes de chegar em Lagos.

— Não preciso perguntar se você gosta daqui. Posso dizer que você não está feliz.

Eu abaixo meu rosto, balanço minha cabeça.

— Cê tá morano longe daqui? — pergunto.

— Nos mudamos para cá no ano passado. Na verdade, eu me mudei. Meu marido sempre morou nesta rua. Eu morava na Inglaterra. Você conhece a Inglaterra? O Reino Unido?

Eu penso naquele homem rico, Ade. Amigo da minha mamãe.

— Ouvi falar do Reino Unido do Estrangeiro — respondo. — E vi um pouco tamém na CNN News, dentro da TV.

Ela coça o queixo com a unha, que nem se tá pensano numa coisa profunda.

— Você foi à escola?

— Eu tava ino pra escola, mas foi pouco tempo. Não consegui terminar porque faltou dinheiro e porque minha mamãe tava morreno, mas tô tentano aprender inglês e falar melhor porque quero entrar num exame muito, muito logo. Eu fico leno *O livro do fato da Nigéria* e o *Collins*.

— O *Collins*? Ah, você quer dizer o dicionário? — Ela vira, olha todo meu rosto, dentro dos meus olho, que nem se ela tá me veno a primeira vez e, ao mesmo tempo, ela tá procurano uma coisa no fundo dos meus olho. — Estou surpresa que Florence tenha colocado você na escola. Você poderia pedir a ela para conseguir alguns livros de histórias, sabe? Ah, e alguns livros de gramática devem ajudar em seu próximo exame.

— Sim, madame. Quer dizer, sra. Tia. — Como posso falar pra ela que a Big Madam não vai me colocar em nenhuma escola? — Cê conhece a Rebecca? — pergunto, pensano nas conta da cintura dela que ainda tá debaixo do meu travesseiro. Talvez a sra. Tia pode me ajudar.

— Eu ouvi as mulheres falando sobre ela. Acho que não a conheci. Por que a pergunta?

— Só tô perguntano mesmo. Ela tava trabalhano aqui antes de mim e agora tá desaparecida. Eu perguntei pro Kofi, mas ele falou que talvez ela fugiu com o namorado.

— É possível — a sra. Tia diz, abaixano os ombro. — Coisas assim acontecem o tempo todo.

Conversar com essa sra. Tia tá diminuino a dor na minha cabeça. Sua voz de mel é que nem um remédio, sua risada que nem água fria na minha cabeça quente. Não quero que ela fica com pressa e vai embora, então tô fazeno mais pergunta, falano tudo o que tá vino na minha cabeça, pra ela ficar mais.

— Cê morou na Nigéria depois que sua mamãe te nasceu? Quando que cê foi pro estrangeiro?

— Eu nasci em Lagos. Meu ensino fundamental também foi aqui em Lagos. Em Ikoyi, na verdade. Depois meu pai conseguiu um emprego em uma empresa de petróleo em Port Harcourt, e então nos mudamos.

Ela fala a palavra Port Harcourt que nem se é uma canção, a língua envolveno as palavra, fazeno elas dançar.

— Passei a maior parte da minha vida em Port Harcourt, antes de ir para a universidade em Surrey.

— Por que que é rei? — eu pergunto. — É um lugar de palácio que nem aqui?

Ela levanta a mão, cobre os olho dos raio do sol dano risada.

— Não, não é. É bom lá. É diferente.

— Cê tem algum irmão ou irmã? — pergunto. — Cadê sua mamãe?

— Eu sou filha única — ela diz, abaixano os ombro, deixano a voz lisa. — Meus pais ainda estão em Port Harcourt; meu pai ainda trabalha para a empresa de petróleo. Minha mãe era bibliotecária na Universidade de Port Harcourt até ficar doente no ano passado.

— Sua mamãe tá doente? — digo, sentino muita pena. — A doença é a pior coisa que pode acontecer pra uma mamãe. Quando minha mamãe tava doente, eu não conseguia me controlar. Chorei todo dia até ela morrer. Até hoje, às vez, choro quase todo dia. Cê tá chorano todo dia tamém?

Ela suspira e diz:

— Não, eu não choro. Lamento muito saber que sua mãe faleceu. Parece que vocês eram próximas.

— Minha mamãe? — Eu sorrio de um jeito suave. — Ela era tudo pra mim. Minha melhor amiga. Ela era tudo.

— Que bom para você. Eu... ahn, como dizer isso? Eu me mudei... voltei para minha casa na Nigéria no ano passado.

Não parece que ela tá sentino muito pela mamãe dela. Nem que quer falar dela.

— Por que que cê voltou pra Nigéria? — pergunto. — Por que sua mamãe tá doente?

— Porque eu quis. Tive uma oportunidade incrível de ingressar em uma pequena e adorável empresa chamada Lagos Consultoria Ambiental e sabia que tinha que aproveitá-la. E — ela pegou uma mecha de cabelo do rosto, torceu em volta do dedo — porque me apaixonei e me casei com meu marido. — A voz dela ganha um jeito novo, estranho e alto enquanto ela fala do marido, ela tá se animano. — O nome dele é Ken. Kenneth Dada. Ele é médico. Um bom homem. Ele ajuda as mulheres a engravidar.

Meu olho foi pro estômago dela. É reto debaixo da camiseta que ela tá vestino. Ela tá teno filhos?

— Eu não tenho filhos — ela diz, como sabeno o que tá na minha mente.

— Cê não tem filho? — pergunto, enquanto um lagarto sai correno de trás do vaso de flor. Ele para, olha eu e a sra. Tia, pisca as pálpebra bem devagar, que nem se tá lutano contra o sono. Ele faz oi com a cabeça laranja pra cima e pra baixo, antes de cortar pro outro lado do complexo.

— Não — ela diz, olhano o lagarto. — Eu não quero.

— Cê não quer nenhum de jeito nenhum, *de jeito nenhum*?

Realmente, realmente, nunca na vida ouvi falar de uma mulher adulta que não quer filho. Na minha aldeia, todas mulher adulta tá teno filho, e se o bebê não vem, talvez por causa de uma doença, aí o marido dela vai casar com outra mulher depois dela e a mulher adulta vai cuidar do bebê da outra mulher pra ela não sentir vergonha. Eu olho pro rosto dela, preocupada.

— Será que seu marido vai casar com outra mulher e ter duas esposa se você não ter filho?

Quando ela ri, soa que nem um sino tocano em silêncio.

— De jeito nenhum. As pessoas optam por não ter filhos por vários motivos.

Eu faço que sim com a cabeça, sinto que entendo um pouco o que ela quer dizer, mesmo que ela é uma mulher adulta.

— Não faz muito tempo — digo, pensano em quando eu tava bebeno folhas na casa do Morufu pra atrapalhar que minhas gravidez vinha. — Eu tava com muito medo de nascer bebê de mim, porque na minha aldeia, eles quer que a gente, as menina, tem filho muito cedo. Mas tô quereno terminar meus estudo. Minha mamãe, antes de morrer, ela lutou muito pra mim terminar minha escola. Ela era a melhor mamãe de todo mundo. Por isso decidi que, depois que terminar meus estudo e encontrar um emprego, aí encontro um homem muito bom pra casar. Meu papai não era gentil comigo sempre e não queria que as menina ia pra escola, mas eu sou diferente do meu papai e não vou casar com um homem que nem ele. Não. Vou trabalhar duro e ter meus próprio filho, e eu e meu marido vamo mandar eles pra uma escola muito boa, mesmo que é tudo menina mulher. Então, um dia, eu vou em Ikati e mostro pro meu papai, aí ele vai ficar orgulhoso de mim quando ver meus próprio filho e meu próprio dinheiro.

Fico triste pensano nisso, pensano que talvez, um dia, o papai não vai tá mais muito zangado porque eu fugi de Ikati.

— Tenho uma velha amiga na minha aldeia, Khadija era o nome dela. Ela me falou que as criança traz alegria — eu digo sorrino. — Talvez um dia eu tamém sinto essa alegria e compartilho com meu papai, aí ele fica um velho feliz.

Ela balançou devagar com a cabeça, me olhano um tempão até que comecei sentir desconforto.

— E você? — Viro o pescoço e me surpreendo com a pergunta que faço pra ela: — Cê terminou os estudo. Tá trabalhano um bom trabalho. Então, qual é suas razão pra não querer filho?

Quando ela endurece o rosto, penso que deixei ela com raiva. Agora ela vai tirar o sapato e esmagar na minha cabeça que nem a Big Madam, e meu cérebro vai se espalhar. Mas ela não tira o sapato. Ela só me olha afiada, as sobrancelha se juntano numa linha só. Aí ela levanta, espana a areia das nádega.

— Espero que sua cabeça melhore logo — ela diz. — Foi ótimo conversar com você.

Enquanto ela sai da minha frente, fico pensano, por que fui abrir minha boca grande e falar uma coisa tão estúpida?

31

Fato: A indústria cinematográfica da Nigéria se chama Nollywood. Com mais de cinquenta filmes produzidos semanalmente, a indústria vale cerca de 5 bilhões de dólares e é a segunda maior do mundo, atrás apenas de Bollywood, da Índia.

Um dia depois de tá quase quebrano minha cabeça, a Big Madam me chamou.

Eu encontro ela sentada no sofá da sala dela, uma perna pendurada no braço da cadeira, a outra numa almofada no chão. A TV tá ligada, alta, mostrano um filme antigo iorubá. O homem de camiseta tá usano um pano vermelho com búzios pendurado e segurano uma ave branca. Tem tinta preta com pontos branco no rosto inteiro. Ele tá conversano com a ave, implorano que ela faz ele rico.

— *Ma*? — digo, me ajoelhano na frente dela, ficano com um olho na TV. O homem agora tá dançano numa perna só, girano a ave sem parar.

A Big Madam aperta o controle remoto pra parar a TV, fazeno o homem ficar com uma mão e uma perna no ar, que nem uma estátua pronta pra voar. Ela vira pra mim.

— Como está sua cabeça? — Ela fica com uma cara séria, tipo querendo que eu conto que meu cérebro morreu.

— Minha cabeça tá bem, *ma* — eu respondo.

— Da próxima vez, vou me certificar de quebrar a sua cabeça para que, quando eu der uma instrução, você a armazene no compartimento certo — ela resmunga. — Você sabe que tenho tolerância zero com burrice. Eu disse para ficar do lado de fora quando tiver visitas. Não entre na minha sala. Não. Entre. Na. Minha. Sala. Que parte você não entendeu?

— Eu entendi agora, *ma*.

— Você tem muita sorte de Tia Dada estar nesta casa ontem. Senão, Deus sabe que eu teria matado você com uma surra. Eu nem sei quem a convidou, com sua voz fina. Imagine, ela intervindo, dizendo que vai chamar a polícia porque eu puni minha própria empregada. Que polícia ela pode chamar na Nigéria para prender Big Madam? Ela sabe quem eu sou? Eu, que forneço tecido para os mais importantes da Nigéria? Onde vão ter coragem para me prender? Quem é o policial que vai prender a Chefe senhora Florence Adeoti? Onde ela pensa que está? — A Big Madam aperta a parte de cima do seu *boubou* de ouro e sopra ar dentro dele. — A culpa é do dr. Ken. Quando dissemos a ele para decidir se casar com Molara, ele disse que não, que queria uma mulher que entendesse suas necessidades. Que necessidades tolas? Veja o que ele arranjou agora. Um casco vazio e hostil. Um ano inteiro de casamento e nenhum sinal de gravidez.

Meu peito tá queimano porque ela tá falano mal da sra. Tia. Tô sentino fogo no meu coração, fogo raivoso, e quero gritar pra Big Madam falano pra ela que a sra. Tia tem uma voz doce e um coração gentil, que a sra. Tia não ficou grávida por vários motivos, mas tenho medo que ela corta minha garganta com uma faca se eu digo qualquer coisa.

— Quantas orelhas você tem? — ela pergunta.

— Duas, *ma*.

— Agora, levante suas duas orelhas. Levante-as. Assim. — Ela belisca minha orelha direita com as unha e puxa pra baixo no meu ombro. — Escute bem. Vou viajar na próxima semana. Vou para a Suíça e Dubai. Também vou ao Reino Unido para ver meus filhos. Estarei de volta, pela graça de Deus, em aproximadamente duas semanas.

— Sim, *ma*.

— Quando eu estiver fora, você deve se comportar. Kofi irá me dizer se você fez algo que não deveria ter feito. Você está escutando?

— Sim, *ma*.

— Você tem uma lista das coisas de que precisamos na casa?

— Vou escrever depois que terminar aqui — respondo. — Aí vou dar pro Abu.

— Big Daddy também não estará por perto. Estará viajando para Ijebu para ver seus familiares pobres. Se ele voltar de Ijebu antes de mim, fique longe dele. Se ele vier para o quintal, você vai para o seu quarto. Se ele chamar você, não responda. Você só responde ao Big Daddy quando eu estiver por perto. Não gosto de deixar minhas garotas sozinhas em casa quando estou viajando, sinceramente.

Ela balança a cabeça.

— Minha irmã que mora em Ikeja estará viajando no mesmo período, senão teria levado você para ficar com ela para ter paz de espírito. — Ela pega o controle remoto e aperta no filme da TV. — Eu disse a Kofi para cuidar de você. Ele ficará de olho. O que quer que Kofi lhe peça para fazer, você faz. Não quero ouvir uma palavra de reclamação dele, senão vou jogar você na rua. Nem pedirei ao sr. Kola para vir buscá-la, me livro de você como o lixo que você é. *Sho ti gbo?** Você está escutando?

— Sim, *ma* — respondo. — Posso fazer uma pergunta, *ma*?

— O que é?

— É sobre a Rebecca. Tava me perguntano se...

— Saia da minha frente — ela grita tão de repente que meu coração quase para. — Como você ousa me fazer perguntas sobre Rebecca? Quem é ela? Você deve ser uma idiota para fazer essa

* "Você ouviu?" em iorubá. (N. da T.)

pergunta. — Quando ela abaixa pra começar tirar o sapato esquerdo, eu dou um pulo, corro da frente dela, bem na hora que ela tá jogano o sapato e bate no vidro da porta, quase quebrano.

No quintal, encontro o Abu na torneira de fora. Ele tá enrolano a calça até nos joelho. A chaleira de oração azul dele tá no chão, do lado.

— Abu — digo, respirano rápido. — Boa tarde.

Eu e ele não conversa muito, mas quando se vê, a gente cumprimentamos com sorriso e às vez eu ajudo ele lavano o pneu do carro quando ele precisa ir pra oração da tarde.

— *Sannu,** Adunni — o Abu diz. Ele abre a torneira e pega a chaleira pra encher. — Por que você está correndo? Posso ajudar?

O Abu tem um jeito de falar que nem o Kofi. Ele gosta de trocar o F e o P, então, você não sabe quando ele diz "depende" e "defende" e se ele fala que quer beber Fanta, soa que nem se tá dizeno *Panta*. No começo eu não tava entendeno ele, mas agora não é muito problema. Todo mundo tá falano diferente. A Big Madam, a sra. Tia, o Kofi, o Abu, até eu, Adunni. A gente falamos diferente porque temos uma vida que cresce diferente, mas a gente podemos se entender, é só dar um tempo pra ouvir bem.

— Eu tava fugino da Big Madam — respondo, aí começo rir. Eu rio e rio até meu peito começar doer. — Eu só fiz uma pergunta simples e ela começou tirar o sapato pra jogar em mim. Realmente, aquela mulher tá teno muitos problema. Bom, ela falou pra mim te dar uma lista. Pras compra.

— Guarda para mim dentro do carro — ele diz, desligano a torneira. — Quando terminar minha oração, vou para Shoprite com Kofi.

— Tá bom — eu digo, aí abaixo minha voz. — Abu, queria te perguntar uma coisa. Cê lembra da Rebecca?

O Abu cospe do meu lado esquerdo e enxuga a boca com as costa da mão.

---

* "Olá" em hauçá. (N. da T.)

— Aquela que trabalhou para a senhora antes de você? Eu conheço bem ela.

Eu balanço a cabeça.

— Obrigada. Cê sabe por que que ela tá desaparecida? O Kofi fica dizeno que não sabe. Ele acha que ela fugiu com namorado. Perguntei agorinha pra Big Madam e ela jogou um sapato em mim, então deixa eu te perguntar, Abu, talvez cê pode me dizer.

— *Walahi,** Adunni, você está procurando um grande problema. — O Abu pega sua chaleira de plástico, vira e começa sair de perto de mim rápido. — Se Kofi diz que ela fugiu, ouça o que Kofi está dizendo e esqueça isso.

— Abu! Espera! — grito, mas ele vira uma esquina perto do aposento dos empregado e desaparece no seu quarto de oração.

---

* *Walahi* deriva da expressão árabe "Wallah", que significa "Juro por Deus", "Acredite em mim". (N. da T.)

32

Fato: Funmilayo Ransome-Kuti, a mãe da lenda da música Fela Kuti, era uma feminista renomada que lutou por igualdade de acesso para mulheres à educação.

A sra. Tia vem de volta um dia depois que Big Madam viaja pro estrangeiro.

Eu tava lavano o banheiro do andar de baixo, com a cabeça bem no fundo da privada, quando o Kofi me falou que tem uma visita pra mim. Primeiro, fiquei com medo, pensano que o papai veio com toda aldeia atrás de mim. Mas, na entrada, vejo a sra. Tia abaixano nos pé e amarrano a corda do sapato de lona branca. Ela tá vestino uma calça preta colada e uma camiseta e quando ela levanta a cabeça, ela me dá um sorriso.

— Oi — ela diz.

— Olá pra você tamém. Cê é a visita perguntano de mim? — Talvez ela ainda tá irritada por causa da coisa tola que eu falei da última vez. — Por favor, não se irrita com o que eu falei. Às vez eu gosto de falar muito e...

Ela levanta a mão, tampano minhas palavra.

— Na verdade, eu vim me desculpar. Eu não deveria ter ido embora porque você me fez uma pergunta que me fazem o tempo todo. Foi errado da minha parte. Sinto muito.

— Cê tá pedino desculpa pra *mim*? — Eu balancei minha cabeça, sem entender a mulher.

— Minha conversa com você naquele dia, meio que... — ela coça a cabeça, mexe nos cacho do rosto, enrola atrás das orelha — ... me comoveu de uma forma que não consigo explicar. É tão estranho.

Do que que ela tá falano?

Ela olha ao redor da sala.

— Sua patroa está viajando, certo? Ela disse na última reunião que iria viajar. Espero que eu ter vindo aqui não seja... Quer dizer, não é um problema para você falar comigo agora, é?

— Não tem problema, não — respondo.

A gente não falamos por um momento. Aí ela diz:

— O que você disse outro dia. Questionando minhas razões e tudo o mais. Desenterrou algo dentro de mim.

— O que que isso desenterrou? — pergunto, cruzano a mão no peito, olhano pra ela.

Ela esfrega a mão pra cima e pra baixo, procurano uma coisa pra ficar olhano, o chão, meu rosto.

— Então, há dois dias, eu estava indo para minha corrida matinal na ponte Lekki-Ikoyi. Eu estava bem, correndo em um ótimo ritmo, quando bem ali, bem no meio da ponte, tive uma epifania.

— Epi... Como que chama isso?

Ela balança com a mão no ar, os olhos arregalado, brilhano.

— Um momento de percepção. Sobre meus desejos em relação a filhos e tudo o mais... Tudo por causa da conversa que tivemos. — Ela começa rir, muda de ideia e mata o riso. — Estou confundindo você?

— Demais — eu respondo. *E até você. Cê tamém tá confusa. Pessoas rica tem muitos problema de cérebro, realmente.*

— Estou um pouco animada, só isso. Vou voltar para casa agora. Cuide-se e boa sorte com suas provas.

Ela começa virar e eu sei que, se eu deixo ela ir desse jeito, nunca mais vou ver ela. Então, antes que eu posso pensar na minha ação, eu pulo pra frente, agarro a mão dela e fico segurano.

Ela para, olha pra mim, pra minha mão, meus dedo rastejano em volta do seu braço e apertano.

— Você está bem?

— Desculpa, *ma*. Por favor, não fica com raiva.

— O que aconteceu? — ela pergunta.

Espero ela gritar, mas ela não grita. Ela parece calma. Seus olho derreteu, é uma pergunta com sorriso no seu rosto. Eu me ajoelho no chão e começo falar.

— Cê me perguntou do exame — digo, enquanto coloco uma mão dentro do meu sutiã e pego o jornal e coloco na mão dela. — Eu não tenho nenhum exame, mas preciso da sua ajuda, *ma*. Preciso de alguém pra fazer referência pra mim.

— Referência? Para quê? Ah, por favor, levante-se — ela diz, me puxano de baixo. — O que tem neste jornal? — Ela abre o jornal, lê no silêncio, seus olho andano pra cima e pra baixo no papel. — Entendi — ela diz, dobrano o papel e devolveno pra mim. — Um programa de bolsa de estudos para trabalhadoras domésticas. Que iniciativa brilhante. Presumo que Florence não tenha nada a ver com isso, não é?

— Ela me mata se descobre — eu respondo. — Mas preciso tentar entrar nisso.

— Por que a pressa? — ela pergunta.

Meus olhos enche de lágrima e aperto meus dedo nos lábio.

— Isso é tudo que eu queria toda a minha vida. Por favor... — Eu paro de falar, engulo as lágrima na minha garganta. — A idade final pra entrar nisso é quinze ano. Por favor.

Ela muda os pé.

— Olha, eu sinceramente... não te conheço bem o suficiente para ser responsável por sua referência...

— A Big Madam tá viajano agora — eu digo, cortano ela. — Então eu tô recebeno minha independência que nem a Nigéria, mas a minha é só por duas semana, não pra sempre. Cê pode me fazer qualquer pergunta, me fala pra fazer qualquer coisa que eu faço. Cê pode me conhecer em duas semana. Eu vou te mostrar meu verdadeiro eu nessas duas semana e aí cê pode escrever dentro do formulário, e dizer pra eles que eu sou uma boa garota, que tô trabalhano duro o tempo todo. Por favor.

Ela começou um sorriso, depois mudou pruma risada pequena.

— Você é a garota mais divertida que eu já conheci na vida. Adunni, eu adoraria ajudá-la, mas Florence e eu não nos damos muito bem. Se ela descobrir que eu te dei uma referência ou agi como avalista...

— Ela nunca vai descobrir, pra sempre! — eu digo, os olho cheio de certeza. — Vou guardar isso como segredo pra sempre. Ela tá toda hora me bateno nesse lugar. Essa é minha chance de ser livre. Por favor — eu digo de novo. Só quero que ela fala que sim, que vai me ajudar. — Cê pode me ajudar?

Ela suspira.

— Acho que é o mínimo que posso fazer para retribuir pela maneira como você me ajudou.

Antes que eu posso perguntar quando ajudei ela com alguma coisa, ela diz:

— Você precisa escrever uma redação de mil palavras nas próximas semanas?

— Sim, *ma* — digo, o coração bateno rápido.

— Vamos ver. — Ela olha pro teto e depois pra mim. — Ken está fora esta semana. Os artigos do mês foram encaminhados. Provavelmente posso mudar aquela reunião com a Agência Ambiental para amanhã à noite e terminar o relatório sobre a Represa Kainji com um ou dois dias de atraso. Posso fazer isso?

Eu não sei se ela tá falano comigo, ou falano com ela mesma, ou eu e ela falamos junta, mas eu espero, continuo olhano, continuo esperano que ela fala que sim.

— Adunni. Ouça. Posso reservar algum tempo esta semana e talvez mais alguns dias na próxima semana. Já que sua patroa está fora, eu poderia passar por aqui à noite e poderia, você sabe, te ensinar um pouco de inglês para te ajudar a se preparar para a redação e aprimorar sua fala, e assim posso conhecê-la, espero que bem o suficiente para escrever uma referência muito boa. Se você puder tirar uma folga à noite e... — Ela para. — Você parece confusa.

Eu tô confusa. Muito confusa.

— Cê vai me ajudar e me ensinar? — Eu coloco minha mão no meu peito. — Eu?

Eu não penso que o que tô quase fazeno é a coisa certa, mas só pulo pra frente, coloco minha mão em volta dela e seguro com força. Ela cheira suor de gente rica e uma coisa parecida com folha de hortelã. Ela tá rino quando eu solto ela. Ela não ficou zangada porque dei um abraço nela e me sinto triste e feliz porque essa mulher rica não me empurra pra trás e cospe em mim que nem a Big Madam.

— Desculpa te segurar você assim — eu digo. — Isso me animou, que cê vai me ensinar um inglês melhor e me ajudar. Cê vai fazer a referência pra mim tamém?

— Não deve ser um problema — ela diz, abaixano os ombro. — Nenhum *wahala*.* Eu venho amanhã à noite. Que horas é melhor?

— Sete, sete e meia já tô terminano todas minhas tarefa doméstica.

Ela arregala os olho.

— Você trabalha a partir de que horas até as sete?

— Tô acordano umas quatro e meia, cinco da manhã. Vou fazeno meu serviço, limpano, varreno, lavano, tudo, até sete, sete e meia. Mas se a Big Madam tá em casa, aí fico trabalhano até umas onze ou doze da meia-noite, às vez.

— Do amanhecer à meia-noite? Isso é loucura — ela fala dentro da respiração, mas eu ouço todas palavra. — Vejo você amanhã à noite — ela balança dois dedos no ar, virano.

— Obrigada, *ma* — eu digo. — Até logo.

De noite, eu durmo um sono bom. Eu vejo a Khadija e a mamãe dentro do meu sonho. As duas virou um pássaro feliz com asas da cor do arco-íris, voano alto num céu sem nuvem.

---

* "Problema", "incômodo" em hauçá. (N. da T.)

33

Fato: Existem mais de 50 milhões de usuários de internet na Nigéria. A previsão é de que, até o ano de 2018, mais de 80 milhões de nigerianos estejam usando a internet, colocando o país entre os quinze maiores usuários do mundo.

— **P**or que cê tá trancano seus dente nesse portão de ferro?

Pergunto isso pra sra. Tia na primeira noite que ela tá ensinano as coisa de escola pra mim. São sete e quinze, o sol ainda tá alto no céu, fazeno todo o lugar ter uma luz laranja brilhante. Eu e ela tá sentada do lado de fora, debaixo da palmeira, aquela do lado da torneira de fora, perto da cozinha. Não tem brisa, o ar tá duro, o cheiro das cebola que o Kofi tá descascano tá no ar.

Nós duas tá sentada no chão, eu com meu uniforme, ela com a calça jeans azul e camiseta. Hoje, a camiseta dela é branca. Tá escrito "LUTE COMO UMA GAROTA" na parte de cima com caneta preta. Ela tá com seu sapato de lona branca nos pé. Ela é tão pequena, sentada do meu lado, seu tamanho me faz lembrar da Khadija.

— Portão? — Ela levanta os olho e mexe o nariz. — Nos meus dentes? — Ela riu. — Meu aparelho?

— *Aparelio*? É assim que cê chama isso?

— Sim, aparelho ortodôntico. Eu tinha dentes tortos quando criança. Eles eram encavalados. Eu parecia um pouco com um bebê tubarão. Vou tirar em um ano. Acho que parecem mesmo pequenos portões de ferro. — Ela usou a língua pra escalar os aparelho, sentino cada um. — Então, eu estava pensando, devemos começar com coisas simples, suas conjugações.

Ela pega um lápis e um caderno do chão, pega o lápis e escreve *ADUNNI* em cima da capa do caderno. Seu estilo de escrever é cheio de curvas, tudo se juntano, me fazeno pensar na hena que a Enitan desenhou na minha mão quando eu tava no meu casamento.

— Eu peguei na internet um currículo de estudo para iniciantes. Um currículo é um plano de como trabalharíamos, o que posso ensinar a você.

— Cu-rrí-cu-lo — digo, falano devagar.

— Boa pronúncia. Onde eu estava? Sim. Eu verifiquei na internet. No meu telefone. — Ela levanta a perna, enfia a mão no bolso e pega o telefone. Ela desenhou uma coisa no telefone com o dedo e a luz tá acendeno dentro dele. Ela mostra e eu vejo muitas palavra que nem um jornal. — Eu sugiro começarmos com o curso intermediário. — Ela vira o telefone pra ela e começa ler. — Este site tem cursos que podem ajudar. É o site da BBC.

Eu olho pra ela, com a cara vazia.

— Também encontrei alguns cursos gratuitos na rede — ela diz. — Alguns dias, vou te ensinar. Em outros, vou te dar o meu telefone apenas para ouvir e aprender.

— Em qual rede? — pergunto.

— Na internet — ela responde. — É isso que eu quero dizer com "na rede", são cursos online.

— Ah, inta... net.

Eu tô veno isso no *Livro do fato da Nigéria*, mas só me fez pensar num pano com muitos buraco dentro, na rede de cabelo que a Labake usa na cabeça.

— Aqui. — Ela pega o telefone e vira pra mim. — Este telefone me conecta à internet. Pense na internet como um lugar onde você pode se conectar com pessoas em qualquer lugar do mundo e acessar quase todas as informações. Quando você se conecta com seu telefone ou computador à internet, você está online, na rede. Você pode fazer compras, fazer amigos, mandar e-mails e fazer várias coisas online.

— Cê pode ir no mercado online?

Ela balança a cabeça.

— Eu compro coisas em lojas online. Comida, roupas, tudo o que eu precisar, na verdade.

— Isso vai tá caro. Por que não ir no mercado de verdade?

Ela ri.

— Não tenho tempo para ir aos mercados apropriados de Lagos. Quando eu vou, meu péssimo iorubá não ajuda, e eu sou muito ruim em pechinchar. Pechinchar significa pedir ao vendedor para vender coisas abaixo do preço que ele pede. De qualquer forma, eu sou péssima nisso, então sempre acabo me sentindo frustrada e vou embora.

— Talvez eu posso te acompanhar um dia — digo. — Em Ikati, eu sempre comprava coisas pra minha mamãe de preço baixo, mais barato que as mulher do mercado vende, porque nem sempre tinha dinheiro. Posso te mostrar como faz essa pechincha, ou como que cê chama? — Eu sorrio. — Quero te ajudar um pouco, que nem cê me ajuda agora.

— Seria maravilhoso — ela diz, me sorrino tamém. — Obrigada.

— Como que você e o seu marido se conheceu? — pergunto. — Foi nessa Nigéria? Ou no estrangeiro?

— Na verdade, eu conheci meu marido na internet — ela responde. — No Facebook. Nós namoramos por um ano a distância, não é a coisa mais fácil. Casamos há cerca de um ano e meio em Barbados.

— O Facebook tamém tá dentro do online?

— Vou mostrar a você. — Ela aperta uma coisa no telefone e me mostra.

Vejo a cor branca e azul no Facebook, vejo umas foto pequena da sra. Tia, muitas foto de muitas pessoa, mas ninguém nas foto tem a face de livro.

— É uma rede social — ela diz. — Pessoas de todo o mundo podem se encontrar com um clique. Digamos que eu queira encontrar... Hum, vamos ver, Katie acabou de me mandar uma mensagem. — Ela aperta a foto do rosto da garota. — Essa é a Katie, minha amiga. Nós dividíamos um apartamento.

A amiga Katie tá rino com todos dente. A pele dela é pálida que nem pele de galinha, depois que tira todas pena. O nariz dela tem a forma dum ponto de interrogação, grande com uma curva rápida na ponta. O cabelo parecia uma cachoeira, vermelho de sangue, escorreno da cabeça pros ombro.

— Ela não é da Nigéria?

— Ela é britânica — a sra. Tia diz.

Eu penso um pouco no que ela falou. Então eu digo:

— Sua amiga pegou nossa independência. Mas a gente recebemos de volta em 1º de outubro de 1960.

— O governo britânico fez isso — a sra. Tia diz com um sorriso pequeno. — Não foi a Katie nem qualquer indivíduo.

— Um dia, eu pego minha própria independência de volta da Big Madam.

— Você vai — a sra. Tia diz. — Um dia.

Eu olho pra foto da Katie de novo.

— Eu não sabia que pessoas que nem você podia viver no estrangeiro, porque, quando tô assistino na TV com a Big Madam, tô veno só pessoas que parece com a Katie.

— O que, você só vê pessoas brancas quando assiste ao noticiário? — Ela faz força pra rir baixo. — Isso não é... quer dizer, há um monte de pessoas negras na televisão na Inglaterra e... na verdade... — Ela suspira, baixa a voz, deixano dum jeito triste. — Você tem razão. Não há muitas pessoas negras aprsentando notícias... ou no parlamento... ou em posições superiores. São bem poucas.

Eu não sei se entendo do que que a sra. Tia tá falano, ou por que que ela tá chamano de pessoas negra e pessoas branca no estrangeiro se as cor é pra giz de cera e lápis e essas coisa. Eu sei que nem todo mundo tem a cor de pele igual na Nigéria, até eu, o Kayus e o Minino-home não tem a cor de pele igual, mas ninguém tá chamano ninguém de negro ou branco, todo mundo tá chamano a gente pelo nosso nome: Adunni. Kayus. Minino-home. Isso é tudo.

Olho pra sra. Tia, quereno perguntar pra ela se importa muito que uma pessoa é de uma cor ou de outra no Reino Unido do Estrangeiro, mas ela tá apertano os lábio com os dente e ainda tá pareceno triste, então fico com as minha palavra pra mim e conto outro fato pra ela:

— O sr. Mungo Park foi descobrir o rio Níger.

— O quê?

— É outro fato. Do *Livro do fato da Nigéria*. O sr. Mungo Park, um homem britânico, tava viajano pra Nigéria e acabou descobrino o rio Níger. Mas ele não é da Nigéria. Como ele pode descobrir um rio que tava na Nigéria desde sempre? Alguém da Nigéria deve ter mostrado o rio pro sr. Mungo Park, mostrano o caminho pro lugar. Quem foi essa pessoa? Por que que eles não colocou o nome dessa pessoa dentro do *Livro do fato da Nigéria*?

— Talvez porque... — A sra. Tia aperta o lábio com os dente, pensa. — Não tenho certeza, na verdade. É algo para se pensar.

— Que nem o Kofi — eu digo. — Ele cozinha toda a comida faz quase cinco ano, mas todo mundo tá cego pra ele. Quando as visita vem e come o arroz frito do Kofi, elas tá sempre dizeno muito bom pra Big Madam, que o arroz é muito gostoso, e a Big Madam fica sempre sorrino, falano obrigada. Por que que ela não pode falar que é o Kofi que faz a comida? Ela tá recebeno o agradecimento pelo trabalho de outra pessoa.

— Porque ela não pensa nisso — a sra. Tia diz. — Talvez porque ela pague um salário ao Kofi. Não significa que seja a coisa certa a fazer. Vou sair do Facebook.

— Essa coisa do Facebook. Posso encontrar alguém que eu procuro aí dentro?

Ela faz que sim com a cabeça.

— Na maioria das vezes.

Penso no Bamidele, se posso encontrar ele dentro desse lugar.

— Cê pode achar alguém que eles tá chamano de Bamidele?

— Bamidele? — Ela aperta o telefone e balança a cabeça. — Adunni, há muitas pessoas chamadas Bamidele aqui. Qual o sobrenome dele?

— Eu não sabia.

— Eu não sei — ela diz.

— O quê?

— Estou corrigindo você. É "Eu não sei", não "Eu não sabia".

— Ah...

— Certo. Então, nossa primeira lição é você entender os tempos verbais, a conjugação. Felizmente você tem um conhecimento muito bom de inglês, consegue até lidar com algumas palavras complexas, mas seus tempos verbais precisam ser corrigidos. Você está pronta para isso?

— Sim — respondo. — Muito pronta.

— Aqui — ela diz, os olho pulano com brilho. — Pegue o caderno e o lápis. Vamos começar.

34

Fato: Os nigerianos não precisavam de visto para viajar ao Reino Unido até 1984.

Realmente, realmente, o inglês é só uma linguagem de confusões. Às vez, nem tô entendeno a diferença do que a sra. Tia tá me ensinano e do que eu já sei. Na minha cabeça tô falano o inglês certo, mas a srta. Tia, ela tá sempre dizeno que eu não tô falano a coisa certa. Mesmo que eu tive que implorar muito pra ela me ajudar no início, agora ela parece tão feliz de tá me ensinano, e todo dia umas sete e meia ela chega que nem criança feliz, pulano nos dois pé, segurano o caderno e o lápis, quereno me ensinar. Às vez me cansa os ensinamento e as correção dela, mas sei que quanto mais tô aprendeno melhor, melhor a chance de entrar na escola.

Mas às vez só conversamo e conversamo.

Ontem, contei pra ela mais de mim. Que eu tava fugino porque meu papai tava quereno me vender pro Morufu por causa do aluguel da comunidade, e como que conheço o sr. Kola e como que ele me levou pra casa da Big Madam. Conto pra ela da mamãe e como tô sentino a falta dela e, quando começo chorar, a sra. Tia esfrega a mão nas minhas costa várias vez e diz: "Você vai ficar bem, Adunni, você vai ficar bem". Mas como ela sabe que vou ficar bem? Tudo que ela precisa fazer é entrar num *aeloplano* e ela vê a mamãe dela em Port Harcourt. Mas eu, qual *aeloplano* pode me levar pro céu?

Minha mamãe é só uma lembrança doce de esperança, uma lembrança amarga de dor, às vez uma flor, outras vez uma luz piscano no céu. Eu não contei pra ela que um dia casei com o Morufu ou de todas coisa que ele fez comigo no quarto depois que bebeu o Elixir Rojão. Não contei pra ela o que aconteceu com a Khadija. Não contei pra ela porque guardei isso dentro de uma caixa na minha mente, tranquei a caixa e joguei a chave dentro do rio da minha alma. Talvez um dia eu nado dentro do rio, encontro a chave.

Ela tamém contou mais coisa dela. Que ela e seu papai é "incrivelmente próximos", mas ela e sua mamãe sempre tava brigano porque sua mamãe era "muito exigente" quando ela tava cresceno. Ela contou que sua mamãe não deixou ela ter muitos amigo quando ela tava cresceno e agora ela não sabe como ter muitos amigo. Ela tamém contou que não ensinaram ela falar iorubá porque eles é uma mistura de Edo e Ijaw e agora ela sente um tipo de vergonha por não saber falar iorubá porque quer falar com a família do marido em iorubá, aí eu digo pra ela que posso ensinar e ela sorri e diz: "Isso seria incrível!"

Depois ela me falou que quer filho. Bom, ela tá quereno, mas o seu marido não leva muito a sério o desejo do bebê que nem ela, mas agora eles tá começano tentar o bebê. Quando ela fala isso, seus olho se enche de lágrima e eu sinto que ela tem uma libertação dentro do espírito, que nem se ela tá carregano um fardo que carrega faz muito tempo. Quando pergunto por que que ela mudou de ideia pra querer filho, ela pega o telefone, aperta a internet e me dá.

— Ouça isso — ela diz. — É uma aula de inglês oral. Ouça e pronuncie.

Eu não gosto dessas aula oral de inglês. Não tô ouvino as pessoa quando elas tá falano. A voz delas é rápida, rápida, que nem se uma coisa tá perseguino com uma bengala e fazeno elas falar sem parar pra respirar, mas como a sra. Tia tá sempre me olhano, tô fazeno força pra falar o que que o telefone tá dizeno. Que nem ontem, tava me ensinano a dizer uma palavra: talheres.

Eu digo: "Ta-li-eves".

O telefone diz: "Ta-lhe-res".

A sra. Tia diz: "Ta-lhe-res".

Eu digo: "Como que o meu tá diferenciano do seu?"

A sra. Tia diz: "Como o meu é *diferente do seu*, Adunni. 'Diferente'. Não *diferenciano*".

Assim que ela me ensinou a diferença do seu próprio diferente e do meu diferenciano.

É assim que a gente tamo fazeno. Começamo conversar, aí digo alguma coisa, ela torce o nariz, começa me ensinar e daí a gente esquece o que tava falano antes.

Mas essa noite, antes de começar a nossa aula de inglês, eu sento no chão do lado dela e digo:

— Sra. Tia? Posso te perguntar uma coisa?

— Sim. Pode perguntar qualquer coisa.

— Posso perguntar de novo, por que que cê mudou de ideia de querer filho?

Ela suspira, pega uma pedra com os pé, joga na grama, depois aperta o lábio de baixo com os dente, morde com força e pisca, pisca, pisca.

— Eu disse a você que minha mãe era uma mulher difícil — ela diz. — Ela ainda é, mas a doença a amoleceu um pouco, a deixou fragilizada. Minha mãe exigia perfeição em todos os sentidos. Acima de tudo. Quando era criança, eu não tinha amigos. Cada momento foi gasto estudando. Ela queria que eu fosse contadora. Eu odeio números. Ela também queria que eu me casasse aos vinte e dois anos e tivesse filhos imediatamente, porque queria ser avó antes de certa idade. Ela insistiu que eu voltasse para Port Harcourt depois dos meus estudos, mas eu conheci Ken e me mudei para Lagos. Minha mãe tinha um manual de como minha vida seria e eu me rebelei, fui teimosa, a cada decisão que ela tomou por mim. Ela me deixou tão infeliz que eu não conseguia me imaginar tendo um filho e fazendo o que ela fez comigo com meu próprio filho. Não achei que seria uma boa mãe. Eu nem queria trazer crianças ao mundo. Quer dizer, olhe o estado das coisas! Fiquei feliz por reduzir voluntariamente a população para salvar nosso planeta, então passei um ano viajando antes de conhecer o Ken, fazendo campanha contra o crescimento populacional.

Ela parou um pouco, firmou a voz.

— Mas quando minha mãe ficou doente, no ano passado, e foi diagnosticada como terminal, o que significa que ela nunca iria melhorar, eu comecei a vê-la, a enxergar as coisas sob uma perspectiva um pouco diferente. E, cada vez que eu a visitava, minha mãe chorava e segurava minhas mãos, como se quisesse pedir desculpa pelo jeito como as coisas estavam entre nós. Enquanto ia e voltava para vê-la em Port Harcourt, especialmente nos últimos meses, comecei a desejar ter um bebê para levar comigo, para dar a minha mãe uma razão para lutar pela vida. Para ser honesta, sempre foi apenas um pensamento rápido, nunca um desejo forte o suficiente para me fazer conversar com Ken ou mudar de ideia. Mas na noite em que nos conhecemos... — Ela me espia e sorri. — Você disse algo sobre seu pai ser um pouco ruim, mas que isso não a impediu de amá-lo. Você disse que encontraria um bom homem na hora certa, para que seus filhos ficassem felizes pelo que você não reproduziu, pelo que não fez como seu pai. Você me fez perceber que eu poderia ser uma boa mãe. Que eu poderia *escolher* não ser como minha mãe. Você não sabe disso, mas o que disse naquele dia tocou dentro de mim. Me fez desenterrar um desejo há muito enterrado.

Ela me encara, com lágrimas brilhano nos olho.

— E agora eu sei que é o que eu quero. Não consigo parar de pensar nisso, em ter um menino ou uma menina, apenas um, porque ainda acredito em minhas causas ambientais. — Ela ri baixinho. — Vou criar minha filha ou meu filho em um lar amoroso e equilibrado e espero que se torne uma criança tão esperta, inteligente e divertida quanto você.

— Cê vai ser uma boa mamãe um dia — digo, piscano pra conter minhas lágrima —, que nem minha mamãe era. Cê não é igual a sua mamãe, sra. Tia. Cê é uma pessoa boa.

Ela pega minha mão, segura com força, não fala nada.

— O que que o médico achou? — pergunto. — De você mudar de ideia? — Começo a chamar o marido dela de médico, já que ela me contou dele. Ela não importa.

— No começo ele não gostou. Ficou chateado, disse que eu estava desistindo do plano. Mas não tínhamos um acordo específico. Quando nos conhecemos, ele disse que não queria filhos e por mim tudo bem, então nos casamos. — Ela dá um sorriso tímido. — Ele voltou agora, estamos tentando. Eu sei que vai acontecer.

— Muito logo — eu digo.

Ela faz que sim com a cabeça, me dá meu caderno e a caneta.

— Podemos continuar com nosso trabalho de hoje?

Seis noites passou e agora tô no meu quarto, leno o jornal que a sra. Tia me deu.

Ela escreve dez frase no papel e me diz pra escolher qual é o inglês certo e qual não é o inglês certo. Tô sentada na cama, lápis na mão, olhano o papel, quando ouço um barulho no fundo do armário. Que nem um rato coçano as unha na porta.

Eu desço da cama, pego um pé do meu sapato, seguro. Se aquele rato espiar com a cabeça, vou esmagar ele. Eu espero, respirano rápido, quieta. O barulho voltou, um rangido. Tá vino lá de fora, atrás da minha porta. Eu viro pra porta e abro.

O Big Daddy tá parado ali, pareceno assustado. Ele tá vestino calça, camiseta branca por cima, chinelo nos pé. O corpo tá cheirano muita bebida.

O que que ele tá fazeno desse lado? No aposento dos empregado?

— Adunni. — Ele fica com os olho na parte do peito da minha camisola. — Como você está?

— *Sah*? — digo, ajoelhano e cumprimentano, segurano a camisola com a mão, puxano pra perto, cobrino meu peito. — Tô bem, *sah*. Boa noite. — Lembro do que a Big Madam falou, seu aviso pra não responder pro Big Daddy, então levanto e faço que vou entrar no meu quarto.

— Volte — o Big Daddy diz, lambeno o lábio de cima e algo cheio de esperança morre dentro de mim. — Venha aqui. Não tenha medo.

Eu olho pra minha esquerda, pra minha direita. Nessa hora, o Kofi tá dormino fundo, roncano.

— Você é uma garota muito bonita — o Big Daddy diz. Ele abaixa o óculos no nariz. — Inteligente também.

— Obrigada, *sah*.

— Minha esposa está viajando.

— Sim, *sah*.

— Ela se sente ameaçada. Minha esposa. Ameaçada por todas as malditas mulheres ao meu redor. Frustrante, vou te dizer, muito frustrante.

— Sim, *sah*.

— Ela não tem nada com que se preocupar — ele diz, balançano os pé, balançano a cabeça. — Quer dizer, minha esposa. Ela não tem nada com que se preocupar.

Não vou dizer "sim, *sah*" de novo. Eu só fico lá, de costa pra parede, cruzo minha mão na frente do meu peito e bloqueio minha camisola tamém.

— Quero te fazer uma proposta, Adunni. Uma proposta. Que não é o nome de uma pessoa, você sabe.

— O que que cê quer, *sah*? — Eu tiro um mosquito do meu braço, bocejo. — O sono tá me pegano.

— Você não precisa se apressar para me afastar, Adunni. Eu sou um cavalheiro, como você pode ver.

Eu não tô veno nada, então não dou respostas pra ele.

— Tudo o que estou tentando dizer é... — Ele limpa a garganta. — Eu quero ajudar você. Te dar algum dinheiro para gastar. — Ele balança, bate na parede com o ombro. — Você entende?

— Não, obrigada, *sah*. — Dou um passo pra trás e abro a porta do meu quarto. Ele dá um passo pra perto de mim, coloca o pé no meio da porta. — Por favor, *sah*, vai embora antes que eu grito. — Tô falano em voz baixa, mas meu coração tá bateno forte dentro da minha cabeça, *bam*. Se esse homem quer me agredir agora, quem que eu vou chamar? Se eu gritar daqui, será que o Kofi vai me ouvir?

Ele levanta o óculos no nariz e levanta as duas mão.

— Ei, não há motivo para alarde aqui. Não precisa fazer...

— Boa noite, senhor. — O Kofi apareceu do nada no corredor. Ele não tá usano seu chapéu da cozinha e sua cabeça é uma bola redonda e lisa, sem cabelo. Ele tá com um pano branco em volta da cintura, sem camisa no seu peito grosso. Eu nunca fiquei tão feliz de ver um homem quase nu na minha vida inteira. — Eu ouvi alguns barulhos — o Kofi diz. — E acordei. Senhor, precisa de algo? Um lanche leve, talvez?

O Big Daddy balança a cabeça.

— Não, Adunni pediu ajuda. Eu achei que ela estivesse, não sei, se sentindo ameaçada por algum barulho. Eu estava apenas, é... já estava saindo. Obrigado.

Antes que eu e o Kofi pode conversar, o Big Daddy vira e vai embora na noite. Um momento depois, e uma porta bateu.

— Você tem sorte de eu não estar dormindo — o Kofi diz.

Um arrepio sobe e desce o meu corpo, pica minha carne.

— Obrigado, Kofi.

— Big Madam estará de volta na próxima semana. Você já começou a redação? Você e aquela mulher, a esposa do médico, passaram a última semana trabalhando nisso, certo?

— Ela tá me ensinano um inglês melhor pra mim poder escrever — respondo, e o pensamento tá me encheno de luz, com uma esperança quente que tá afugentano o arrepio do meu corpo.

Fato: O governo nigeriano tornou o casamento infantil ilegal em 2003. No entanto, cerca de 17% das garotas no país, especialmente na região norte da Nigéria, se casam antes dos 15 anos.

Depois daquela noite, não durmo muito bem.

Às vez, vou sentar na cama, segurano as conta da cintura da Rebecca, enquanto tô leno a Bíblia da mamãe ou aprendeno inglês com o livro que a sra. Tia me deu. Outras vez, vou ficar com os olho na lâmpada do teto, tentano ouvir o zumbido do gerador lá fora, verificano se o Big Daddy tá parano na sua casa. Mas parece que o Big Daddy tá se comportano bem. Ele não voltou pra me encontrar ontem de noite, nem antes, mas sei que ele tá pensano num jeito de voltar quando o Kofi não tá lá. Antes disso, preciso pensar no que posso fazer pra ele ficar longe de mim. Depois de pensar muito, sem solução, tomo a decisão de contar pra sra. Tia sobre isso.

Hoje de noite, quando tamo sentada atrás da cozinha, eu na cadeira pequena de madeira e ela em pé na frente da lousa (a sra. Tia comprou uma lousa e trouxe ontem. É quadrada, do tamanho da TV da nossa sala em Ikati). Ela colocou em cima do banquinho grande da cozinha e tá escreveno com giz cor-de-rosa.

— O Big Daddy veio aqui três noite atrás — digo enquanto ela limpa a lousa com pano. — Ele entrou no meu quarto.

Ela vira e limpa a mão num lenço de papel que tá no bolso de trás.

— O que aconteceu? Por que ele foi ao seu quarto?

— Eu não sei — eu digo. — Mas sei que não foi pra me cumprimentar com boa-noite. Ele tava procurano coisa, e tenho medo que é coisa ruim.

— Ele falou algo para você? — ela pergunta, olhano em cima do ombro. — Ele está em casa?

— Ele tá saino. Ele só vai voltar muito de tarde.

— Ele *saiu* — ela diz. — O que ele disse para você?

— Ele tava falano besteira — eu respondo. — Mas eu tava com medo que ele quer me machucar.

Ela olhou pra cima, que nem se as palavra que tô falano tá apareceno no ar, sacode a cabeça.

— Machucar? Você quer dizer, te tocar de um jeito inapropriado? De um jeito errado?

— É — eu digo, fazeno minha voz sussurrar. — O Kofi veio e parou o homem. — Eu sinto um frio rápido enquanto tô lembrano isso. — Tô com medo, sra. Tia, é por isso que quero sair desse lugar. Pra entrar na escola.

— Ouça, Adunni — ela diz, dano dois passo pra perto, se curvano pra ficar sentada em cima dos pé e me olhano com olho no olho. — Você deve tomar muito cuidado. Seu quarto tem tranca?

Eu balanço minha cabeça que não.

— Não tá teno tranca.

— Não *tem* tranca — ela diz, sorrino por causa do jeito que torci meu olho. — É confuso, eu sei. Mas nós vamos chegar lá. Sua patroa estará de volta em dois dias, certo?

— No sábado — eu digo. — No próximo amanhã.

— *Depois de amanhã* — ela diz. — Nós não vamos mais conseguir nos ver com tanta frequência — ela diz, com uma voz que parece cheia de tristeza. — Florence não vai aprovar.

— Não — eu digo, me sentino triste tamém.

— A não ser que pensemos em algo que a faça nos deixar sair juntas.

— Tipo o quê?

— Se eu puder encontrar uma maneira de talvez... eu não sei... dizer algo a ela, uma razão pela qual precisamos nos ver? Eu poderia talvez fazer o Ken falar com ela. Ela respeita o Ken, ele pode dizer a ela que precisamos que você venha comigo ao mercado algumas vezes ou algo assim. Definitivamente, precisamos de mais tempo para trabalhar na sua redação.

— Cê acha que ela vai deixar?

— Não custa perguntar — a sra. Tia diz. — Mas você quer que eu fale com ela sobre o que aconteceu com o marido?

Eu arregalo meus olho, balanço minha cabeça que não.

— Contar pra ela, *ke*?* Ela vai me bater que nem uma estúpida e pode me mandar embora. Não quero que ela me manda embora, ainda não.

— Bem. Não vou dizer nada, então, mas você deve pedir a ela um cadeado. Diga a ela que você quer que ela coloque uma tranca no seu quarto. Você pode fazer isso, Adunni? Ela não vai bater em você se você pedir a ela para fazer isso, vai?

— Eu não sei — eu digo. — Posso tentar.

— Você precisa. — Ela levanta, sacode a perna que nem se a perna morreu e quer dar vida pra perna de novo. — Seja muito cuidadosa com o marido da sua patroa. Você deve me contar se ele voltar ao seu quarto, está bem?

Tenho todo tipo de sentimento porque ela tá olhano por mim, cuidano.

— O que que cê tá me ensinano hoje? — pergunto.

— Modos verbais — ela diz. A voz dela tá estranha. Apertada na boca. Ela vai até na lousa, escreve "VERBO: ESTAR (verbo irregular; presente do indicativo)". Ela me encara. — Sei que não faz sentido à primeira vista, mas vou explicar.

---

* "Contar" (no sentido de falar) em iorubá. (N. da T.)

Mordo as nádega do meu lápis, fico com os olho na lousa.

— Basicamente, usamos o tempo presente do indicativo para falar sobre o presente. Para algo que está acontecendo agora. Então, por exemplo: eu estou na sua frente. "Estou" é o tempo presente do indicativo, indica que o que a pessoa está falando ela está fazendo na ação verbal. Você sabe o que é um verbo?

— Palavra que faz ação. Palavra de fazer as coisa — eu respondo. A professora tava me ensinano isso em Ikati. Eu nunca esqueci isso.

— Ótimo. Você pode pensar em um exemplo do presente do indicativo?

— Tô... Estou sentada em cima da cadeira — digo.

— Brilhante! — ela diz, bateno palma. — "Estou sentada na cadeira" é o correto. Você não precisa adicionar "em cima" à frase. — Ela olha pra lousa e começa escrever: SENTAD... e para antes de escrever a letra A.

A mão dela tá tremeno. Ela vira e diz:

— Acho que preciso me sentar.

Ela cambaleia, senta no chão perto de mim, puxa os joelho pra cima e descansa a cabeça no meio.

— Cê tá sentino bem? — pergunto, olhano as mecha do cabelo dela descansano nos joelho. — Quer beber água gelada?

Ela levanta a cabeça e dá um sorriso fraco.

— Estou cansada. Espero que, você sabe, eu esteja grávida...

— Cê acha? — Eu arregalo os olho, tampo minha boca. — Como que cê sabe?

Ela ri, torce o nariz.

— Estou brincando. É um pouco cedo.

— Quando foi a última vez que cê viu sua visita mensal? — pergunto.

— Há alguns dias.

— Ela não vai vim — eu digo, balanço os dedo. — Nunca vai vim.

— Você é muito doce — ela diz. — É só que... a mãe do Ken, ela fica no meu pé.

— A mamãe do médico? Por quê?

Ela soprou uma brisa no meu rosto, seu hálito cheirano pasta de dente.

— Ela estava na nossa casa esta manhã. Ela vem mais ou menos uma vez por mês.

— Por quê? — eu pergunto. — Por isso que cê tava triste agora? O que que ela tá procurano?

— Ela vem perguntar se eu estou grávida. Você consegue imaginar? Ela veio todos os meses nos últimos seis meses para perguntar: "Onde estão os meus netos? Quando vou pegar os meus netos no colo e dançar com eles?" Como se eu tivesse escondido os netos dela no sótão ou em qualquer outro lugar. Se ela quer dançar, deveria ir a uma maldita boate. — Ela continua falano antes que eu posso perguntar quem bate em quem. — Tem sido um pouco estressante lidar com a família dele, especialmente porque nós escondemos deles por um bom tempo a nossa decisão de não ter filhos.

Falo devagar, pensano nas minhas palavra, no meu inglês.

— Então ela não sabe... não sabe que o médico não queria filho até agora?

A sra. Tia balançou a cabeça que não.

Eu espanto uma mosca do meu nariz.

— Então fala pra ela que cê precisa de tempo, que você e o médico tá só começano tentar. E se ela não pode esperar, então ela pode enfrentar o filho dela e lutar com ele.

A sra. Tia abaixa os ombro.

— Ah, ela não vai acreditar em mim. Ela diz que já faz muito tempo. Ela está cansada de esperar.

— Muito logo o bebê vai nascer, aí ela vai parar de procurar os seus problema.

A sra. Tia me olha, suspira, depois levanta e pega o giz.

— Vamos terminar com isso. Vou falar com Ken hoje à noite sobre irmos ao mercado juntas.

36

Fato: Os senadores nigerianos estão entre os legisladores mais bem pagos do mundo. Um senador ganha cerca de 240 milhões de nairas (1,7 milhão de dólares) por ano entre salário e benefícios.

A Big Madam voltou toda feliz e cheirano a roupa nova.

Ela desce do carro, entra direto na casa e começa abrir todas porta, pra verificar qual local tá sujo e qual tá limpo. Ela parece feliz com tudo, até dá um tapinha na minha cabeça duas vez quando vê como que a torneira do banheiro está limpa, brilhano. Me faço tentar conversar com ela, pergunto como estão os filho, se o frio de Londres não é muito. Ela me disse que o garoto "está trabalhando em TI" e a garota, Kayla, está namorano um homem.

— Um banqueiro — ela diz, rino enquanto abre a segunda porta e espia dentro do banheiro. — Eles vão se casar no próximo ano. Ele é filho do senador Kuti. Seu nome é Kunle. Rapaz muito bonito. Graduado com honras pela Escola de Economia e Ciência Política de Londres. Eu criei bem a minha filha. Ela foi para o mercado e trouxe de volta um diamante. Um menino rico e bonito. — Ela ri de novo. — Este banheiro está muito bem limpo — diz. — Adunni, você cuidou bem da minha casa. Muito bom. Você fez muito bem.

Agradeço e sigo atrás dela, arrastano sua carga de compra do estrangeiro.

— Coloque minha mala aqui — ela diz quando chegamos no corredor do andar de cima, na frente do quarto dela. Ela senta no sofá do corredor, se abanano. — Eu esqueço quanto este país é quente quando viajo para fora. Que calor maldito é esse? Adunni, ligue o ar-condicionado e um ventilador para mim. Coloque no máximo.

Ligo o botão do ar-condicionado na parede e o ventilador no chão. O ar frio sopra dentro do quarto enquanto eu me ajoelho na frente dela e espero ela me comandar do que mais ela quer que eu faço.

O telefone de celular toca, ela atende:

— Sim, acabei de chegar do aeroporto. Você ouviu? Boas notícias se espalham rápido. Obrigada. Graças a Deus. Ele é filho do senador Kuti. — Ela joga a cabeça pra trás, rino. — É Deus-ê. Ele é o conector divino. Ele conectou a minha Kayla com Kunle. O casamento? Em dezembro próximo. Sim, temos pouco mais de um ano para planejar. Mas haverá uma cerimônia de noivado no próximo verão, bem grande. Sim, vou fornecer o tecido. Venha me ver na minha loja amanhã e vou contar mais detalhes para você. Deixe-me descansar o corpo. Te ligo mais tarde. — Ela desliga. — Meu telefone não para de tocar desde que saí do avião. Onde está o Chefe?

— Ele saiu — respondo.

Ela assobia.

— Como sempre. Homem inútil. Espero que ele não tenha incomodado você enquanto estive no exterior.

Eu penso no que a sra. Tia falou, de ter uma tranca no meu quarto.

— Não, *ma* — eu digo.

— Você pode ir. Volte mais tarde para coçar minha cabeça. Meus pés sentiram falta das suas massagens.

— Sim, *ma*. — Eu levanto, me ajoelho de novo. — Eu tenho uma coisa pra te pedir, *ma*.

Ela puxa a mala, abre o zíper.

— O que é?

— Eu quero uma... — Coço minha cabeça, tentano organizar bem minhas palavra. — Uma tranca pra botar na porta do meu quarto.

Ela vira a cabeça, olha pra mim, olhos penetrano.

— Por quê?

— Nada, *ma*. É só que às vez... Porque eu sou uma mulher em crescimento, eu quero... — Mordo meu lábio, confusa. Tudo o que a sra. Tia me falou pra dizer vira pássaros com asa e voa pra longe da minha mente.

— O Chefe foi aos aposentos dos empregados? — Ela chega perto e olha dentro dos meus olho. — Adunni, me diga a verdade. Meu marido foi ao seu quarto?

Eu balanço minha cabeça que não, balanço que sim.

— Não, *ma*. Quer dizer, ele não. É o rato. O rato tava fazeno barulho, então quero trancar a porta. Do rato.

— Do rato, *abi*?* — Ela aperta os olho. — Compreendo. Levante-se e vá embora. Vou pedir ao carpinteiro que faça uma tranca para você.

— Obrigada, *ma* — digo e levanto. — Volto de noite, pra coçar o cabelo.

Não tem resposta enquanto afasto da frente dela.

Volto lá em cima de noite pra coçar o cabelo.

Quando fecho os dedo pra bater na porta da Big Madam, ouço muitos barulho atrás da porta. Eu paro minha mão, espero e escuto, mesmo sabeno que é ruim fazer isso. Está soano que nem se duas pessoa estão numa grande discussão. Eu abaixo minha cabeça, ouço bem. Alguém deu um tapa numa coisa, e a Big Madam gritou:

---

* "É verdade?" em pidgin nigeriano. (N. da T.)

— Chefe, quando você vai parar de se desonrar? *Haba.** Adunni ainda não tem nem quinze anos, Chefe. O que você estava procurando no quarto dela?

Quando o Big Daddy responde, sua voz tá arrastano, pesada de bebida.

— Adunni disse a você que eu fui ao quarto dela?

— A garota me pediu uma tranca, Chefe. Por que ela me pediria uma tranca senão porque você arrastou seu eu inútil até ela? Você não tem resposta, tem? Seu inútil.

— Cuidado com a boca, mulher. Antes que eu dê um jeito em você.

— Você não pode fazer nada — a Big Madam grita tamém. — Eu coloquei o meu dinheiro no seu bolso para você manter a cabeça erguida. Para você ser um homem. Você acha que eu não sei sobre Amaka na Universidade de Lagos? Você depositou duzentos mil nairas do meu dinheiro na conta dela na semana passada, não foi? Ou sobre Tayo? Aquela coisa de pernas finas na Universidade de Ife, você não a mandou para Zanzibar no mês passado? Eu conheço todas elas. Mas fazer isso de novo na minha casa? Debaixo do meu teto? Ah, Deus vai cuidar de você. Como você pode continuar perseguindo nossa doméstica por sexo barato? Uma nulidade? Como você pode descer tão baixo, Chefe?

A Big Madam começa chorar alto, lamentano, dizeno:

— Por que você não me ama? O que mais posso fazer para que você me veja como eu sou, como uma mulher que vale a pena amar? Uma mulher que se sacrificou tanto por você? Seus filhos se recusaram a voltar para casa no Natal porque não gostam da forma como você me trata, e ainda assim eu permaneço neste casamento porque amo você!

— Então é por isso que Kayla não me liga há dois meses? — o Big Daddy faz a pergunta, usano pra silenciar o choro de lamento da Big Madam. — O que você tem dito aos meus filhos?!

---

* "Por favor" em pidgin nigeriano. (N. da T.)

— Não preciso contar nada a eles, Chefe — ela diz, mais quieta agora. — Eles não são cegos. Eles cresceram nesta casa, sempre viram como você me tratava! Por que você está fazendo isso com a nossa família?

Aí ela começa perguntar pro Big Daddy como é tão baixo que ele está perseguino uma ninguém que nem eu, até que eu ouço um barulho. Que nem se alguém dá um soco num travesseiro. Um tapa. Dois tapa. Três tapa. Eu coloco minha mão no meu peito, sinto meu coração bateno rápido. É porque eu peço uma tranca que a Big Madam e o Big Daddy estão lutano assim? Eu que estou causano os problema com eles? Ai! Por que que eu não calei minha boca?

A Big Madam vai me mandar embora? E se ela fazer isso, pra onde que eu vou? Quando a Big Madam começa xingar o Big Daddy e a família dele, dou um passo pra trás, e outro passo, e aí estou desceno as escada correno, pela cozinha até chegar no meu quarto no aposento dos empregado.

37

Quando chego no meu quarto, encontro o Kofi parado na frente da minha porta, me olhano com o olhar irritado.

— Estou me matando, cozinhando desde cedo — ele diz, enxugano o suor da testa com o pano do avental. — A campainha toca e eu começo a gritar seu nome na casa principal como um louco, porque, da última vez que conferi, você ainda era a empregada. Não percebi que você havia se retirado para os aposentos dos empregados.

— Quem tá seno revirado? — pergunto. — A Big Madam precisa dum médico? Ela morreu?

— Eu disse *retirar*. Venha comigo. Temos convidados.

— Quem é o convidado? — pergunto, enquanto levanto e sigo ele. — Cadê a Big Madam? Está tudo bem com ela?

— Big Madam está bem — o Kofi diz, andano rápido, me fazeno correr pra alcançar ele e ouvir o que que ele tava dizeno. — Eles tiveram uma briga. *Chale*, sua boca vai te matar um dia. Por que você pediu à Big Madam uma tranca no seu quarto? Eu disse para você ter cuidado. Você não precisava pedir isso. Existem opções. Você deveria ter me consultado. Por exemplo, você poderia ter arrastado o armário do seu quarto, empurrado para trás da porta. Ou colocado uma ratoeira na entrada, observá-la fechar o pé daquele homem inútil quando ele chegasse à sua porta. Olha, essa seria uma cena boa de assistir. Imagine o Big Daddy pulando em um pé só, uivando de dor, mas sem poder dizer à esposa o motivo da dor. Ha!

— Eu não sabia que isso ia fazer eles brigar — digo, enxugano novas lágrima. — Pera, cê tá andano muito rápido.

— Eu tenho coxinhas de frango na frigideira. Não tenho tempo para passear e conversar.

— Mas a sra. Tia falou que eu devia pedir uma tranca. Eu peço e agora estou com um grande problema. A Big Madam vai me mandar embora?

— Eu não sei — o Kofi diz. — A sra. Tia é casada com um médico podre de rico e não tem problemas na vida. Ela não devia dar conselhos a uma semianalfabeta com o QI de um peixe frito.

— QI de peixe? Cê tá fritano com as galinha?

O Kofi para seu andado rápido, me dá um olhar demorado e irritado, começa seu andado de novo.

— É melhor rezar para que o casamento mantenha a mente da Big Madam ocupada demais para pensar em substituí-la antes que você tenha a resposta sobre a bolsa — ele diz. — Quer dizer, depois que ela se recuperar do mais recente espancamento do Big Daddy.

— Por que que o Big Daddy está sempre espancano a Big Madam? — pergunto.

Chegamos na porta dos fundo da cozinha e o Kofi vai na fritadeira na mesa da cozinha, traz a cesta de fritar frango com o óleo quente. Os frango é marrom-ouro, o cheiro deles encheno minha boca de saliva, meu estômago se contorceno de fome. A Big Madam está de volta na casa agora, então não como mais comida de manhã.

— Os convidados estão na recepção — o Kofi diz, pegano uma coxa de frango da cesta e rasgano com os dente. — Está espetacularmente temperado. Equilíbrio perfeito entre sal e especiarias. O que você está olhando? Vá dar as boas-vindas aos convidados e depois suba para avisar a Big Madam que ela tem visitas. Eu rezo para que você volte viva.

A sra. Tia e o médico estão sentados na sala de visitas. Quando me ajoelho pra cumprimentar, ela me dá um sorriso, mas não um sorriso que nem se ela me conhece ou já falou comigo. É um sorriso duro, um desenho nos lábio numa linha dura, que nem se eu sou um tipo de estranha, uma estranha que ela conheceu faz muito tempo.

— Adunni, certo? Como você está? Prazer em vê-la de novo — ela diz, colocano a mão no colo do médico. — Este é meu marido, dr. Ken. Estamos aqui para parabenizar a sra. Florence e o Chefe pelo noivado da filha deles. Kofi disse que eles estão lá em cima. Você pode avisá-los que estamos aqui?

Ela olha pro médico.

— Eu comentei com você que conheci Adunni na reunião da AMWR. Ela é a garota que eu te disse que poderia estar em melhor posição para ir comigo ao mercado, para me ensinar como melhorar minhas habilidades de pechincha e tudo o mais. Isso, obviamente, se a patroa dela não se opuser.

O médico é um homem alto com o olho que me faz pensar em água marrom e parada. Ele tem sobrancelha grossa, bigode que começa numa viagem debaixo das narina e termina no meio do queixo. Ele tá vestino uma camisa branca, abotoada até no peito, mostrano uma corrente de ouro com uma cruz de ouro pendurada no seu pescoço grande e liso. Ele usa uma calça curta marrom que vai até nos joelho, mostrano as perna com bastante cabelo encaracolado. Tem chinelo nos pé, marrom, com cheiro de borracha rica.

Ele balança com a cabeça, me olha de cima pra baixo, de baixo pra cima.

— Eu ouvi algumas coisas interessantes sobre você — ele diz. Sua voz é elegante, suave, as palavra saino da boca que nem se ele tá usano óleo pra embrulhar sua palavra antes de falar. Ele e a sra.

Tia, eles encaixa. Voz de mel e voz de óleo. É uma pena que eles tem pequenos problema por causa dos filho.

— Sim, *sah* — eu digo. — Boa noite, *sah*. Vou chamar a Big Madam e o Big Daddy pra descer. Cê quer uma bebida gelada? A gente temos Fanta gelada, suco fresco e bebida de vinho na geladeira. Qual desse cê quer?

Ele balança com a mão.

— Água para mim, obrigado.

Enquanto estou em pé, o médico tá sussurrano pra sua esposa:

— Você sabe que existem outras mulheres, que falam bem, polidas, na Wellington Road, que ficariam felizes em ir ao mercado com você, certo?

E a sra. Tia, ela ri aquela sua risada de sino tocano e diz:

— Querido, acredite em mim, eu sei o que quero. Ela é perfeita para o trabalho.

38

Fato: Muitos nigerianos têm crenças supersticiosas sobre a gravidez. Uma delas é a de que prender um alfinete na roupa de uma mulher grávida afasta os maus espíritos.

— **A** coluna semanal de Tia está indo muito bem — o médico tá dizeno enquanto eu levo uma bandeja de copo pra sala de jantar. — O blog atingiu recentemente cinco mil assinantes. Você já teve a chance de ler?

— Quem tem tempo para ler sobre o meio ambiente quando há dinheiro para ganhar? — a Big Madam diz com uma risada.

Ela tá sentada na cadeira de jantar, do lado do Big Daddy, da sra. Tia e do médico. O rosto da Big Madam tá cheio de todos tipo de maquiagem, que nem se ela derreteu um arco-íris e limpou no rosto. Seus dente é branco brilhante debaixo do batom vermelho e ouro, os lábio inchado no canto. Ela e o Big Daddy estão sorrino, pareceno que quase não se mataro com espancamento.

— Coloque os copos de vidro lá — a Big Madam diz pra mim. — Bem no centro da mesa de jantar. Sim, bem aí.

— Mas ela ainda reclama que está entediada — o médico diz enquanto estou tirano o copo da bandeja e colocano na mesa. — Eu disse a ela para se misturar com gente como você, sra. Florence. Com as outras mulheres elegantes da nossa rua. Mas ela prefere ficar em casa reclamando.

— O que ela precisa é de crianças. — A Big Madam pega o copo, olha bem, limpa com a mão, coloca na mesa. — Sra. Dada, quando estiver correndo para baixo e para cima atrás de crianças em sua casa, você nem vai pensar em reclamar. Onde fica o tédio em uma casa cheia de crianças? Isso não acontece. Adunni, coloque um copo de vidro para o Chefe. O que está atrasando vocês em terem filhos? Vocês estão casados há mais de um ano. Eu fiquei grávida na primeira vez que o Chefe me tocou na noite do nosso casamento. — A Big Madam dá uma risada tímida. — Espero que vocês não estejam explorando a vida e viajando pelo mundo antes de começar a ter filhos-ê? Se você não tomar cuidado, seu útero simplesmente morrerá. — Ela ri de novo, mas ninguém junta com ela pra rir. — E, quando eventualmente acontecer, você deve se afastar. Quando começar a aparecer novamente, lembre-se de colocar um alfinete no vestido para que ninguém arranque o seu bebê do útero com mau-olhado.

A sra. Tia senta dura, que nem se uma coisa engomasse todo o corpo dela.

— Quanto devemos esperar para ouvir boas notícias? — a Big Madam continua falano que nem se ela tá com uma coisa maldita na boca. — Quando vamos comer arroz e frango?

— Nós apenas começamos... — a sra. Tia começa dizer, mas o médico aperta a mão pra cobrir a mão da esposa e diz:

— Vamos continuar tentando. Vai acontecer no tempo de Deus. Eu só quero que a Tia seja feliz. A última coisa que quero é que alguém a pressione. — O médico olhou pra sua esposa com olho de amor, aí balançou a cabeça que sim, que nem se tá fazeno uma pergunta.

— Isso mesmo — a sra. Tia diz, fazeno a voz que nem um alfinete afiado na boca. — Continuamos tentando. Sem pressão.

Eu tusso, coloco o copo na frente do Big Daddy, sinto o calor do olhar dele na minha mão.

— Devo dizer pro Kofi servir a comida agora? — pergunto. — E o suco de laranja?

— O tempo de Deus é o melhor para essas coisas — o Big Daddy diz. — Bebês são um presente. Um milagre.

— Certamente — o médico responde.

— Suco de laranja? — pergunto de novo, mas ninguém está me respondeno, então vou pra trás e aperto a bandeja no peito. A cabeça da sra. Tia tá baixa, que nem se ela pode ver seu rosto triste na mesa de vidro e sentir pena dela mesma. O médico coloca a mão dela embaixo da mesa e segura.

— Uma coisa que pode ajudá-la a esquecer as pressões de tentar ter um bebê — o médico diz — é sair com mais frequência. Tia adora explorar coisas culturais. Ela está pensando em redecorar a casa e perguntou se talvez a sua ajudante de casa — o médico aponta pra mim com um sorriso suave — poderia ir com ela ao mercado um dia desses. Para ajudá-la a aprender a, hum, a pechinchar.

— Qual ajudante de casa? — a Big Madam pergunta. — Adunni? O que essa aí sabe? Ela é uma estranha em Lagos-ê. Uma analfabeta, completamente inútil. Ela não pode acompanhar ninguém a nenhum mercado. E por que a sra. Dada não pode pechinchar sozinha? Ela não é nigeriana? Para que ela precisa de Adunni?

— Eu sei pechinchar. — A sra. Tia levantou a cabeça. — Ou pelo menos eu tento. Mas seria bom ter alguma ajuda no mercado. Adunni fala iorubá fluentemente. Ela é inteligente e me sinto confortável com ela... mais do que com a maioria das pessoas. Acho que podemos descobrir coisas juntas.

— Descobrir coisas juntas, *ke*? — A Big Madam ri e balança a cabeça. — Minha garota de casa é um mecanismo de busca? Não, não. Por favor. Eu não quero que Adunni...

O Big Daddy levanta a mão.

— Na verdade, Florence. É uma boa ideia. Na verdade, você pode pedir a Adunni para ajudá-la em uma tarde da semana.

Parece que a Big Madam quer usar os olho pra acertar o Big Daddy, matar ele por essa fala idiota.

— Tem certeza? — a sra. Tia pergunta. — Quer dizer, se não for um problema, seria incrível.

— Não é um problema — o Big Daddy responde. — Eu insisto. O dr. Ken é um amigo querido nosso, e, se sua maravilhosa esposa nos pede um pequeno favor, quem somos nós para recusar?

A sra. Tia sorri pro médico.

— Querido, você ouviu isso?

O médico parece confuso.

— Não acho que a sra. Florence pense que é uma boa ideia...

— Está tudo bem — a Big Madam diz, chocano todo mundo. — Ela pode ir e ajudá-la no mercado um dia por semana, apenas por um curto período de tempo. Muito, muito pouco tempo. Preciso dela aqui para o trabalho doméstico, então, por favor, se você acha que precisa dela por mais tempo, posso recomendar o sr. Kola, meu agente. Ele pode conseguir uma boa ajuda para casa por um preço razoável.

— É tão gentil da sua parte — a sra. Tia diz. — Estou muito grata. Obrigada.

A Big Madam dá um chiado, diz uma coisa que ninguém ouve.

Meu coração começa disparar. Isso quer dizer que eu e a sra. Tia vai se ver uma vez por semana? E vamo poder aprender mais coisa antes de escrever minha redação? Essa é a melhor boa notícia que já ouvi desde que cheguei em Lagos.

A Big Madam vira a cabeça pra olhar pra mim.

— O que você ainda está fazendo aí? Traga nosso suco antes que eu arranque o sorriso do seu rosto com um tapa.

39

De noite, faço minha oração noturna pra agradecer a Deus por entrar na mente da Big Madam pra me deixar sair com a sra. Tia um dia da semana.

Tamém estou agradeceno a Ele porque, mesmo que o sr. Kola não voltou com meu dinheiro, eu não estou num caixão no chão, usano o solo dentro da terra como um manto e um travesseiro. Faço a oração pro ano novo de 2015 que está chegano, que seja bom e um ano feliz pra mim, o ano que vou entrar na escola. Lembro da Khadija, peço pra Deus pra fazer ela se sentir bem no céu, dá uma cama grande e bastante comida pra ela. Peço pra Deus pra cuidar da minha mamãe tamém.

Lembro da sra. Tia tamém, que ela vai engravidar e ter um filho no ano que vem, porque ela só quer um e não dois ou três filho, e que não vai ter problemas com a mamãe do médico. E o papai, que Deus dá pra ele um coração bondoso e deixa sua mente em paz.

Eu não oro pro Kayus. Pensar ou orar pro Kayus deixa meu coração cheio de tristeza. Hoje é um bom dia, sem tristeza pra mim. Quando acabo minha oração, me sinto livre dum jeito que não sentia faz muito tempo e quando sorrio, sobe de dentro do meu estômago e espalha nos meus dente.

Comecei tirar a trança do meu cabelo. Meu cabelo era de uma cor preta rica, grosso que nem uma esponja, usado pra quebrar todo o pente de madeira da minha mamãe quando eu tava crescено. Agora tem um cheiro de alvejante e óleo empoeirado, e demorei uma hora inteira pra tirar toda a trança e, quando acabo, olho meu cabelo dentro do vidro de se vê, sentado que nem uma nuvem em volta do pescoço, quente e cheio de graxa. Eu balanço minha cabeça, olhano enquanto o cabelo balança nos meus ombro e eu rio enquanto tiro toda minha roupa, pego um pano, enrolo em volta do meu corpo e saio do quarto.

Tá escuro lá fora agora, a lua pareceno que Deus plantou um ovo brilhante numa lousa preta e reta com estrelas espalhano no redor dela, algumas desbotano e piscano, outras parada, formano um tipo de forma estranha no céu. Eu ando rápido, cortano a grama, rino enquanto um grilo pula e faz um barulho de *cri-cri*. Quando corto pra parte da casa aonde estende as roupa no varal, vejo a forma dum homem chegano no escuro, caminhano que nem se tem a metade de uma perna: Big Daddy. Eu paro, aperto minha mão no meu peito e continuo olhano pra ele. Ele está no telefone, falano com alguém, a voz baixa, mas alta bastante pra mim ouvir:

— Querida, amor, eu disse que sinto muito. Vou compensar você, eu prometo. Por que não nos encontramos amanhã à noite no Federal Palace Hotel? Ou em um lugar especial... Adunni!

Ele parece que congela que nem uma estátua quando me vê. Ele aperta o telefone no ouvido e arregala os olho até parecer que a testa é uma grande bola do olho. A mulher dentro do telefone ainda tá falano, soano que nem se ela engoliu uma abelha, falano *bzzz-bzzz*, mas meus ouvido consegue captar o baixo "Amorzinho, você está aí?" das suas palavra.

— Boa noite, *sah* — eu digo, enquanto o Big Daddy sacode do congelamento e arrasta o telefone da orelha. É um telefone que eu nunca vi ele usar antes, um preto fino, que parece caro, do tamanho de uma caixa de fósforo. Ele aperta o telefone e os número brilha, colorino o rosto dele dum verde estranho tamém, antes de colocar o telefone no bolso da calça *ankara*. A mesma que ele tava usano de manhã.

— O que você está fazendo aqui? — ele pergunta. — Espere. Você estava ouvindo minha conversa?

— Estou ino pro varal — eu digo. Não estou ligano se o Big Daddy está conversano com outra mulher do lado de fora quando sua esposa está dormino na casa. — Não ouvi nada, *sah*.

O Big Daddy balança com a cabeça.

— Ótimo. Porque eu estava falando com meu pastor, a esposa do meu pastor, quer dizer. Estamos, ahn... planejando um culto especial amanhã em um hotel. Não está uma bela noite?

— Boa noite, *sah* — eu digo.

— Volte aqui um minuto. Você não acha que eu mereço um pouquinho de gratidão depois do que aconteceu hoje?

— Um pouquinho de grati-o quê? — eu pergunto, puxano meu pano mais apertado no meu peito.

— Se você não sabe o que isso significa...

— Eu sei o que significa. Pelo que que estou agradeceno?

— Pela maneira como intervim no jantar esta noite — ele diz, em voz baixa. — Com os Dada. Vamos, pare de bancar a burra — ele fala, olhano pra trás do ombro, onde a luz numa das janela de cima da casa apaga e alguém fecha uma cortina. — Eu sei que você e Tia Dada têm se encontrado para algum tipo de aula. Eu a vi uma ou duas vezes enquanto Florence estava fora. Ela estava sentada com você lá no fundo, atrás da cozinha. Gosto que ela esteja tentando educar você. — Ele lambeu o lábio. — Eu apoio. Cem por cento. E foi por isso que fiz essa sugestão na sala de jantar. A propósito, minha esposa nunca permitiria. Ela não é tão generosa quanto eu.

— Obrigada, *sah*.

— Sua patroa está tão perto de chutá-la para a rua. — Ele levanta dois dedo, trazeno até perto dos olho. — Perto assim. Com a minha ajuda, posso deixar você continuar a encontrar Tia Dada um dia por semana pelo tempo que quiser, mas com uma condição.

— Qual é a uma condição? — Eu bato num mosquito no meu ombro, espio minha mão. Virou uma mancha de sangue. — Fala rápido, *sah*, eu quero ir, o mosquito tá me picano aqui.

— Os mosquitos não bebiam vinho e jantavam com você na aldeia de onde você veio? Olhe só para ela, reclamando dos mosquitos. Essas criadas inúteis. Sentem o gosto do luxo e começam a se achar no direito. Ouça. Tudo que eu quero é que você me permita ajudá-la. Para ser gentil com você. Você entende?

Olho pro homem, olho pro espaço da cara dele, a barba grisalha que nem umas conta de algodão prateado em volta do queixo, e resmungo um chiado silencioso.

— Se cê quer me ajudar — digo assim que a ideia vem na minha mente —, acha o sr. Kola, *sah*. Fala pra ele trazer todo meu dinheiro de trabalho aqui desde agosto. Agora já tamo na primeira semana de dezembro, *sah*, foi quatro mês de trabalho sem salário.

— Sr. Kola? Quem é esse? O agente? — O Big Daddy dá uma risada. — Por que eu iria perder meu tempo e recursos para encontrar o sr. Kola? Para amendoins? Quanto é o seu salário? Eu pago o dobro, o triplo. Ouça. Se você me permitir ajudá-la, terá mais do que o suficiente para gastar.

— Eu quero o dinheiro que tenho do meu trabalho, *sah* — digo enquanto começo me afastar dele. — Boa noite.

— Adunni — ele grita, mas sua voz não é alta, eu sei que é porque ele tem medo que a Big Madam ouve. — Adunni, volte aqui — ele diz, sussurrano. — Volte aqui.

Chego no varal das roupa — um fio fino amarrado em duas árvore atrás dos aposento dos empregado —, pego meu vestido e jogo em cima do ombro.

De que jeito que o Morufu e o Big Daddy é diferente um do outro? Um pode falar bom inglês e o outro não fala bom inglês, mas os dois têm a mesma doença mental terrível.

Uma doença que não tem cura.

40

Fato: Em 2012, estima-se que a Nigéria tenha perdido mais de 400 bilhões de dólares da receita do petróleo para a corrupção que ocorre desde a independência.

O homem da TV tá falano da eleição faz uma hora.

Estou sentada no chão, massageano os pé da Big Madam e ficano com um olho na TV. Ele tem o pescoço grande no casaco inglês cinza que está usano, está segurano um microfone enquanto fala. "A questão na mente de todos nós neste 2014 que chega ao fim é esta: o gigante da África continuará a ser impelido a mais instabilidade, derramamento de sangue e problemas econômicos com o homem que usa chapéu Fedora que nunca teve sapatos quando criança, ou os nigerianos vão se levantar e votar pela mudança com Muhammadu Buhari, o major-general reformado que já foi chefe de Estado da nação? Temos quatro meses até que a nação decida. Até lá, mantenham seus olhos grudados em seu canal favorito."

— Buhari nunca poderá nos governar novamente — a Big Madam diz, torceno os pé na minha mão. — Raspe aquele lugar para mim, Adunni, sim, aquele lugar no meu calcanhar. Isso, aí. Perfeito. Deus me livre que Buhari se torne presidente.

Ela não está falano comigo, mas está me olhano, olhano minha mão que sobe e desce nos seus pé.

— Buhari vai negociar com todos aqueles mesmos que se beneficiaram com Goodluck Jonathan. Ah, meu Deus, não o deixe vencer. Buhari é inimigo do progresso. Que corrupção ele está prometendo combater? Tudo mentira! Os nigerianos estão cegos com essa bobagem de promessa de mudança. Eles acham que o homem é o próximo Obama. Eu tenho pena deles. Esse homem não tem coração. Ele vai acabar com o país com seu estilo de governo militar.

Dão uma batida na porta, e a sra. Tia entra. Ela está vestino o mesmo estilo de camiseta e calça jeans. Dessa vez, tá escrito "NAIJA* GIRL" na camiseta com as letra brilhante. Ela me dá um sorriso e uma piscadinha, balança a cabeça pra Big Madam.

— Bom dia, sra. Florence — ela diz. — Espero que esteja aproveitando o sábado.

A Big Madam levanta o nariz, que nem se vai cheirar um cheiro.

— Sra. Dada.

A sra. Tia fica sorrino.

— Então, eu percebi que, já que é sábado de manhã e nós, ahn, concordamos na semana passada que Adunni poderia ir comigo ao mercado... Só pensei em verificar se, você sabe, se hoje pode ser um bom dia, talvez por volta das duas?

— Adunni está ocupada — a Big Madam diz. — Continue massageando, esfregue bem meu dedão do pé — ela diz pra mim.

A sra. Tia dá uma risada que parece doer.

— Certo. Achei que tivéssemos concordado...

— Nós não concordamos com nada — a Big Madam diz. Ela puxa seus pé e levanta do sofá. — Ofereci minha empregada como um favor. Eu não devo nada a você. Hoje ela está ocupada. Volte na segunda-feira, quando eu estiver na loja.

A sra. Tia suspira e responde:

---

* Gíria para Nigéria. (N. da T.)

— Eu venho na próxima semana.

Meu coração tá pesado enquanto a sra. Tia tá ino. A Big Madam levanta a mão.

— Espere, sra. Dada. Como mencionei a você na semana passada, meu agente se chama sr. Kola. Ele é muito confiável. Preços razoáveis também. Posso lhe dar o número dele, mas, se você não quiser o sr. Kola, porque conheço pessoas como você, que gostam de se sentir elegantes, você pode tentar a agência que a Kiki comentou na reunião da AMWR. Como se chama mesmo? Konsiga--A-Alguma Coisa?

— Konsiga-A-Empregada. Voltarei na segunda-feira. — Ela chegou na porta e coloca uma das mão no puxador. — Que horas na segunda-feira?

— Antes do meio-dia.

— Tudo bem.

— Encontre sua própria empregada — a Big Madam diz, enquanto a sra. Tia tava saino da sala. — Eu não sou uma instituição de caridade doméstica. Tenha uma boa tarde, sra. Dada.

A sra. Tia balança com a cabeça, ficano com a boca numa linha reta.

— Tenha um ótimo fim de semana.

Antes da segunda-feira, estou usano todo meu cérebro pra aprender inglês. Estou leno o *Collins*, fazeno o meu melhor pra aprender mais palavras difícil.

Eu viro as página do *Collins* e escolho qualquer três palavra difícil que encontrar e nem posso esperar pra usar as palavra pra sra. Tia. Eu aprendo:

1) Assimilar

2) Comunicar

3) Extermínio

Tamém estou fazeno o possível pra aprender meu tempo presente indicativo com tudo que ela está me ensinano. Quando ela chega segunda-feira de manhã, o sol está forte no céu, o calor lateja dentro das minha axila que nem se eu coloquei cem alfinetes debaixo do braço enquanto espero ela no portão. Quando vejo ela correno pela rua, levanto minha mão e dou um grande sorriso. Ela não trouxe nenhum carro, ela falou que sua casa fica bem na esquina e que dá pra correr pra lá porque a fumaça do carro está sempre causano problemas pra alguma coisa no ozônio.

— Como foi seu fim de semana? — ela pergunta, enquanto andamos pela Wellington Road. É uma rua tranquila, sem carro passano, telhados vermelho, verde e marrom de grandes casa apareceno em cima das cercas grande e curvada.

— Eu assimilei todo meu trabalho — digo pra ela, e ela para, faz uma cara de que estou falano uma coisa tão tola.

— Você tem lido o dicionário?

— Estou me comunicano com o *Collins* — digo, e ela joga a cabeça pra trás, dano uma gargalhada alta que tá ecoano ao nosso redor e fazeno um pássaro na palmeira da nossa frente voar pra longe. Ela riu tanto que parou pra colocar a mão nos joelho pra não cair.

— Adunni, você é demais. Ouça, um dicionário sozinho não ajudaria você a falar ou escrever melhor — ela diz, enxugano as lágrima dos olho com o dedo. — Trabalhe comigo no meu ritmo e você vai chegar lá. Você ainda tem duas semanas até o prazo, então vá com calma, tudo bem?

Eu quero responder pra ela com *Mas eu quero exterminar meu péssimo inglês*, e mudo de ideia porque não tenho certeza se a palavra encaixa. Então eu digo "Tudo bem".

— Sua patroa não ficou muito feliz com a minha visita no sábado — ela diz, quando a gente chegamos no final da Wellington Road. — Achei que seria ótimo se pudéssemos, na verdade, ir ao mercado juntas hoje. Sinto que ela não vai nos deixar continuar a sair, a menos que o marido possa convencê-la. É uma pena, na verdade — ela continua dizeno. — Teremos que nos contentar com o tempo que tivermos. Certo. — Ela para de andar quando passa num poste de luz na frente dum portão cinza com grama na frente. — Essa é a minha casa. É a primeira casa quando você chega da Milverton Road. Pronta para entrar?

Eu faço sim com a cabeça, sentino uma coisa tremer dentro de mim.

A sra. Tia não tem porteiro que nem a Big Madam. Ela que abre o portão e entramos no seu complexo. A casa está sentada que nem uma bela rainha atrás dum campo de grama. O verde na grama não é embaçado igual o do complexo da Big Madam, esse é uma cor verde que parece estar respirano e viva. A casa é branca, com janelas azul e telhado vermelho. Tem quadrados de vidro azul no telhado, uns trinta, todos se juntano com linhas e pontos branco, piscano com o sol da manhã. Vasos de flor em cima de pedras cinza faz uma linha no chão até chegar na porta da frente da casa, aonde uma decoração de grama redonda com laços vermelho e sino de ouro está pendurada na porta.

— Não é tão grande quanto a da sua patroa. Ken queria que vivêssemos em uma casa muito grande... pense em cinco quartos, cinco banheiros, piscina, a trabalheira. Eu não conseguia nem imaginar. E o custo para manter uma casa desse tamanho em bom estado e com energia sustentável? Impensável.

— O que que é aquele vidro no telhado? — pergunto.

— São painéis solares. Isso nos dá eletricidade do sol, energia solar. Não suporto o ruído do gerador ou a ideia de prejudicar o meio ambiente com os gases.

— Um dia, vou achar um jeito de colocar uma coisa solar nas casa de Ikati — digo, olhano pro telhado. — Muitas casa da aldeia não tem luz, mas sra. Tia, se a gente podemos fazer essa coisa solar, se podemos coletar a luz do sol e colocar em todas as casa, então a aldeia vai ser melhor assim. Não vamo precisar de ninguém pra iluminar pra gente ou arranjar dinheiro pra gerador caro. Só pegamos nossa luz de dentro do sol.

— Que ideia brilhante, Adunni — a sra. Tia diz, me olhano com admiração. — Preciso conversar sobre isso em nossa próxima reunião no trabalho. Deve haver outra agência com a qual possamos fazer uma parceria, que encontre uma alternativa de baixo custo para instalação dos painéis em algumas aldeias. Talvez Ikati possa ser uma das primeiras. Venha por aqui, Adunni. Cuidado com aquele vaso de gerânios. Por favor, deixe os sapatos aqui mesmo.

Eu tiro meu sapato, sentino meu coração aquecer e inchar com uma coisa orgulhosa enquanto a sra. Tia fala de colocar o solar em Ikati. Não consigo nem pensar no jeito que Ikati vai ficar bonita, se todas casa, rua e loja tá iluminada.

Ela tirou os sapato dela tamém, e deixou numa mesa pequena de madeira do lado de fora da porta da cozinha. A gente entramos na cozinha. Parece que nenhum ser humano já comeu ou entrou nessa cozinha antes.

— Cê cozinha aqui dentro? — pergunto, olhano as máquina na mesa da cozinha, uma máquina de fazer café e uma chaleira, brilhano e nova que nem se alguém acabou de tirar do pacote. Tudo é branco, muito branco, muito limpo, cheirano a alvejante. Estou pensano que a sra. Tia tem medo de verdade de sujeira e medo de possuir muitas coisa. Os azulejo do chão, os armário da cozinha nas parede, a torradeira no canto ao lado do fogão e a máquina de filtro d'água perto dela é tudo um branco afiado.

— O quê? Por que você está me olhando assim? — ela pergunta. — Ken faz a maior parte da comida e eu apenas me certifico de limpar bem quando ele termina. Quer comer alguma coisa?

Balanço a cabeça que não, mesmo que eu tenho fome. Aonde ela vai achar comida pra mim nessa cozinha vazia?

Ela pega uma toalha, branca, numa das gaveta, sacode e enxuga a mesa que tá limpa.

— Estou realmente ansiosa para sair hoje. Isso vai ajudar a distrair minha mente das coisas.

— Que coisas? — pergunto.

— Eu fiquei menstruada de novo — ela diz, abaixano os ombro. — Não sei por que eu estava tão esperançosa desta vez. Estragou minha semana inteira. E, para tornar as coisas ainda mais loucas, minha sogra agora está me pedindo para ir com ela a algum profeta. Ela quer que eu tome um banho de sangue.

— Banho de sangue? Por quê?

— Desculpe, não. Não é banho de sangue. Ela quer que eu tome banho em algum riacho. Ela diz que conhece um profeta que lavaria minha ausência de filhos. Ela mencionou isso algumas vezes no passado, mas eu continuei pensando que poderia ficar grávida e não teria que fazer isso. Mas agora ela está insistindo.

— A gente fazemos isso o tempo todo em Ikati — eu digo. Minha mente vai pra quando a Khadija morreu porque ela não fez o banho. — Talvez isso ajuda, deixa as coisa muito rápida e acelerada para você, aí em um ano, você nasce um bebê seu. Só um.

A sra. Tia levanta as sobrancelha.

— Essa porcaria não funciona, Adunni. Né?

Eu abaixo meu ombro.

— A porcaria funciona às vez em Ikati. Pode ajudar você, fazer o bebê nascer rápido.

— É apenas... — Ela pega a toalha com força, faz uma bola. — A ideia de algum velho desagradável passando as mãos pelo meu corpo com o pretexto de me dar um banho. É... argh. Repulsivo.

— Tenta. Tamém vai fazer a mamãe do médico feliz, deixa todo seu casamento livre dos problema dela. E quando o banho começar acontecer, fecha os olho com força assim, bloqueia todo o *argh*. — Fecho os olho e aperto com força. — Pensa em coisas boa, coisas boa quando eles tão te banhano. Coisas que nem o nome do bebê ou roupas do bebê. Ou sua amiga, Kei-tie.

— É Katie. — A sra. Tia ri, e eu abro meus olho. — Eu adoraria chamar meu bebê de Adunni. Se for uma menina. Adunni significa doçura, certo?

— Sim — digo, sentino meu coração inchar. — Posso estar ajudano você cuidar do bebê tamém.

— Como uma pequena titia. Vou pensar no banho.

Eu olho pro rosto triste dela.

— Talvez eu posso ir com você? — As palavra voa da minha boca antes que eu lembro o que aconteceu com a Khadija no rio.

— Na verdade — ela diz, antes que eu posso mudar de ideia —, faria uma grande diferença, se você pudesse vir. Podemos pedir a sua patroa mais um dia para sairmos e vamos ao banho?

— Cê acha?

— Eu acho — ela diz com uma piscadinha. — O banho provavelmente só vai acontecer no próximo ano, mas podemos dizer a Florence que será nosso último passeio juntas. Tomara que os resultados da bolsa já estejam disponíveis até lá. Vou combinar um encontro com a minha sogra e fazer você vir comigo.

— E o médico? Ele sabe desse banho?

— Ele quer — ela diz, dobrano a toalha. Ela abre a máquina de lavar e joga lá dentro. — Ele diz que é inofensivo e que, se deixar a mãe dele feliz, devo considerar isso pelo bem da minha sanidade. Ele me mandou um buquê de rosas no trabalho, como uma maneira de pedir desculpas pelo estresse que ela está me fazendo passar. Enfim, venha comigo, eu tenho uma surpresa para você.

41

Fato: Algumas das primeiras esculturas de arte do mundo são originárias da Nigéria. A Cabeça de Bronze de Ifé, uma das mais famosas, foi levada para o Museu Britânico em 1938, um ano após sua descoberta.

A gente entra num corredor com foto da sra. Tia e do médico na parede branca. Elas mostra os dois rino, beijano, amano de verdade, casamento de verdade. Fico um pouco triste pensano no Morufu e no casamento que ele tava teno comigo, a Khadija e a Labake, o frio, a amargura e a dor disso. Posso achar um amor de verdade um dia? E com um homem bom e gentil, que nem o médico?

— Venha por aqui — a sra. Tia diz, abrino uma porta no fim do corredor. — Aqui é a sala de estar.

A sra. Tia não tem TV. Não tem nada com eletricidade na sala. Todo o ar cheira uma coisa parecida com sabão em pó e capim-limão. Tem um sofá branco redondo — nunca vi coisa igual — com muitas almofada, todas branca e redonda. Uma árvore com muitas luz de prata nos galho, do tamanho de uma criança pequena, está parada perto da parede no canto, enfeites de estrela e anjo de vidro e lâmpada de ouro. Acho que é Árvore de Natal, lembro que a Big

Madam pediu pro Abu comprar uma no mercado semana passada, só que a da sra. Tia é branca, não é verde. Tem flor dentro dos vaso de vidro transparente tamém, quatro, com cartinha dentro, e quando eu espio uma, vejo que é do médico pra sra. Tia. Parece que ele gosta de dar flor de amor pra ela todas semana.

Tem dois desenho na parede. Um de uma mulher usano um vestido *ankara* e outro de uma cabeça de barro. Não tem olho, essa cabeça de barro. Só buracos dentro da cabeça pros olho, nariz e boca. E tem marcas no rosto; linhas fina e grande desenhada da testa até na parte de baixo dos olho pro queixo. Que nem se alguém tava irritado e usou as unhas grande pra ficar arranhano o rosto inteiro.

— Comprei essas pinturas na Galeria de Arte Nikè. É um lugar incrível em Lekki — ela diz, apontano pra cabeça de barro. — Aquela com cicatrizes é minha favorita. É uma pintura da Cabeça de Bronze de Ifé. Uma obra-prima. Você gosta de arte?

— Li disso no *Livro do fato da Nigéria*, de como a gente tava deixano os britânico roubar nossa arte — digo. — Onde está a surpresa?

— Sente-se. Fique à vontade, volto já.

Eu sento em cima do sofá. Ela volta segurano uma bolsa de jeans.

— Aqui — ela diz, os olho arregalado e brilhano enquanto tira três livro da bolsa. — Comprei um presente de Natal antecipado, alguns dos melhores livros de gramática. Esse aqui se chama *Melhore seu inglês*. Eu fiz uma leitura rápida e é incrível. Perfeito para você. Os outros dois são igualmente bons, mas estude o *Melhore seu inglês* primeiro.

Pego os livros, sinto a água beliscar meus olho.

— Obrigada. Cê é muito gentil. Muito.

— Isso não é tudo. — Ela coloca a mão no bolso e pega um telefone. É fino, preto, do tamanho da mão de uma criança pequena. — É bem simples. Perfeito para esconder da sua patroa também. Eu carreguei com crédito...

Não deixo ela terminar de falar, pulo em pé e os três livro cai do meu colo e bate no chão quando abraço ela.

— Obrigada, sra. Tia! — digo, segurano ela com força enquanto ela está rino. — Obrigada!

— Não é grande coisa, Adunni — ela diz, quando eu largo ela. — Eu estou realmente preocupada com o que você disse que aconteceu com o marido da sua patroa. Quando você disse que ele... você sabe, entrou no seu quarto. Você conseguiu que ela colocasse a tranca?

Eu faço que sim com a cabeça.

— A Big Madam mandou um carpinteiro e ele colocou uma tranca lá.

— E agora você também tem um telefone. — Ela apertou o telefone, e ele fez um barulho *triimm*, fazeno cócega. Eu dou risada e ela ri tamém. — Vou te ensinar a enviar mensagens de texto. Salvei meu número aqui como "Tia". É o único número salvo no seu telefone. Se você estiver em apuros, me envie uma mensagem. É só digitar uma palavra simples: SOCORRO. E tentarei chegar na sua casa o mais rápido possível. Também armazenei várias gravações minhas pronunciando algumas palavras. Ouça.

Pego o telefone, viro na mão, meus olho não estão acreditano que eu, Adunni, uma garotinha da aldeia Ikati, tenho um telefone de celular. Antes até que o meu papai tem um. Meu coração está inchado de agradecimento com isso.

— Sua patroa não pode saber, está bem?

— Mesmo que você não me ensina isso, o bom senso está me dizeno isso. E colocar o Facebook nele? — eu pergunto, olhano pro telefone de novo, que nem se é uma coisa que caiu do céu e sentou na minha mão.

— Ainda não. Não posso deixar você entrar na internet até saber exatamente o que está fazendo. E — ela morde o lábio que nem se tá pensano profundamente um momento — se o marido da sua patroa tentar tocar em você, lute, está bem? Lute com toda a sua força. E grite. Lute e grite. Lembre-se dessas duas palavras, sim? Promete que vai fazer isso?

Eu faço que sim com a cabeça.

— Ele não chegou perto de mim de novo desde aquela vez. — Eu sei que estou contano uma pequena mentira, mas não quero que a sra. Tia vai na Big Madam e fica causano briga. Estou com medo do que acontece comigo se ela criar uma briga.

— E se isso acontecer de novo, Deus me livre, mas se aquele canalha chegar perto de você de novo, eu vou mandar prendê-lo e danem-se as consequências. — Ela solta o ar com o nariz e a boca, piscano os olho rápido.

Sinto uma coisa mexer dentro do meu peito. Por que que essa mulher é tão boa comigo? O que que ela pode ver em mim quando às vez nem eu não estou veno nada em mim? Eu luto contra as lágrima teimosa e tola que belisca meus olho, mas elas sai de qualquer jeito.

— Nossa, eu não queria fazer você chorar — a sra. Tia diz, passano o dedo no meu olho esquerdo.

— O que que cê vê em mim, sra. Tia?

Ela balança a cabeça, levanta minhas duas mão, faz que nem duas grade, pra que ela pode espiar meu rosto, o verdadeiro eu atrás das grade. Parece que ela está saino dela mesma e entrano na minha própria alma, no meu coração.

— Diga, o que você mais quer na vida? — ela pergunta.

— Pra minha mamãe não estar morta — digo, minha voz falhano. — Pra ela voltar e fazer tudo melhor.

— Eu sei — ela diz com um sorriso pequeno e triste. — Eu sei, mas você consegue pensar em outra coisa que quer?

— Pra ir pra escola. E agora, pra ganhar a bolsa de estudo.

— Por que isso é tão importante para você, Adunni?

— Minha mamãe falou que a educação vai me dar uma voz. Eu quero mais do que só uma voz, sra. Tia. Eu quero uma voz alta. Quero entrar numa sala e as pessoa vai me ouvir antes até que eu abro a minha boca pra falar. Eu quero viver nessa vida e ajudar muitas pessoa pra quando eu estar velhinha e morrer, eu ainda estou viveno pelas pessoa que estou ajudano. Imagina isso, sra. Tia. Se eu posso ir pra escola e virar professora, posso receber meu salário e talvez até fazer minha própria escola em Ikati e ensinar as garota. As garota da minha aldeia não tem muita chance de ir pra escola. Quero mudar isso, sra. Tia, porque essas garota vai crescer e aí vai nascer muito mais pessoa incrível pra fazer a Nigéria muito mais melhor que agora.

A sra. Tia está balançano a cabeça que sim enquanto eu estou falano.

— Você pode fazer isso. Deus lhe deu tudo que você precisa para ser grande, e isso está bem dentro de você. — Ela solta minhas mão, aponta um dedo pro meu peito. — Bem dentro da sua mente e do seu coração. Você acredita, eu sei que sim. Você só precisa se agarrar a essa crença e nunca desistir. Quando você se levantar todos os dias, quero que se lembre de que amanhã será melhor do que hoje. Que você é uma pessoa de valor. Que você é importante. Você deve acreditar nisso, independentemente do que aconteça com a bolsa de estudos. Tudo bem?

Eu olho bem dentro dos olho da sra. Tia, pra mancha de uma coisa de ouro no marrom dos seus olho e o meu coração derrete. Eu sei que ela está dizeno tudo isso com o bem da sua alma, mas não é tão fácil quando você nasce numa vida sem dinheiro e muito sofrimento; numa vida que você não escolhe pra você. Às vez eu queria só acreditar numa vida boa, e aí acontece uma mágica pra mim, de repente assim. Mas talvez acreditar na minha mente já é o começo, então eu faço que sim com a cabeça, balanço bem devagar pra cima e pra baixo enquanto estou dizeno:

— Amanhã vai ser melhor que hoje. Eu sou uma pessoa de valor.

— Lindo, Adunni. Simplesmente lindo. — A sra. Tia me dá quase uma risadinha. — Agora vamos lá — ela diz, pegano minha mão. — O carro está lá fora. Vamos ao mercado.

Um carro Toyota preto, que a sra. Tia chama de "Uber", pega a gente na frente do portão da casa dela.

O homem que dirige, o Michael, balança a cabeça e puxa a gola da camisa até no queixo quando vê a sra. Tia. Aí ele vira o pescoço pro lado dum jeito, e estou pensano que talvez ele comeu um pouco de veneno antes de sair de casa hoje de manhã por causa desse jeito que ele está saino que nem se uma doença tá preocupano ele. Antes de ligar o carro, ele olha no espelho e lambe os lábio.

— Ei, gata, tu é mei gostosa, sabia?

Eu olho pra sra. Tia. Ele está com fome?

Mas ela revira os olho e diz:

— Pode colocar Wizkid* ou mudar para a Cool FM? Não estou a fim de bater papo hoje.

— Calmaí, de boas. Não precisa revirar esses olhos castanhos pra mim, não.

Então ele liga a música e começa dirigir. A gente fica no trânsito por uma hora inteira, subino e desceno a estrada, em filas e filas de carro passano todo minuto, até que o homem vira numa rua que está cheia de milhões de milhões de pessoa. O Michael para o carro na frente de uma loja vermelha de comida, Frankie's. Na frente dessa loja tem a foto de três bolo cor-de-rosa e uma criança tomano sorvete.

— É issaí, senhoritas — o Michael diz. — Dá pra andar mais que isso não, ó.

A gente saímo do carro e, com outro balançado de cabeça, o Michael vai embora.

— Por que que ele estava balançano a cabeça e entortano o pescoço? Ele está bem? — pergunto pra sra. Tia, enquanto ela agarra minha mão e a gente começa se apertar entre as muitas pessoa no mercado.

— Tenho certeza que ele está bem — a sra. Tia diz, olhano em volta. — Agora, por onde começamos?

Eu tamém olho em volta, sinto uma coisa tonta.

---

* Cantor e compositor nigeriano. (N. da T.)

O mercado Balogun é uma rua bem grande, cheia de gente e de muito barulho. Eu acho que talvez Deus colocou uma cidade inteira dentro de uma mala, foi nessa rua, abriu a mala e deixou a cidade inteira sair. Cada barulho do mundo deve estar soano bem aqui, agora, ao mesmo tempo: eu ouço o *biip, biip* dos carro, os *beéé* das cabra, os "Allah hu Akbar"* e os Louvado seja o Senhor nos alto-falante pendurado num prédio de uma igreja e numa mesquita, uma do lado da outra.

Os sino dos vendedor de comida, suas bola brilhante de *akara* e *puff-puff* dentro de uma caixa de vidro na cabeça dos vendedor, as voz dos homens e mulher e crianças vendeno tudo o que tem pra vender: calças e sutiãs e sapatos e sorvete e água pura num saco e camarões seco dentro dum rolo de pão e perucas de cabelo e tudo. De onde a gente está, as pessoa parece um tapete de cabeças navegano na água, que nem formigas muito pequenininhas, milhões dela, mexeno por um caminho.

Tento olhar pros meus pé, mas tudo que vejo é escuridão, não tem espaço entre eu e a sra. Tia e a pessoa do meu lado, que está se apertano em mim e falano alto no telefone de "contêiner da China", e de que não pode ser perdido.

— Espere um pouco. — Acho que a sra. Tia está tentano dizer, mas um alto-falante em cima da minha cabeça está engolino suas palavra com o anúncio barulhento em iorubá dum remédio forte de ervas pra curar o problema da masculinidade. Tem carros no meio da rua tamém, o táxi amarelo e preto do estado de Lagos está parado, só fica lá, apertano a buzina. Um homem está bateno no para-brisa dum carro, gritano pro motorista: "Anda com essa coisa, cretino!"

O resto das pessoa continua ino pra frente, devagar, apertano as pessoa, cheirano diferentes cheiro de diferentes pessoa: sangue mensal velho de mulher, suor fedorento, perfume forte de flor, incenso, pão frito, fumaça de *siga* e pés sujo. Algumas mulher estão

* Reverência a Deus feita pelos muçulmanos, em árabe, que significa literalmente "Alá é grande! / Alá é o maior!" (N. da T.)

sentada debaixo de uns guarda-chuva colorido — rosa, vermelho, amarelo, branco — na rua, gritano com as pessoa que passa pra elas comprar "peixe fresco e doce de coco e cabelo cem por cento humano". Outras continua andano com a gente, com a bandeja de coisas na cabeça.

— Pra onde a gente tá ino? — grito pra sra. Tia.

Então um homem do nada puxa a minha mão da dela e grita nos meus ouvido:

— Bela garota, vem cá, vem comprar leggings douradas, originais.

Eu arranco minha mão dele, e outro homem, vestino uma camiseta rosa com buracos e óculos escuro no rosto, empurra um leque branco pequeno no meu peito.

— Compra brisa fresca. Brisa original pra soprar seus problemas pra longe. Cem nairas por cinco minutos?

Balanço a cabeça que não, continuo segurano a sra. Tia com força, meu coração bateno em todo lugar e em todo mundo.

Quando a gente passa numa barraca que vende sapato de couro e de borracha e todos tipo de sapato, todos subino, até lá em cima da loja, uma mulher com uma bacia pequena cheia de garrafa na cabeça aperta um quadrado gelado nas minhas bochecha e me assusta com isso e diz:

— Água gelada. Muito gelada, muito pura. — Ela levanta uma das mão, puxa uma Coca-Cola da tigela na sua cabeça e aperta a garrafa no meu peito. — Ou você quer Coca-Cola? Tem Mirinda, 7Up. Qual você quer?

Tem prédios na nossa esquerda e direita, mas todos prédio estão cheio de coisa pendurada nas janela: calças, camisas e casaco; fios de telefone cinza passano por cima da nossa cabeça dum prédio pro segundo prédio, enrolado com todas placa de sinalização de igreja e mesquita e remédios de erva.

A sra. Tia continua andano, segurano minhas mão.

— Vamos virar à esquerda da barraca do vendedor de peixe — ela grita. — É um mundo louco aqui fora!

Não parece que a gente está andano.

Sinto que a multidão é que nem uma máquina se movimentano, me flutuano junto com as pessoa, até que a gente vira na esquerda e aí a multidão não é um monte que nem na primeira rua. Essa rua é um grande caminho de pessoas vendeno contas e tecido *ankara*, e antes que eu posso perguntar pra sra. Tia se esse é o lugar certo pra parar, um homem vestino uma camiseta preta com a palavra PRANDA sorri pra sra. Tia mexeno as conta vermelha gigante no pescoço e diz:

— Senhora, temos tudo o que você deseja. Qual você quer?

— Pelo amor de Deus! — a sra. Tia diz, passano a mão na testa. — Só estou procurando um tecido.

— Temos uma camiseta de grife também — o homem diz e abaixa numa tigela nos pé, pega uma camiseta branca. — Muito original. Nova. — Ele abre a camisa, e a sra. Tia viu a palavra nela — *Guccshi* — antes de balançar a cabeça e começar se afastar.

— Eu preciso de um *ankara* autêntico — ela diz. — Foi o que vim fazer aqui.

— Mas a gente tem bolsa *Channel* lá dentro — ele diz, puxano minha mão com suas própria mão quente e suada.

— Por que que cê não vai na loja da Big Madam? — pergunto pra sra. Tia enquanto puxo minha mão de volta do homem. — Nunca vi nada desse jeito na minha vida. Aqui é Lagos?

Lá em Ikati, o mercado é quatro vez menor que esse tamanho, e todos estão quieto, e todos estão se conheceno, conversano em paz.

— É Lagos — a sra. Tia diz com uma risada cansada. — Os tecidos da Florence são muito caros. Vamos por aqui.

Pulamos por cima de uma sarjeta fedorenta na rua, cheia de água escura dentro dela com peixinhos-sapo nadano no meio de *siga* e tecido molhado e jornal.

A gente atravessamo pro outro lado da rua, aonde tem outra fila de lojas cheia de tecido.

— Finalmente — a sra. Tia diz, enquanto vamo pra uma cabine do tamanho dum banheiro, com uma parede cheia de *ankara* colorido dobrado pendurado do teto até no chão. A mulher na frente da loja, redonda que nem um tambor, cantava uma música iorubá e dobrava um tecido em duas parte, mas quando viu a gente, largou o tecido, apontou pra parede de tecido atrás dela.

— Bem-vinda, mamãe — ela diz pra sra. Tia. — Temos Woodin, ABC Wax, New Satin, qualquer um que você quiser. Tudo aqui é original. Lava, lava e não muda. Olha esse. Mais novo. — Ela puxa um modelo dobrado de amarelo e verde de *ankara* e aperta na mão da sra. Tia.

— Impressionante — a sra. Tia diz, falano seu inglês correto e limpo. — É tão macio ao toque. Simplesmente primoroso. Posso levar três desses? Seis metros de cada? Quero fazer lençóis e fronhas com eles para os quartos de hóspedes.

— Mamãe Londres — a mulher diz pra sra. Tia. — Pra você, seis metros são seis mil naira. Você quer três? Eu tenho três. Senta, senta e me deixa embalar numa bolsa de náilon de Londres pra você.

Ver o jeito que os olho da sra. Tia estão iluminano com o tecido está me deixano com saudade da minha amiga, a Enitan. Ela sempre estava teno um brilho nos olho tamém, quando via uma cor nova de lápis de olho ou de batom no mercado. A única coisa é que, na maioria das vez, a Enitan não tem dinheiro pra comprar nada, aí vamo só olhar as maquiage, rir e continuar andano. A sra. Tia tem todo o dinheiro e pode comprar coisa que ela nem precisa, e às vez, que nem hoje, eu pergunto pra mim da Enitan, e da sra. Tia, como elas é diferente, como a sra. Tia e eu é amiga, mas não que nem eu e a Enitan.

— Adunni! — A sra. Tia pisca pra mim, e eu balanço a cabeça, trazeno de volta toda a memória de como que a minha mamãe tava me ensinano a conversar de preço com as mulher do mercado de Ikati.

— De jeito nenhum — eu digo em iorubá pra vendedora. — Seis mil naira por seis metro? Deus me livre. É muito caro. Vende pra nós por três mil.

— Quatro mil e quinhentos. Último preço — a mulher diz, tirano o tecido da sra. Tia, pareceno que está irritano ela. — Isso é original. Os mais novos.

Dou um sorriso pra vendedora e digo:

— *Mama,** eu sou a filha dela-ê. Se você vender pra gente por três mil, volto aqui na semana que vem com ela. Vamo comprar muito de você. A gente vem de muito longe nesse sol quente. Pega os três mil da gente. Por favor.

A mulher suspira e diz:

— Traz seu dinheiro.

Eu olho pra sra. Tia.

— Ela vai fazer por três mil. Paga ela.

A sra. Tia ri e diz:

— Adunni, foi exatamente por isso que eu trouxe você aqui comigo.

Duas hora depois, minhas duas perna estão inchada.

Minha cabeça parece uma bola de futebol quente, pegano fogo. Minha garganta está seca, a língua cortada. A sra. Tia continua comprano que nem se uma coisa amaldiçoou ela, comprano isso e aquilo, me fazeno baixar o preço até a minha boca ficar seca demais pra continuar falano. Ela está tão animada, muito feliz do jeito que estou economizano o dinheiro dela e toda vez que a gente termina num vendedor, ela bate palma e diz:

— Você é genial! Precisamos fazer isso mais vezes!

A gente sai do mercado quando o sol está ino embora, e o céu está ficano laranja. Caminhamos devagar, a sra. Tia arrastano os pé e as sacola de náilon cheia de compra (ela não deixa eu carregar qualquer coisa pra ela, fala que suas própria mão estão funcionano bem), até que a gente chega na frente do Frankie's Fast Food, aonde o Michael deixou a gente no começo da tarde.

— Você gostaria de comer alguma coisa?

---

* Corruptela de *Mama put*, vendedora de rua que vende comida cozida a preços baixos em um carrinho de mão ou banca. (N. da T.)

— Sim, *ma* — digo, lambeno meus lábio. — Estou com muita--muita fome.

— Faminta é a palavra que você precisa, Adunni. FA-MIN-TA.

Como que ela pode até pensar em corrigir meu inglês nesse sol quente e depois de toda essa andada?

A gente entra no frio, a loja de ar-condicionado, e eu escolho o terceiro banco depois da porta, escorrego numa cadeira com almofada de couro vermelho que parece um banco de homem rico, com uma mesa alta de madeira no meio dela e fotos de tortas de carne gigante e enroladinhos de linguiça e ovos cozido cortado nas parede do meu lado esquerdo.

— Vou pedir algo para nós duas — a sra. Tia diz, largano as sacola de compra e ino embora.

Ela volta um pouquinho depois, coloca na mesa uma bandeja cheia de torta de carne, enroladinho de linguiça, uns bolinho amarelo e suco de laranja.

— Foi muito divertido — ela diz, escorregano do meu lado. — Precisamos fazer isso de novo. Mais uma vez, talvez depois do tal banho. Vou pedir ao Ken para falar com a Florence. Ande logo! Coma alguma coisa.

Eu olho pra comida e engulo a saliva. Acho que nunca comi nada parecido na minha vida toda e queria muito que o Kayus e a Enitan estava aqui comigo, comeno bastante comida, rino e conversano. O sentimento vem rápido, arrasta meu espírito.

— Isso é tanta... — eu digo, forçano um sorriso pra erguer meu espírito. — Tanta comida.

— Bem, você está faminta. Coma!

Eu provo a torta de carne, fecho meus olho enquanto meus dente afunda no pão da torta e quebro ela, enquanto a sopa de carne e batata grossa e quente escorre do pão e derrete na minha língua.

Quando abro os olho, a sra. Tia está me olhano, sorrino.

— Você realmente brilhou hoje — ela diz. — Negociando com confiança com aquelas mulheres.

Não digo nada, pego um enroladinho de linguiça e mordo.

— Minha mãe está doente de novo — ela diz, enquanto pega um garfo e uma faca e começa cortar o bolo em quadradinhos. Ela belisca um com o garfo e come. — Eu vou para Port Harcourt na próxima semana. Ficarei lá no Natal e no Ano-Novo. Nós concluímos o formulário de inscrição, e já escrevi sua referência e imprimi a documentação de apoio como avalista. Tudo o que precisamos agora é a redação. Adunni, você precisará escrever isso muito em breve. Você pode trabalhar nisso nos próximos dois dias e trazer até a minha casa?

— Vou tentar — digo. A verdade é que estou esperano a hora certa de pegar minha caneta e escrever, avançano o dia com medo do que vou dizer, de como escrever o melhor.

— Certifique-se de que sua caligrafia esteja compreensível e de que você esteja usando uma boa caneta. Quando terminar, dobre e coloque debaixo do portão da frente da minha casa. Vou levá-la pessoalmente ao escritório da Ocean Oil para garantir que seja entregue antes da minha partida para Port Harcourt. Você pode trazer em dois dias?

Quando eu não respondo, ela pega minha mão e segura com força.

— Você está com medo?

— Um pouco — digo, limpano as migalha da minha boca. — Estou com medo do que que eu vou escrever.

— Escreva com a alma — ela diz. — Escreva a sua verdade. De um lugar... — Ela solta minha mão, para de falar. Seus olho estão na porta de vaivém, seu rosto pareceno em choque.

Eu sigo seus olho, vejo o que ela está veno: a Mulher Magra da reunião da AMWR. Ela está vestino um terno preto, mas com saia, a gola da jaqueta que nem se ela está pronta pra voar no ar.

— Merda — a sra. Tia diz, sussurrano. — É Titi Benson. Ela está vindo para cá. Precisamos nos amoitar, Adunni. Agora. Amoita.

— Uma moita? — digo, olhano em volta. — Dentro desse restaurante?

— Vá para debaixo da mesa — ela diz, falano pelo meio dos dente. — Agora!

Desço pra baixo da mesa, me escondeno atrás das sacola das compra, meu coração bateno forte.

A Mulher Magra, com as perna que nem dois fio de linha, está caminhano pra nossa mesa, e não estou entendeno como as perna dela não estão quebrano em duas parte do jeito que ela anda tão rápido no seu sapato de salto alto.

— Tia Dada — ela diz, parano na nossa mesa, seu cheiro de perfume caro engolino o cheiro da minha torta de carne e linguiça. — O que você está fazendo no mercado Balogun? Deixe-me adivinhar... produzindo um relatório sobre a poluição na área?

— Titi — a sra. Tia diz, soano que nem se está com um bolo de tijolo na garganta. — Que bom te ver. Como você está?

— Estou bem. Quanta comida. Você está esperando alguém?

— Sim — a sra. Tia diz, aí dá uma risada dura. — Não. É tudo meu. Estou faminta. Ridiculamente.

— Ah, faminta — a Titi diz, a voz de repente que nem se está cantano uma canção. — Você está querendo me dizer algo? Tem pãozinho no forno? Quanto tempo que...

— Adorei sua bolsa — a sra. Tia corta ela. — Tão chique.

— Eu sei — a Titi diz, fazeno carinho na caixa azul que é uma bolsa pendurada numa corrente de ouro grossa no ombro dela. Tem duas letra *C* de ouro cruzano no fecho da bolsa que parece muito cara, que nem seu sapato preto. — Você sabe que eu tenho essa bolsa boy* há três anos? — ela diz. Eu posso ouvir o sorriso na sua voz. Que nem se ela está orgulhosa do boy da sua bolsa. — É o couro de vitela mais impressionante. E *sua* bolsa é linda. Italiana?

A bolsa da sra. Tia tem a forma da metade do triângulo e é de couro preto e rosa com um botão que é um alfinete de ouro.

---

* Bolsa Boy Chanel. Segundo a marca o nome da bolsa é uma homenagem ao grande amor de Coco Chanel, Arthur Edward "Boy" Capel, jogador inglês de polo. (N. da T.)

— Minha bolsa é nigeriana. Eu uso principalmente marcas nigerianas.

— Bem, ninguém erra com Chanel. Enfim, estou atrasada para uma reunião do conselho no First Bank, na Broad Street. Não resisti e parei para comer a torta de carne do Frankie's. Com certeza melhor que a porcaria de salada niçoise nos pedidos dos CEOs do banco para as reuniões do conselho. Tão deprimente. Tenho que correr. Mande meu abraço para o Kenneth. Cuide muito, muito bem de si e do pãozinho! Tá-tá!

A mulher vai afastano, os sapato fazeno *cleque, cleque* no chão.

Espero mais seis, sete minuto antes que a sra. Tia coloca a mão debaixo da mesa e faz sinal pra mim sair.

— Por que que eu estou me escondeno? — digo quando saio e estico as costa. — A Big Madam sabe que eu te acompanhei até no mercado. E por que que aquela mulher está te perguntano de pãozinho dentro do forno? Ela só pensa em comida!

— A Florence sabe que viemos ao mercado — a sra. Tia diz, pareceno cansada. — Mas ela não sabe que eu trouxe você para comer. Ela não sabe como somos próximas ou que tenho te ajudado em alguma coisa. Se a Titi tivesse visto você comendo aqui, ao meu lado, teria feito perguntas. Para o seu próprio bem, ninguém pode saber quanto somos próximas. Ainda não. Você entende?

— Entendo — eu digo, pegano minha torta de carne e amaldiçoano a Mulher Magra na minha cabeça por fazer minha torta de carne ficar fria e dura.

Naquela tarde, quando entro em casa e vejo que a Big Madam ainda não chegou da loja, termino rápido todo o serviço e entro no meu quarto. Mesmo que eu estou com o corpo todo cansado e os olho me chamano pra dormir, pego o papel e a caneta e tento escrever a redação.

No começo eu escrevo de qualquer jeito: qual é o meu nome, aonde minha mamãe me nasceu, como meu papai e meus irmão estão morano em Ikati. Conto a história de uma vida com pouco dinheiro mas muita felicidade, invento todas coisa boa que posso inventar na minha cabeça, mas quando acabo de escrever e leio, sinto uma doença no meu estômago. Está cheio de mentira, o papel parece que está inchano, pronto pra estourar.

Escreva a sua verdade, a sra. Tia falou. *Sua verdade.*

Eu rasgo o papel em pedaço e jogo no chão. Aí nado fundo no rio da minha alma, encontro a chave aonde ela está, cheia de ferrugem, no fundo do rio, e abro a fechadura. Eu ajoelho do lado da minha cama, fecho os olho, me transformo numa xícara e despejo a memória de mim.

Escrevo do Morufu e do que ele fez comigo quando bebeu Elixir Rojão. Da Khadija, de como ela morreu e como eu estava fugino. Do papai. E da mamãe, do Kayus e do Minino-home. Digo pra escola que essa bolsa é a minha vida. Que preciso disso pra viver, pra virar uma pessoa de valor. Eu digo pra eles que preciso ser capaz de mudar as coisa, pra ajudar outras menina que nem eu. E no final, digo pra eles que tenho um amor profundo pela Nigéria, mesmo que a minha vida foi cheia de sofrimento nesse país. Coloco os três Fato da Nigéria mais interessante que conheço e, quando acabo de escrever, me sinto fraca, que nem se acabei de nadar num oceano só com a metade do corpo: uma mão, uma perna, uma narina.

Tento pensar num título bom pra redação, numa coisa cativante, mas nenhuma palavra vem na minha cabeça. Meu cérebro não tem mais força pra pensar, então coloco o primeiro título que vem na minha mente cansada:

Redação da história verdadeira de Eu Mesma, por Adunni, A Garota com Voz Alta.

E a primeira coisa que faço de manhã, antes que o medo faz eu mudar de ideia e escrevo outra redação, e antes que alguém acorda, corro pra casa da sra. Tia e escorrego minha redação, dobrada num retângulo, debaixo do portão dela.

42

Fato: Muhammadu Buhari foi chefe de Estado da Nigéria de 1983 a 1985. Em 1984, ele promulgou a Guerra Contra a Indisciplina, uma lei lembrada por abusos de direitos humanos e restrição à liberdade de imprensa.

O Natal veio e foi com um vento forte e silencioso.

A Big Madam e o Big Daddy saiu todo dia até o dia do Ano-Novo, visitando todo mundo e voltando pra casa tarde, cansados, bêbados e cheirando arroz *jollof*, carne frita e bebida. O Kofi viajou pra Gana pra ver a esposa e os filho no Natal e eu, eu fico em casa, limpando, lavando roupa, lendo livro na biblioteca quando tenho um tempo e lembrando do Natal de Ikati com um pouco de tristeza no meu espírito, do jeito que todo mundo vai reunir na praça da aldeia e explodir bombinha e fogos e dividir a bebida *zobo* e choco-doces até tarde da noite.

Hoje é o primeiro dia de trabalhar do ano de 2015 e a Big Madam falou que tenho que seguir ela na sua loja, porque a vendedora foi pra aldeia dela e não voltou e ela precisa de mim pra ajudar. A gente está no carro dela agora. Estou sentada na frente e o Abu está dirigindo no trânsito, balançando com a cabeça pro rádio que está falando notícias em hauçá com volume baixo.

A Big Madam está no banco de trás, falando com a sua amiga, a Caroline, no telefone.

— Vai ser terrível. Se Buhari ganhar as eleições, os nigerianos não vão nem entender de onde veio o golpe. Nem ideia! Esse homem tem uma agenda maligna. Você se lembra do que passamos nos anos 80? Como as pessoas perderam o sustento por causa da Guerra Contra a Indisciplina? Fui açoitada uma vez por seus soldados demoníacos enquanto esperava um ônibus em Obalende em 1984. Quem sabe o que acontecerá se ele vencer? Eu conheço pelo menos três clientes minhas que prometeram sair do país em autoexílio. Afinal, por que esperar que a tragédia se abata sobre você? É um pesadelo. Estamos condenados. Precisamos convocar uma reunião da Associação de Vendedores de Tecidos de Lagos para garantir que as mulheres da nossa área possam convencer nosso povo a não votar nele.

Eu viro pra olhar pra ela, pra ouvir o que que ela está dizendo do Buhari porque gosto de estar aprendendo coisas nova. Ela está balançando a cabeça pra cima e pra baixo, falando.

— Eu estou te ouvindo Caroline, estou te ouvindo. Mas não vejo como isso pode ser bom para nós. Esse homem pode fazer uma lei que afetará meus negócios. Noventa por cento da minha renda é da venda de tecidos para casamentos, funerais, noivados... Será um desastre se as pessoas começarem a reduzir seus gastos com tecidos. Um verdadeiro desastre. — Ela vê eu olhando e diz: — Por favor, espere, espere.

Antes que eu posso virar bem rápido, ela bate do lado da minha cabeça com o dedo que tem um anel de ouro com uma pedra nele. Eu sinto a dor no meio do meu cérebro.

— Você vai ficar de olho no caminho e parar de ouvir a minha conversa? Idiota.

Eu ouço ela puxar uma coisa da bolsa, tilintando que nem um molho de chave. Ela joga a coisa no banco da frente. A coisa desvia de mim e cai nos pés do Abu, onde fica o pedal do carro. O Abu olha com um olho pra mim, depois olha pra frente e continua dirigindo que nem se nada acontece.

A Big Madam continua falando no telefone.

— Desculpe, Caroline. Adunni estava ouvindo minha conversa. Imagine a idiota abandonada por Deus? Não, ela está indo comigo para a loja. Glory foi para casa no Natal e se recusou a voltar. Adunni veio hoje enquanto espero uma vendedora substituta. De qualquer forma, encontrei um pacote de cruzeiro que acho que você adoraria. Meu maravilhoso Chefe vai me patrocinar, como sempre. Não, não é a Royal Caribbean... Vamos falar sobre isso mais tarde. A que distância você está? Certo, não é longe. Não há trânsito na Awolowo Road, então vejo você em breve. Tchau.

Eu esfrego minha cabeça, sinto as lágrima quente queimando meus olho. Eu sei o significado de abandonar. Eu sei que significa que é quando alguém te deixa sozinha. Que é quando você não tem utilidade pra pessoa. Um desperdício desperdiçado.

Eu não sou um desperdício desperdiçado; eu sou Adunni. Uma pessoa importante e de valor porque meu amanhã vai ser melhor do que hoje. Converso comigo mesma, do jeito que estou fazendo todo dia desde que a sra. Tia me ensinou, até que o Abu vira o carro pro portão da loja da Big Madam.

Os degrau que sobe pra loja da Big Madam é feito de mármore branco e, lá no fundo de cada degrau, tem uma lâmpada de luz branca brilhando nos pés da gente.

No último andar tem uma sala do tamanho da sala de visita da Big Madam, e eu olho em volta, piscando de tanto que ela é brilhante, com a maravilha disso tudo. O ar está frio com o ar-condicionado, cheirando perfume e dinheiro.

Não tem o barulho que nem dos carro e das mulher do mercado aqui. Não tem cheiro de pessoas. Só várias estante de vidro, arrumada do chão até no teto, que nem uma parede de vidro em volta da sala toda. Dentro de cada estante de vidro tem uma escadinha sentada debaixo de uma lâmpada branca e brilhante de luz redonda. Os tecido é os mais bonito que já vi na minha vida, estão dobrado em cada degrau da escadinha. Tem tecidos com flor, centenas de flor pra fazer parecer que a Big Madam arrancou um jardim de flor e dobrou que nem um pano pra vender. Outros tecido têm pedras, brilhantes, cores diferente, roxo, rosa, vermelho, azul, branco, preto, até umas cor que não têm nome. Tem um de rede, um com material de cortina, que parece pesado, outro que nem uma esponja, grossa e pesada. No teto, contei dezesseis lâmpada bem dentro e redonda que nem uma bola do olho de luz, todas numa caixa de metal prata.

As boneca-bebê que o sr. Kola mostrou pra mim na loja quando eu estava vindo pra Lagos, duas delas, as duas nua, ainda estão parada atrás da janela da frente. Um mar de renda branca rodeia os pés das boneca e dois vaso feito de palha e cheio de flor amarela seca estão do lado de cada boneca.

No meio da loja tem uma cadeira roxa com pés de ouro, a almofada das costas curvando um pouco. Tem revistas na mesa de vidro do lado da cadeira, colocada que nem um leque numa mão aberta, eu pego o título da revista que está em cima das outra com meus olhos: *Genevieve*. Tem uma foto de três atriz de Nollywood na capa, parecendo ricas e feliz.

— Coloque minha bolsa no caixa — a Big Madam diz, mostrando a prateleira de vidro do meu lado esquerdo onde tem um pequeno computador em cima, do lado de uma caneta e um caderno. Atrás da prateleira está uma cadeira, alta, com assento redondo. Também tem uma TV na parede, reta e fina que nem as da casa da Big Madam.

Largo a bolsa dela, fico esperando ela me falar o que que eu faço.

— O depósito fica atrás daquela porta — a Big Madam diz, sentando no sofá roxo e tirando os sapato roxo. — Acho que não está trancado. Abra, e bem no chão tem uma sacola cheia de tecido. Traga essa sacola para mim.

— Sim, *ma* — digo, virando pra porta atrás de mim. Giro a maçaneta dourada e pisco pra entrar no depósito escuro. Está muito escuro pra ver bem, mas vejo filas e mais filas de escada, cheias de tecido de renda, muito pra contar, longe demais pra ver aonde acaba. Pego a sacola de náilon atrás da porta e fecho.

Quando entro na loja, vejo a Caroline. Ela está vestindo uma calça jeans que parece muito apertada, com uma camiseta dourada que acaba no umbigo. Tem salto alto, rosa que nem uma ponta de agulha nos pés. Hoje, os olhos dela não são verdes, mas marrom-dourado que nem mel. Como que ela consegue ficar mudando a cor dos olhos? Ou ela está vestindo um óculos especial bem lá dentro dos olhos?

Ela está enrolando a cabeça com um lenço vermelho e quando ela faz um tipo de oi pra mim com um sorriso rápido, os dois brinco grande e redondo nas sua orelha dança pra cima e pra baixo.

— Esta é a minha renda guipir? — ela diz, pegando a sacola da minha mão e espiando dentro dela. — Florence, você está me entregando o melhor da sua coleção? Quero fazer um vestido bem justo na cintura para uma pessoa especial.

A Big Madam ri que nem um cavalo.

— Quem é a pessoa especial? Hein? Mulher, no dia em que seu marido te pegar, não vou implorar a ele para aceitá-la de volta.

— Não é minha culpa que ele esteja sempre fora — ela diz enquanto puxa o tecido e esparrama, a renda derrama no chão que nem uma onda vermelha gigante, as pedra embaixo piscando com as luz brilhante. — Hoje ele está na Arábia Saudita, amanhã estará no Kuwait, em busca de dólares. Uma mulher precisa de um homem para aquecer sua cama.

— Sei — a Big Madam responde — Quem vai fazer seu vestido?

— A Casa Funke — Caroline responde. — Florence, ah, esta guipir é fantástica. O borgonha é vivo! Olhe o padrão nas bordas, meu Deus. Quanto você faz para mim?

— Cento e cinquenta mil — a Big Madam diz, pegando a revista na mesa e fazendo vento com ela. — Para você e para *todo mundo*. Você precisa de todos os cinco metros?

— Estou pensando em fazer um vestido mídi — a Caroline diz, falando com o tecido. — Então, pouco mais de dois metros e meio devem ser suficientes. Mal posso esperar para ver que mágica Funke vai fazer no decote. Talvez eu coloque mais pedras, porque quero brilhar até a morte!

— Este novo homem deve ser especial — a Big Madam diz, bocejando. — Olha só como você está sorrindo.

— Florence, cento e cinquenta é muito. Tire cinquenta mil, *abeg*.* Vou mandar Adunni ao meu carro para buscar o dinheiro agora mesmo.

— Tirar o quê? — a Big Madam joga a revista e fica reta. — Estamos falando de renda suíça aqui, querida. O seu novo homem não vale isso? Na verdade, há um novo brocado que acaba de chegar. Bordado luxuosíssimo. Você vai adorar. Posso imaginar você fazendo um macacão com ele, talvez para outro encontro com esse seu novo homem. É um lindo champanhe dourado e tenho o turbante de veludo perfeito para acompanhar. A esposa do governador acabou de desligar o telefone comigo. Ela quer três metros para um almoço especial na Embaixada dos Estados Unidos. Devo pegar para você?

Eu olho pra Big Madam, me perguntando quando que ela falou com a esposa de algum governador agora, mas ela fica com o rosto sério.

— Florence! — A Caroline balança a cabeça com uma risada. — Você vai me levar à falência, eu juro. Quanto pelos dois, três metros cada? Você tem o turbante a pronta entrega? — Ela vira pra mim. — Adunni, desça rápido. Meu carro está no estacionamento. Minha garota doméstica está sentada no banco da frente. O nome dela é Chisom, diga a ela para lhe dar minha bolsa e traga para mim.

Quando viro e deixo elas, a Big Madam está dizendo:

---

* "Por favor", um acréscimo educado a um pedido ou comando, em pidgin nigeriano. (N. da T.)

— Antes que eu esqueça, há um tule turquesa que acho que você adoraria...

As quatro porta do jipe preto da Caroline estão aberta.

Uma garota está sentada no banco da frente, falando num telefone de celular que está apertando no meio da orelha e do ombro. Ela está mexendo pro telefone, rindo também, enquanto ela pega uma colher cheia de arroz *jollof* de uma tigela no seu colo e come.

O motorista, um homem com um chapéu preto cobrindo o rosto, está dormindo no banco dele, que ele empurrou pra baixo. As duas pernas dele estão levantada, no espaço de dirigir do volante e da porta aberta do carro. O homem nem se mexe quando eu chego perto do carro.

— Olá — digo, olhando a garota, apertando a mão pra tampar o barulho de fome no meu estômago. — Você é a empregada da tia Caroline?

Ela não parece nem um pouco com uma empregada doméstica. O cabelo está com uma trança grossa e arrumada até nas costas. O vestido dela, amarelo brilhante e rosa com um monte de pássaro numa árvore, não parece nem um pouco com o meu. Eu não vejo os pés dela, mas os dedos, que ela está usando pra segurar a colher, têm unhas da cor rosa igual do vestido.

— Depois te ligo de novo — ela diz pro telefone.

— Ou você é a filha dela? — pergunto. Talvez ela é a filha da Caroline. Ela parece uma filha, está vestida que nem uma filha. Fala que nem uma filha também.

— Olá — ela diz pra mim.

— Estou procurando a Chisom. Empregada da tia Caroline. Ela falou pra mim levar a bolsa dela pra loja.

— Eu sou a Chisom — ela diz, me olhando de cima pra baixo. — Você é a empregada da Big Madam?

— Sim. Ela falou pra mim levar a bolsa dela.

— Ah, sim — a garota diz, e aí vira pro banco de trás, pega uma bolsa preta de couro com letras grandes *L* e *V* desenhadas em todo lugar e me dá. — Qual é o seu nome? — ela pergunta, enquanto eu pego a bolsa.

— Adunni. — Engulo a saliva quente na minha boca enquanto olho pra ela. Ela pega a tampa de plástico da tigela de arroz *jollof* e coloca na tigela, cobrindo o arroz e a carne frita.

— *Bia,** Adunni, por que você está tão magra assim? — Ela olha pra mim um pouco, depois pra tigela, depois ri. — Você quer o que sobrou do meu arroz?

Eu tiro meus olhos da tigela. Não posso pegar o arroz porque a Big Madam vai me bater. Mas será que eu posso encontrar um canto pra comer rápido?

— Rebecca estava sempre com fome — a Chisom diz. Ela bate com a mão na tampa pra fechar bem o arroz, depois coloca a tigela na minha frente. — Pode pegar minha comida. Minha patroa me compra outra.

— Você conhece a Rebecca? — Arregalo os olhos, esquecendo toda a minha fome, o arroz. — Como? Você sabe o que que aconteceu com ela? Ela era da aldeia Agan?

Chisom abaixa os ombros.

— Ela falava sobre Agan. A gente não era amiga, então não sei se ela era de lá, mas sempre que a via aqui dava comida para ela. Então, um dia, ela não voltou mais.

— Quando que ela parou de vim pra loja? — pergunto.

A Chisom pensa um pouco.

— Talvez na época que ela estava começando a ficar grande. Antes ela era magra. Como você.

— Ela estava ficando grande? — Meu coração começa a bater mais rápido, enquanto eu penso nas conta da cintura debaixo do

---

* Palavra indígena que significa "venha". A maioria dos ndigbo usa a palavra *Bia*, de maneira que a sociedade nigeriana entende como uma palavra igbo. (N. da T.)

meu travesseiro. Talvez ela tirou porque estava ficando grande, mas as conta estão dentro dum cordão de elástico, então ele pode esticar e esticar e ela não precisa tirar de verdade. Eu suspiro. — Chisom, ela te falou...

— Adunni! — a Big Madam grita lá de cima. — A bolsa da Caroline está na Arábia Saudita? Você precisa solicitar um visto antes de poder trazer a bolsa, *ehn*?* Se você me fizer descer aí e te buscar, eu vou...

— Estou indo, *ma* — grito antes da Big Madam continuar o que vai falar.

Viro rápido, quase caindo enquanto corro pras escada e, antes de começar a subir, olho pra trás e vejo a Chisom rindo, balançando a cabeça pra mim.

— Sua loja é muito boa, *ma* — digo pra Big Madam quando a gente sai da loja, e o Abu está dirigindo numa pequena ponte. — Tão grande, linda. — Meu estômago está com muita fome e ficar em silêncio demais está fazendo minha boca cheirar um odor ruim, então continuo falando, mesmo que a Big Madam está sentada no banco de trás, respirando difícil, sem responder pra mim. — Que nem o céu. Todas luz nela, brilhando lindamente. O cheiro também, que nem perfume. Os tecido? Tão caro. Tão bonito.

O Abu escorrega um olho pra mim, que nem se está perguntando se eu estou louca, mas eu continuo falando:

— E todas aquelas pessoa que entra na sua loja e telefona, um grande povo nigeriano. Seus filho deve se sentir muito orgulhoso da sua mamãe. — Aí eu fico quieta.

Quando o Abu está entrando na rua que leva pra casa, a Big Madam diz:

— Você acha?

---

* Usado como exclamação. (N. da T.)

Primeiro, não tenho certeza se ela está falando comigo, então sussurro minha resposta, digo:

— Acho que sim, sim.

A Big Madam ri. Uma verdadeira risada. Eu viro pra olhar pra ela no banco de trás. Ela está sorrindo. Pra *mim*. Comigo.

— A senhora é muito boa de vender pra todo mundo — digo, esquecendo toda a minha fome e a Chisom e tudo o que estava de preocupação na minha mente. — Todos cliente que foi lá hoje, você vende pra todo mundo, ganhando um bom dinheiro. Você faz parecer tão fácil fazer negócio. Realmente, *ma*, se um dia eu quiser vender tecido, *ma*, quero vender que nem você.

— Como eu? — A Big Madam aperta os dedo cheio de anel de ouro no peito e ri de novo, e seus olhos, que estava vermelho e cansado, agora ilumina o carro inteiro. — Adunni, eu comecei meu negócio do nada — ela diz, fazendo força pra sentar e ir pra frente. — Quinze anos atrás, eu vendia materiais baratos na minha mala, indo de um lugar para outro em busca de clientes. Eu não nasci na riqueza. Trabalhei muito para ter sucesso. Eu lutei por isso. Não foi fácil, especialmente porque meu marido, o Chefe, ele não tinha emprego. Se você quiser ser como eu nos negócios, Adunni, precisará trabalhar muito. Supere tudo o que a vida joga em você. E nunca, jamais desista dos seus sonhos. Entendeu?

Eu faço que sim com a cabeça. Fico com meus olhos nela. Sentindo uma coisa dividida de nós duas. Uma coisa quente, grossa, que nem o abraço de uma velha amiga.

Aí o Abu aperta a buzina, *biiip*, e a Big Madam pisca, olha em volta.

— Ahn? Já estamos em casa? Adunni, por que você está me encarando? Você vai voar para fora deste carro e entrar em casa antes que eu corte a sua cabeça! Idiota!

Saio do carro, tropeçando em tudo que a gente acabou de dividir: o olhar quente, o sorriso rápido, a esperança que talvez ela pode ser sempre gentil comigo, e corro rápido pra dentro da casa.

43

Fato: A Nigéria tem a maior população cristã da África. Uma única igreja pode registrar uma congregação de mais de 200 mil pessoas.

O Buhari venceu as eleições.

O Kofi dança que nem se ele e o Buhari estão dividindo a mesma mamãe e o mesmo papai.

— A mudança chegou — ele diz enquanto a TV fazia o anúncio na semana passada, tirando o chapéu branco da cabeça, jogando pra cima e pegando com uma risada. — A mudança chegou! A Nigéria vai prosperar! Isso era o que estávamos esperando!

O papai estava sempre seguindo as notícias das eleições; e agora me pergunto, com um pouco de tristeza no coração, se ele também dança com essa notícia, se ainda está pensando em mim.

Mas a Big Madam ficou sempre tão brava. Ela amaldiçoa e amaldiçoa tanto o Buhari que fico com medo que o homem cai morto a qualquer hora. Ela falou que ele é um feiticeiro. Que ele não sabe inglês. Agora, eu fico pensando nisso, se ele não sabe inglês e é um novo presidente, talvez Adunni também pode ser presidente um dia?

Hoje é o primeiro domingo de abril e a gente vai na igreja da Big Madam pro culto especial da ação de graças das Mulheres de Negócios. Ela falou que tenho que seguir ela pra ajudar a carregar a sacola de tecidos que ela quer dar de presente pras mulheres do grupo dela. Nunca fui na igreja desde que vim pra Lagos e estou sentindo animação quando entro no carro e sento na frente com o Abu.

A Big Madam e o Big Daddy sentam atrás. A Big Madam está usando o *boubou*, mas esse é de um material dourado pesado, tão pesado que tenho que carregar as pontas pra ela poder entrar no carro. Tem pedras brancas brilhando nos ombros e nas mangas, uma linha grossa de renda prata em volta do pescoço. O *gele* dourado é que nem um navio bem pequenininho no meio da cabeça dela, os brincos são um colar de cinco contas vermelhas que puxam suas orelhas até nos ombros.

Ainda estou usando os sapatos da Rebecca. A beirada do sapato está rasgando e ontem usei uma agulha e uma linha pra costurar de novo. Gosto do sapato, faz eu sentir que nem se conheço a Rebecca de antes, que nem se carrego ela comigo nos meus pés pra todo lado, dividindo a vida dela, os segredos dela com ela. Eu sei que muito logo vou estar sabendo o que aconteceu, por que ela simplesmente desapareceu e por que ninguém nesta casa está querendo falar dela.

A sra. Tia ainda está em Port Harcourt, ela mandou uma mensagem pra mim hoje de manhã. Ela falou que a mamãe dela está internada no hospital desde o Ano-Novo e que as coisas "finalmente se acalmaram, então deverei estar no próximo voo disponível de volta para Lagos". Ela também falou que seu marido, "bendito seja, tem vindo a Port Harcourt toda sexta-feira para ficar comigo".

Li a mensagem três vezes, antes de responder: "CERTO. ATÉ MAIS".

— Você tem dinheiro para a oferta da igreja? — a Big Madam pergunta pro Big Daddy agora, enquanto o carro está subindo na ponte que parece que está pendurada com muitos fios, dedos finos e brancos dos dois lados. Acho que esta é a ponte Lekki-Ikoyi que a sra. Tia usa pra corrida matinal dela.

— Que tipo de pergunta estúpida você está me fazendo, Florence? — o Big Daddy responde. — Você me deu dinheiro para oferecer?

A Big Madam resmunga, abre a bolsa de pena dela e tira o dinheiro, um pacote, tem um elástico marrom em volta do pacote.

— São cinquenta mil nairas — ela diz pro Big Daddy, arrastando um grande pacote pra fora do resto. — Use dez mil como oferta. Os quarenta mil são para você fazer a doação na conferência Homens de Bem no próximo fim de semana. Chefe, por favor, certifique-se de doar o dinheiro, porque, da última vez que dei a você duzentos mil para o Retiro dos Homens Cinquentenários, o secretário da igreja nunca o recebeu.

O Big Daddy pega o dinheiro e enfia no bolso do *agbada* verde.

— Por que você não espera até chegarmos à igreja para poder pegar o microfone e anunciar para toda a congregação que você deu ao seu marido, o chefe da família, o homem encarregado de sua casa, duzentos mil nairas para o retiro, e que ele gastou o dinheiro? Mulher inútil.

A Big Madam balança a cabeça, mas o queixo dela está tremendo, tremendo que nem se ela está lutando pra não chorar, e eu sinto uma pena dela. Quando ela olha pra janela e funga uma coisa no nariz, o Abu aumenta o volume do rádio e o *Notícias de Domingo* enche o carro de barulho.

A gente dirige assim, sem ninguém falar, só o rádio falando, até que o Abu desce da ponte e vira na esquerda de um círculo.

Quando o Abu para o carro, a Big Madam desce, mas o Big Daddy fica no carro. Ele diz que vai encontrar com a gente depois; ele quer fumar um pequeno *siga* primeiro, pra abrir sua mente pra ouvir os céus.

A igreja é um prédio no formato de chapéu redondo com uma cruz dourada que fica na ponta do telhado. As janelas, eu conto cinquenta, são feitas de vidro colorido com desenhos de pombas e anjos, o complexo está todo cheio de carros grandes que nem o jipe da Big Madam. Todo mundo que entra está vestido que nem se é uma festa de aniversário ou uma festa de casamento, com salto alto, *geles* de todas cores do arco-íris, rendas caras e muita maquiagem no rosto das mulheres.

Lá em Ikati, a nossa igreja tem só telhado, banco e tambor pra música e as pessoas usam roupas pra ir na igreja que nem se está de luto, cantando que nem se está de luto também. Essa igreja, daqui de fora, dá pra ouvir muita música, dá vontade de dançar.

A gente sobe as escada, entra num lugar que parece uma sala sem sofá. É legal lá dentro, com muita gente rindo, conversando, sorrindo uma pra outra, dizendo bom domingo. Na nossa frente tem a porta principal da igreja, duas portas de vidro com tapete vermelho no chão.

Tem uma mulher parada na frente numa das portas que nem um porteiro; ela está usando uma saia preta muito colada que parece que está causando problemas pra respirar, e uma camisa vermelha que parece que é de uma criança de dois anos, empurrando todo o seio dela pro pescoço. Debaixo de um monte de maquiagem, espinhas estão beliscando o rosto inteiro dela, fazendo ela parecer que teve uma doença de sarampo que não acabou de curar sozinha.

— Bom dia, bem-vinda à Arena de Celebração — ela diz, dando um grande sorriso pra Big Madam que até estica o lábio e todas as espinhas em volta da boca dela ficam juntas, no mesmo lado. — Presumo que seja sua empregada? — ela diz, olhando pra mim que nem se eu estou usando minha roupa de ponta-cabeça.

Eu ajoelho, cumprimento ela.

— Bom dia.

— Adunni, levante-se e traga minha bolsa — a Big Madam diz. — Sim, ela é minha empregada doméstica — ela responde pra mulher. — Estou correta em pensar que ela não pode entrar neste auditório da igreja? Eu preciso dela após o culto para trazer tecido do carro.

A mulher balança a cabeça.

— Não pode. Ela vai para o culto das empregadas nos fundos. Vou levá-la até lá e a trago de volta mais tarde. Pode entrar, senhora. Deus te abençoe.

Eu fico parada ali, olhando a Big Madam entrar pela porta de vidro, enquanto um choque de ar frio e vozes cantantes escapa e chega pra mim.

— Por que que eu não estou seguindo minha patroa pra dentro da igreja? — pergunto pra mulher depois que a porta engoliu a Big Madam pra dentro. — Aonde que eu vou encontrar ela quando ela acabar? Eu não conheço nenhum lugar de Lagos. Eu não quero ficar perdida.

A mulher esticou os lábios num sorriso rápido.

— Não se preocupe, você vai ficar bem. Me siga. Por aqui.

A gente corta pro fundo da igreja. Ela está andando com seu sapato de salto alto vermelho que nem se o chão é uma corda bamba. A gente passa num caminho com mato do lado esquerdo e direito, que nem uma risca de cabelo curto e cheio em uma cabeça reta. A gente chega em uma casa. É a primeira vez que eu vejo uma casa cinza aqui em Lagos que me faz lembrar de Ikati. Não tem pintura, nem porta e nem janela. Do lado tem outra casinha, também sem porta. Sinto o cheiro de mijo antes de ver a beirada redonda da privada branca, os azulejos marrons quebrados no chão. Parece que construíram essa casa de qualquer jeito e jogaram nos fundos da igreja, depois que terminaram de usar todo o dinheiro pra igreja boa da frente.

— Aqui é onde acontece o culto das empregadas domésticas — ela diz, tampando o nariz com a mão, o vermelho da unha grande dela apertando a bochecha. — Há um problema com o sistema de descarga do banheiro, mas isso está na fila para ser consertado. Com sorte, deve ser resolvido antes do próximo domingo. De qualquer forma, sente-se com as outras ali. O pastor estará aqui em breve. Nós viremos buscá-la após o culto, está bem?

Eu dou um passo pra dentro e vejo umas cinco garotas sentadas no chão, de cabeça abaixada. Todas elas parecem ter a mesma idade que eu: catorze, quinze. Todas estão usando roupas sujas de *ankara* ou material liso com sapato que nem papel higiênico molhado, rasgando em todo lugar. Os cabelos são duros, ou cortados bem curtos na cabeça. Elas têm cheiro de suor fedorento, de um corpo que precisa de muita lavagem e todas parecem tristes, perdidas, com medo. Que nem eu.

— Bom dia pra todo mundo — digo, tentando sorrir, pra ver se consigo falar com uma delas, pra fazer uma amiga.

Mas ninguém está respondendo pra mim.

— Bom dia — digo de novo. — Me chamo Adunni.

Uma das garotas levanta os olhos e fica olhando pra mim. Não tem nenhuma bondade nos olhos dela, não. Nada. Só medo. Medo gelado. Ela não fala nada, mas com os olhos, ela parece que está dizendo: *Você sou eu. Eu sou você. Nossas patroas são diferentes, mas elas são iguais.*

Eu olho em volta e vejo a Chisom no canto direito, apertando o telefone dela. Eu esqueço as outras garotas, ando rápido pra ela. Tem um fio branco dentro das orelhas dela, e ela está balançando a cabeça com o som de uma música silenciosa e comendo um chiclete. Ela parece feliz no seu vestido de igreja azul, com o sapato preto e as meias brancas limpas e quando eu abaixo na frente dela, eu me pergunto se ela é uma empregada doméstica que nem eu e as outras garotas daqui, ou se a Caroline está só tendo um jeito diferente de ter suas próprias empregadas.

— Chisom.

Ela explode uma bolha com o chiclete, usa a língua pra matar a bolha. Aí, ela bate no chão perto dela pra mim sentar, puxa os fios da orelha.

— Magrinha! — ela diz. — Como você está?

— Adunni é o meu nome, mas tudo bem, obrigada. Essa é a sua igreja?

— Não. Minha patroa vai pra outra igreja. A gente veio só pra esse programa Mulheres de Negócios. Por que estamos sentadas aqui? No chão? Eu perguntei àquela assistente com muitas espinhas, mas tudo o que ela disse foi: "É o protocolo". Minha patroa disse que eu devia segui-la e que ela reclamaria depois do culto. O que é "protocolo"?

— Não sei. — Sento e puxo os joelhos pra cima que nem as outras garotas. — Sua patroa é muito legal com você — eu digo. — Por quê?

— Porque ela é uma mulher legal, e porque eu e ela, a gente se entende. Eu cuido dela e ela cuida de mim.

— Tipo como? — eu pergunto. Talvez se ela fala, eu posso tentar cuidar da Big Madam, e aí ela fica gentil comigo também.

— Eu sei coisas sobre a minha patroa. Coisas que ninguém mais sabe. Todos seus segredos, tudo, guardo pra ela. Eu e ela somos mais do que patroa e empregada. Somos como irmãs. Mas você e todas essas garotas aqui? Não tem nada que vocês possam fazer para tornar suas patroas legais com vocês. Nada. A maioria delas é simplesmente má, de qualquer jeito. — A Chisom coloca o fio na orelha de novo, começa a estralar o dedo e sacudir a cabeça.

Eu espero um pouco, aí bato meu braço nela.

— Chisom?

Ela puxa o fio e me olha com um jeito irritado.

— O quê?

— Naquele dia na loja — digo, falando bem baixinho — você falou que a Rebecca era magra antes, e aí ela começou a ficar grande. Você sabe o que que foi que aconteceu com ela depois que ela ficou grande? Por que ela estava ficando gorda? Ela fugiu?

— Não sei. A gente nunca conversou muito, mas quando vi ela um dia, ela parecia grande. E quando eu vi pela segunda vez, depois dessa primeira, ela estava ainda mais grande, então eu entendi.

— Você está me deixando confusa, Chisom — digo quando um homem entra na sala. Ele está vestindo um terno que nem um trabalhador, segurando uma grande Bíblia preta debaixo do braço.

— Olá, todo mundo — ele diz, olhando em volta com um sorriso pra gente que está sentada. — Eu sou o pastor Chris. Hoje nós vamos...

— Entendeu o quê? — eu pergunto pra Chisom. Meu coração está batendo tão forte que afoga tudo que o pastor está falando. — Me fala, o que que você entendeu?

— A Rebecca me disse que ia casar — a Chisom diz, sussurrando. — Ela estava muito feliz, mas parecia com muito medo. Aí, dizem que ela não voltou pra casa depois de ir ao mercado uma tarde. Mas...

— Eu disse que podemos todos nos levantar? — o pastor diz, batendo palmas. — Vocês duas aí no canto, parem de conversar. Levantem-se!

— Espera — digo pra Chisom e nem olho pro rosto do pastor. — Com quem que a Rebecca ia casar?

— Não sei, mas acho... — Ela tampou a boca. — *Shhh*, o pastor está vindo para cá.

Não consegui falar mais com a Chisom depois disso.

A patroa dela, a Caroline, foi buscar ela no meio do nosso culto e levar ela pra grande e bela igreja da frente e, depois do culto, fico do lado do portão da igreja tentando encontrar ela. Eu uso meus olhos pra procurar no meio de todas as mulheres e homens nos vestido chiques, comendo tortas de carne e rindo e falando do culto religioso, mas eu não vejo ela e também não vejo a Caroline. Eu pensei de talvez entrar no prédio da igreja pra continuar procurando a Chisom, quando a Big Madam me puxa pelos cabelos e me arrasta pra dentro do carro.

A gente está no carro agora, dirigindo pra casa no silêncio.

O Big Daddy está lá atrás roncando alto, e a Big Madam está falando no telefone com uma pessoa de um "suprimento de tecido de organza para duzentos convidados do casamento".

Quando a gente chega em casa, a Big Madam e o Big Daddy descem do carro, mas eu não saio. Eu não quero entrar na casa. Eu quero ficar aqui, nesse carro, e me esconder pra sempre.

Tudo o que a Chisom falou da Rebecca não faz sentido. Se ela ia casar com uma pessoa, então por que o Kofi não sabe? Por que ninguém sabe? Eu suspiro. Estou cansada. Com fome. Confusa. Com raiva de mim também, de estar pensando que uma coisa ruim aconteceu com a Rebecca, quando ela estava feliz e casou e talvez só decidiu fugir porque ela não quer que a Big Madam termina com os planos do casamento dela.

Do mesmo jeito que eu também não quero que a Big Madam termina os meus planos da bolsa de estudos.

Mas por que ela tirou as contas da cintura se ela ia casar?

Eu suspiro de novo.

O meu cabelo, que a Big Madam ficou puxando pela igreja, está doendo muito. O meu corpo está parecendo um mapa, mostrando as marcas diferentes de onde a Big Madam me bate tanto. Tem uma nas minhas costas, uma ferida, ela usou o salto do sapato para abrir ela duas vezes, fazendo ficar cheirando mal uma semana, depois que já estava quase secando. Tem outra atrás da minha orelha, uma no lado esquerdo da minha testa.

Como que eu vou me libertar desse lugar? O fim de abril está parecendo tão longe, mesmo que é só umas semanas a partir de agora. Mas mesmo assim, eu não sei se vou conseguir essa bolsa, e mesmo se eu consigo, a Big Madam vai me deixar sair daqui? Sinto uma saudade tão grande de Ikati, da minha vida de antes, um puxão que torce o meu coração e me faz começar a chorar.

— Adunni — o Abu diz, e eu levanto os olhos, esquecida que ele está no carro. — *Haba*. Por que você está chorando?

Eu limpo o rosto.

— Tudo, Abu. É a minha vida, a Rebecca, tudo. Estou cansada.

Coloquei a mão na maçaneta da porta, fazendo que vou abrir.

— Espere — o Abu diz. — Por que a Rebecca está fazendo você chorar? Ela não está aqui.

— Sim — eu digo, e aí conto pra ele das contas da cintura e do que a Chisom falou.

O Abu continua balançando a cabeça enquanto eu falo e, quando eu acabo, ele suspira e diz:

— Que Alá esteja com ela.

— Amém. Só que continuo sentindo que talvez ela estava com problemas, e que talvez o que aconteceu com ela vai acontecer comigo também. Eu sinto que eu estou perto dela. Ela era da aldeia Agan, que não é longe da minha aldeia. Mas agora, acho que ela está bem. Ela estava fugindo para casar e eu estava preocupando por nada.

— Adunni — o Abu diz e aí olha por cima do ombro pra onde a casa fica. — Eu quero te mostrar uma coisa. Uma coisa que vi dentro do carro... depois que a Rebecca sumiu.

— O quê? O que você viu?

— Agora não — ele diz, olhando por cima do ombro de novo. — A coisa está no meu quarto. Vou trazer para você quando o Big Daddy estiver dormindo à noite, ou quando ele não estiver em casa, *ko*?*

O rosto dele parece tão sério, os olhos tão arregalados de medo, que sinto meu coração começando a bater.

— Tudo bem — eu respondo. — Quando você vim, bate na porta três vezes, aí eu sei que é você. Eu não gosto de abrir a porta do meu quarto de noite pra ninguém.

— Ah, certo — ele diz, balançando a cabeça. — Vou bater três vezes e esperar você fora do seu quarto.

— Até depois — digo, enquanto o meu telefone vibra no meu peito. Eu saio de dentro do carro, afastando um pouco do Abu e me escondendo atrás de um dos vasos de flores, antes de pegar o meu telefone.

É outra mensagem da sra. Tia:

Pronta para voar de volta a Lagos. Até amanhã à tarde para o banho.

Sua patroa deixou você vir comigo ao "mercado". Não precisa responder. S2

Eu fico rindo um pouco, me perguntando o que significa S2, antes de colocar o telefone de volta no meu sutiã e correr pra dentro pra começar meu serviço da tarde.

---

* Dependendo do contexto, pode ser tanto uma interjeição como uma verificação da conformidade de um fato ou razão, como "é?" e "não é?". (N. da T.)

44

Fato: O grupo étnico iorubá considera as crianças gêmeas uma bênção poderosa e sobrenatural, acreditando que trazem grande riqueza e proteção para as famílias em que nascem.

— Oi! — a sra. Tia diz quando encontro com ela no complexo segunda-feira de tarde.

Ela está sentada debaixo do coqueiro e, quando me vê, levanta e tira o pó de areia das nádegas.

— Minha nossa, olhe para você. Você está muito magra. Realmente já se passaram quase quatro meses desde a última vez que nos vimos?

— Sim — eu respondo — Foi desde antes do Natal.

Ela me dá um abraço rápido.

— Eu voei para Lagos algumas vezes entre o Natal e agora, mas apenas para dar uma passada no escritório. Eu gostaria de ter vindo para ver você, mas não deu tempo. Você recebeu minhas mensagens?

— Sim — eu digo. — Como que está a sua mamãe? Ela está se sentindo bem agora? Você e ela estão tentando ficar mais próximas?

Puxo o cadeado do nosso portão, abro e a gente sai pra a rua, começamos a caminhar pra casa dela. Tem um pedaço da rua um pouco na nossa frente que está lisa e preta parecendo que está cheia de óleo debaixo do calor do sol, e em cima que nem ondas finas d'água.

Ela faz que sim.

— Ela teve uma infecção no peito e quase a perdemos, mas de alguma forma ela conseguiu se recuperar. As coisas estão muito melhores entre nós... obrigada por perguntar. Você teve um bom Natal e Ano-Novo? Como está Big Madam? As surras pararam? Você perdeu muito mais peso.

Ela está sempre perguntando se as surra parou, mas minha resposta nunca muda.

— Ainda ontem, depois da igreja, ela derramou água na minha cabeça — digo. — Uma pessoa usou o banheiro do andar de baixo e não apertou a descarga direito. Tinha merda lá dentro. Ela fala que sou eu que fiz a merda. Ela me bateu, falando que sou uma criança endemoniada e uma grande gorda mentirosa. Ela nunca me dá comida pra me engordar, então por que ela está me chamando de gorda? Ela me fez colocar minha mão na privada, pegar a merda uma por uma e carregar pro nosso próprio banheiro.

A sra. Tia faz uma cara que quer vomitar.

— Isso é tão... — Ela balança a cabeça e não fala mais nada até a gente chegar no portão, onde um carro está parado na frente dele.

A sra. Tia faz o andado mais devagar.

— Esse é o carro da minha sogra — ela diz com a voz baixa. — Eu disse a ela que você viria comigo. O Ken a convenceu a deixar você vir. Nem acredito que concordei em fazer isso, mas quem sabe? Talvez esse banho dê certo, faça tudo isso... o estresse dela, de todo mundo, faça tudo se acalmar. — Ela balança a cabeça e fala baixo, só pra ela mesma. — Eu parei de tomar pílula no fim do ano. Temos feito tudo certo, mas nada ainda. É muito frustrante.

A pílula é um comprimido. O comprimido é um remédio. Que nem aquele que a Khadija faz pra mim na casa de Morufu pra me atrapalhar de engravidar. Se a sra. Tia não está tomando mais o remédio para atrapalhar o bebê, e eles estão tentando faz muitos meses, por que o bebê não está vindo?

Eu coloco a minha mão no ombro da sra. Tia e digo pra ela que vai ficar tudo bem, que nem ela está sempre me dizendo.

Ela me dá um sorriso molhado e puxa minha mão.

— Vamos, vamos lá.

A sogra da sra. Tia é uma mulher magra com um nariz que nem bule de chá. Ela parece com o dr. Ken, mas sem bigode no queixo e com uma peruca preta pequena na cabeça. Ela está usando um vestido de renda vermelha com pedras que parece caro e quando eu cumprimento ela, ela só funga uma coisa com o nariz do bule de chá.

A sra. Tia sobe no carro, senta do lado da mulher, e eu, eu sento na frente com o motorista.

— Moscou — a mamãe do médico diz, falando com o motorista. — Vamos para o Centro Milagroso em Ikeja. O da rotatória Shoprite. Está lembrado?

O Moscou, um homem com a cabeça que parece cheia de cimento seco, pesada demais pro pescoço, diz que sim, que consegue lembrar do lugar e começa a dirigir. Ele liga o rádio e eu sento lá, sentindo frio por causa do ar-condicionado e ouvindo a mulher do rádio falando que nem se ela é da América, ela fala do novo presidente Buhari e como que a Nigéria vai ser melhor por causa disso.

A sra. Tia e a mamãe do médico não fala nada. O único barulho dentro do carro é o da mulher da América falando no rádio. Ela fala tão rápido que a única palavra que entendi de tudo o que ela fala em uma hora de carro é *Obama*.

O ir-lento é o pior que já vi na minha vida. Lá fora, os outros carros na rua apertam a buzina que nem loucos, os motoristas xingando. Depois de umas três horas, o motorista vira num portão, para o carro e desliga o motor.

A mamãe do médico diz pra sra. Tia:

— Chegamos. Aqui está um lenço para você cobrir a cabeça. Este é um solo sagrado. Você pode dar este jornal para aquela que está na frente. Ela também precisa cobrir o cabelo. Por que você trouxe uma estranha, a empregada de sua vizinha, para algo tão sagrado, tão pessoal, está completamente além da minha compreensão. Não consigo entender de jeito nenhum.

— Ela tem que vir comigo — a sra. Tia diz. — Foi isso que combinamos. Se ela não puder vir conosco, eu vou embora. Ela pode ficar com o lenço, vou usar o jornal.

— E entrar parecida com o quê? Uma desclassificada? Tia, por favor, comporte-se. — A mulher está falando que nem se está cansada da sra. Tia e dos muitos problema dela.

— Eu a convidei. É injusto ela usar um jornal para cobrir o cabelo quando ela não pediu para vir aqui.

— Você não vai entrar aí com um jornal na cabeça — a mamãe do médico diz.

— Não vou mesmo — a sra. Tia diz, cruzando as mãos no peito e empurrando o lábio de cima que nem uma criança irritada. — Não vou sair daqui a menos que Adunni use o lenço.

A mamãe do médico fala baixo alguma coisa em iorubá. Eu sei que a sra. Tia não está entendendo, mas a mulher acabou de perguntar se a sra. Tia está tendo problemas de cérebro, aonde que o médico encontrou essa mulher maluca de Port Harcourt no estrangeiro pra casar.

Eu não quero que elas brigam por minha causa, então eu viro pra frente do banco de trás.

— Eu posso pegar o jornal — eu digo. — Posso até usar ele de vestido, se você quer. Cadê?

Dou uma olhada pra sra. Tia, implorando com os olhos pra ela me dar o papel.

A sra. Tia balança com a cabeça, pega o jornal do banco e me dá. Eu enrolo a coisa em volta da minha cabeça, dobro aqui e ali. Ele rasga muitas vezes, mas, por último, ele fica parecendo uma mistura de tampa com chapéu.

— Viu? Parece muito bom — digo, dando um grande sorriso com todos meus dentes pra elas.

A mamãe do médico faz um chiado, abre a porta do carro e sai.

— Encontre-me lá dentro — ela diz, batendo a porta e indo embora.

Eu e a sra. Tia olha uma pra outra e cai na gargalhada.

O profeta desse Centro Milagroso é um homem baixo com pernas tortas que nem duas letras *C* uma na frente da outra. Parece que ele está pulando em vez de andar.

Ele tem um olho dormindo, então mesmo quando ele está acordado, você vai querer mexer nele pra ele acordar. Ele está usando uma túnica grande vermelha com um cinto branco em volta do estômago. Na cabeça dele tem um chapéu branco com uma cruz roxa caindo, um pequeno sino de dourado na sua mão. Quando eu e a sra. Tia entra na igreja, ele pula, toca o sino *bleem, bleem*, diz pra gente:

— Bem-vindas. Sentem-se.

O lugar tem uns trinta bancos de madeira, que nem a minha sala de aula em Ikati. A mamãe do médico está sentada na beirada dum banco, então eu e a sra. Tia escorregamos pro mesmo banco. Na frente da igreja, atrás do altar de madeira com uma grande cruz marrom no meio, está a foto dum homem. Acho que é Jesus, mas esse Jesus parece que está com muita fome, tem uma cara de irritado também. Ele parece um pouco com a Katie em Londres também, com grandes cabelos castanhos.

Por que Jesus está parecendo alguém no estrangeiro? Será que Jesus é do estrangeiro?

Tem um cheiro forte no ar, e o meu nariz segue o cheiro até os três caracóis verdes de espantar mosquito no chão, fazendo uma fumaça cinza de ondas. Também tem velas vermelhas no chão, conto quinze em volta da perna do altar.

— *Alafia* — o profeta diz.

— Ele está falando paz pra você — sussurro pra sra. Tia. — *Alafia* quer dizer paz em iorubá.

A sra. Tia responde "*Alafia*" pro profeta.

Eu cumprimento boa-tarde pro homem.

— *Alafia* — ele diz e toca o sino uma vez.

A mamãe do médico, ela começa a falar com o profeta num iorubá calmo. Ela fala que a sra. Tia casou com o filho dela e não tem um filho faz mais de um ano desde o casamento. Que ela está cansada de orar e gritar por um bebê e ela pensa que talvez a sra. Tia tem um espírito maligno que está engolindo o bebê. Que a sra. Tia trouxe o espírito quando ela estava chegando e o espírito maligno precisa ser perseguido pra voltar pro estrangeiro. Ela mc cortou os olhos quando falou isso, porque ela sabe que eu estou entendendo.

Eu, eu fico com meus olhos nos pés do profeta. Ele não está de sapato. As unhas dos pés parecem queimadas.

— Então, você a trouxe para o poderoso banho — o profeta diz em inglês. — Esta é a terra da solução, amém? A terra do milagre. Milagre em vinte e quatro horas. — Ele tosse. — Ela trouxe outra roupa para vestir? Porque ela vai jogar fora a roupa que veio aqui. Ela veio com uma veste de tristeza e esterilidade; ela vai voltar com uma roupa de gêmeos. Amém?

— Só um bebê — sussurro.

— Gêmeos — a mamãe do médico diz, olhando pra mim. — Amém. Dois meninos.

— Eu tenho um jeans e uma camiseta nova na mala — a sra. Tia diz.

— Bom — o profeta diz. — Jovem, ajoelhe-se aqui para eu orar por você primeiro.

A sra. Tia escorrega pra fora do banco e ajoelha. Eu e a mamãe do médico também ajoelha. O profeta pula nos pés e começa a dar voltas na sra. Tia. Ele dá uma volta uma vez, toca o sino uma vez, a túnica abrindo e espalhando ao redor dele que nem as asas de uma águia. Ele dá a volta nela duas vezes, toca a campainha duas vezes. Ele faz isso umas sete vezes, até que começa a parecer que ele está tonto. Eu continuo ouvindo o sino dentro da minha cabeça uns dois minutos depois que ele parou de tocar.

Quando ele começa a pular, pra cima e pra baixo, batendo palmas, dizendo:

— Eli... Jah... Bebê...

A mamãe do médico balança com a cabeça sim, sim, sim, e diz:

— Bebês, meninos.

A sra. Tia abre um olho, parecendo que está com vontade de rir, depois fecha de novo.

A gente fica assim ajoelhada, até que o homem profeta termina de pular e fala que agora é a hora do banho de criar bebê.

45

Fato: Alguns dos pastores mais ricos do mundo vivem na Nigéria, com um patrimônio líquido que chega a 150 milhões de dólares.

O profeta está pulando na nossa frente, levando a gente em um caminho de areia vermelha.

Plantas verdes, cheias de espinhos, com galhos em forma de mão com dedos quebrados, estão sentadas em vasos de barro de cada lado do caminho. No fim do caminho, uma mulher, usando a túnica igual do profeta, encontra a gente com um sorriso que parece que está de cabeça pra baixo. Ela me lembra uma mosca doméstica, essa mulher, com o corpo magro e os braços cheio de pelos, e a pele escura mostrando as bolas dos olhos grandes que vai até um pouco pro lado da cabeça e o manto roxo grande e fino em volta do corpo dela que nem as asas finas da mosca doméstica. Ela está usando chapéu igual do profeta também, mas o dela parece que está inchando. Espio uma peruca vermelha debaixo, parecendo uma coisa que um carro subiu em cima e esmagou várias vezes.

Ela ajoelha na frente do homem.

— *Alafia.*

O homem balança a cabeça, coloca a mão no chapéu dela.

— Paz para você também, Mãe de Jerusalém.

Ele vira pra gente.

— Esta é a Mãe de Jerusalém Tinu — ele diz. — Ela é a cabeça de nossas criadoras de parto. Ela é uma mulher poderosa no ministério milagroso de criar bebês. Vocês podem chamá-la de Mãe Tinu, ela não se importará. Ela vai levar nossa irmã aqui com ela para o rio. Homens não são permitidos, então vou esperar lá atrás.

A sra. Tia faz um barulho que nem se uma coisa está beliscando ela.

— Agora mesmo? Não podemos, tipo, fazer isso mais tarde? Só preciso de um tempo para pensar. Para organizar meus pensamentos.

— Você já deu a volta nela sete vezes com o sino? — a Mãe Tinu pergunta pro profeta. — Porque, se isso já aconteceu, o banho deve seguir. Sem volta. — Ela sorri. — Vai ser rápido.

— A Adunni ainda pode vir comigo? — a sra. Tia pergunta.

— Isso é um disparate — a mamãe do médico diz. — Um total disparate.

— Adunni, você pode vir com a gente — a Mãe Tinu diz. — Vocês devem manter os olhos fechados durante toda a cerimônia. Isto não é um cinema.

— Sim, *ma* — eu digo.

— Vá — o profeta diz. — Depois do banho, encontre-me na igreja para pegar o creme especial que você usará no corpo.

— Creme também? — a sra. Tia diz. — Bem, que tal uma suíte no Ritz-Carlton e uma viagem de limusine de volta para casa? Você disse que era apenas um banho.

— Podemos discutir isso mais tarde — a mamãe do médico diz, falando com os dentes bem juntos. — Por enquanto, por favor, apenas obedeça.

— Sigam-me — a Mãe Tinu diz.

A gente segue atrás dela, vira pra esquerda em outro caminho. A areia vermelha está molhada debaixo dos meus pés, fria, com pedras empurrando meu sapato.

Vamos caminhando até ver um buraco formado de pedras marrons com um espaço redondo pras pessoas entrar. Tem vozes no ar, muitas mulheres cantando lá longe, uma canção gemendo sem palavras, uma canção de tristezas.

A sra. Tia está segurando minha mão com força, as unhas beliscando minha pele, quase tirando sangue.

— Que diabos é isso? — ela sussurra nos meus ouvidos.

— Isso não é diabos — sussurro respondendo. — Este é um solo sagrado. — Eu gosto da sra. Tia, mas às vezes ela faz umas perguntas sem sentido.

— Essas mulheres estão em espírito, se preparando para você — a Mãe Tinu diz. — Depois desta caverna fica o rio sagrado onde será seu banho. Você trouxe roupas para vestir?

— Já disse ao homem que tinha roupas no carro — a sra. Tia diz.

— Acredito que você já tenha feito o pagamento. — A Mãe Tinu escorrega os olhos da sra. Tia pra mamãe do médico. — Porque temos uma política rígida aqui. Sem pagamento, sem banho.

— Pagar? — a sra. Tia diz. — Temos que pagar por isso?

— Eu já cuidei disso — a mamãe do médico diz com uma voz dura.

— Nesse caso, vamos lá — a Mãe Tinu diz. — Quando terminarmos o banho, Adunni, você vai até o carro e traz as roupas. Por aqui — ela diz pra sra. Tia. — Você precisa abaixar a cabeça para entrar. Está cheio de pedras lá dentro; não queremos que você bata a cabeça. Você veio em busca de solução, não de dores de cabeça. — Ela ri sozinha.

A gente curva os pescoços, andando que nem velhinha pra dentro da caverna.

É um espaço pequeno, então ficamos de fila: a Mãe Tinu na frente, eu atrás dela, a sra. Tia atrás de mim e a mamãe do médico por último. Também está escuro, o teto é baixo, com pedras bem no fundo do telhado. Bato com a cabeça em umas pedras, me abaixo, quase rastejando, até sair do outro lado. Agora a gente está na frente da beira dum rio com galhos de árvores pequenas que nem se a gente está adorando o chão lamacento na frente do rio. O rio é verde-escuro, a água fazendo ondas que nem uma língua em volta das pedras cinza na beirada, lambendo as folhas marrom-douradas no meio das pedras. O lugar me leva de volta, de volta, pra onde eu olhava pro céu, pro cinza que estava cobrindo o laranja enquanto o sol se escondia e dava lugar pra chuva, numa época que a Khadija tava guerreando com Deus pela alma dela. Também está escuro aqui, que nem se as chuvas estão chegando, só que dessa vez são as folhas que virou um cobertor em cima do céu.

Tem quatro mulheres ajoelhadas na frente do rio. Elas têm um pano branco amarrado na volta do peito, um lenço branco na cabeça, um colar de contas de búzio em volta do pescoço. Elas balançam aqui e ali ajoelhadas, que nem se o vento está balançando elas, que nem se os galhos que cai das árvore está sussurrando uma canção suave e triste nos ouvidos delas.

— *Ooo* — elas ficam dizendo — *Ooo*.

— Eu não gosto disso — a sra. Tia sussurra, agarrando minha mão com mais força ainda agora. — Não gosto disso nem um pouco.

— Eu também não gosto — respondo.

— Podemos atrasar um pouco? — ela ainda está sussurrando no meu ouvido, ainda beliscando minha carne.

— Silêncio! — a Mãe Tinu grita da nossa frente e a sra. Tia pula.

— Nada de cochichar entre as criadoras de bebês — a Mãe Tinu diz. — Espere aí. Nem um passo adiante. Vou pegar o manto sagrado e as vassouras sagradas.

Enquanto a Mãe Tinu afasta, a sra. Tia pergunta:

— Vassouras? Para quê?

Nunca ouvi falar de ninguém usando vassoura em Ikati pra se banhar. Eu conheço bucha e sabonete preto. Mas não vassoura, e não em uma igreja. Essa coisa de vassoura não está soando bem.

— Eu não sei — respondo. — Talvez a gente varre o chão primeiro?

— Adunni, você ouviu a mulher — a mamãe do médico diz. — Cale a boca!

A Mãe Tinu está voltando pra gente. Ela está segurando um manto branco dobrado e uma coisa que parece um pacote de vassouras grandes. Ela chega na gente e vejo que está segurando quatro vassouras. Cada vassoura é feita de galhos grandes e muito finos, e muitos galhos amarrados com um barbante vermelho em volta da parte de cima. A gente usa esse tipo de vassoura pra varrer o chão em Ikati. Pra que que elas estão usando aqui?

— Pegue isso — a Mãe Tinu diz, dando o pano pra sra. Tia. — Tire suas roupas e coloque no chão. Amarre este manto branco em volta do seu corpo e o menor na sua cabeça.

A sra. Tia pega o manto e, devagar, tira a calça jeans e a camiseta. Ela está vestindo um sutiã rosa e uma calça rosa de tecido de renda. O estômago dela é reto que nem o chão, a pele lisa. Tem uma marca na esquerda do umbigo dela, mais escura do que a pele, que parece o formato da África de cabeça pra baixo bem pequeninho. Ela aperta o quadrado de manto dobrado no meio dos seios, sem falar nada. Nem uma palavra. Os lábios dela só treme, e treme, parecendo que ela quer explodir com palavras raivosas, mas uma coisa está segurando, amarrando ela.

— Vamos, Tia — a mamãe do médico diz. — Temos que nos apressar. Amarre o manto em volta de você, tire o sutiã e a calcinha. Isso também deve ser tirado. Não é, Mãe Tinu?

— Sim, toda a roupa que ela entrou aqui. Seja rápida, por favor.

— Deixa ela com calma — eu digo, fazendo minha voz afiada.

— Cale a boca — a mamãe do médico diz.

A sra. Tia amarra o manto em volta do peito e na cabeça. Aí, ela deixa cair a calça no chão e puxa o sutiã do peito, joga ele no chão também.

— Agora — a Mãe Tinu diz pra mim e pra mamãe do médico —, vocês duas podem dar alguns passos para trás, por favor?

Eu e a mamãe do médico dá dois passos pra trás e fica longe uma da outra que nem inimigas na guerra.

Olho a Mãe Tinu levar a sra. Tia até na beirada do rio.

Olho, quando as mulheres param de gemer, ficam em pé no mesmo tempo e pegam as vassouras da Mãe Tinu no mesmo tempo, que nem se estão treinando o movimento faz várias semanas.

Eu olho uma das mulheres tirar a roupa da sra. Tia, mostrando ela nua, enquanto começa a açoitar ela com a vassoura. Primeiro, a sra. Tia parece chocada. Ela está parada ali, de boca aberta que nem a letra *O* pequena. Quando parece que entende que ela está sendo açoitada, que está recebendo uma surra em vez de banho com água e sabonete, ela começa a bater também. Ela chuta com as pernas e grita e fala que borra e que diabos, mas as outras três mulheres, elas seguram as mãos dela, e as pernas, e tampam sua boca, sem sentimentos nos rostos delas. Sem carranca, sem sorriso. Nada. Elas lutam, puxam a sra. Tia pro chão molhado e enlameado. Uma mulher em pé do lado da cabeça da sra. Tia torce as duas mãos atrás das costas dela e amarra com uma corda marrom grossa que eu não tinha visto antes, e a outra enrola a corda em volta da perna dela, apertando com um nó grosso.

Elas vão um pouco pra trás, pegam as vassouras e começam a açoitar.

Quero pular na frente, lutar com a minha vida, arrancar elas da minha sra. Tia, mas uma coisa está grudando minhas pernas no chão, minhas mãos do lado do corpo, e não consigo mexer nenhuma parte minha.

E aí, eu olho como elas açoitam, açoitam e açoitam, enquanto a sra. Tia está rolando no chão e gritando, até que a pele lisa e fina dela fica furada de areia, e até que todo o corpo dela fica vermelho da terra.

46

Quando as mulheres terminam de açoitar, a sra. Tia não está mais gritando e berrando.

Ela está só ficando no chão, sangrando sangue, as costas cheias de tantas marcas. A Mãe Tinu pega as vassouras das outras mulheres e joga no rio, levanta a cabeça e grita:

— O MAL DA AUSÊNCIA DE FILHOS FOI EXPULSO. LOUVADO SEJA O NASCIDO!

As outras quatro mulheres batem palmas dizendo:

— ELI-JAH!

Elas puxam a sra. Tia pra cima, pegam água da beirada do rio e despejam no corpo da sra. Tia, sempre tão gentilmente, que nem se estão falando: *Desculpa, desculpa porque a gente açoita você.*

Quando a sra. Tia vira e eu vejo o rosto dela, minhas pernas ficam igual borracha. Que nem se uma coisa arranca todos meus ossos. Eu caio, prendendo um grito dentro de mim. O rosto da sra. Tia está cheio de tantas marcas de açoite, que nem o desenho pendurado na sala dela, o da cabeça de barro sem olhos e sem boca. Só que essa é a sra. Tia. E ela tem olhos, boca e ouvidos e está sentindo muita dor. E os olhos dela, os olhos parecem o de um animal selvagem, que um caçador quer matar.

Um grito ferve dentro de mim e quero soltar ele, mas sinto uma mão quente no meu ombro: a mamãe do médico.

— Eu não sabia — ela diz, sussurrando. Tem lágrimas brilhando nos olhos dela, a voz dela tremendo, os dedos no meu ombro tremendo também. — Eu não sabia que fariam isso com ela. Que seria tão brutal, tão horrível. Eles me disseram que era apenas um banho. Um banho comum e inofensivo. Se eu soubesse, não teria... Eu deveria ter impedido. Meu filho vai... — Ela suspira, tirando a mão do meu ombro. — Vá, traga as roupas dela que estão no carro.

Eu levanto e me arrasto pra longe do lugar. Meu estômago está revirando, o feijão que comi ontem de noite parece que quer sair da minha garganta. Eu paro de andar um pouco, dobro os joelhos num mato pequeno. Eu tusso, apertando meu estômago, mas não sai nada. Limpo minha boca com o vestido e faço força pra continuar andando.

Atrás da igreja, na janela aberta, vejo uma mulher no chão, ajoelhada, segurando uma vela vermelha na mão, balançando a cabeça, gritando "AMÉM" e o profeta, ele está pulando, virando, gritando "ELI... ELI".

E o Jesus na foto, o rosto Dele não está mais irritado. Agora Ele só parece cansado. E triste.

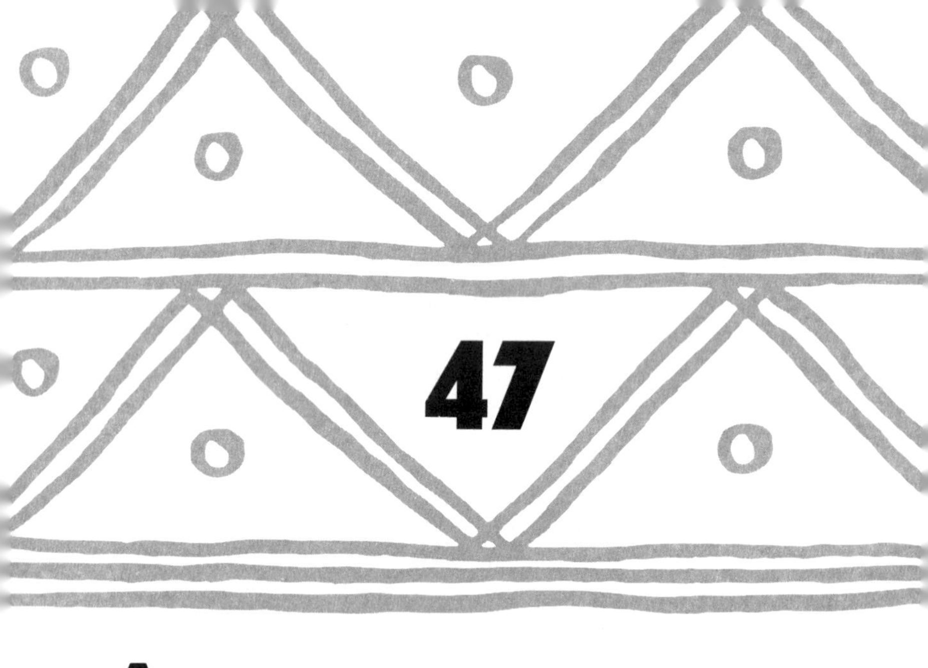

47

A gente está voltando pra casa que nem mortas dentro de um caixão.

Ninguém está falando. Ou mexendo. O carro parece muito pequeno, do tamanho de um caixão, o frio do ar-condicionado é tão seco que meus lábios parecem escama de peixe. Mas a gente está respirando. Respirando forte e rápido. Respirando devagar e pesado. A gente está falando muitas coisas com a respiração. Simplesmente não está falando. Não falamos nenhuma palavra.

Mas tem palavras na minha cabeça, muitas coisas que quero falar. Quero falar pra sra. Tia que sinto muito por ter feito ela vim aqui. Eu quero perguntar por que o médico não veio também. Por que ele não veio e levou uma surra que nem a esposa dele? Se precisa duas pessoa pra fazer um bebê, por que só uma pessoa, a mulher, tem que ficar sofrendo quando o bebê não está chegando? É porque é ela que tem a mama e o estômago pra ficar grávida? Ou por causa do quê? Quero perguntar, gritar, por que as mulheres na Nigéria estão sofrendo por tudo muito mais que os homens?

Mas a minha boca não está pegando as perguntas da minha cabeça, então eu só deixo elas lá. Deixo elas penduradas, girando dentro da minha cabeça, causando uma dor forte.

A mamãe do médico tenta conversar um pouco com a sra. Tia:

— Eu juro que não tinha ideia do que iria acontecer... pelo menos não totalmente — ela diz. — Eu queria impedi-las, mas como eu poderia enfrentar tantas mulheres? E pensei no seu milagre, no seu bebê... Existe uma maneira de mantermos isso entre nós? Podemos pensar em uma história para contar ao Ken, mas ele não pode saber que permiti algo tão horrível... Pense no que pode acontecer daqui a nove meses, Tia.

A sra. Tia fica com os olhos na janela. Ela não dá nenhuma resposta pra mamãe do médico. Nem uma palavra pra ninguém. Ela está só sentada lá, respirando rápido, forte, os dedos no seu colo estão enrolando um no outro com tanta força que a pele está quase rachando.

A gente dirige uns quinze minutos até que o ir-lento em uma rua faz a gente diminuir mais, tem um homem vendendo sorvete na nossa frente, ele está segurando um pedaço de sorvete e aperta o nariz na janela.

— Compra sorvete! — ele diz, e a janela fechada faz sua voz soar que nem se ele está mastigando um pano e falando ao mesmo tempo.

Mas quando ele vê o rosto da sra. Tia com todas as linhas e marcas, ele fica duro, olhando pra sra. Tia por um grande, grande momento, preocupado e preocupado com todo o rosto, até que o motorista aperta a buzina pra fazer ele pular pra trás.

A casa está silenciosa quando eu entro.

O carro da Big Madam não está em lugar nenhum do complexo. Pra onde ela foi? Está tarde agora, umas oito horas, e nessa hora a Big Madam devia estar chupando laranja dentro da sua sala, assistindo a TV Sky ou o canal CNN News e xingando a Nigéria. Eu ando rápido, meus pés esmagando a grama seca, até chegar no fundo da cozinha. Da janela da cozinha, vejo as nádegas do Kofi pra cima, a metade de cima do corpo dele dentro do forno. Eu bato na janela e ele tira a cabeça do forno, faz um sinal pra mim.

Entro e dou boa-noite. Todo o lugar está cheirando bolos doces. Meu estômago revira, me fazendo querer rastejar pra algum lugar e vomitar o nada no meu estômago.

— Onde você estava? — ele pergunta, limpando a mão no avental em volta do corpo.

— Com a sra. Tia — eu respondo. — A Big Madam perguntou de mim?

— Ela saiu. A irmã dela, Kemi, sofreu um acidente. Ela teve que ir da loja direto para o hospital. Não tenho certeza se ela volta tão cedo. Big Daddy está assistindo ao noticiário na sala de estar. Completamente inútil, aquele homem. A cunhada no hospital e ele me pediu para assar cupcakes para acompanhar o café da noite. — Ele esfrega as mãos. — Ah, mas devo mostrar a você as últimas fotos do meu projeto em Kumasi. A cobertura está quase completa, e eu tive que enviar as telhas do... *Chale*, por que você está com essa cara? O que aconteceu? A escola rejeitou você? Você recebeu notícias deles?

— Não tive notícias deles. Tenho serviço pra fazer essa noite? Estou tão cansada, mas eu quero lavar, limpar e esfregar até limpar essa tarde da minha mente. Limpar tudo também. Deixar minha mente em branco, vazia.

— Bem, há algumas roupas que precisam ser passadas lá em cima, mas você não parece bem. Vá se deitar. Se alguém perguntar, eu encontro algo para dizer.

— Obrigada.

Eu viro.

— Adunni — o Kofi grita.

Eu paro, olho pra ele.

— Você está com fome? — ele pergunta. — Eu posso te dar alguns cupcakes. Você gosta de cupcakes, não é?

— Não, obrigada. Boa noite.

Ele me olha demorado e suspira.

— Tudo fará sentido um dia — ele diz. — Um dia as coisas vão melhorar.

— Eu sei — digo com uma voz pequenininha e cansada. — Amanhã vai ser melhor do que hoje.

— Abu está procurando por você. Devo mandá-lo para o seu quarto?

— Hoje não — eu respondo. Eu quero ouvir o que o Abu quer falar da Rebecca, mas não quero ouvir isso essa noite. Essa noite, eu só quero rastejar pra dentro da minha cama e fechar os olhos e não pensar em nada e nem ninguém.

— Não tem problema — o Kofi diz. — Vá dormir.

48

O sono não vem.

Eu procuro o sono, imploro pra ele vim, mas ele não está vindo. Sinto que minhas pálpebras estão cheias da areia molhada, que nem se eu coloquei uma pedra dentro das bolas dos meus olhos e aí, quando tento fechar, elas estão arranhando meus olhos, ficando penduradas no meio do aberto e do fechado. Meu peito está doendo também, doendo com todas as coisas que vi hoje, com uma saudade profunda da mamãe. Eu queria tanto ela aqui, nem que seja só um minuto, pra mim contar pra ela da sra. Tia, do que aconteceu hoje, das coisas perversas que aquelas mulheres estão fazendo na igreja, coisas que estão deixando Deus, eu e a sra. Tia muito tristes.

Um barulho corta meu pensamento, dois *uuh* pequeno de uma coruja em uma árvore, e eu sento e espio o buraco da janela, a lua cheia no céu mandando um brilho nos campos, a grama parecendo que está cheia de luzes pequenininhas verde-azuladas, na cerca de metal em volta da casa da Big Madam, alta, redonda e sem fim, e me pergunto se um dia vou deixar esse lugar, se as coisas um dia vão melhorar pra mim.

Quando volto e deito na cama, não durmo. Fico pensando na minha vida, na sra. Tia, na Big Madam e na irmã dela que está doente, no Big Daddy que nem cuida da esposa, em todo dinheiro que os ricos têm e como que o dinheiro não está ajudando a fugir dos problemas, até que a noite cai e vem a luz da manhã.

Quando amanhece, eu me lavo, visto meu uniforme e encontro o Kofi na cozinha.

— Bom dia, Adunni — ele diz, batendo um ovo na beirada de uma tigela de vidro pra quebrar. — Está se sentindo melhor hoje?

— A Big Madam voltou? — pergunto.

O Kofi balança a cabeça e boceja.

— Ela ainda está no hospital com a irmã. Estou fazendo café da manhã para aquele glutão. — Ele começa a virar o ovo com um garfo. — Eu só fui para a cama à meia-noite por causa dos cupcakes, e às quatro da manhã ele me enviou uma mensagem pedindo ovos mexidos. Para que você precisa da Big Madam? Você sabe o que fazer. Pegue a vassoura e...

— Vou sair — digo indo embora da cozinha. — Se a Big Madam voltar e perguntar de mim, fala pra ela que eu estou... fala o que você quiser.

— Adunni — a sra. Tia diz. — É muito cedo. Entre.

A sra. Tia não está parecendo bem. O cabelo dela está todo escondido, embalado embaixo de um lenço preto. Os olhos estão vermelhos e inchados, o rosto parece que assou dentro de uma fogueira em vez de ser açoitado com vassouras. As marcas estão todas pretas, marrons e raivosas, mas são os olhos dela que me dão arrepios; estão muito vermelhos e com muita raiva.

— Você estava chorando? — Eu tento tocar no rosto dela, mas ela vai pra trás, torce a corda do roupão apertando na frente do estômago.

— Obrigada por ontem. Lamento ter feito você ir comigo. Deve ter sido horrível para você... — Ela aperta dois dedos nos dois olhos e deixa assim um pouco.

— Desculpa que eu não salvei você. Eu tentei, mas minhas pernas... as minhas pernas não funcionaram direito.

Ela puxa minha bochecha esquerda e dá um sorriso triste.

— Não havia nada que você pudesse ter feito. Não foi sua culpa, certo?

— Certo. A mamãe do médico, ela falou que não sabia que aquelas mulheres ia te açoitar. Eu não acho que ela é uma mulher muito ruim.

A sra. Tia balança a cabeça, bem devagar.

— Não importa — ela diz, enquanto vira e caminha até o complexo.

Eu sigo ela até a gente chegar na porta do fundo da cozinha. Ela não faz que vai entrar, então eu fico lá, a grama da manhã que nem um tapete de gelo picado debaixo dos meus pés.

— Você não está usando sapatos — a sra. Tia diz. — Está frio.

— Seu rosto. Está doendo pra você?

— Eu vou ficar bem — ela responde.

— Passa óleo de palma no rosto todo dia. Rapidinho vai desaparecer. Aí sua pele vai ficar que nem de bebê de novo.

Ela me puxa e me dá um abraço tão rápido que fico em choque.

— Obrigada. Você é uma garota corajosa.

— O que o médico falou? — pergunto, sussurrando. — Quando ele viu seu rosto, o que ele falou?

A sra. Tia coloca as mãos no rosto e arranha as bochechas pra cima e pra baixo que nem se vai raspar a mancha da memória.

— Ele e a mãe tiveram uma grande briga. Ele a acusou de me machucar. Ela disse que só estava tentando ajudar. Ele respondeu que ela não podia ajudar e pediu que ela saísse da nossa casa. Quando ela saiu, ele me contou que o banho é inútil e que ele... — Ela respira fundo, o peito sobe alto. Aí ela começa a falar muito rápido, e as palavras correm pra dentro e quase me confundem. — Ele não pode me engravidar. A mãe dele não sabia. Ele não contou a ninguém. O Ken é estéril, incapaz de... É por isso que a ex dele, Molara, o deixou; por isso ele começou a ajudar outras famílias, eu acho, porque sabe pelo que estão passando. Ele disse que, como havíamos discutido brevemente sobre não ter filhos, não achou que precisava me contar... Merda. Merda! — Ela chuta atrás da porta, que abre e faz um barulhão na parede. — Merda! — ela diz de novo, e quando ela começa a chorar, eu entendo que ela não está querendo ir no banheiro.

— Ele não falou isso antes de você casar com ele? — pergunto quando ela diminui o choro e aperta os dedos nos olhos de novo.

— Eu não fazia ideia — ela diz, a voz soando que nem se ela colocou a garganta no liquidificador, moendo com areia. — Se eu soubesse, poderíamos ter buscado alternativas desde quando decidimos começar a tentar. No início ele não me disse porque achou que eu não precisava saber e, então, quando conversamos sobre ter filhos, ele ficou com medo de que eu o deixasse se ele me contasse e sinceramente não sei como me sinto sobre isso. E, como se eu não tivesse tido um dia ruim o suficiente, recebi uma ligação à meia-noite. A infecção da minha mãe voltou. Terei que viajar por alguns dias. Parto amanhã. — Ela suspira. — Talvez seja uma coisa boa. Isso me dará a chance de processar tudo.

— Amanhã vai ser melhor do que hoje — digo, com um sorriso suave. — Né?

Ela tosse uma risada seca.

— Eu gostaria de poder fazer com que essas mulheres fossem presas. Esse ato bárbaro deve parar. Filhas do cão.

— Muito filhas do cão — digo, mesmo que elas são pessoa e não cachorros.

A sra. Tia ri de novo, enfia a mão no bolso e pega o lenço de papel. Ela assopra o nariz que nem se quer arrancar, aí rasga o lenço de papel e joga em uma lata de lixo branca atrás de mim.

— Vou tentar passar no escritório da Ocean Oil assim que voltar, para verificar a lista e ver se divulgaram os resultados.

Sinto as palavras escapando da boca da sra. Tia, sinto elas flutuando que nem uma nuvem em cima da minha cabeça, sinto elas caindo, cobrindo meu espírito e me arrastando pra algum lugar longe, que nem um sonho.

— E se eu passar? — sussurro. — O que eu vou falar pra Big Madam?

Ela ficou com os olhos no espaço atrás da minha cabeça.

— Eu vou falar. Vou dizer a ela que você tem uma bolsa de estudos e que precisa ir embora.

— E se... — Tenho medo de dizer, mas tento: — E se eu não passar?

— Adunni?

— Sim, sra. Tia?

— Ontem eu senti o gosto do seu normal — ela diz, pegando minha mão.

— Meu normal? Que gosto que tem?

— Eu li sua redação, Adunni. Você já passou por isso tantas vezes, tantas, e ainda assim você sempre tem um sorriso, seu jeito atrevido, você sempre tem um maldito sorriso no rosto. Quando fui açoitada naquela igreja, senti uma fração de... — Ela solta minha mão, pegando ar pra se escorar antes de pegar minha mão de novo. — Eu senti uma fração do que você teve que suportar por meses. Provei um pouco do seu normal, Adunni, e devo dizer: você é a garota mais corajosa do mundo. E toda essa merda acontecendo comigo, isso não é nada comparado ao que você passou. Nada.

Minha garganta é uma pedra, uma pedra cheia d'água, com outra coisa que eu não sei o que que é.

— Deixando de lado meus problemas conjugais, estarei de volta em aproximadamente uma semana e, quando estiver aqui, vou descobrir se você passou. Se tiver passado, vou matricular você. Nós vamos fazer compras, providenciar tudo o que você precisa para ficar confortável. E, quando você estiver lá, vou visitá-la sempre que puder. Vou estar ao seu lado e vou apoiá-la de todas as maneiras que estiverem ao meu alcance. Sei que vai ser difícil fazer sua patroa concordar, mas vou lutar contra ela com todas as minhas forças, com todos os recursos. Vou fazer com que ela seja presa se for preciso. Essa é a sua chance. Você trabalhou duro para isso. Nada vai te tirar isso. E, para responder à sua pergunta: se — ela segura minha mão com força —, se, Deus me livre, você não for selecionada, eu vou encontrar alguma coisa para você. Você não pode continuar com Florence. De jeito nenhum. Eu só preciso de um tempo para pensar em algo, mas vamos esperar e ver o que acontece com a bolsa primeiro, está bem?

Eu balaço a cabeça que sim, e estou querendo dizer obrigada, mas as lágrimas estão saindo dos meus olhos e eu estou querendo pegar elas com as minhas mãos, mas ela está segurando minhas mãos com tanta força que as lágrimas estão escorrendo pelo meu rosto e descendo pelo meu pescoço e dentro do meu vestido.

49

Fato: Apesar da criação da Agência Nacional para a Proibição do Tráfico de Pessoas, em 2003, para combater o tráfico de pessoas e crimes relacionados, um relatório da UNICEF de 2006 mostrou que aproximadamente 15 milhões de crianças menores de 14 anos, principalmente garotas, estavam trabalhando em toda a Nigéria.

O Kofi está dormindo no quintal quando eu volto pra casa da Big Madam.

Ele está deitado em um banco, o chapéu branco dele está dobrado em cima dos olhos pra tampar o sol da manhã e ele está com as duas mãos cruzadas no peito, parecendo um morto que espera pra entrar no cemitério.

— Kofi? — digo, batendo palmas duas vezes. — Você está dormindo?

— Não, estou nadando. No oceano.

Ele joga o chapéu no banco e levanta.

— Abu tem procurado por você. Ele está ficando frenético. Disse que precisa falar com você sobre alguma coisa. O que ele quer? E para onde você foi?

— Fala pro Abu pra me encontrar no meu quarto mais tarde — eu digo. — Eu fui pra sra. Tia. Eu estava muito preocupada com ela. Mas está tudo bem agora, eu acho.

— Por que você estava preocupada com ela?

Eu abaixo os ombros, balanço minha cabeça. Quero contar pro Kofi, mas nunca posso contar pra ele uma coisa tão profunda da sra. Tia.

— Imagine se Big Madam estivesse em casa. Olhe a imundície deste complexo! Se aquela mulher fizer com que a Big Madam a despeça antes que você possa planejar sua saída daqui, *chale*, eu juro, tudo que vou dar a você é um lenço de papel para secar suas lágrimas.

— Como que está a irmã dela? — pergunto. — É muito ruim?

— A irmã dela está fazendo uma cirurgia. Big Madam ligou alguns minutos antes de você chegar aqui. Ela quer que eu cozinhe um ensopado de peixe e mande por aquele idiota que ela chama de marido. Eu acho que ela não deve voltar por alguns dias. Por que você parece tão feliz?

Eu dou risada, mesmo que nada está me dando cócegas. Uma coisa beliscou meus pés nessa hora, me dando vontade de dançar, então eu pulo e começo a cantar uma música que está na minha cabeça desde que eu saí da casa da sra. Tia:

Eni lojo ayo mi	*Esse é o dia da minha alegria*
Lojo ayo mi	*O dia da minha alegria*

O Kofi está me olhando com um sorriso enquanto estou dando voltas e mais voltas, subindo e descendo, balançando minha vassoura no ar.

— O sr. Kola finalmente trouxe seu salário? — ele pergunta quando eu paro de dançar. — Ou, espere, deixe-me adivinhar. Você teve notícias do pessoal da bolsa de estudos? Os resultados saem esta semana ou na próxima, não é? É por isso que você está tão feliz?

— Nenhuma notícia da bolsa de estudos ainda. — Eu bato na vassoura e começo a varrer as folhas seca. — E eu nunca vi aquele sem sentido do sr. Kola desde que ele me deixou aqui nessa casa. O sr. Kola é um traficante de escravos. Ele e a Big Madam negocia escravas que nem eu. A única diferença é que não estou usando corrente. Eu sou uma escrava sem corrente.

— A preparação para a bolsa ajudou você a aprender muito. — O Kofi coloca o chapéu na cabeça e ajeita. — Então, me explique. Diga-me o que você tem aprendido sobre o comércio de escravos.

— A Lei de Abolição da Escravidão foi assinada no ano de 1833 — digo, enquanto varro perto dos pés dele. — Mas ninguém está respeitando a abolição. Os reis da Nigéria de antes, eles vendiam pessoas pro trabalho escravo. Hoje, as pessoas não usam corrente pra prender as pessoas escravizadas e mandam elas pro estrangeiro, mas o tráfico de escravos continua. As pessoas ainda estão desrespeitando a lei. Eu quero fazer alguma coisa pra parar, pra fazer as pessoa se comportarem melhor com outras pessoa, pra parar o tráfico de escravos da mente, não só do corpo.

— *Chale*, eu juro, se você conseguir — o Kofi diz com um sorriso de lado —, então parabéns para você. E quem sabe alguém fale sobre você um dia. Você sabe, como os grandes homens que fizeram história.

Eu paro de varrer, fico na altura dele, olhando nos olhos.

— Não é a história dos homens. A minha própria história vai chamar a história de uma mulher. A história da Adunni.

50

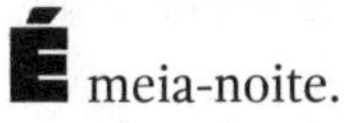

É meia-noite.

A chuva lá fora está batendo no telhado que nem uma arma fazendo um tiroteio de tiros, o ar cheirando o pó da terra, da esperança da minha independência. Estou deitada na minha cama, conversando com a mamãe, contando da sra. Tia, e do médico que está escondendo as coisas dela, do resultado da minha bolsa que vai sair muito logo, aí alguém bate na porta do meu quarto.

Pá, pá, pá.

Três batidas. É o Abu.

Eu levanto da cama, corro pra porta, empurro o armário que tá um pouco atrás da porta e abro a tranca.

— Abu. Desculpa, eu não podia te atender ontem de noite quando você estava me procurando.

— *Sannu* — o Abu diz, cumprimentando e balançando a cabeça rápido. Mas ele não tenta entrar no meu quarto e eu também não falo pra ele entrar. Ele fica do lado de fora, dá uma olhada rápida pra um lado e pro outro do corredor escuro, antes de colocar a mão no bolso e tirar um papel dobrado. O rosto dele tem uma sombra de medo, e a *jalabiya* está molhada da chuva e grudando no peito. — Deixei a Big Madam no hospital para poder te dar essa coisa.

Adunni, isso que eu quero te dar, você não pode dizer que veio de mim. Você não conseguiu de mim. *Walahi*, se alguém te perguntar e você falar que fui eu, vou dizer que você está mentindo!

— O que é isso?

— Eu achei no carro, mais ou menos uma semana depois que a Rebecca desapareceu. Estava dentro do Benz 350 que o Big Daddy sempre usa para sair. Eu estou guardando isso faz muito tempo, mas agora a carga está me pesando, está difícil para fazer minhas orações. *Dan Allah,** Adunni, eu imploro, tira isso de mim! Pegue.

Ele aperta o papel na minha mão que nem se é uma maldição que ele não quer segurar com as próprias mãos e fecha meus dedos pra cobrir o papel.

— Adunni, ouça o que vou dizer porque, depois de hoje, não vou falar sobre isso de novo. Olha: um dia depois da Rebecca desaparecer, fui lavar o Benz 350 porque Big Daddy me pediu. Lavei do lado fora, mas dentro do carro... — Ele respira fundo. — Por dentro, o banco da frente estava molhado. Molhado como se alguém tivesse jogado água. Então eu parei de lavar, corri até o Big Daddy para perguntar quem molhou o banco da frente. Ele disse que não sabia. Eu perguntei a Big Madam, ela falou que talvez Glory, sua vendedora, talvez ela tivesse derramado água por engano. Eu perguntei a Glory, ela disse que não derramou água no banco. Foi quando encontrei esta carta depois de uma semana de Rebecca desaparecer, e eu li, e entendi por que o banco estava molhado. E guardei a carta desde que achei, carregando essa carga comigo.

— Por que você está me falando do banco molhado? — pergunto, confusa.

— A carta — o Abu balança a cabeça, que nem se a memória dá uma dor nele, que nem se eu não fiz só uma pergunta — estava bem no fundo da fivela do cinto de segurança. Lá dentro. Eu só vi porque estava tentando tirar para limpar, e a fivela não funcionava. Quando

* "Por Alá", "Por Deus" em hauçá. (N. da T.)

abri a carta, lê isso direito, você vai entender tudo o que estou dizendo. Vou voltar para o hospital e a Big Madam. *Sai gobe.** Boa noite.

Antes que eu posso dizer uma palavra, o Abu faz um cumprimento curvando o corpo, vira rápido e desaparece no escuro.

Eu desdobro o papel com as mãos tremendo. É uma carta pequena que não tem final. As palavras são pequenas e feitas com caneta preta, cada letra tem o mesmo tamanho grande, o mesmo espaço no meio das letra, mas quando vai chegando no final da carta, as palavras estão mudando pra dura, que nem se a pessoa estava ficando com pressa e, que mancha é essa?

Eu seguro a carta perto da luz. A beirada parece que está dentro de uma luta, que nem os dentes esparramados de um homem louco, ou a ponta da faca de pão do Kofi, e perto dessa beirada tem uma marca ou duas de um dedo mergulhado no sangue. Eu olho bem pra isso, pra cor vermelho-marrom, a mancha de sangue seco, em volta da marca dos dedos, e penso, enquanto meu coração está começando a subir uma escada de medo, que a pessoa que estava escrevendo isto estava sangrando sangue.

Meu quarto parece rodar sozinho enquanto tento acalmar meu coração pulando, me ajeito e leio:

Meu nome é Rebecca. Eu sou empregada doméstica do Chefe e de Florence Adeoti, que todo mundo chama de Big Madam e Big Daddy. Estou grávida do Big Daddy. Big Daddy me obrigou a dormir com ele primeiro, depois prometeu casar comigo se eu dormisse sempre com ele. Às vezes, quando a Big Madam está em casa, o Big Daddy coloca remédio para dormir dentro do copo de suco da Big Madam à noite para ela dormir quando ele vier para o meu quarto.

Quando descobri que estou grávida, Big Daddy ficou muito feliz. Ele disse que vai casar comigo e que eu e a Big Madam vamos ser suas duas esposas e vamos viver nesta casa juntas. Desde que ele me prometeu isso, estou muito feliz.

---

* "Vejo você amanhã" em hauçá. (N. da T.)

Hoje de manhã, ele falou que a gente ia ao hospital para ver o médico, mas quero escrever esta carta porque depois de comer a comida que o Big Daddy comprou para mim, meu estômago está doendo e, de algum jeito, tenho medo que a Big Madam vai ficar com raiva de...

De quê, Rebecca? Por que você não terminou a carta? O que aconteceu pra fazer você parar de escrever e esconder dentro da fivela do cinto de segurança?

Eu dobro e dobro o papel até que não dá pra dobrar mais, até que fica um retângulo pequeno e duro, uma coisa que parece uma bala. Meu corpo inteiro está tremendo. O Big Daddy é o namorado que o Kofi e a Chisom falaram. Mas por que ela tirou as contas da cintura? Por que tem sangue na carta? Ele matou ela? Ou ele escondeu ela em algum lugar?

Eu aperto a carta na mão, sentindo uma coisa amarga formar dentro do meu coração que nem uma pedra enquanto subo na minha cama, e fico deitada assim quase uma hora, pensando na Rebecca, com tanto medo do que aconteceu com ela que quando a maçaneta da minha porta gira, eu não ouço logo.

Quando gira de novo, sento direito. Primeiro, acho que é a chuva, talvez fez um galho quebrando lá fora, caindo no chão, mas quando o armário geme atrás da porta, começando a mexer, eu levanto.

— Abu? — digo, em pé. Não tranquei a porta quando ele saiu, mas empurrei o armário um pouco pra fechar. O Abu parou de voltar no hospital pra encontrar a Big Madam, porque talvez quer me contar mais coisas sobre a Rebecca? — Abu?

Não ouço nenhuma resposta do Abu, e a porta do meu quarto ainda está abrindo, a porta do armário ainda empurrando cada vez mais para trás, ainda raspando o chão.

— Quem é? — sussurro, parada do lado da cama, com medo de me mexer. — Quem está aí? Quem é você?

Big Daddy. Eu sei que é ele. Estou sentindo o cheiro da bebida dele aqui de onde estou, sinto a maldade dele dentro do meu quarto.

Quero ir na porta, empurrar pra trás, mas sei que não tenho o poder forte pra ficar igual ele, então abaixo, escorrego pra baixo da cama e fecho os olhos.

Quando ele entra, fico parada, finjo que eu sou um pedaço de madeira, uma morta. Eu ouço o barulho do seus pés no chão quando ele chega perto, na beirada da roupa. Minha mão parece uma bola de pano e eu agarro, seguro com força que nem se isso vai me salvar do Big Daddy.

— Adunni? — A voz dele é um sussurro, arrastando com a bebida. Ele para perto da minha cama, seus pés tão perto, tão perto da minha boca. O dedão dele é feio, parece uma flecha curvada, a unha comprida e preta, curvando no chão. Eu penso em arrancar a unha dele com meus dentes, em morder o dedão até ele sangrar.
— Eu sei que você está aqui — ele sussurra.

A cama treme e chia enquanto o colchão aperta meu rosto, a mola de dentro apertando minha cabeça, meus ombros, meu peito, parecendo que vai fazer um buraco em meus ossos e na carne. O corpo dele na cama está esmagando, fechando meu peito pra baixo, pra baixo, até eu chorar. Dou um grito suave, dentro de mim, mas ele ouve.

— Ahá! — O rosto dele está olhando pra mim. Tem olhos no rosto inteiro dele, olhos maus e endemoniados. — Ahá! — ele diz de novo enquanto agarra meus pés e arrasta eu e a poeira de debaixo da cama. Ele cai em cima de mim, todo o corpo dele fede que nem o suor de três anos.

Lute.

É a sra. Tia falando ou a minha mamãe?

Adunni, lute. Grite.

Eu grito até minha voz rasgar, até eu não ouvir mais eu, até o meu grito entrar no barulho da chuva e voltar que nem um trovão. Ele tenta tampar minha boca com a palma da mão, mas eu dou uma joelhada no estômago dele; faz um som de *pffts* e ele geme, dá um tapa no meu rosto, me deixando tonta um momento.

— Comporte-se — ele resmunga. — Comporte-se!

As duas mãos dele estão me prendendo agora, prendendo debaixo do corpo dele, mas eu mordo as bochechas dele, provo o sal do seu sangue, a bebida na pele e cuspo no rosto dele.

Escuto o zíper da calça abrindo. O gemido quando ele está me apertando no chão. O hálito dele tem cheiro de dentes podres, uma coisa doce; o cheiro da baunilha que o Kofi está colocando nos cupcakes.

Lute.

Minha mão está morta. Minhas pernas estão presas. Como posso lutar? Eu continuo girando minha cabeça da esquerda pra direita, da direita pra esquerda, dizendo *não, não, não*, mas a palma dele, molhada e quente, aperta minha boca e pega meu *não* e empurra no meu nariz.

Mamãe, eu choro dentro de mim. *Me salva, mamãe.*

De repente vem um clarão de luz do lado fora, aquele mesmo piscar que vi no passado, no dia com o Morufu, só que dessa vez vem com um grito de trovão, um estrondo poderoso, e sei que a mamãe está aqui. A mamãe está lutando por mim. *Lute, Adunni. Lute.*

Eu junto todas as minhas força, prendo meus dentes na mão dele, afundando na carne. Quando ele grita, eu me torço debaixo dele, pego a Bíblia da minha mamãe na cama e bato na cabeça dele. O telefone, que estava acendendo um número e fazendo barulho no bolso dele, voa pra fora, cai no chão, gira e gira que nem um ventilador e continua tocando, tocando.

O Big Daddy uiva que nem um animal.

— Vadia — ele diz, vindo pra mim.

Aí, a porta começa abrir e a terra está tremendo e a Big Madam está parada no meio da porta dentro do meu quarto e o Big Daddy está fechando o zíper e empurrando a Big Madam pra fora da sua frente e correndo pra fora do meu quarto.

A Big Madam está parecendo confusa, andando que nem um fantasma, ela pega o telefone do Big Daddy que está tocando no chão e aperta. Aí ela está olhando pra ele, e olhando pra ele, e eu não sei o que ela está vendo dentro do telefone, mas é uma coisa muito ruim e muito assustadora e eu acho mais assustadora do que o que estava acontecendo comigo, porque a Big Madam, ela cai com os joelhos no chão do meu quarto, coloca a mão na cabeça e começa a gritar:

— Chefe, rá! Caroline! Meu amor? Não!

Ela está parecendo tão triste que esqueço de mim, da Rebecca e do Big Daddy um minuto.

Eu só quero ajudar a Big Madam e implorar pra ela parar de chorar, mas ela continua olhando o telefone, continua apertando e a boca continua abrindo, mais grande que eu já vi na minha vida, mais grande do que o rio Benue que é um dos rios mais grandes de todos rios de toda Nigéria.

51

Depois disso tudo voa tão rápido parecendo que eu pisquei tudo pra longe.

Lembro da Big Madam sentada no chão do meu quarto, chorando e chorando, e aí, quando eu finalmente faço um movimento pra tocar ela, ela me olha parecendo que está me vendo pela primeira vez na vida, antes de me empurrar e sair correndo, correndo lá pra longe, pra casa principal.

Estou sozinha no quarto agora, mas ainda dá pra sentir o cheiro dele.

O suor dele. Os dentes podres dele. A bebida dele. Dá pra sentir o cheiro do medo também. Os cabelos da minha mão estão arrepiados, que nem se os cabelos estão subindo no medo com respeito, dizendo: *Bem-vindo,* sah, *bem-vinda,* ma.

A chuva lá fora está parando e não tem mais barulho de trovão e tudo está tão silencioso, mas tem o gemido fraco de uma mulher pronta pra nascer um bebê lá longe, uma mulher dentro de um poço fundo, fundo, um barulho cansado de uma armadilha. Isso enche todo o meu quarto com uma coisa tão grossa que eu não estou vendo com meus olhos, mas que estou sentindo dentro do meu coração, então eu levanto e corro pra casa principal.

A primeira coisa que eu vejo quando entro na sala é a peruca da Big Madam. Está pendurada em um espelho da parede, parecendo a pele de um rato-do-mato morto. As almofadas estão esparramadas no chão, perto da TV, no ventilador de pé, em volta dos pés do sofá. Os sapatos de salto alto dourados da Big Madam estão esparramados aqui e ali, a bolsa de penas está aberta e os batons, sombras, lápis, dinheiro, tudo está saindo da bolsa.

A Big Madam está sentada no sofá. Ela não abre os olhos quando eu entro, nem parece que ela pode me ouvir. Ela fica com os olhos fechados e, com as lágrimas escorrendo no rosto inchado, sinto o bloco de amargo dentro de mim começar a derreter. Tem sangue em volta da boca e ela está apertando o lugar perto do queixo com as mãos tremendo. Ela ainda está gemendo, mas não alto que nem antes. Agora parece que ela está respirando barulho com a boca.

— Cadê o Big Daddy? — Meu corpo inteiro está ensopado de chuva e de raiva, a carta nas minhas mãos é uma folha molhada. — Cadê ele?

Ela abre os olhos devagar, parecendo que as pálpebras são pesadas demais, mas ela não olha pra mim. Ela também parece bêbada, que nem se bebeu a bebida da tristeza e da dor.

— Eu tenho uma carta, *ma*. Da Rebecca.

— Rebecca se foi — ela diz, a voz arrastando. — Se foi...

— Eu sei, *ma*. Mas ela escreveu uma coisa aqui. Nessa carta. Eu trouxe a carta. — A tinta da caneta no papel está mudando de cor por causa do molhado, as palavras sumindo em algumas partes. — Posso ler para você? — pergunto.

Ela balança a cabeça, abre a mão e eu dou a carta. Ela encara o papel, as palavras nele, mas acho que ela não leu, os olhos dela estão muito inchados, quase cegos de dor. Ela coloca a carta no peito que nem se tem vontade de usar o papel pra embrulhar os pedaços do seu coração partido, pra embalar e fechar.

— O Chefe me matou — ela diz depois de um tempo, um tempão. Ela não está falando comigo, mas com ela mesma e com o ar. — Eu conseguia entender as outras garotas, eu as tolerava, até mesmo cuidei da bagunça dele. Mas desta vez ele foi longe demais. Chefe Adeoti, você foi longe demais!

Eu viro e vou pra a cozinha. O Kofi não está lá. Encho uma tigela com água morna e pego um pano. Quando volto na sala, mergulho o pano na água morna, espremo e, depois, bem devagar começo a limpar o sangue da boca da Big Madam, as lágrimas dos olhos, o tremido das mãos. Primeiro ela luta, mas eu seguro as duas mãos com força até que ela cala e fecha os olhos, até que ela aceita que às vezes até a pessoa mais forte pode sofrer uma fraqueza.

Eu canto a música que a minha mamãe me ensinava quando eu era criança na aldeia; a mesma que eu estava cantando quando vim pela primeira vez pra Lagos, e quando eu olho, os olhos da Big Madam ainda estão fechados, mas dessa vez ela está roncando baixinho, então eu arranco a carta de onde ela flutuou pro chão, e vou pro meu quarto.

52

Fato: Cerca de 30% das empresas registradas na Nigéria são propriedade de mulheres. O crescimento contínuo desses negócios, que é fundamental para sustentar a economia, é em grande parte prejudicado pelo acesso limitado a fundos e pela discriminação de gênero.

— *Chale*, que diabos aconteceu nesta casa ontem à noite? — O Kofi está parado na frente da porta do meu quarto, piscando que nem se alguém bateu na cabeça dele com um pedaço grande de madeira. — O que está acontecendo?

Eu não consegui dormir nada a noite inteira.

Minha mente parece que estava dentro da máquina de lavar, caindo e cambaleando até agora de manhã, quando o Kofi bate na porta do meu quarto, me livrando do cambaleado da mente.

— A sala de estar estava em um estado quando cheguei esta manhã — o Kofi diz. — Big Daddy não está em casa, e Big Madam parece que foi atropelada por um caminhão. O que houve?

— Aonde você foi? — pergunto, ficando com uma mão na porta e a outra segurando minha camisola. O Kofi nunca agiu mal comigo, mas depois de ontem de noite, não posso mais falar com nenhum homem sem ter medo que ele pula em mim.

— Big Daddy me deu folga. Ontem à noite, ele me pediu para folgar, para passar a noite fora. Como Big Madam estava no hospital com a irmã, aproveitei a oportunidade para visitar meus velhos amigos do Alto Comissariado de Gana. Para ser honesto, desconfiei quando ele me deu uma folga, mas eu estava tão cansado de cozinhar para Big Madam... O que aconteceu, afinal?

— Nada — eu respondo.

— *Chale*, fale comigo. Big Daddy veio aqui? — O rosto do Kofi desmorona e ele aperta a mão no peito. — Eu deveria ter desconfiado quando ele insistiu que eu passasse a noite fora. Adunni, fale comigo. Por que você está parada aí olhando? O que ele fez com você?

— Nada. O que você quer saber?

— Ele estuprou você? — o Kofi pergunta, sua voz ficando alta. — Aquele imbecil estuprou você?

A palavra "estupro" soa que nem uma faca cortando, uma punhalada, uma palavra que eu nunca ouvi falar na minha vida, mas sei que não preciso do *Collins* pra verificar o significado.

— Ele não me estuprou — eu digo, a voz suave. A memória disso ainda está me dando arrepios, ainda fazendo meu coração bater forte no meu peito. — A Big Madam abriu a porta antes que aconteceu.

O Kofi cospe no chão.

— *Kwasea.** Que Deus o castigue.

— A Rebecca foi pra escola? — pergunto. — Como que era o inglês dela? Ela tinha o cérebro afiado?

— Rebecca? Ela falava inglês bem, mas era muito ingênua para a idade. A ex-patroa dela, antes da Big Madam, a educou. Mandou-a para uma escola particular de ensino fundamental e médio e até a levava de férias com a família. Quando a mulher morreu, Rebecca veio trabalar aqui. Por que a pergunta?

---

* "Um idiota", "um tolo" no idioma twi dos povos axantes e fantes de Gana. (N. da T.)

— Nada — eu respondo. Mas se a Rebecca era uma garota sabida, ela devia saber que o Big Daddy não pode casar com ela e deixar ela na mesma casa que a Big Madam. Ela devia saber que o homem conta mentiras.

Agora eu sei que falar inglês bem não significa que a mente é inteligente e o cérebro afiado. O inglês é só uma língua, que nem o iorubá, o igbo e o hauçá. Nada disso é tão especial, nada disso faz uma pessoa saber das coisas.

— Você tem algum papel aonde ela escreveu pra mim ver? — pergunto. Quero ter certeza, pro Big Daddy não falar que foi outra pessoa que escreveu aquela carta. Quero ter certeza que o Big Daddy vai sofrer pelo que fez pra Rebecca, porque o Bamidele não sofreu pelo que fez pra Khadija.

O Kofi balança a cabeça.

— Abu pode ter alguma coisa; ela sempre lhe dava a lista de compras. Eu perguntaria, mas ele também está ausente desde a noite passada. Deve voltar esta manhã.

Quando eu vou fechar a porta do meu quarto, o Kofi para ela com a mão.

— Big Madam está te chamando. Ela disse que você deveria ir direto para o quarto dela, lá dentro. Por que ela iria pedir para você ir ao quarto dela? Ela nunca convida ninguém para o quarto... muito menos você. Eu perdi alguma coisa aqui?

— Obrigada — digo e fecho a porta.

— Entre — a Big Madam diz quando chego no quarto dela.

Todo o rosto dela está machucado e eu fico ali um pouco, sem me mexer, mesmo que a porta está escancarada. Ela está vestindo um manto grande e vermelho que parece asas de seda vermelha em volta do corpo.

A mão está na maçaneta da porta, segurando a porta aberta pra mim.

— Entre — ela diz de novo, virando e indo embora pra dentro. — Feche a porta, sente-se naquela cadeira.

Eu entro lá dentro. Tem uma cama redonda bem no meio do quarto, com colcha de penas e uns quinze travesseiros, eu não sei como que ela acha espaço pra dormir nessa cama. Tem uma fila de fotos dos filhos dela na parede do meu lado, de quando eles eram pequenos, deles rindo dentro do parquinho, e uma da Big Madam quando ela era jovem. Ela parece tão magra na foto, sua pele parece lisa, estou quase com vontade de tocar, pra pedir desculpas de como seu rosto vai inchar no futuro por causa do Big Daddy.

Um cheiro estranho, uma mistura de alvejante e pés sujos, enche meu nariz e vejo a mesinha na minha esquerda, cheia de potes grandes de creme e uma bolsa de náilon de maquiagem que está cheia de todo tipo de pó, cores pra olho, lápis e batons. Pego os nomes nos potes: Branco Instantâneo Plus Milk, Clareador de Pele (Novo e Aperfeiçoado), Branqueamento Resplandecente.

Por que a Big Madam está querendo ficar com a pele clara? E com esses cremes cheirosos? Ela está parecendo bem na foto dela mesma na parede, com a sua pele de antes. É por isso que o rosto dela tem um monte de cor, por isso as pernas dela são marrons na canela e nos joelhos, mas o resto é desbotado, amarelo doente, às vezes verde?

Sento na cadeira roxa e grande, grande pros lados, na frente da cama da Big Madam e dobro meu vestido no colo.

— O Kofi falou que você quer me ver. Eu estou aqui.

Ela olha pras unhas que nem se está verificando se tem um inchaço.

— Preciso perguntar a você, Adunni. Ontem, o Chefe, ele...

Eu balanço minha cabeça que não.

— Ele não me estuprou.

Ela levanta a cabeça, fecha os olhos.

— Você sabe o que significa estupro?

— Sim, *ma*.

— Tia Dada, esposa do dr. Ken, me ligou ontem. Ela me disse que quer vir conversar comigo para discutir o seu futuro. Que futuro estúpido é esse? Quem ela pensa que é? Quanto do seu salário ela já pagou? Ou ela pensa que você é um de seus projetos ambientais? — Ela respira fundo. — Ela desligou quando eu fiz essa pergunta, e eu juro, fiquei cega de raiva! Minha cabeça estava fervendo. Deixei minha irmã no hospital e disse ao motorista para me trazer para casa. Meu plano era te encontrar e dar o tipo de surra que consertaria seu cérebro e depois te jogar na rua, porque, Adunni, você só me trouxe problemas desde que chegou aqui. Tia Dada não é minha amiga. Ela não deve ter mais de quarenta anos e desliga o telefone na minha cara? Eu ia lidar com você primeiro, depois enfrentá-la e me resolver com ela, mas o que eu encontrei em seu quarto em vez disso? Meu marido. — Ela para de falar, mas os lábios continuam tremendo. — O Chefe vai à igreja. Ele é membro do grupo Homens de Virtude. Como pode um homem ir à igreja por tanto tempo, por anos, e não encontrar Deus? — a Big Madam pergunta parecendo que está perdida, confusa.

— Porque Deus não é a igreja — digo, ficando com o queixo abaixado, minha voz baixa.

Quero falar pra ela que Deus não é um prédio de cimento feito de pedras e areia. Que Deus não é tudo que colocam dentro de uma casa e trancam Ele lá. Quero que ela sabe que o único jeito de saber que uma pessoa encontra Deus e guarda Ele no coração é vendo como que a pessoa está tratando as outras pessoas, se ela trata as pessoas que nem Jesus fala pra fazer — com amor, paciência, bondade e perdão. Mas meu coração está batendo muito forte e rápido e me dando vontade de urinar, então eu arranco uma coisa do meu uniforme, um fio vermelho, e enrolo nos meus dedos até que vira um nozinho, um pontinho de fio.

Ela aperta os joelhos com a mão e se dobra pra frente.

— Adunni, estive pensando no telefonema de Tia. Você sabe o que Tia Dada quer discutir comigo?

— Não, *ma* — eu digo, sussurro. — Eu não sei.

A Big Madam balança a cabeça devagar.

— Se ela quiser tirar você daqui, você vai com ela?

Eu faço que sim.

— Por causa do que o Chefe fez?

Não sei direito o que falar pra ela, minha mente está querendo dizer muitas coisas, mas tenho medo que ela fica irritada comigo, então eu digo só uma pequena parte do que está vindo na minha mente.

— Porque a senhora nem sempre é gentil comigo e com o Kofi. Me bate e me faz chorar de saudade da minha mamãe. E por causa do Big Daddy.

Mordo meu lábio pra parar de falar, mas na minha mente, minha boca continua mexendo: *Porque se a Rebecca era a sua filha Kayla, você não ia descansar, nem uma noite ou um dia até encontrar ela. E porque você está fazendo tráfico de escravos comigo e está deixando o Big Daddy fazer tráfico de escravos com você.*

Ela dobra o corpo pra trás e fecha os olhos e quando começa a falar, sua voz é tão baixa, que nem se eu não estou mais na frente dela, e ela e ela mesma é que estão conversando:

— Como o Chefe pôde fazer isso comigo? Conosco? Como poderei continuar sem ele ao meu lado? O que direi às pessoas quando me perguntarem o que aconteceu?

Que ele nunca está junto com você. Talvez só quando ele está jogando fumaça no seu rosto.

— O que você quer dizer com isso? — A Big Madam abre os olhos, a voz afiada.

Minha voz está na minha cabeça ou eu estou falando alto? Eu começo a balançar a cabeça que não, pra inventar uma mentira, mas ela diz:

— Adunni! O que. Significa. Isso? Fale exatamente o que você quer dizer antes que eu te transforme em pó.

Eu torço a ponta do meu vestido em volta do meu dedo até que o sangue não corre mais pro dedo.

— É o Big Daddy, *ma*. Ele é um homem mau. Muito perverso.

Eu levanto a cabeça quando uma coisa abre uma torneira dentro da minha boca aberta, e as palavras, amargas, verdadeiras e afiadas começam a sair.

— Ele te bate quase toda hora e te deixa cheia de tanta raiva e tristeza que quando você vê eu e o Kofi, você despeja toda a raiva na gente, principalmente em mim. O seu marido, ele te deixa triste e... — *E louca*. — Desculpa, *ma* — digo, quando vejo que os olhos dela estão quase saindo da cabeça. — Você me pediu pra falar o que quero dizer e estou só falando o que quero dizer. É só isso.

Eu respiro fundo, sentindo que nem um balão que está perdendo o ar até ficar murcho, sem poder flutuar de novo, então fico em pé, bem devagar, e olho em volta da sala que nem uma tonta porque não quero olhar pro rosto dela.

— Posso massagear seus pés? — pergunto. — Ou coçar seu cabelo antes de sair? Ontem cantei uma música e você dormiu. Posso cantar pra você? Uma música que minha mamãe...

— Vá — ela diz, mostrando a porta, os olhos molhados, com raiva. — Saia da minha frente!

53

De noite, tem alguém no portão, buzinando uma buzina louca, que nem se o motorista do carro põe a mão na buzina e bate, bate, bate. Quando o barulho não vai embora depois de três minutos, eu levanto da minha cama e espio pra fora do meu quarto.

— Aquele idiota está buzinando há quase trinta minutos — o Kofi diz de onde está parado no corredor, coçando os olhos e bocejando.

— Qual idiota? — pergunto, saindo do meu quarto e fechando a porta. Eu fico do lado dele, e a gente olha pra escuridão, onde a noite é uma parede grossa e preta, e os grilos e o amanhecer estão enchendo o ar de pouquinho em pouquinho, fazendo um tipo de melodia cantante maluca que soa: *pin... cri-cri... pin-cri-cri.*

— Big Daddy — o Kofi diz. — Ele é quem está buzinando como um maníaco. Big Madam instruiu Abu e a mim a não abrirmos o portão para ele, o que é muito estranho.

— Por que é muito estranho? — pergunto.

— Porque ela nunca nos instruiu a não o deixar entrar. Nem mesmo quando ela tem certeza de que ele foi ver uma namorada.

— Você já viu a namorada dele uma vez?

— Ele tem algumas. Eu vi uma delas, uma garota que ele pegou na Shoprite. Coisa magra. Parece uma criança de doze anos. Uma rajada de vento em um bom dia a quebraria ao meio. Mas esse é um problema daquele idiota. — O Kofi curva o pescoço e olha pra mim. — Então, o que Big Madam disse quando chamou você ao quarto dela?

— Nada — eu digo enquanto outro barulho de buzina sopra no ar. — Por que a Big Madam falou pra gente não abrir o portão?

O Kofi abaixa os ombros.

— Como eu disse, ela nunca fez isso antes. Não importa o que acontecesse ou a hora que ele chegasse, ela me orientava a garantir que a comida de Big Daddy fosse servida. Você deveria ter visto quando ela nos deu as instruções, Adunni. Os olhos dela estavam feridos, cheios de algo que eu nunca tinha visto antes. Algo como aço. Resolvida.

— Você perguntou pro Abu? Da lista de compras?

— Ah, sim. — O Kofi coloca a mão no bolso da calça e pega um papel. — Aqui está. A última lista de compras que ela escreveu antes de... você sabe.

Eu pego o papel e abro. A escrita — lista de compra pra sabonete Fairy, arroz branco, plástico filme, papel de seda e alvejante — é igual da carta.

Meu coração suspira.

— Kofi, você já viu ela e o Big Daddy junto?

— Algumas vezes. — O Kofi enruga a testa, a carne da testa divide três linhas grossa de pele. — Eu o peguei saindo do quarto de Rebecca algumas vezes. Eles pareciam próximos, de uma forma incomum, especialmente quando Big Madam estava fora. Eu perguntei a Rebecca sobre isso, disse para ela ter cuidado com ele, mas ela sempre ria e dizia que eu tinha ciúme. Por que eu teria ciúme de um idiota? Eu sei que toda empregada solteira que tivemos sempre pareceu despertar o interesse dele. Foi por isso que avisei a você para ter cuidado com ele desde o primeiro dia. Eu aviso cada empregada solteira que vem trabalar nesta casa.

Eu sinto um arrepio, chega tão de repente, fazendo os pelos da minha mão arrepiar.

— A Big Madam foi pra casa da Rebecca na aldeia? Pra procurar ela?

O Kofi balança a cabeça.

— Ouvi dizer que o sr. Kola foi lá, uma ou duas semanas depois que ela desapareceu. Big Madam, pelo que sei, não foi a lugar algum.

Faz outro barulho de buzina, e a Big Madam, sua voz que nem cinco trovões, grita da casa principal:

— Volte para o inferno de onde você veio, Chefe! Ninguém vai abrir este portão para você.

Quem sabe o que que aquele homem faz com ela? Meus olhos me surpreendem, derramam lágrimas. Eu limpo rápido.

— Vou voltar pro meu quarto.

— Vou fazer o mesmo — o Kofi diz, bocejando de novo. — Parece que o idiota vai passar a noite com os mosquitos no carro. É o mínimo que o canalha merece por tudo que fez todo mundo passar.

A Big Madam fica trancada dois dias. Ela não vai pra loja, pra igreja ou pra qualquer lugar. Ela fica no quarto dela e dorme. De manhã, o Kofi vai levar a sua comida de inhame e ovo, ou pão e ovo cozido, ou torrada e chá, e ela só morde um pedacinho, manda o resto pra baixo, que o Kofi dá pra mim comer. De noite, ela manda me chamar pra massagear os pés. Ela não fala quando eu massageio os pés, ela só fica lá, prendendo as lágrimas com os olhos. Quero mostrar a carta pra ela de novo, mas sinto que o coração dela está tão pesado e isso pesa ela muito pra baixo, até pra ouvir o que eu quero falar.

O Big Daddy não está em lugar nenhum da casa. Ninguém viu ele e nem faz perguntas, mas a gente sussurra pra gente mesmo, eu e Kofi, ou o Kofi e o Abu, ou eu e eu mesma. A gente conversa de onde está o Big Daddy, e se ele vai voltar, mas é tudo conversa vazia, ninguém está sabendo nada, ninguém está vendo nada.

Três noites depois que o Big Daddy saiu de casa, a Big Madam manda eu ir no quarto dela.

Dessa vez, ela tá sentada na cadeira roxa, segurando o telefone no ouvido. Ela faz sinal pra mim esperar, então fico em um canto com as mãos atrás das costas. Ela está parecendo muito melhor, o vermelho da dor embaixo dos olhos agora é roxo que nem a cadeira que ela está sentada.

— O pessoal do Chefe virá aqui amanhã — ela diz no telefone. — Não, eu não acho que você precisa vir. Você precisa se concentrar em melhorar. Eu sei que eles querem implorar para que eu o aceite de volta. Uma das irmãs inúteis dele me enviou uma mensagem ontem à noite; Chefe tem pedido dinheiro. Ele não conseguia nem abastecer a Mercedes. Eu que sempre coloquei gasolina naquele carro. — Ela dá uma risada triste e balança a cabeça. — Ah, Kemi, fui uma idiota. Uma grande idiota.

Sim, ma, eu digo com meus olhos. *Uma grande idiota.*

— Onde estava a família dele quando eu estava lutando para construir minha carteira de clientes? Para criar nossos filhos? Pagar as contas? Você é minha irmã. — Ela enxuga o olho esquerdo com um dedo. — Você sabe o que eu passei com esse homem. Como sofri para sustentar nossa família com meu negócio. Eu nunca te disse isso, Kemi, mas durante anos eu trouxe o dinheiro que ganhei para casa e dei ao Chefe, e ele embolsou meu dinheiro e ainda me bateu e arranjou suas namoradas. Mesmo assim, dei roupas para ele vestir, cuidei dele. Eu encobri sua vergonha. Eu fechei os olhos para seus absurdos, para ele fazer isso... com, com Caroline Bankole da AMWR! Bem debaixo do meu nariz. Não, por favor, não me diga para me acalmar. Não, não estou imaginando coisas. Eu queria estar. Eu contei a você como encontrei o telefone que ele usava para ligar para ela. O idiota salvou o número dela como "Meu Amor". Meu Amor? Do Chefe? Ele nunca me chamou de nada de amor!... Kemi, por que você está me fazendo essas perguntas sem sentido? O que você quer dizer com "Tem certeza"? Óbvio que tenho certeza! Eu a confrontei! Ela falou que foi culpa do diabo. Que diabo? Faz sentido? Essa é uma mulher que chamei de amiga. Amiga. — Ela aperta a mão tremendo na boca pra tampar o choro, e meu coração está mudando quando penso na Caroline Bankole, a gata com olhos verdes e cheiro de laranja amarga, a mulher que é gentil com a Chisom porque a Chisom guarda os segredos da noite que o Big Daddy falava no telefone atrás dos aposentos dos empregados.

Deve ser isso que a Big Madam leu no dia que achou o telefone no meu quarto, por isso que ela ainda está deixando o Big Daddy trancado do lado da fora da casa e por isso que ela parece que vai morrer qualquer dia de dor e vergonha de tudo. E eu, eu estava aqui pensando que ela está triste e com raiva porque o Big Daddy queria me estuprar.

A Big Madam agora está ouvindo, balançando a cabeça e suspirando, mas não consigo ouvir o que a outra mulher está dizendo.

— Não sei o que orações fariam por mim agora, Kemi — ela diz finalmente. — Vá descansar, você precisa.

Ela joga o telefone na cama e quando olha para mim, seus olhos fazem um buraco no meu coração e ela derrama a tristeza dela no buraco, me enterrando com a tristeza e me enterrando com tudo.

— Massageie meus pés — ela diz, esticando as duas pernas na frente dela. — Meus tornozelos estão inchados. — Eu balanço a cabeça, me dobro, pego os pés e coloco no meu colo. Esfrego meu polegar e os dedos nos tornozelos, nos dedos dos pés, bem devagar, como um jeito de afastar toda a dor que ela carrega faz tanto tempo, libertando da prisão dela mesma, da dor dela.

A gente fica assim um pouco, ela liberando a dor, eu trabalhando nas pernas, no corpo dela.

— Eu vou mandar prendê-lo — ela diz de repente, que nem se está só pensando nisso. — Sim, é isso. Ele será preso pelo desaparecimento de Rebecca e vou garantir que ele apodreça na prisão, a menos que possa encontrar aquela garota. — Ela encosta a cabeça pra trás e fecha os olhos. — Adunni?

— *Ma*?

— A noite em que... que Big Daddy tentou... Lembro-me de você dizer que Rebecca escreveu uma carta?

— Sim, *ma* — digo enquanto a esperança cresce dentro de mim. Estou esperando ela perguntar disso, esperando quando ela vai fazer alguma coisa pra ajudar a Rebecca.

— Eu quero ver. Para ler direito. Traga para mim amanhã cedo. Por enquanto, preciso dormir. Meus olhos estão ardendo. Cante para mim.

— Sim, *ma*.

E então eu canto que nem se a minha mamãe está sentada nessa cadeira roxa, que nem se eu quero esvaziar toda a minha voz e fazer a Big Madam se sentir melhor. Eu canto que nem se quero fazer a Rebecca não desaparecer, pra fazer o marido da sra. Tia não ter problemas de engravidar a sra. Tia, que nem se eu não quero ficar triste porque a Big Madam está triste.

Quando acabo minha música e olho pra cima, os olhos da Big Madam estão fechados. Sopradas suaves de ar escapam da boca aberta dela, mas o queixo continua contorcendo em cada um ou dois segundos, que nem se ela está mordendo a paz que resta na alma, lutando pra segurar com os dentes.

Mas a paz é teimosa; ela escorrega do controle e espatifa no nosso redor.

54

Fato: Um estudo de 2003 em mais de 65 países sugeriu que as pessoas mais felizes e otimistas do mundo vivem na Nigéria.

Estou acordada desde cinco horas da manhã, deitada na minha cama e ouvindo um pavão gritando que nem um galago lá longe na casa de um vizinho, com o vento varrendo as folhas dos coqueiros pros buraco da janela do meu quarto, com o barulho do Kofi batendo nos potes e pratos na cozinha lá longe.

Meu corpo está duro, que nem se eu estou precisando de um pouco de óleo pra me mexer, de um serviço pra ficar me mexendo. Eu levanto, tiro a carta da Rebecca debaixo do travesseiro, dobro em um quadrado perfeito e coloco no meu sutiã. Depois de vestir meu uniforme, calço os sapatos, demorando pra empurrar a fita de couro cada vez mais fina pra dentro da fivela, porque não quero que corta e estraga de uma vez.

Lá fora, o ar está frio e uma pequena nuvem de molhado está cobrindo a grama. O céu está tão claro; não tem fim esse cinza-azul. Ando rápido pra encontrar o Kofi na cozinha, que está cortando um pedaço de pão com uma faca grande.

— Bom dia — grito pra ele enquanto pego a vassoura atrás da torneira da cozinha no quintal, dou um tapinha nela e começo a varrer, de novo, devagar, que nem se o chão é o cabelo grande de um querido amigo, e minha vassoura é o pente.

— Adunni — o Kofi me chama —, estava esperando você sair. Vem, vem. Largue essa vassoura.

Coloco a vassoura no chão, limpo as mãos e entro na cozinha. Eu paro na frente do fogão a gás, perto dele.

— O que foi?

— Acabei de receber uma ligação de um amigo da embaixada. Ele disse que os resultados saíram ontem. Assim que terminar meu trabalho da manhã, vou descobrir se você passou.

— Obrigada, Kofi. A sra. Tia também vai ver. A Big Madam foi na loja dela?

— Hoje não — o Kofi diz, ainda sussurrando. — Temos convidados no hall de entrada. As duas irmãs do Big Daddy. O próprio idiota também está lá, chegaram há poucos minutos. Big Madam disse que não devemos deixá-los entrar na sala de estar, então estão todos no hall.

Será que o Big Daddy pode tentar fazer uma coisa ruim comigo hoje? Com todo mundo aqui?

— Adunni. — A Big Madam entra na cozinha vestindo um *boubou* preto, o preto de uma pessoa de luto. Os olhos dela é o triste de uma jovem viúva, o roxo em volta é uma marca desbotada. — O que você está fazendo aqui? Vá encontrar algo para comer.

Eu coloco a mão no meu peito.

— Eu? Encontrar comida pra comer?

— Você tem a... aquela carta? — ela pergunta.

— Sim, *ma*. Você quer agora, *ma*?

— Chamarei você quando precisar. Kofi, mantenha Adunni aqui nos fundos e encontre algo para ela comer. Estou esperando um policial. O Chefe e família devem permanecer no hall. Sirva comida se eles quiserem, mas, por favor, não os deixe entrar em nenhum outro cômodo da casa além do banheiro do andar de baixo.

Quando a Big Madam sai, o Kofi balança a cabeça.

— Policial? Para quê? Você me disse que Big Daddy não estuprou você. Por que mentiu? De que carta ela está falando?

— O Big Daddy não me estuprou — eu digo.

Aí eu conto pra ele da carta da Rebecca.

Fico no quintal, varrendo, até o Kofi me chamar.

— É pra mim levar a carta? — pergunto quando entro na cozinha. Ele está parado no lado da porta que vai pro hall, apertando o ouvido no vidro da porta. Ele tem farinha no nariz, um ponto grande de pó branco na pele lisa dele.

— Não diga uma palavra — ele sussurra, colocando um dedo nos dois lábios, *sshh*. — Venha e ouça o que eles estão dizendo.

Eu ando até onde ele está, meu coração soando mais alto do que meus pés enquanto fico do lado dele e aperto meus olhos no vidro da porta. Eu posso ver sombras: da Big Madam, uma grande montanha negra sentada atrás do pôr do sol; do Big Daddy, o *fila* empoleirado que nem um avestruz pequeno dormindo na cabeça dele; e de duas mulheres, uma alta e outra baixa, os *geles* nas cabeças, a sombra de duas mãos gigantes.

— Cadê o polícia? — pergunto pro Kofi, falando baixo.

— Aquele — o Kofi aponta o dedo na sombra de um homem parado na esquerda.

A voz da Big Madam é a mais alta de todas, e ela está parecendo muito zangada:

— Oficial Kamson, como eu lhe informei por telefone, quero que este homem, meu marido, seja levado e interrogado. Tenho razões para acreditar que ele está envolvido no desaparecimento da minha ex-empregada. Acredito que ele pode ter feito mal a ela. Leve-o para seu distrito e o detenha!

— Você tem alguma evidência das suas alegações, sra. Florence? — o policial Kamson pergunta.

A carta! Eu grito na minha cabeça, apertando meu nariz no vidro da porta com tanta força que estou com medo que quebra. *Conta pra polícia da carta da Rebecca.*

— Vamos, Florence — o Big Daddy diz. — Isso é simplesmente ridículo. O que você acha que eu fiz com Rebecca? De todas as pessoas, Rebecca? E daí se ela sumiu? Ela pode ter fugido! — Ele vira pro policial. — Oficial Kamson, me escute. Juro pelo Deus dos meus pais que não sei nada sobre o desaparecimento daquela garota. Eu tenho minhas fraquezas, mas sumir com uma garota? Por que eu faria isso?

— Cale a boca! — O grito da Big Madam é tão alto que faz todo mundo pular, até eu e o Kofi. O Kofi até bate com a cabeça na porta de vidro, mas antes que alguém lá dentro vira pra olhar pra gente, a Big Madam diz: — Por que você não conta ao policial Kamson sobre o caso que você mantém com a minha amiga íntima, Caroline Bankole?

O silêncio cai que nem uma tempestade que chega de repente, um trovão que não tem estrondo.

O barulho da respiração pra dentro e pra fora da Big Madam é o único barulho por um grande, grande momento até que uma das duas irmãs cai dentro do sofá e coloca a mão na cabeça.

— Deus me livre. Isso é o diabo agindo.

— Diabo o meu pé — o Kofi sussurra. — Diabo o meu testículo esquerdo.

— Sra. Florence — o oficial Kamson muda de um pé pro outro —, eu entendo que você está chateada com seu marido, e com razão. Mas você convidou a Força Policial da Nigéria para vir aqui por um motivo. Por que você acha que seu marido pode estar envolvido no desaparecimento de Rebecca? As empregadas domésticas são conhecidas por pular de um empregador para outro, não é? Pelo que sabemos, ela não foi registrada como desaparecida. E — ele coça a garganta —, se suspeita que ela estava tendo um caso com seu marido antes de desaparecer, senhora, então faria sentido convidar vocês dois para um interrogatório.

— Eu? — a Big Madam diz, enquanto as mãos dela voam pro peito. — O seu chefe não disse quem eu sou antes de te mandar aqui? Estou lhe dizendo para levar meu marido e detê-lo e você está falando em me investigar. Me interrogar. Você deve estar louco!

— Florence, por favor — o Big Daddy diz, e todo mundo vira pra olhar pra ele. Ele cai ajoelhado na frente da Big Madam. — Por favor, peça ao oficial Kamson para ir embora para que você e eu possamos conversar sobre essa coisa de Caroline, de marido para esposa. Foi um grande erro, um erro terrível, terrível. Eu posso explicar tudo.

A Big Madam balança a cabeça e enxuga o rosto com a ponta do *boubou*.

— Por favor — a irmã do Big Daddy diz —, vamos deixar de lado essa questão sobre o desaparecimento de Rebecca para que nosso irmão possa voltar para casa. Olhe para ele, está de joelhos! Ele já está sofrendo o suficiente. Ele não tem onde morar. Por favor, Florence, aceite-o de volta. Amanhã, vamos todos juntos ter uma reunião de família para discutir o outro assunto.

A Big Madam solta um suspiro profundo. Parece que ela está perdendo a luta da vida, e eu quero pular e bater a porta e falar pra ela pra mostrar a carta da Rebecca pra eles. Pra contar pra eles de mim. Mas o Kofi, ele sente meu espírito pulando, minha alma raivosa, e ele aperta a mão na minha mão, que nem se está falando: *Vai devagar, Adunni. Vai com calma.*

— O senhor pode ir, oficial — a Big Madam diz em voz baixa e calma. — Eu acho que... Entrarei em contato quando precisarmos de vocês. Desculpe pela inconveniência. — Ela vira pro Big Daddy e diz: — Chefe, nunca mais quero vê-lo em minha casa. Abu arrumará suas coisas. Pegue tudo com ele no portão. Não se esqueça de entregar a ele as chaves do meu carro.

A tosse do oficial Kamson quebra o minuto de silêncio encabulado.

— Acho que vou, é... vou indo — ele diz com um cumprimento rápido. — Lembre-se de que estamos aqui para servir. Espero que resolvam o que parece ser um simples assunto doméstico. Ligue para nós quando houver algo para investigar.

Não posso deixar o policial ir embora sem a carta, sem saber o que aconteceu com a Rebecca, se vai encontrar ela, ou se ela está morta. *Não. Não. Não.*

— Não — digo isso dentro da minha cabeça, mas acho que me enganei e apertei um controle remoto pra aumentar a voz, porque minha voz não está dentro da minha cabeça, está fora em todo lugar e enchendo toda a cozinha, e todas sombras na sala estão virando pra olhar pra porta, pro lugar aonde eu e o Kofi estamos parados, aonde estou batendo no vidro com minhas duas mãos fechadas, e aonde o Kofi está usando sua mão pra cobrir minha boca enquanto ele está me arrastando pra trás da porta.

Lá fora, no sol da manhã, estou sentada em uma pedra no jardim. Meus olhos continuam enchendo de lágrimas que estão sufocando minha garganta e me fazendo tossir. Não fui capaz de lutar pela Khadija, e agora não estou lutando nem pela Rebecca. Fico triste de saber que tenho tanto poder com essa carta, mas nenhum poder se a Big Madam não entrega a carta pra polícia. Não sei quanto tempo fico assim, chorando de dor, até que o Kofi sai pra fora.

— *Chale*, você ainda está chorando? Posso apostar minha casa nova em Kumasi que o Big Daddy vai voltar. Será preciso implorar muito, mas ela vai aceitá-lo de volta um dia, porque precisa mais dele do que ele dela. Não é triste que, nesta parte do nosso mundo, as conquistas de uma mulher possam ser reduzidas a nada se ela não for casada? Enfim, levante-se. Estão precisando de você.

— Precisando onde? — pergunto, olhando pra ele com os olhos inchados e doídos de tanto chorar.

— Big Madam está chamando você. Ela está na sala dela.

— O que ela quer de mim? — pergunto, mas o Kofi abaixa os ombros.

— Ela está de mau humor. Boa sorte.

Enquanto limpo meu rosto e entro na cozinha, pego meu telefone pra espiar rápido e vejo uma mensagem da sra. Tia que já está lá faz quase uma hora:

Adunni!! Você passou!!
Você conseguiu uma vaga no programa!
Não vou esperar NEM MAIS UM DIA!
Enfrentarei Florence se for preciso.
Estou indo te buscar agora!!
Arrume suas coisas.
S2

Fico ali, no meio da cozinha, de costas pro Kofi enquanto ele põe os pratos e colheres na lava-louças com um assobio alegre, enquanto fica ocupado com o trabalho dele, esquecendo da Adunni e de todos seus problemas.

Eu leio a mensagem de novo: com a minha voz presa dentro do meu peito, um sussurro dentro de um pote, com meus olhos bem abertos; depois com meus olhos fechados dentro de uma escuridão profunda, as palavras correndo brilhantes, uma fita de fogo, de esperança.

55

Quando eu entro no hall, a Big Madam está sentada no sofá perto do aquário e olhando pro chão.

A sra. Tia dá um pulo quando me vê e eu respiro fundo, me aliviando com seu cheiro de óleo de coco e flor de lírio. Ela está muito melhor agora. O cabelo está preso em uma grande nuvem na cabeça, puxado pra trás com uma faixa vermelha. E o rosto dela não tem mais um monte de marcas, a pele está lisa de novo.

— Seu rosto. Está parecendo bom.

— O óleo de palma fez mágica — ela diz com uma piscada. — Você está bem? Você estava chorando?

— Estou bem agora — eu digo.

— Adunni, escute. Sua patroa e eu conversamos sobre seu futuro. Ela está ciente do programa e disse que você pode vir comigo hoje, mas insiste em conversar com você antes de liberá-la.

A Big Madam levanta, chama com os dedos.

— Venha comigo.

— Florence... — a voz da sra. Tia é baixa, que nem um aviso.

— Eu só quero dar uma palavra com ela — a Big Madam diz — em particular.

— Então eu vou sair — a sra. Tia diz enquanto faz um sinal pra mim, sai do hall e fecha a porta devagar.

A Big Madam esparrama a mão pra mim.

— A carta?

Eu balanço minha cabeça que não.

— Me passe a carta neste minuto ou tornarei muito difícil para você sair daqui. Eu não me importo com as ameaças de Tia. No fim, será você quem vai sofrer se eu dificultar as coisas.

Meu coração está pesado quando coloco a mão dentro do sutiã, pego a carta e entrego pra ela.

Ela agarra e começa ler, os olhos examinando a carta, lendo rápido, o rosto sem mostrar sentimentos. Nem mesmo vendo o sangue seco no papel. Então, devagar, ela começa a rasgar a carta em pedaços. Olho isso em estado de choque, aos poucos, aos poucos, uma chuva de papel com tinta preta escorre da sua mão e flutua no chão. Uma pergunta — duas perguntas — atingem minha mente com tanta força que quase para minha respiração.

E se foi a Big Madam e não o Big Daddy que fez a Rebecca desaparecer e sangrar? E se então foi por isso que a Rebecca estava escrevendo que tem medo que a Big Madam faz uma coisa ruim? Por que a Big Madam não prendeu o Big Daddy com a polícia? Lembro da noite que contei que a Rebecca escreveu uma carta e não parece que ela ficou muito chocada. Triste, cansada, mas não chocada. Ela nem leu! A única coisa que parece que quase deixou ela louca é a coisa da Caroline Bankole.

Olho pro rosto dela buscando respostas, mas tudo que vejo é um manto de tristeza, mágoa e dor.

— *Ma*, tinha sangue nessa carta. Na carta que você acabou de rasgar.

— Eu sei — a Big Madam diz em voz baixa. — Eu vi.

— Por que você deixou a polícia ir embora? Por que rasgou a carta quando você sabe que o Big Daddy pode ter matado ou machucado ou feito ela... — Minha voz começa aumentar, e a Big Madam está segurando a mão dela, o medo rastejando no rosto.

— Pare de levantar a voz, Adunni.

— O que aconteceu com a Rebecca? Se a senhora não me contar agora, eu vou gritar e gritar e contar pra todo mundo o que aconteceu. Que você matou a Rebecca.

Ela riu um choque de risada amarga.

— Eu? Matar um ser humano? É isso que você pensa de mim? — Ela suspira. — Adunni, não devo nenhuma explicação a você, mas vou lhe dizer uma coisa. Rebecca não está morta. Ninguém fez nenhum mal a ela. Eu sei que o Chefe a engravidou. Sempre soube. No dia em que ela saiu desta casa, fui eu que a mandei embora.

— Mas e o sangue? Na carta. Por que está aí?

— Onde você encontrou esta carta?

— Debaixo da minha cama — minto, porque não quero dar problemas pro Abu, e por causa disso, eu sei que não posso falar do banco molhado do carro, que agora eu sei que talvez estava cheio de sangue também antes de alguém lavar. — O que aconteceu que fez ela sangrar?

— Isso vai ficar entre nós duas — a Big Madam diz, me olhando. Dentro dos olhos dela vejo cem bocas bem abertas, gritando um aviso. — No dia em que Rebecca foi embora, eu estava em casa, indisposta. Meu marido não sabia que eu não tinha saído para a loja. Nós não estávamos nos falando... Dificilmente estamos, de qualquer maneira. Eu precisava que Rebecca me fizesse uma comida, já que Kofi tinha saído, e, como eu a chamei e não tive resposta, fui forçada a ir procurá-la em seu quarto. Quando cheguei lá, ela estava com muitas dores. Estava gemendo, segurando o estômago, tentando arduamente puxar as contas da cintura. Ela estava em um estado horrível, em agonia real. Ela contou que bebeu alguma coisa, algo que meu marido deu a ela. Ela deve ter escrito a carta que você encontrou embaixo da cama antes que a dor começasse, porque a vi em sua cama enquanto corria para buscar ajuda.

— Eu vi as contas da cintura na janela dela. Então ela tirou porque o estômago estava girando de tanta dor.

A Big Madam abaixa os ombros.

— Ela pode ter deixado lá quando nos preparávamos para sair. Acabei a arrastando para o carro porque não havia ninguém em casa. Eu tinha enviado Abu para entregar um pedido urgente de tecido no continente, e não sabia para onde o Chefe tinha ido. Suspeito que ele deu a ela um medicamento para causar um aborto espontâneo e foi passear, deixando-a sangrar o bebê. O bebê dele.

Ela para um pouco, balança um pouco e depois acalma.

— Eu a levei para o hospital. No caminho, Rebecca começou a sangrar. Acontece que ela estava com quase quatro meses de gravidez... não sei como não percebi sua barriga saliente... e descobri que ela estava perdendo o bebê. Ela me contou que o meu marido era o responsável. E que o canalha tinha prometido casamento a ela. Imediatamente o médico conseguiu controlar o sangramento e lhe deu alta, tirei o celular dela, apaguei todas as mensagens que ela e o Chefe estavam trocando e a levei ao terminal de ônibus mais próximo. Dei algum dinheiro a ela e disse para sair de Lagos e nunca mais voltar. Ela nunca mais voltou para sua aldeia, porque o sr. Kola teria descoberto e me contado, mas ficou longe da minha vida. E eu, na minha tolice, pedi ao sr. Kola que me arranjasse uma garota muito mais nova para ser minha próxima empregada. Eu não sabia que era casada com um animal. Um monstro. Idade não importa para ele. Nada, absolutamente nada importa para ele. — Ela suspira. — Vá pegar suas coisas, Adunni.

Eu olho pro papel espalhado no chão, sem me mexer de onde estou.

— Como que eu vou saber, *ma*, que você não está mentindo? — pergunto, mas acho que ela está dizendo a verdade. Também acho que a Rebecca levou a carta com ela pro carro e escondeu lá, talvez por engano ou porque tinha esperança que alguém via.

— Nossa conversa acabou — a Big Madam diz. — Vá agora, pegue suas coisas e saia da minha casa. — Aí, levantando a voz, ela diz: — Sra. Dada, pode voltar. Adunni e eu terminamos.

A sra. Tia volta pra dentro, vê o papel espalhado no chão e diz:

— Que diabos?

— Adunni e eu terminamos — a Big Madam diz de novo. — Ela pode ir buscar as coisas dela.

Corro até o meu quarto e, quando chego lá, tiro os sapatos e coloco embaixo da cama. Tiro meu uniforme, dobro e coloco na cama. Eu visto meu vestido e coloco meu sapato-sandália de Ikati.

Eu olho em volta devagar, pra cama, pro armário no canto, os sapatos da Rebecca no chão, o uniforme dobrado na cama.

Decidi guardar as coisas na minha bolsa de náilon: a Bíblia da mamãe, os novecentos nairas que trouxe comigo de Ikati, meus lápis e caderno, meu *Melhore seu inglês* e os livros de gramática. Pego as contas da cintura da Rebecca, olho pra elas um tempão e, com as mãos tremendo, coloco na minha bolsa também. Se ela é de Agan, talvez um dia eu vejo ela e devolvo.

Sinto uma onda forte de tristeza quando minha mente me arrasta de volta pra Ikati, pra quando eu tinha uns cinco ou seis anos e brincava no riacho da aldeia com a Enitan, jogando água no nosso rosto, rindo sem saber o que a vida ia trazer pra gente. Minha mente rola de novo, que nem um pneu rolando de cima de uma montanha, quando penso na mamãe e na sua risada, que foi o som de dez espirros silenciosos; na Khadija, minha amiga, e das muitas noites que passamos juntas na esteira do quarto dela, dividindo histórias nas profundezas da noite. Penso na Rebecca e rezo pra que, onde quer que ela está, que encontra paz.

É quando penso no Kayus — que eu venho prendendo na minha mente por tanto tempo, com medo de ficar louca de dor de tanto sentir a falta dele — que meus joelhos dobram de repente.

Caio no chão e começo a chorar: pela mamãe, que passava todo dia — doente ou boa de saúde — juntando o dinheiro pras taxas escolares, às vezes fritando cem *puff-puff* pra vender debaixo do sol quente de Ikati e muitas vezes voltando pra casa de noite com lágrimas nos olhos porque ela não vendeu nenhum. Choro pelo papai que pensa que uma menina mulher é um desperdício desperdiçado, uma coisa sem voz, sem sonhos, sem cérebro.

Choro pela Big Madam, com a sua casa grande, a grande gaiola de tristeza em volta da alma dela. Pela Iya, que foi gentil comigo porque a minha mamãe foi gentil com ela. Pela Khadija, que viveu e morreu pelo amor de um homem que deixou ela pra morrer. E por mim mesma, por tudo de bom e feliz que perdi, pela dor do passado e pela promessa do futuro.

Meu choro é um lamento suave, um açoite e uma cura pro meu coração... até que alguém chama meu nome de longe, um som que interrompe o lamento tão de repente, que nem se uma coisa tira uma enchente de onde ela começa.

Limpo o rosto, levanto e pego o cabide de roupa dentro do armário. Ajoelhada na cama, puxo, giro e estico o cabide até que fica uma linha fina, uma caneta de metal sem tinta. Devagar, começo a arranhar a parede com a ponta dele. Arranho e arranho, soprando pra longe as lascas da tinta branca, curvando e desenhando letras bem fundo na parede até meu pescoço e os dedos doerem de tanto curvar e arranhar.

Quando acabo, desço da cama e pego a bolsa de náilon com minhas coisas. Na porta, eu olho pra parede, pro que arranhei nela. O *C* está parecendo um quadrado cortado no meio e o *A* é quase um triângulo, mas dá pra ler as palavras:

ADUNNI E REBECCA

Saio do quarto, fechando a porta da memória do triste e do amargo e do feliz de tudo isso, sabendo que mesmo que todo mundo esquece da Rebecca, ou de mim, a parede do quarto que a gente dividiu vai lembrar que a gente estava aqui. Que somos humanas. De valor. Importantes.

56

— Eu passei, Kofi! — grito quando chego na cozinha. — Eu vou pra escola!

O Kofi deixa cair a massa que está girando da mão, vai até onde estou e me dá um abraço rápido.

— Ah, Adunni. Eu ouvi a esposa do médico falando com a Big Madam agora há pouco! Você passou! Parabéns. — Ele funga, enxuga um olho com a ponta do avental. — Eu conheço a escola e vou visitar você em algum momento. Mas sempre que você visitar a sra. Tia, ligue para o meu número. Eu salvei no seu telefone.

Eu arregalo os olhos.

— Você sabe que eu tenho um telefone?

— *Chale*, eu soube desde o dia em que você conseguiu. Eu sei até a senha. Salvei meu nome como *Chale*. Me liga algum dia, minha amiga?

Começo uma risada que chora, feliz.

— Obrigada, Kofi, meu amigo. Por me empurrar pra mim passar na bolsa de estudos. Por tudo.

O Kofi balançou meu agradecimento.

— Tudo o que fiz foi dar informações e encorajá-la. Eu teria feito o mesmo pela minha filha. Você fez todo o trabalho duro.

Você e aquela mulher, a esposa do médico. — Ele baixou a voz. — Então, o que ela fez com a carta?

— Ela chorou... e rasgou tudo — eu respondo, com a voz baixa.

Os olhos do Kofi estão tristes.

— Se eu tivesse suspeitado de que algo terrível aconteceu com Rebecca, teria feito mais por ela.

— A gente não pode fazer mais nada pra ela. A Big Madam me contou o que aconteceu.

Vou contando pro Kofi, e os olhos dele passam de tristes pra arregalados e depois pra calmos.

— Vamos torcer para que ela esteja bem, onde quer que esteja. Você fez o seu melhor por ela. — Ele dá um tapinha no meu rosto duas vezes. — Vá e aproveite sua nova vida. Quando minha casa estiver pronta, você poderá vir me visitar.

— E o meu salário? Devo perguntar pra Big Madam disso?

— Esqueça isso, *chale*. Eu sempre disse para você aplicar a sabedoria de todas as maneiras. Esta é uma chance rara de liberdade, é melhor você correr e aproveitar!

Deixo o Kofi e corro pra casa principal, mas antes de ir pra Big Madam e pra sra. Tia, passo pela sala de jantar e entro na biblioteca.

— Obrigada — digo pra todos os livros na estante. — Obrigada — digo pro *Livro de fatos da Nigéria*, tocando na capa com o mapa brilhante e a cor verde-branco-verde da bandeira nigeriana, a contação de muitos, muitos fatos dentro das páginas. — Obrigada — digo pro *Collins* e todos meus amigos livros, por me ajudarem a encontrar minha liberdade na prisão da casa da Big Madam.

Fico assim um pouco, quieta e quieta e olhando pra estante de livros, que nem se é o túmulo da minha mamãe, e meu obrigada é a areia que estou despejando em cima do caixão, só que dessa vez minha tristeza é com alegria e gratidão.

Eu fico lá até saber disso, até sentir uma libertação quente dentro de mim que é a hora de ir. Na hora que saio da biblioteca, não fecho a porta. Deixo aberta pro espírito de todos os livros me seguir.

— Demorou uma eternidade! — a sra. Tia diz quando chego no hall. Ela está dançando nos pés, os olhos que nem fogo. — Tudo arrumado? Pronta para ir?

A Big Madam está sentada na cadeira do lado do aquário, a cabeça baixa, girando e girando o celular na mão.

— Estou pronta — digo.

— Sra. Dada. — A Big Madam levanta a cabeça. Eu nunca vi ela tão triste, confusa e com raiva ao mesmo tempo. — Adunni é uma garota muito inteligente. Ela... Ela me serviu bem. Boa sorte com ela. E, Adunni. — Ela levanta do sofá e fica na minha frente, os olhos que nem um fogo baixo, uma chama cansada. — Seria melhor para você cuidar da sua vida e enfrentar o futuro — ela diz devagar, quase sussurrando. — Enfrente a sua vida. *Você. Me. Entende?*

Eu entendo os avisos silenciosos nas três palavra da sua pergunta: *Você não pode dizer nada pra ninguém daquela carta. Do que eu te falei. Você me entende?*

— Eu entendo — eu digo. — Tchau, *ma*.

A Big Madam balança a cabeça, mas não responde. Ela afasta de mim e sai da sala, fechando a porta com um clique silencioso. Por um tempo, eu e a sra. Tia ficamos olhando a porta que nem se estamos esperando que ela volta. Mas ela não volta. Em vez disso, os pés dela sobem as escadas, o barulho vai desaparecendo a cada batida, até que uma porta bate com tanta força que a casa inteira treme.

— Meu Deus! — a sra. Tia diz baixinho. — Podemos dar o fora daqui, tipo, neste minuto?

A gente sai do hall, fecha a porta e começa a caminhar até no portão.

— Por que ela pediu para falar com você em particular? — a sra. Tia pergunta, enquanto a gente passa pelo primeiro monte de vasos de flores. — Vocês conversaram por um bom tempo. É sobre o papel rasgado no chão? Era uma carta?

Começo a pensar em uma mentira pra acabar o assunto, pra esquecer e não falar disso nunca mais, mas sei que não posso deixar a Big Madam me colocar em uma caixa de medo, uma prisão da mente, depois de me libertar da prisão da casa dela.

— Sim. A carta é sobre a Rebecca, é da Rebecca. — Eu olho pra trás, pra casa da Big Madam, a grande, poderosa e triste. — Depois eu te conto, mais tarde.

É bom falar isso pra ela, falar pra ela que eu e ela vamos conversar, olhando uma pra outra, cara a cara, não com qualquer mensagem que você não pode mostrar seu sentimento de tristeza ou de raiva ou qualquer sentimento.

É bom devolver a caixa de medo da Big Madam pra ela. Colocar a chave em cima da caixa e deixar lá no seu complexo, na sua casa, onde ela pertence.

— Como estão as coisas com o médico? — pergunto pra sra. Tia. Estou andando um pouco mais rápido. — Melhor?

— Tanta coisa aconteceu — ela diz com um suspiro —, mas acho que vamos superar.

— Você acha? — eu pergunto, parando pra proteger meus olhos do sol da manhã, pra olhar no seu rosto.

— Eu acho. Decidimos explorar algo chamado "adoção". Você sabe o que é isso?

Balanço a cabeça que não e começo a falar que vou dar uma olhada no *Collins*, antes de lembrar que o livro ficou pra trás. Que estou deixando esta vida pra trás e enfrentando uma nova.

— Vou lhe contar sobre isso — a sra. Tia diz, enquanto pega minha mão e segura com força. — Porque amanhã será melhor do que hoje, certo?

Primeiro, não estou dando nenhuma resposta.

Minha mente não pode estar imaginando um dia melhor do que hoje, com o azul-cinza que não tem fim no céu e o cheiro de uma nova esperança e uma nova força no ar, mas eu sei que outro dia vai vim, quando vou ver o papai e o Kayus e o Minino-home, quando vou poder visitar Ikati sem medo, ou talvez eles vão poder me visitar.

Vai chegar o dia que minha voz vai soar tão alta em toda a Nigéria e no mundo inteiro que vou poder fazer com que outras garotas tenham sua própria voz soando alta, porque eu sei que, quando eu terminar meus estudos, vou encontrar um jeito de ajudar elas irem pra escola também.

Vai chegar o dia que vou ser professora, vou mandar dinheiro pra comprar um carro pro papai, ou construir uma casa nova pra ele, ou talvez até consigo construir uma escola em Ikati na memória da minha mamãe e da Khadija, e quem sabe o que mais vai vim amanhã? Então, eu balanço com a cabeça que sim, porque é verdade, o futuro está sempre dando certo, sempre ocupado fazendo coisas melhores e mesmo que às vezes não parece, a gente tem esperança.

A gente começa cinco minutos de caminhada até a casa da sra. Tia no silêncio da manhãzinha passando pelos grandes portões pretos que eu costumava limpar quatro vezes por dia com aquele pano amarelo grosso da cozinha, pela Wellington Road, com as casas cheias de pavões gritando — a ave do homem rico —, e finalmente no complexo da sra. Tia, onde a casa branca com um espelho no telhado está piscando, piscando pra mim que nem se está dizendo: *Bem-vinda, Adunni. Bem-vinda pra sua nova liberdade.*

AGRADECIMENTOS

Eu gostaria de agradecer:

A Deus, por toda respiração, por toda palavra, por este maravilhoso dom e pelos que virão.

A Felicity Blunt, pelo trabalho árduo que dedicou a este livro. Você é maravilhosa e incrível, simplesmente a melhor. A Emma Herdman e Lindsey Rose, minhas editoras espetaculares nos dois lados do Atlântico, que trabalharam comigo com profunda gentileza, delicadeza e atenção — obrigada pelas excelentes sugestões e pela paciência enquanto eu trabalhava na edição. Às equipes fantásticas da Curtis Brown UK, ICM Partners, Scepter e Dutton, incluindo Jenn Joel, que defendeu e divulgou este livro nos Estados Unidos, Rosie Pierce, Melissa Pimentel, Claire Nozieres, Louise Court, Helen Flood, Amanda Walker, Jamie Knapp, Leila Siddiqui e todas as pessoas maravilhosas que trabalharam e continuam a trabalhar incansavelmente pelo livro.

A Caroline Ambrose, por criar o Bath Novel Award (prêmio internacional anual para romancistas iniciantes), colaborando para criar destinos e por trabalhar tanto para dar uma chance a escritoras e escritores como eu. Ganhar o Bath Novel Award em 2018 mudou minha vida. A Julia Bell, pelas conversas em seu escritório, ou em sala de aula, e por dirigir abnegadamente O Melhor Grupo de Oficinas de Todos os Tempos. Ao #SuperGrupo de Escrita Criativa da Birkbeck, Universidade de Londres, pelo feedback e incentivo cruciais durante nosso curso e pelas muitas quintas-feiras à noite desde então. Ao professor Russell Celyn Jones, por ler as *primeiras* três mil palavras e por abrir meus olhos para a possibilidade de realizar um sonho de toda a vida.

À minha preciosa família. Professora Teju Somorin, por defender e advogar pelo meu avanço em todos os sentidos. O engenheiro Isaac Daré, que sempre me chamou de "Duquesa", porque, aos seus olhos, eu era da realeza, e porque ele, apesar do seu trabalho, reservava tempo para ler e comentar sobre tudo o que eu escrevia. Segs, que é raro e maravilhoso e tudo o mais. Yemi, que acreditou em mim desde o primeiro dia, e minhas filhas, que são o meu coração, e que inspiraram e apoiaram este romance de muitas maneiras. Sra. Modupe Daré, sra. Busola Awofuwa, *sis* Toyin, tia Joke, Olusco e as garotas, pela comida quente, por uma palavra de alento, pelo amor e incentivo e por tudo o que vocês fazem. A Wura, da Glitzallure Fabrics, pelas ligações rápidas de última hora para me ensinar sobre tecidos. Eu amo todos vocês mais do que palavras podem dizer.

A Adunni, por compartilhar seu mundo comigo. Você chegou em um momento em que eu me sentia muito frustrada em minha jornada de escrita. Ouvir suas primeiras palavras em um inglês quebrado e desesperado, primeiro como um sussurro em meus ouvidos uma manhã, e então como uma voz persistentemente alta por quase três anos, mudou tudo para mim, para você e, com esperança, para garotas como você.

E a você, cara leitora, caro leitor, por esta jornada, e esperançosamente por mais que virá.

Obrigada.

O livro de fatos da Nigéria: do passado ao presente não é real; os fatos reunidos nele estão todos disponíveis na internet.

Impresso na gráfica Geográfica,
em papel polén soft 70g/m² (miolo) e em cartão supremo 250g/m² (capa),
e composto em Gandhi Serif.

Este livro foi elaborado pela TAG — Experiências Literárias
em parceria com a Verus Editora.